PETER HERELD

Das Geheimnis des Goldmachers

HUNDE DES HERRN Im Jahr 1212 erliegt Robert der Schmale, gerade einmal zwölf Jahre alt, den verführerischen Worten des Nikolaus von Cölln. Gemeinsam mit ihm und zwanzigtausend anderen Kindern zieht er von Köln aus los, Jerusalem den Christen zurück zu erobern. Der legendäre Kinderkreuzzug endet in einem Desaster, nahezu alle sterben während der strapaziösen Alpenüberquerung und er selbst wird in Alexandria als Sklave verkauft. Gute 20 Jahre später flieht er mit seinem arabischen Freund Osman Abdel Ibn Kakar. Unterwegs nach Köln machen sie in Hildesheim halt. Hier lernen sie in einem Dominikanerkloster den großen Gelehrten Albertus Magnus kennen. Er erzählt ihnen in aller Vertraulichkeit von seinem päpstlichen Auftrag: Gold aus minderen Elementen herzustellen. Als er kurz darauf entführt wird, fällt der Verdacht auf die beiden Fremden, die zudem mit dem Vorwurf der Ketzerei belastet sind – ein lebensbedrohlicher Verdacht zur Zeit der Inquisition. Eine Jagd auf Leben und Tod durch das mittelalterliche Hildesheim beginnt …

Peter Hereld, geboren 1963, lebt und arbeitet in Hildesheim. Er ist freier Redakteur beim lokalen Fernsehsender H1 und Filmproduzent für die Werbe- und Verlagsbranche. Nach dem Kriminalroman »Mein achtes Leben« gibt er mit »Das Geheimnis des Goldmachers« sein Debüt im Bereich Historischer Roman.

PETER HERELD

Das Geheimnis des Goldmachers

Historischer Roman

Original
GMEINER

Besuchen Sie uns im Internet:
www.gmeiner-verlag.de

Im Ehnried 5, 88605 Meßkirch
Telefon 07575/2095-0
info@gmeiner-verlag.de

2. Auflage 2010

Lektorat: Claudia Senghaas, Kirchardt
Korrekturen: Doreen Fröhlich, Katja Ernst
Herstellung: Julia Franze
Umschlaggestaltung: U.O.R.G. Lutz Eberle, Stuttgart
unter Verwendung des Bildes »L'agitateur du Languedoc« von Jean-Paul Laurens, http://commons.wikipedia.org
Druck: Fuldaer Verlagsanstalt, Fulda
Printed in Germany
ISBN 978-3-8392-1069-7

Für Margit und Robert

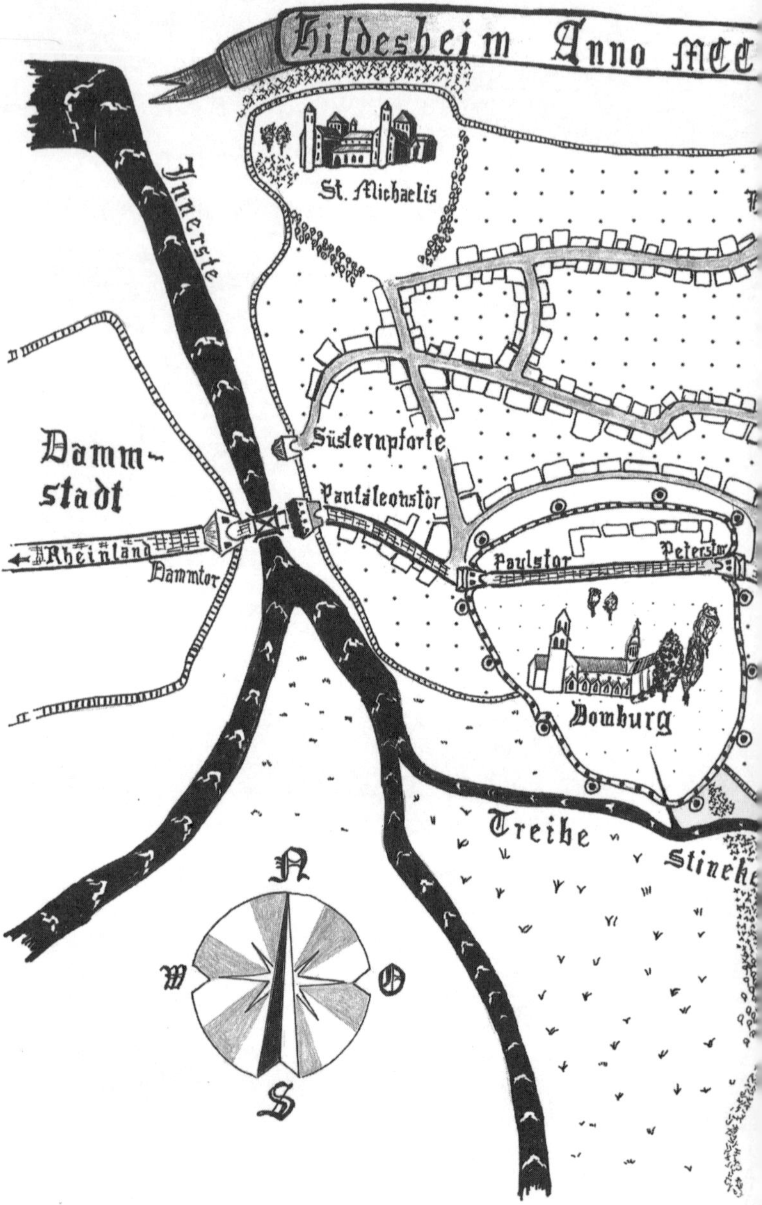
Hildesheim Anno MCC
St. Michaelis
Innerste
Dammstadt
Süsternpforte
Pantäleonstor
Paulstor
Peterstor
Rheinland
Dammtor
Domburg
Treibe
Stineke
N
W
O
S

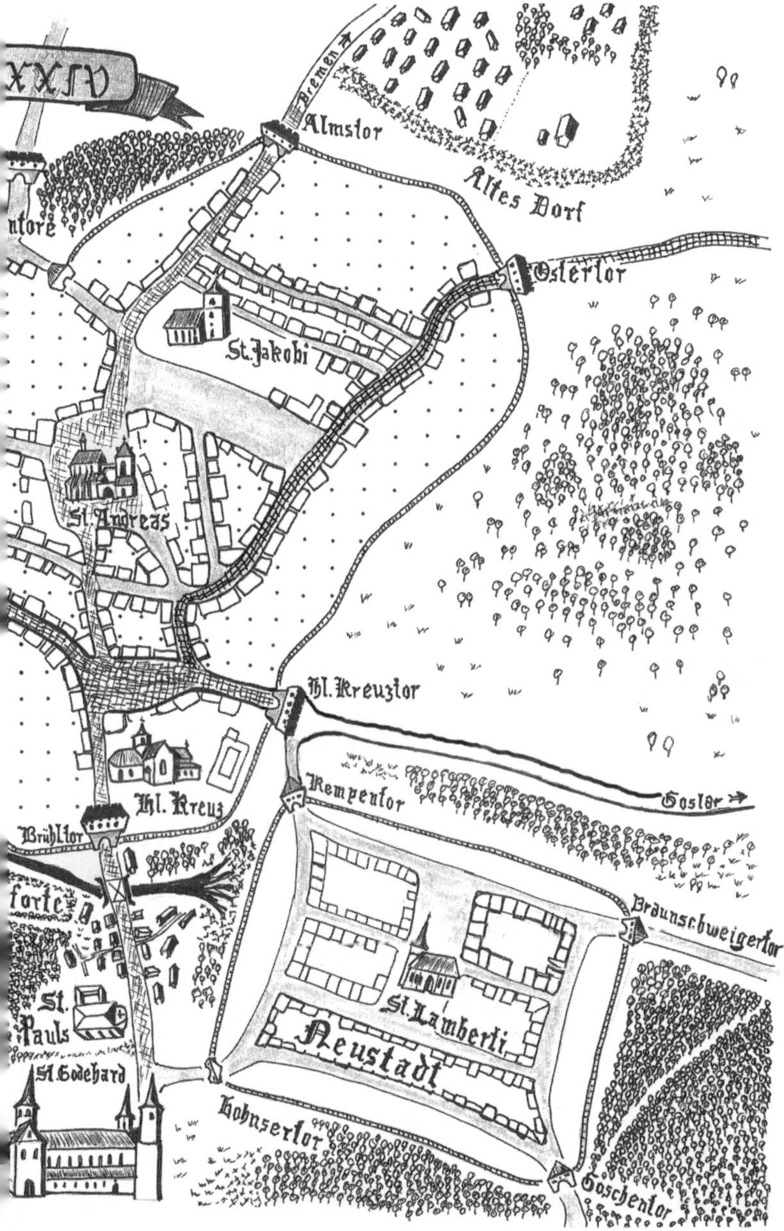

Bremen
Almstor
Altes Dorf
Ostertor
St. Jakobi
St. Andreas
Hl. Kreuztor
Hl. Kreuz
Kempentor
Goslar
Brühltor
St. Pauls
St. Godehard
Braunschweigertor
St. Lamberti
Neustadt
Hohnsertor
Goschentor

Nikolaus' Kreuzzug
Anno 1212
Der Weg von Coelln nach Genua
Coelln
Aachen
Koblenz
Mainz
Trier
Worms
Speyer
Metz
Strassburg
Basel
Bodensee
Biel
Neuenburg
Genf
Chambery
Turin
Genua

ANNO DOMINI 1234

Lang, lang ist's her ...

Die Welt, damals noch flach wie eine Scheibe, ...

... zersplittert in unzählige Herzog- und Fürstentümer, ihre Bevölkerung drangsaliert und ausgebeutet von deren Herrschern, fand im Osten durch die wilden Horden des Mongolenfürsten Ögedei Khan seine Grenzen und reichte im Westen bis zur iberischen Halbinsel, auf der die christlichen Heere der Kastilier gerade die letzten Bastionen der Mauren zurückeroberten.

Reichtum und Willkür ...

... weltlicher Potentaten wurde nur noch übertroffen von Einfluss und Geltung klerikaler Amtsträger. Die Schatzkammern etlicher Bistümer waren praller gefüllt als die der Könige und nicht selten maßten sich eben jene, die Gottes Werkzeug sein sollten, seine Pracht und Herrlichkeit an. Andere wiederum, blind in ihrem Eifer, Gott zu gefallen, machten aus Regenten gehorsame Söldner und zahlten ein fürstliches Salär, damit diese Armeen aufstellten, um den arabischen Heiden Gottes Barmherzigkeit zu lehren und die Heilige Stadt Jerusalem zurückzuerobern, alles im Namen und unter dem Banner des Kreuzes.

In jener Zeit, in der so mancher Kirchenmann mehr zu sagen hatte als ein Burgherr, die Wissenschaft einzig und allein der Entwicklung neuer Kriegsapparaturen verpflichtet war, kleinste Wunden bereits den Tod bedeuten konnten und in der ein voller Magen mehr wert war als das Leben des Nächs-

ten, in jener Zeit also durchstreiften zwei Männer das alte Europa, wie sie unterschiedlicher nicht sein konnten. Der eine, auf der Flucht und fern seiner geliebten Heimat, gestraft mit der Gewissheit, sein Vaterland nie wieder betreten zu dürfen, bestens vertraut mit dem Gedankengut arabischer, griechischer und fernöstlicher Gelehrter und Philosophen, blitzgescheit, redegewandt und zuweilen, mehr als seiner Gesundheit zuträglich war, überheblich und stolz.

Der zweite, in Deutschland geboren und doch nicht hier zu Haus, da er den Großteil seines Lebens, höchst unfreiwillig im Übrigen, in der Heimat des anderen verbrachte, vom Gemüt und bisweilen auch im Umgang mit seinen Zeitgenossen eher von handfesterer Natur, ein Mann mit einer fast beängstigenden physischen Präsenz und doch im Kern, trotz seiner ruppigen Art, ein gutherziger Mensch.

Die vorliegenden Aufzeichnungen beruhen auf uralten Notizen und langen Erzählungen an kalten, ungemütlichen Winterabenden. Der Vater gab sie an seinen Sohn weiter, so wie sie ihm von seinem Vater zugetragen wurden, und so setzt sich die Reihe fort bis in jene Tage des Herrn zwölfhundertvierunddreißig, und sollte nicht einer von ihnen ein übler Lügenbold oder ein Mann mit großer Fantasie gewesen sein, so ist alles Folgende wahr und tatsächlich so und nicht anders geschehen.

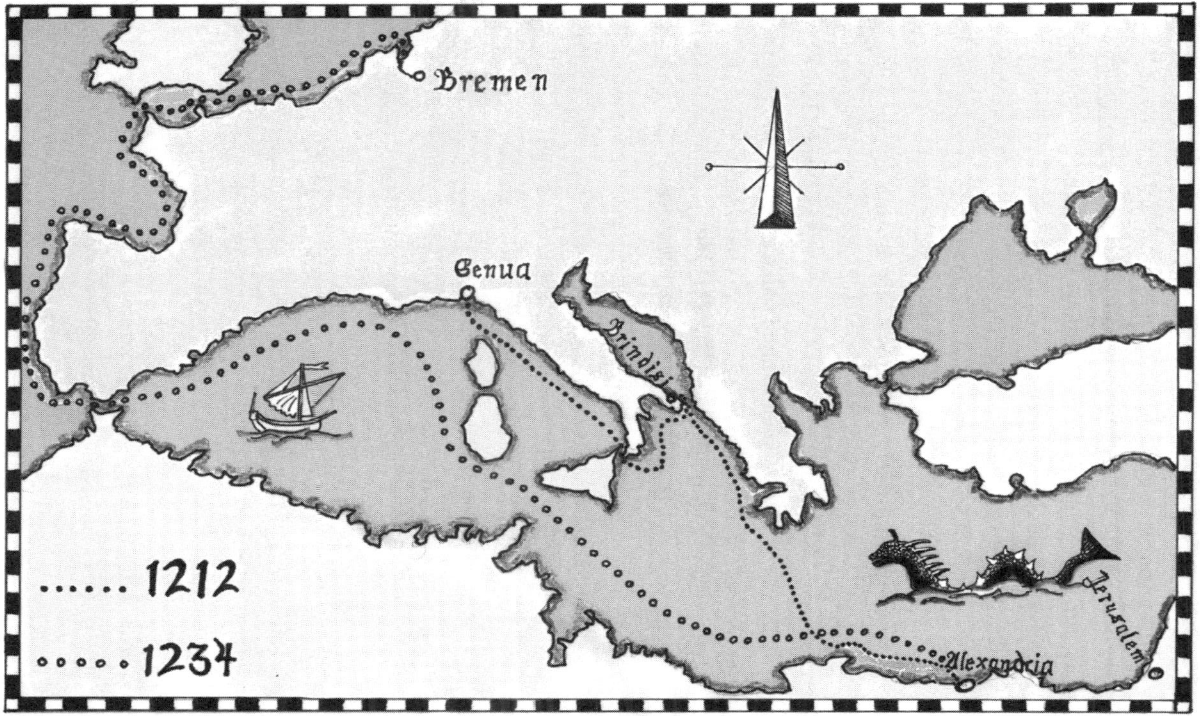
Bremen
Genua
Brindisi
Alexandria
Jerusalem
1212
1234

MONTAG, DER ZEHNTE JULI

gegen Mittag vor den Toren Hildesheims

ZWEI WANDERER

»Sommer, sagst du, das soll ein Sommer sein?« Der Hagere schnaufte verächtlich, während er sein Lederwams zurechtzupfte, um damit möglichst viel von seinem Beinkleid zu bedecken. »Wenn es noch eines Beweises bedurft hätte, welcher Gott der wahre ist, der deine oder meiner, so ist er nun erbracht. Kein Gott würde sein Volk mit solch einem gemeinen Ulk von einem Sommer quälen.«

»Jammere nicht! Bald haben wir Hildesheim erreicht, dort suchen wir uns dann eine Unterkunft. Du wirst staunen, was für prächtige Kirchen sie dort haben!«, antwortete der Riese und wrang sich seine langen, dichten Haare aus, während weiter unentwegt dicke Regentropfen vom aschgrauen Himmel fielen.

Der Hagere ersparte sich eine Erwiderung. Freilich, Kirchen bauen konnten sie, doch erschien ihm die Kunst hiesiger Konstrukteure damit bereits wieder erschöpft. Alle anderen Bauten, die er in diesem unwirtlichen Land bislang zu Gesicht bekommen hatte, waren bei Weitem armseliger als die schlichtesten in seiner Heimat. Woher nur, sinnierte er einmal mehr, nahmen diese ungebildeten Barbaren bloß die Vermessenheit, seinen Landsleuten ihren Glauben aufzwingen zu wollen?

Er schüttelte unmerklich seinen Kopf, doch schon diese sparsame Geste ließ einige Regentropfen an seinem sorgsam zugeschnürten Hemdkragen vorbei gemächlich den Weg zu seinem Bauchnabel finden. Ihn fröstelte.

Sommer – er wagte sich gar nicht vorzustellen, wie hierzulande wohl der Winter sein mochte.

Durch den Regenschleier hindurch konnte er inzwischen

vage eine Kirchturmspitze erkennen, nein, gleich mehrere und zu weit auseinander, um zu einer einzigen Kirche zu gehören. Entweder war Hildesheim ein sehr frommer Ort oder weitaus größer als die tristen Siedlungen, die sie durchquerten, seit sie vor einigen Wochen in Bremen ihr Schiff verlassen hatten.

Es sollte sich herausstellen, dass beides zutraf.

Der Riese, der auf den Namen Robert hörte, strich sich die schweren, wassertriefenden Locken aus dem Gesicht und trieb sein Pferd an. Er wollte es seinem hadernden Kameraden zwar nicht eingestehen, aber auch ihm setzte der nun schon seit Tagen währende Dauerregen gehörig zu. Er war ein Berg von einem Mann und gewiss kein Weichling, doch die vielen Jahre im fernen Afrika hatten selbst ihn das raue Klima seiner Heimat vergessen lassen. So rasch wie möglich wollte er nun ins Trockene, schnell, bevor ihm noch Kiemen wuchsen. Während er auf die Befestigungsanlage der Stadt zuritt, dem armen Gaul seine Fersen in die Flanken treibend, betrachtete er eine am linken Wegesrand liegende Siedlung. Der Anblick dieser Kolonie außerhalb der Stadtmauern mochte schon bei Sonnenschein öd und trostlos wirken, an einem regnerischen Tag wie diesem verwandelte sich das Umland abseits der aufgeschütteten Straße in einen Morast, einem Schweinepfuhl nicht unähnlich und an Tristesse kaum noch zu überbieten.

Hundert Fuß voraus sah Robert einen Knaben, zehn oder elf Jahre mochte er alt sein, der bis zu seinen nackten Knien im Boden eingesunken war. Er drosch mit seiner Gerte auf ein Schwein ein, um es auf festen Grund zu treiben, damit es nicht noch jämmerlich ersoff. Das Tier jedoch, bis zum Halse im Morast steckend, vermochte sich ganz offenbar keinen Zoll weit zu bewegen. Was für ein erbarmungswürdiges Bild. Robert wollte gerade absteigen, um dem Jungen zu helfen, da öffnete sich unweit der Verhau einer aus groben Baumstämmen zurechtgezimmerten Hütte, die vielerorts noch nicht einmal mehr dem Vieh als Unterkunft genüge getragen hätte. Heraus kam eine grobschlächtige, in einem derben Rock steckende Frau. Mit vereinten Kräften schließlich hievten sie das Schwein in ihr armseliges Heim.

Traurig schaute ihnen Robert hinterher, als unverhofft sein Begleiter neben ihm auftauchte.

»Woher plötzlich diese unerwartete Eile, Osman, kannst es wohl gar nicht mehr erwarten, ins Trockene zu gelangen?«

»Es ist bloß dieser trostlose Anblick, der mich vorantreibt. Doch sag, haben wir denn schon die Alpen überquert und reiten auf Rom zu? Ich habe bereits acht Kirchen gezählt, nein, gar neun.«

Robert schaute verwundert zu seinem Freund, gleich darauf wieder in Richtung Stadt: »Bist du sicher, dass es neun sind? Ich komme nur auf acht.«

»Da du ausreichend Finger an deinen Händen hast, will ich es auf dein schwächeres Augenlicht schieben«, antwortete ihm Osman Abdel Ibn Kakar, so der Name des Hageren. Er grinste amüsiert. Angesichts der nahenden Stadt mit ihren verlockenden Annehmlichkeiten besserte sich seine Laune zusehends. »Den Turm der neunten Kirche findest du ganz hinten, in Richtung der untergehenden Sonne, sollte sie sich denn jemals in dein Land verirren.«

Robert schüttelte den Kopf.

»Siehst du, entlang meiner Hand musst du schauen, hinter

den Befestigungen auf dem Hügel am Horizont, dort kommt durch den Dunst ein Kirchturm zum Vorschein.«

Robert kniff kurz die Augen zusammen, dann sah auch er die Sankt-Mauritius-Kirche auf dem Moritzberg westlich der Stadt. In einer freundschaftlich anmutenden Geste legte er seine schwere Hand auf Osmans Schulter und bedankte sich laut und vernehmlich, allerdings nicht, ohne dessen Schal einmal kräftig zusammenzudrücken. Während Osman das eiskalte Wasser in Strömen den Rücken hinablief, verfluchte er nacheinander Robert, das hiesige Wetter und seine eigene, vorschnelle Zunge.

Es ging schon auf Mittag zu, als die beiden im Nordosten der Stadtbefestigung vor einem mächtigen Tor zum Stehen kamen.

Die Mauer links und rechts davon war ungefähr zwanzig Fuß hoch, aus hellen, grob in eine rechteckige Form gemeißelten Steinen. Sie wirkte äußerst wehrhaft und machte auf Ankömmlinge, wenn sie wie die beiden direkt davor standen, einen sich ins Unendliche verlierenden Eindruck. Das Tor selbst überragte die Mauer um weitere zehn Fuß und maß ebenso wie in der Höhe auch in der Breite ungefähr deren dreißig, sodass es, nahezu quadratisch also, durch diese kompakte Form auf den Betrachter sehr robust wirkte. Die Steine waren im Gegensatz zu denen in der Mauer wesentlich akkurater in Form geschlagen, was dem Baumeister deutlich mehr Möglichkeiten zur Herausarbeitung einiger Finessen wie feine Wehrzinnen am oberen Abschluss oder Wetternischen für die Wachsoldaten links und rechts des Torbogens bot. Die Pforte schließlich bestand aus massiven, eisenbeschlagenen Eichenbohlen. Sie war zweiflügelig, links und rechts mit schweren Eisenangeln versehen und schwang nach innen auf.

Als Robert und Osman auf das Stadtportal zuritten, waren beide Flügel vollständig geöffnet und die Wächter, direkt unter dem Torbogen vor dem Regen untergestellt, würdigten die beiden Ankömmlinge keines Blickes.

Schweigend ritten sie gemächlich auf dem innerorts befestigten Handelsweg durch die Altstadt Hildesheims, vorbei an der Sankt Jakobikirche geradewegs auf die Sankt Andreaskirche zu. Nach dem gut einwöchigen Ritt durch ödes Wald- und Sumpfland tat es beiden gut, endlich wieder Stadtluft zu atmen. Häuser so weit das Auge reichte, lückenlos aneinandergereiht, säumten den Wegesrand, bis auf einige wenige Steingebäude zwar aus Holz gefertigt, aber dennoch bedeutend größer als die windschiefen Hütten in der Siedlung zuvor. Stolz priesen Handwerker auf bemalten Holztafeln dem Wanderer ihre Künste an. Hier deutete ein gemalter Stiefel auf einen Schuhmacher hin, beim Nachbarn prangte über dem Türbogen ein Brustpanzer, also war hier ein Plattner zu Haus, daneben ein Sattler, ein Beutler, zwei weitere Schuhmacher direkt nebeneinander, ein Weber, wieder ein Schuhmacher und schließlich, bevor eine Gasse die Häuserreihe unterbrach, stand dort, ganz in Stein gebaut, das eindrucksvolle Anwesen eines Knochenhauers. Der abgetrennte Schweinekopf auf dem Schild verwies eindeutig auf seine Zunft.

Der Weg wurde zusehends breiter, die Häuserreihen lichteten sich und schließlich tauchte der Westturm der Kapelle des heiligen Andreas vor ihnen auf. Gerade und schnörkellos in ihrer Bauart, beeindruckte weniger die schlichte, kleine Kirche als vielmehr der gewaltige Vorplatz. Dort, südlich des Kirchenschiffs, fand gerade ein Wochenmarkt statt, der nach wie vor sintflutartig niederpeitschende Regen verlieh dem Marktgeschehen allerdings einen absurd kümmerlichen Anblick. Auf dem üppig dimensionierten Platz waren derzeit gerade einmal drei Händler zugange, neben einem Knochenhauer und einem Bauern natürlich auch ein Schuhmacher. Wie sollte es anders sein in dieser Stadt, die hauptsächlich von Schuhmachern und Geistlichen bevölkert zu sein schien, dachte sich Osman beim Anblick des Handwerkers. Belustigt beäugte er im Vorbeireiten die drei Gesellen, die mehr damit beschäftigt waren, ihre Waren vor dem Wetter zu schützen, als sie an den Mann zu bringen, dann schließlich brach er das lange Schweigen.

»Wo wollen wir nun einkehren?«

»Ein Kloster wäre recht, das erstbeste, das unseren Weg kreuzt.«

»Ja bist du denn von allen guten Geistern verlassen? Seit mehr als einer Woche sehen wir nichts weiter als Bäume, Sümpfe und ab und an ein Wildschwein, dieser verdammte, immerwährende Regen schält uns allmählich die Haut von den Knochen, und du willst jetzt ausgerechnet in einem Kloster rasten? – Bei Allah, das kommt nicht infrage!«

»Die Pferde und Kleider haben uns fast das gesamte Geld aufgebraucht und bis nach Cölln ist es noch weit hin. Wir müssen mit dem Rest haushalten, um nicht schon vor unserem Ziel mittellos dazustehen.«

»Du sprichst von meinem Geld, als wäre es das deine.«

»Erzähl nicht solch einen Unfug. Als Gefangener deines Herrn konnte ich mir unmöglich Geld herbeischaffen, das weißt du sehr wohl!«

»Ja, ja, schon gut«, erwiderte Osman nun beschwichtigend, »hast ja recht. Du bist zwar nicht schlauer als ich, aber allemal vernünftiger. Dann lass uns eben in einem Kloster absteigen. Hauptsache, ein Dach überm Kopf und ne heiße Suppe im Bauch, nach mehr verlangt es mich inzwischen auch nicht mehr.«

DAS KLOSTER ZUM HEILIGEN PAUL

BRUDER MATTIAS, SEINES Zeichens Botanicus des am Brühl gelegenen Dominikanerklosters Sankt Paul, wollte zuerst seinen Augen nicht trauen, als er die beiden Fremden, einen Riesen und einen Muselmanen, gemächlichen Schrittes durch seinen Kräutergarten trotten sah. Neben dem Koloss wirkte der andere wie ein Zwerg. Bruder Johann, der ihnen die Pforte geöffnet hatte, ging voraus und sie folgten ihm zum Prior. Was für ein seltsames Gespann die beiden doch abgaben, dachte sich Mattias. Vor allem der Exot war zu Zeiten der Kreuzzüge ein ungewöhnlicher Anblick und ein unwillkommener obendrein, weiß Gott nicht jedes Kloster hätte ihm Einlass gewährt. Und erst das Wasser, welches sie mit sich trugen. Mattias war mit seinen sechsundfünfzig Jahren schon fast ein Greis und hatte viel gesehen in seinem langen Leben, doch dass ein Mensch derart vor Nässe triefen konnte, war selbst ihm bislang nicht unter die Augen gekommen. Rasch rupfte und zupfte er noch ein wenig Salbei, Thymian und Kamille, jene Kräuter also, die er, in welcher Form auch immer, den Kranken zu verabreichen pflegte, wenn sie mit kratzendem Hals, laufender Nase oder glühender Fieberstirn zu ihm gelaufen kamen, dann folgte er den dreien zum Prior. Nicht, dass er neugierig wäre, schließlich wollte er den beiden Fremden doch nur helfen mit seiner Heilkunst. So schlüpfte er schnell mit hinein, als Johann die beiden Wanderer ins Zimmer des Priors führte, geflissentlich den überraschten Blick des Torwächters ignorierend.

Bruder Georg, als Prior verantwortlich für die Geschicke des Konvents Sankt Paul, umgab eine beeindruckende Aura. Nahezu so groß wie Robert und doch nur halb so schwer, verlieh ihm seine für Mönche eines Bettelordens so charakteristisch hagere Gestalt die seines Amtes angemessene Würde und Authentizität. Seine funkelnden, eisblauen Augen ließen auf einen wachen Geist schließen und die Art und Weise, wie er die beiden Fremden empfing, zuvorkommend, wenn auch nicht überschwänglich herzlich, interessiert, jedoch ohne jede Neugier, wirkte aufrichtig und Vertrauen erweckend. Er schickte Bruder Johann, trockene Tücher zu holen, und ergriff das Wort.

»Gesegnet seien die Geschicke, die Euch in unser Kloster geleitet haben, liebe Wanderer. Was führt Euch denn zu uns?«

Robert beeilte sich, dem Prior zu antworten, bevor sein Freund etwas entgegnen konnte. Osman beherrschte die hiesige Sprache zwar besser als manch ein Einheimischer, aber noch lange nicht deren Gepflogenheiten, und so hatte sein loses Mundwerk den beiden bereits mehrfach Scherereien bereitet.

»Wir kommen aus Bremen und sind auf der Durchreise nach Cölln. Hier in Hildesheim, so sagte man uns, würden wir auf den Hellweg stoßen, der direkt ins Rheinland führt.«

Der Prior nahm Bruder Johann zwei grobe Leinentücher ab, die er sodann an die beiden Reisenden weiterreichte.

»Da habt Ihr sehr wohl recht. Keine halbe Meile von hier, zwischen dem Marktplatz an der Kirche des heiligen Andreas und der Kreuzkapelle, da treffen die beiden Straßen aufeinander. Ihr müsstet die Stelle bereits passiert haben, solltet Ihr auf direktem Weg zu uns gefunden haben. Doch jetzt erholt Euch erst einmal von den Strapazen der Reise. Bruder Mattias wird Euch eine Zelle weisen und einen heißen Trank zur Stärkung bereiten. Ihr wisst freilich, die Brüdergemeinschaft des Dominikus ist ein Bettelorden, wir leben von Almosen und haben selbst nicht viel, doch das Wenige teilen wir gern, seid also herzlich willkommen.«

Die Zelle klein zu nennen, wäre ihrem Ausmaß nicht gerecht geworden, denn sie war winzig. Die Einrichtung bestand aus zwei aufgeschütteten Strohhaufen, worauf jeweils zwei Leinentücher lagen, eines zum Abdecken der Lagerstätte und eines zum Zudecken zur Nacht, daneben eine Kerze und an der Wand ein schmuckloses Holzkreuz, das war alles. Angesichts der spartanischen Einrichtung ihrer Unterkunft befürchtete Robert bereits weiteres Gezeter von Osman, doch der schien vorerst seine Lektion gelernt zu haben – oder war einfach nur zu müde, jedenfalls fügte er sich klaglos seinem Schicksal. Ihre nassen Kleider gaben sie Bruder Mattias, der sich anbot, sie dem Küchenmeister zum Trocknen zu übergeben.

Da saßen sie nun eingewickelt in Leinentücher, ein jeder auf seinem Strohhaufen. Der trockene, dichte Stoff und die bald einsetzende Wärme waren das Angenehmste, was ihnen seit Beginn ihrer Reise zuteil geworden war. Als Mattias mit zwei Bechern wieder ihre Zelle betrat, war Osman bereits eingenickt, und auch Robert wurden die Lider immer schwerer. Er bedankte sich herzlich bei Mattias, trank seinen Kräutertee in einem Zug, dann schloss er die Augen. Osman ließ er ruhen.

Die letzten Sonnenstrahlen des Tages malten ein scharfes Muster von Licht und Schatten auf die Tür ihrer Klosterzelle. Verwundert schaute Osman zum Fenster, das, drei Fuß hoch, aber bestenfalls einen halben breit, eher einer Schießscharte für Bogenschützen glich. Doch erregte wohlgemerkt nicht die eigentümliche Maueröffnung seine Aufmerksamkeit, sondern vielmehr jenes fast schon vergessene Gestirn, das nunmehr seine freundlichen Strahlen in ihre Unterkunft sandte. Kaum wach, begann er mit dem Schicksal zu hadern, welches ihnen, erst kürzlich noch unter freiem Himmel reisend und schutzlos dem Wetter ausgesetzt, ganze drei Tage Dauerregen beschert hatte.

»Himmel, Arsch…«, Roberts Aufschrei ließ Osman zusammenzucken, »… jetzt scheint das verdammte Rabenaas plötzlich! Himmel, Arsch, noch mal!«

Osman grinste bitter, denn auch er fühlte sich übel verprellt.

Der schwere Riegel ihrer Pforte wurde heruntergedrückt und Mattias steckte seinen Kopf in die Zelle.

»Ihr seid beide wach, gut so. Der Prior hieß mich, Euch zur Vesper zu rufen. Nach den Gebeten gibt's das letzte Mahl des Tages, sputet Euch also, wollt Ihr nicht mit knurrendem Magen zur Nachtruhe gehen.« Mattias hatte zwei Mönchskutten mitgebracht. Auf der größeren, die er Robert reichte, lag ein kleines Messer. »Eure Kleider sind noch nicht ganz trocken, da hätte der Herrgott auch ein Wunder vollbringen müssen, so nass, wie sie waren. Ich habe daher zwei Kutten mitgebracht, wobei wir, was Euch anbelangt, bedauerlicherweise keinen Bruder fanden, der auch nur eine annähernde Statur aufweist«, sagte Mattias, mit den Armen fuchtelnd an Robert gewandt. »Diese hier stammt vom Prior. Er selbst erteilte Euch die Erlaubnis, einige Nähte aufzutrennen, solltet Ihr denn gar nicht hineinpassen.

Nun denn, wohlgemerkt, sputet Euch, gleich beginnt in der Kapelle der Gottesdienst!« Und mit diesen Worten verließ Mattias auch schon eilends wieder die Zelle.

»Aber wo ist denn jene Kapelle?«, rief ihm Robert hinterher.

»Folgt nur den Brüdern, so könnt Ihr sie nicht verfehlen. In dieser Stunde findet jeder Schritt einzig ein Ziel.«

»Selbstredend«, sagte Osman, bevor er Mattias nachäffte, indem er Robert in gehetztem Ton auftrug, sich zu sputen.

»Für jemandem, der erst kürzlich noch als Gefangener sein Dasein fristete, stehst du im Übrigen recht gut im Futter«, schloss er angesichts Roberts Verrenkungen bei dem Versuch, sich in die Kutte hineinzuzwängen.

BRUDER ALBERT

Die Abendmesse zur Vesper war für Robert und Osman nur schwer zu ertragen. Selbstredend ausschließlich in Latein abgehalten, konnten sie den Psalmen, wenn auch beide leidlich des Lateinischen kundig, nur schwer folgen. Des Weiteren knurrte ihnen der Magen, umso größer dann auch die Freude, als schließlich der Hymnus gesungen war und alles zum Essen strebte.

»Was meinst du, wird es geben?« In Erwartung der Mahlzeit schien Osman das erste Mal am heutigen Tage guter Laune.

»Erwarte nicht zu viel. Wir sind hier in einem Bettelorden, die Dominikaner haben ihre Lebensweise der Armut Jesu Christi verschrieben. Schau dir diese Hungerhaken doch an, die haben schon lange kein Fleisch mehr zwischen ihren Zähnen gehabt.«

Robert meinte zu erkennen, dass Osman erbleichte, zumindest änderte sich dessen Laune schlagartig.

»Aber zum Teufel noch mal, warum musstest du denn ausgerechnet an *diese* Pforte klopfen, wo die halbe Stadt aus Kirchen und Klöstern zu bestehen scheint?« Nur mit großer Mühe brachte es Osman fertig, seinen Ärger nicht laut hinauszuschreien, sondern seine Frage, die eigentlich gar keine Frage, sondern vielmehr ein Vorwurf war, leise in Roberts Ohr zu flüstern.

»Ja stand es denn draußen angeschlagen? Ich jedenfalls für meinen Teil habe nichts gesehen und war nur froh, endlich wieder ein Dach über den Kopf zu bekommen. So, nun setz dich zu Tisch und sei zufrieden, dass wir nicht noch eine Nacht im Wald verbringen müssen.«

Sie hatten unterdessen einen großen, hochgestreckten Raum erreicht. Dort standen einige grob zurechtgezimmerte Tische, links und rechts an deren Längsseiten ebenso derb gebaute Bänke, die Wände waren weiß gekalkt und über dem einzigen Fenster hing ein schlichtes Holzkreuz. Alles, was Osman bisher in diesem Kloster zu Gesicht bekam, war in einfachster Art gehalten, ganz im Gegensatz zum Prunk, den er in so manch andrem Gotteshaus auf ihrem Weg von Bremen bis hierher gesehen hatte. Es schien geradezu auffällig schmucklos, fast so, als schäme man sich des Geprahles und Gepränges, mit dem der Klerus sich üblicherweise zu umgeben pflegte. Zumindest muss man nicht auf dem Boden hocken, dachte sich Osman – ein schwacher Trost. Er hing seine Nase in die Luft und versuchte zu ergründen, was ihnen aufgetischt würde, doch die Gerüche aus der Küche, die zu ihm herüberwehten, waren derart schwach und unaufdringlich, dass ihm nichts Gutes schwante. Alles was mundet, verbreitet ein kräftig-würziges Aroma, erinnerte er sich, das Essen jedoch, welches in diesem Moment in großen Kesseln zu ihnen hineingeschafft wurde, schien aus reinstem Wasser zu bestehen, dermaßen geruchlos kam es daher.

»Nimm's gelassen hin, mein Freund«, raunte ihm Robert zu, »morgen gehen wir auf den Markt und machen den Bauern und Knochenhauern unsere Aufwartung. Stopf dir den Magen voll, so weit es denn geht, denn ich möchte nicht durch dein Bauchgegrummel am Schlaf gehindert werden.«

Osman schaute auf seinen Teller herab, der ihm inzwischen vom Küchenbruder gebracht worden war, dem Einzigen mit Leibesfülle in diesem Kloster. Schau an, dachte er sich, ausgerechnet der Koch scheint das eine oder andere Pfund zu viel am Körper zu tragen – ein Schuft, wer Übles dabei denkt, auffällig allerdings war es schon. So sehr ihn der Gedanke auch amüsierte, sogar in den Reihen der so sittsamen und ernsthaften Dominikaner einen gefunden zu haben, dessen Leib bisweilen schwächer war als sein Geist und dessen Schuld, angesichts seines Amtes, nicht deutlicher zu Tage treten konnte, so sehr wiederum ernüchterte ihn der trübselige Anblick dessen, was angedacht war, seinen Hunger zu stillen. In einer Brühe, die an Klarheit reinstem Wasser glich, verloren sich einige wenige Vegetabilien, zumeist schrumpelig kleingewachsene, schlecht geschälte Wurzeln. Von Fleisch konnte keine Rede sein.

Was für ein Trauerspiel.

Lustlos spielte er mit dem bei Tisch liegenden Holzlöffel in seiner Suppe herum, als eine Schwarzwurzel sein Interesse erregte. Er kannte das hiesige Gewächs zwar nicht, doch diese Rübe versprach zumindest angesichts ihrer Größe einen gewissen Sättigungsgrad. Er versuchte, sie mit dem Löffel aus der Brühe herauszufischen. Der Teller jedoch war tief und der Löffel gerade wie ein Stock, was im Zusammenspiel bewirkte, dass er es nicht fertigbrachte, das Objekt seines Verlangens aus der Suppe herauszubefördern. Schließlich, einige zermürbende Versuche später, besann sich Osman seines Essbestecks, das er immer bei sich führte, und entnahm seinem Lederbeutel eine zweizinkige Gabel. Schon hatte er die widerspenstige Rübe aufgespießt und zum Mund geführt, als sich etwas Merkwürdiges ereignete.

Ein Raunen erfüllte plötzlich die Halle.

Osman schaute auf, um zu ergründen, was denn geschehen sei.

Alle starrten ihn an, manche zeigten gar obendrein ganz unverhohlen auf ihn, einige Novizen bekreuzigten sich überdies.

»Himmel noch eins, was ist bloß in die gefahren?«

Auch Robert konnte sich den plötzlichen Aufruhr nicht erklären.

Eine Gruppe Mönche, es mochten vier oder fünf sein, standen auf und gingen mit grimmiger Miene auf ihren Tisch zu. Da erhob sich Robert zu voller Größe und im Nu war die Entschlossenheit auf den Gesichtern der Mönche verschwunden, nun hielten sie fürs Erste inne und beratschlagten sich. Osman wusste noch immer nicht, wie ihm geschah, da bemerkte er am Ende seines Tisches den Mönch zur Rechten des Priors, der ihm ein Handzeichen gab, die Gabel zu senken. Schnell befolgte er den Ratschlag und verstaute sie wieder im Lederbeutel.

Bruder Georg und mit ihm auch jener andere Mönch erhoben sich. Sofort wurde es ganz still in der Halle. Beschwichtigend hob der Prior seine Arme, dann begann er leise, aber bestimmt zu sprechen, während der andere zu Robert und Osman hinüberging.

»Haltet ein, Brüder, trefft nicht ein voreiliges Urteil. Ihr seht selbst, es handelt sich bei dem Fehlenden um einen Fremden, einen Orientalen. Bruder Albert ist mit den dortigen Sitten und Gebräuchen vertraut, lassen wir ihn prüfen, ob es sich hier nicht nur um einen schrecklichen Lapsus handelt. Setzt euch wieder und bewahrt Stillschweigen darüber, bis eine Klärung vorliegt. Gott segne euch!«

Indessen war Albert bei Robert und Osman am Platz angekommen.

»Folgt mir!«, wies er sie ruhig, aber bestimmt an.

Gemeinsam mit fünf weiteren Dominikanern verließen sie umgehend den Speisesaal und auf knarrenden Holzstufen ging es hinauf ins erste Geschoss zu einer Kammer, die zwar um ein Vielfaches größer war als die Zelle der beiden Wanderer, jedoch bis in den letzten Winkel vollgestopft mit Büchern, Schriftrollen und allerlei alchimistischen Apparaturen letztlich ebenso wenig Bewegungsfreiheit ließ. Albert hieß zwei der Begleiter, die Reste des Mahls und zwei Schemel herbeizuholen, die übrigen wies er an, draußen zu warten. Deren Einwand, ihn nicht mit zwei so gefährlichen Ketzern allein lassen zu können, verwarf er mit einer laxen Geste und der Äußerung, er habe sich schon gegenüber ganz anderen Schurken behaupten müssen, außerdem wären sie nur durch eine Tür voneinander getrennt.

Nachdem die Schemel gebracht wurden, schloss Bruder Albert die Tür – nun waren sie zu dritt und es kehrte endlich Ruhe ein. Der Mönch schaute beiden nacheinander eindringlich in die Augen, dann begann er zu sprechen, ruhig und auf jedes Wort bedacht.

»Es ist eine sehr ernste Angelegenheit, über die wir hier beisammensitzen. Seid Ihr Euch dessen bewusst?«

Osman schüttelte den Kopf. Er war noch immer ganz durcheinander und verwirrt über die plötzlichen Anfeindungen. Sein konfuser Geist versuchte gerade, sich einen Reim aus all dem zu machen, deshalb überließ er Robert das Reden.

»Ich bin ebenso ratlos wie mein Freund, Bruder Albert. Eure Gesten zuvor bei Tische lassen mich nur vermuten, dass es etwas mit seiner Gabel zu tun haben mag, und eben dies verwirrt mich umso mehr, da ich in einem solch unschuldigen Werkzeug eben gar nichts Frevelhaftes erkennen kann.«

Wieder beobachtete der Mönch seine Gegenüber eindringlich. Er studierte ihre Züge und Mienen bei jeder Silbe und noch lange, nachdem das letzte Wort gesprochen war, verblieb er stumm und nahezu reglos, nur seine Augen starrten prüfend zu ihnen herüber. Eine atemlose Spannung lag im Raum, weder Osman noch Robert wagten der forschen Musterung auszuweichen, obwohl der Impuls dazu von Augenblick zu Augenblick größer und unwiderstehlicher wurde.

Schließlich entspannten sich die Gesichtszüge des Mönches, er stand auf, holte drei Becher von einem Bord und dazu eine Karaffe.

»Ich hoffe, Ihr seid einem herben Wein nicht abgeneigt«, sagte Albert und wollte gerade einfüllen, als Osman antwortete, dass ihm sein Glaube Derartiges verbiete.

»Aber selbstredend, ich vergaß. Mit Wasser kann ich Euch leider nicht dienen, aber ich kann gern einen Novizen schicken, um …«

»Habt Dank, doch was das Wasser betrifft, so soll mir die Suppe reichen«, wurde der Geistliche mit einem gequälten Lächeln unterbrochen.

»Nun denn, zum Wohle!«, prostete der Mönch also nur Robert zu, bevor er weitersprach. »Ich weile mit Gottes Gnaden nun schon rund vierzig Jahre auf Erden, doch solch, mit Verlaub, ahnungslose Gesichter wie die Eurigen sind mir noch nicht untergekommen. Ich für meinen Teil will Euch Eure Arglosigkeit gern glauben, und da man mir nachsagt, über eine gute Menschenkenntnis zu verfügen, werde ich auch meine Brüder davon überzeugen können. Dennoch steht noch einiges zu klären an. Ich denke, wir sollten vorab einander vorstellen, es erleichtert doch die weitere Rede. Ich bin Bruder Albert von Lauingen!«

Nachdem der Mönch geendet hatte, schaute er auffordernd zu Robert.

»Nennt mich Robert, verehrter Bruder Albert«, ließ sich dieser auch nicht lange bitten. »Geboren, so hat man mir gesagt, bin ich zur Zeit des Wechsels der Jahrhunderte. Zum Knaben reifte ich in Dormagen zu Cölln.«

»Nun sei nicht so verschämt, Robert. Nenne uns doch deinen vollen Namen«, zwinkerte ihm Osman zu.

Robert lief rot an, als er antwortete: »Früher nannte man

mich Robert den Schmalen. Damals war ich in der Tat noch von kleiner und dürrer Gestalt, mittlerweile jedoch versuche ich, diesen Namen zu meiden, da er mir allzeit nur Gelächter einträgt.« Ein böses Funkeln aus Roberts Augen offenbarte, was er von Osmans Aufforderung hielt.

»Man nennt mich Osman Abdel Ibn Kakar«, führte dieser die Vorstellung unbekümmert fort, »geboren bin ich vor siebenunddreißig Jahren in Alexandria, der prächtigsten Stadt der Welt. Doch sagt lediglich Osman zu mir, inzwischen hab ich mich an jene profane Verstümmelung meines Namens gewöhnt und sie fast ein wenig lieb gewonnen. Nun sagt aber bitte geschwind, was es mit jener Gabel auf sich hat, allmählich sterbe ich vor Neugier.«

»Genau diese so offenkundige Arglosigkeit bereitet mir Kopfzerbrechen. Ihr artikuliert Euch geschickt, scheint beide nicht auf den Kopf gefallen zu sein und doch wollt Ihr nichts wissen vom Frevel, welcher der Gabel anhaftet? Ihr müsst beide lange Zeit sehr weit weg gewesen sein.«

»Da habt Ihr recht. Über zwanzig Jahre war ich Gefangener in Alexandria«, antwortete Robert.

»Zwanzig Jahre in Gefangenschaft, und das so fern der Heimat!« Albert wirkte sichtlich entsetzt. »Was für eine lange Zeit für solch einen jungen Menschen, wie Ihr es seid! Ihr müsst mir später unbedingt davon erzählen, doch zuvor möchte ich mehr von Eurem Freund erfahren.«

Der Mönch schüttelte sein Haupt, dann hielt er inne und sein Blick wanderte zu Osman.

»Bevor Ihr den Mund geöffnet habt, hätte ich fraglos angenommen, dass Euch unsere Regeln und Gesetze nicht geläufig sind, doch Eure Rede ist makelloser als die so manch eines meiner Landsleute – wollt etwa auch Ihr mir weismachen, ein Fremder in diesem Land zu sein?«

»Nun, ebenso wenig wie Euch ein Römer das Latein lehrte, musste ich in diesem Land verweilen, um Eure Sprache zu erlernen. Es bedurfte nur eines guten Lehrers und ich für meinen Teil kann sagen, den besten gehabt zu haben«, entgegnete Osman und zeigte auf Robert. Dieser wiederum wusste nicht recht, wie ihm geschah. Dem Unglauben, tatsächlich richtig gehört zu haben, folgte der Ärger, weil er meinte, ihm wäre diesmal die Ironie in Osmans Worten verborgen geblieben. Schließlich jedoch gelangte er zu der Einsicht, dass Osman tatsächlich meinte, was er sagte. Beileibe keine Selbstverständlichkeit, von Osman, dem Zyniker vor dem Herrn, gelobt zu werden, noch dazu im Beisein eines Dritten.

»Wenn ich Euch recht verstehe«, fragte Albert Osman zugewandt, »so war Robert also Euer Gefangener?«

»Wenn Ihr so wollt, ja.«

»Dafür vertragt Ihr Euch aber sehr gut.«

Nun war Vorsicht geboten, Alberts Misstrauen schien wieder geweckt.

»Lasst es mich so ausdrücken. Ich war Gefangener seines Herrn, so wie er Gefangener seines Amtes bei seinem Herrn war«, fuhr Robert dazwischen, bevor sein Freund aus lauter Eitelkeit das noch lange nicht gefestigte Vertrauen des Mönches wieder verspielte.

»All das ist eine wahrhaft lange Geschichte. Osman und ich mögen sie Euch gern erzählen, doch dann des leichteren Verständnisses halber von Anfang an, nachdem Ihr uns aufgeklärt habt über jene vermaledeite Gabel.«

»Ach, die Gabel, ja, fast hätte ich's vergessen. Nun, sie ist als Teufelszeug von der Kurie vom Tische verbannt, viele Jahre schon gilt das Verbot. Seinerzeit wurde die These Gesetz, dass die uns von Gott gegebene Speisung nur mit den Fingern, welche der Allmächtige die Gnade hatte uns zu schenken, berührt werden dürfe. Außerdem, so meinte man allenthalben, ähnelt die Gabel allzu sehr Luzifers Dreizack.«

»Aber meine Gabel hat nur zwei Zinken«, wandte Osman ein, »und außerdem kann eine Gabel durchaus von Nutzen sein.«

»Nicht alles von praktischer Natur ist auch gottgefällig und Gabel bleibt Gabel, ob nun mit zwei, drei oder vier Zinken, und somit verboten. Des Weiteren schützt Unwissenheit vor Strafe nicht!«, beendete Albert die Diskussion unwirsch. Etwas versöhnlicher fügte er an:

»Jedoch erklärt Unkenntnis auch vieles, und es sollte mich schon sehr wundern, wenn ich den Prior nicht davon überzeugen könnte, dass Ihr Euch keines wissentlichen Vergehens, geschweige denn der Ketzerei schuldig gemacht habt.«

»Ketzerei?«, stammelte Robert entsetzt. Er wurde schlagartig kreidebleich. Auch Osman offenbarte sich die Tragweite dieser Anschuldigung. Fassungslos starrte er Bruder Albert an. »Aber man wird uns doch nicht wegen so eines unscheinbaren Dinges der Ketzerei beschuldigen?«

»Es sind einige schon aus weitaus geringerem Anlass den Flammen überantwortet worden, die heilige Inquisition kennt da keine Gnade. Doch wie ich Euch bereits sagte, mich habt Ihr von Eurer Unschuld überzeugt, und in mir habt Ihr, bei aller Bescheidenheit, einen wortgewichtigen Fürsprecher gewonnen, seid also unbesorgt. Nun jedoch möchte ich, nur um sämtliche Zweifel auszuräumen und weil ich ein so unverschämt neugieriger Mensch bin, endlich Eure Geschichte erfahren!«

»Dann will ich gern anfangen«, ergriff Robert das Wort. »Doch seid gewarnt, die Erzählung wird Euch lange in Anspruch nehmen. Vielleicht sollten wir unseren Bericht morgen in aller Frühe beginnen und nicht jetzt, kurz vor der Nachtruhe.«

»Ihr unterschätzt meine Neugier, wohlgemerkt, sie ist legendär. Und sollte schließlich doch die Müdigkeit siegen, so lasst uns in diesem Fall halt morgen fortfahren. Reicht mir Euren Becher, lieber Robert, mit trockener Kehle redet es sich schlecht.«

Und nachdem Albert seinen Becher gefüllt hatte, nahm Robert noch einen kräftigen Schluck, dann begann er seinen Bericht.

ROBERT DER SCHMALE

»IM WINTER ZWISCHEN den Jahrhunderten wurde ich geboren, auf welchen Tag genau kann ich nicht sagen, aber wer vermag das schon. Am sechsten Januar, dem Tag zu Ehren der Heiligen Drei Könige jedenfalls war's, da mich Bruder Jonas vor der Pforte des Klosters Knechtsteden vorfand, halb erfroren, wenngleich dick eingewickelt in Leinen, laut jammernd im Verlangen nach meiner Mutter Wärme und ihrer vollen Brust.

Mein plötzliches Erscheinen bereitete den armen Brüdern große Probleme. Das Kloster wurde vom Orden der Prämonstratenser geführt, einer Gemeinschaft, die ebenso wie Ihr werten Dominikaner ein Armutsgelübde abgelegt hat. Mich den Diensten einer Hebamme zu überantworten ließ sich daher freilich nicht bewerkstelligen, Ihr wisst ja, dass sich jene Damen ihr Handwerk vergolden lassen. So wollte sich also Bruder Jonas, ein seelenguter Mensch, der mich vom ersten Moment an in sein großes Herz geschlossen hatte, um mein Wohlergehen kümmern.

Auch ein studierter Medicus war unter den Priestern, Bruder Eberhard wurde er gerufen. Ihm ebenso wie Bruder Jonas habe ich mein Leben zu verdanken, denn zum einen wusste er mich von den Folgen meiner Unterkühlung zu kurieren und außerdem bereitete er aus Ziegenmilch und allerlei anderen Zutaten eine Mixtur, die mir, gerade erst wenige Wochen alt, die Muttermilch ersetzen konnte.

So reifte ich denn zum Knaben heran. Eine glückliche Zeit. Es fehlte weder an Liebe und Geborgenheit, denn fürsorglicher und geduldiger als Bruder Jonas konnte keine Mutter und kein Vater zum eigen Fleisch und Blut sein, noch mangelte es mir an geistiger und körperlicher Erbauung. In den frühen Morgenstunden, kurz nach der Prim, arbeiteten wir auf den Feldern und bewirtschafteten die Äcker, auch halfen wir häufig den Bauern mit Rat und Tat. Wie Ihr freilich wisst, lieber Albert, verfügen die Norbertiner, wie die Prämonstratenser nach dem heiligen Norbert von Xanten auch gerufen werden, über segensreiche Kenntnisse auf dem Gebiete der Landwirtschaft. Die Feldarbeit jedenfalls beanspruchte mich bis in die Mittagszeit, wobei ich als Knabe auf dem Acker keine Schwerstarbeit zu verrichten hatte, sondern nur jenes Werk, das meiner damals schwächlichen Statur zumutbar war.

Nach dem Mahl und dem Gesange zur Non folgte nach der körperlichen die geistige Ausbildung. Verschiedene Brüder lehrten mich die lateinische und ein wenig die griechische Sprache, unterwiesen mich in Arithmetik und vermittelten mir theoretische Kenntnisse in den Belangen des Ackerbaus, nicht zu vergessen wurde ich natürlich zuvorderst kundig gemacht mit der Kunst des Lesens und Schreibens. Allgegenwärtig selbstredend auch die Lehren der Bibel und deren Studium, oft verflochten mit den Kenntnissen, die mir in den anderen Lehrfächern vermittelt wurden. So ging es nun tagein, tagaus, von früh morgens bis mittags auf dem Felde und von nachmittags bis hin zur Dämmerung im Studierzimmer. Jedem anderen als einem Mönch fällt es schwer das zu glauben, doch ich war glücklich und zufrieden.

Zumindest, bis der erste Flaum in meinem Gesicht zu sprießen begann, meine Stimme wie toll Kapriolen schlug und Gefühle vollkommen fremder Art mich verwirrten und mir Nacht für Nacht den Schlaf raubten – inzwischen zwölf Jahre alt, befand ich mich nun an der Schwelle zur Mannwerdung. Freilich, im Kloster kamen einem keine Weibsbilder unter, doch wenn ich anderenorts welche zu Gesicht bekam, sei es nun die Magd auf dem Felde oder eine Bauersfrau, so verfolgte mich deren Anblick umso heftiger bis in die Nachtstunden hinein. Ein gut gefüllter Rock übte plötzlich mehr Faszination auf mich aus als die Bücher Mose und eine lax geknüpfte Bluse ließ mich sämtliche Evangelien vergessen. Ich wurde fahrig und unkonzentriert, meine Leistungen auf dem Felde und in der Schule fielen rapide ab.

Zuerst zeigten meine Lehrmeister Verständnis, sie wussten, welch schwere Zeit ich durchmachte, so hatten einst auch sie selbst diese Krise bewältigen müssen, doch ihre Geduld war begrenzt und bald hießen sie mich, eine Entscheidung zu fällen.

Eine Entscheidung fällen, freilich nichts leichter als das.

Als wenn dies so einfach wäre. Schließlich bin ich in einer Abtei aufgewachsen, das Leben außerhalb der Klostermauern war mir völlig fremd. Ich liebte Gott von ganzem Herzen und wollte ihm unbedingt in aller Demut dienlich sein, doch jene anderen Gedanken, die mein Hirn marterten und meine fromme Seele allgegenwärtig auf die Probe stellten, ließen mich einfach nicht zur Ruhe kommen.

Ich begann mich nachts zu geißeln und am Tage augenblicklich in Gebeten Abbitte zu leisten, sobald unkeusche Gedanken mich quälten. Dadurch jedoch wurde mein Verhalten auch nach außen hin sichtbar immer eigentümlicher, sodass meine Mitbrüder schließlich zu dem Schluss kamen, dass ich für den Ordensdienst nicht geschaffen sei. Nur Bruder Jonas setzte sich noch für mich ein. Er bemühte sich, mir eine Gnadenfrist einzuräumen, doch schließlich konnte auch er mir meine Not nicht abnehmen; einzig in seinen Gebeten um die Erlösung meiner Seele zu bitten, fühlte er sich imstande.

Der arme alte Jonas, so sehr wünschte er sich, mir zu helfen; er, der wie ein Vater für mich war und sich auch als ein solcher fühlte, und so hilflos musste er sich der Natur seines Ziehsohnes geschlagen geben.

Ich zweifelte und mein Glaube wurde das *erste* Mal auf eine Probe gestellt. Ich rede bewusst vom *ersten* Mal, so sollten weitere Ereignisse folgen, die mich an der Güte oder auch nur an der Allgegenwart des Allmächtigen zweifeln ließen, doch dazu später. Wie nur, so fragte ich mich, konnte ich derart in Versuchung geführt werden, wo ich mich doch *Ihm* mit Haut und Haar verschrieben hatte, wie nur konnte *Er* dies zulassen? Hatte ich durch meine Geißelungen und den Gebeten nicht schon genug Abbitte geleistet? Doch mehr noch als meine eigenen Qualen verbitterte mich das Leid, welches mein fehlgeleiteter Geist dem armen Jonas zufügte.

Und auch die übrigen Brüder, die mich schlicht vor die Tür setzen wollten, zogen meinen Gram auf sich, denn nie zuvor fühlte ich mich derart im Stich gelassen.

In jenen Tagen nun, in denen ich mit so ziemlich allem haderte, was mir früher lieb und teuer gewesen war, kam mir durch puren Zufall etwas zu Ohren, was wie die Lösung all meiner Probleme erschien.

Ein Bauer, mit dem unser Kloster Tauschhandel betrieb, unterhielt sich angeregt mit Bruder Gregor, dem Cellarius. Ob ihm denn schon von den toll gewordenen Kindern zu Ohren gekommen sei, die sich aufmachen wollten, jenes Wunder zu vollbringen, das abertausend gut gerüsteten, kampferprobten Rittern verwehrt geblieben sei. Offensichtlich wusste unser Kellermeister nichts davon, verwirrt schüttelte er sein schlohweißes Haupt.

»Jerusalem wollen's befreien von den Heiden, diese Narren! Gegen die Sarazenen kämpfen im Namen des Herrn, vermutlich mit Stöckchen und Kieselsteinen, die sie des Wegesrands finden. Nun seid ehrlich, verehrter Bruder Gregor, ich kenne Euch als einen vernünftigen, gottfürchtigen Mann, so sagt mir also, wem sei's gedient, wenn Jerusalem befreit wird vom Orientalen? Schließlich ist es auch sein Land. Nur Kummer hat uns allen dieser nie enden wollende Kampf beschert.«

»Als Diener des Herrn«, erwiderte Gregor wohlbedacht, »vermag ich Euren Einwand nicht gutzuheißen. Als Mensch jedoch habe auch ich meine Zweifel, ob eine Hand voll Kinder Gottes Willen zuwege bringen kann, mehr noch, ich trauere um die vielen Mütter und Väter, die vor Sorge um ihre Kinder viel Leid erfahren werden.«

»Wie recht Ihr doch habt. Auch meinen Jungen, gerade mal zehn Jahre alt, werde ich einsperren müssen, wenn morgen dieser närrische Nikolaus bei den Gebeinen der Heiligen Drei Könige spricht. Er hat ihm schon einmal zugehört, lass es einige Wochen her sein, seitdem redet mein Bengel nichts andres mehr. Man sagt, dieser Nikolaus von Cölln, wie man ihn nennt, habe noch die Stimme und die Haut eines Kindes, aber seine Rede sei berauschender und verführerischer als die eines jeden anderen Mannes reifen Alters. Und was die *Hand voll* Kinder betrifft, welche du vom Geist des Nikolaus aufgestachelt vermutest, so lass dir gesagt sein, dass bereits einige Tausend darauf warten, endlich loszuziehen.«

»Ach du Schreck!«, fuhr der altehrwürdige Gregor entsetzt auf, »mag das wirklich möglich sein? Halten denn die Eltern ihre Kinder nicht zurück?«

»Einige unter ihnen sind sogar durchaus stolz auf ihre Brut, die losziehen will, Gottes Kampf auszufechten.«

Daraufhin wusste Bruder Gregor nichts zu erwidern, bar jedweden Verständnisses schüttelte er sein Haupt.

Ich für meinen Teil hatte genug erfahren.

Gott gab mir ein Zeichen, wie ich ihm meine Demut zeigen konnte, und ich wollte ihn nicht wieder enttäuschen.

Es folgte meine bislang bitterste Aufgabe.

Jonas offen ins Gesicht zu sagen, dass ich das Kloster Knechtsteden für immer verlassen würde, sah ich mich schlichtweg außer Stande. So also setzte ich mich ans Pult und begann das Kunststück, ihm in einem Brief einerseits die ganze Wahrheit mitzuteilen, denn nichts als die Wahrheit war ich ihm schuldig, und andererseits voller Zuversicht eine baldige Rückkehr zu versichern, obwohl ich nur zu gut wusste, dass nur wenige von den Kreuzzügen zurückkehrten. Freilich, einige mochten im fernen Afrika ihr Glück gefunden haben, die meisten jedoch starben jämmerlich, obwohl kampferprobt und wohlgerüstet. Wie nur sollte es da einer Schar Kinder ergehen?

Dennoch, mein Entschluss stand fest, und ich war, zumindest seinerzeit, auch bereit, an Wunder zu glauben.

Schnell packte ich meine wenigen Habseligkeiten beisammen, als da waren ein Leinentuch, eine zweite Kutte und allerlei Schreibgerät, stibitzte mir aus der Küche noch zwei Kanten Brot und einige Gartenfrüchte, wickelte alles ins Tuch und machte mich sodann klammheimlich auf den Weg.

Es war eine laue Aprilnacht, als ich einen letzten Blick zurück auf jenen Ort warf, der bislang mein Heim gewesen war. Deutlich zeichnete sich im Mondlicht der eindrucksvolle Westchor ab, und noch heute erinnere ich mich mit Freude an die imposanten Wandmalereien in seinem Inneren und auch der, Ihr werdet es kaum für möglich halten, links und rechts der hohen Fenster auf die Wand gemalten Vorhänge, die schon so manchen Besucher auf den ersten Blick zu narren vermochten. Den dahinterliegenden, achteckigen Turm und die Dächer der Basilika konnte ich gerade noch erkennen, der Rest entschwand allmählich meinen Blicken. Als ich schließlich nach vorn schaute, glitzerte weit voraus der Rhein im Sternenlicht. Dem Verlauf des Wassers in südlicher Richtung zu folgen war der sicherste Weg, Cölln nachts nicht zu verfehlen, und so sollte auch ich die zehn Meilen von Dormagen nach Cölln hin bis zum Morgengrauen bewältigen können.

Hinter mir entschwand das Kloster im Dunkeln.

Nie mehr sollte ich mein Heim wiedersehen.

CÖLLN

Mir stockte der Atem.

Die Pracht rings um mich herum war überwältigend. Ich betrat eine andere Welt, als ich mit dem ersten Hahnenschrei das mächtige Stadttor passierte und erblickte, was jene gewaltige Mauer zu schützen wusste.

Cölln – die größte Stadt der Welt – wer noch mochte Zweifel daran hegen angesichts dieser grandiosen Herrlichkeit allüberall?

Spektakulär, einzigartig, atemberaubend und Ziel aller Pilger des alten Kontinents.

Nun war ich mit meinen damals zwölf Lenzen noch nie über Dormagen hinausgekommen, umso verständlicher also meine Entrückung, als ich durch die breiten Gassen schlenderte, mein Maul sperrangelweit offen und den knurrenden Magen völlig vergessend.

Gerade krochen die ersten Sonnenstrahlen über die Stadtmauern, doch es wimmelte bereits von lauter Menschen: Händler, die auf einem Ochsenkarren thronend ihre Ware zu einem jener vielen Märkte bugsierten, für die Cölln auch gerühmt wurde, Handwerker jedweder Couleur, deren Kleidung Stand und Gewerbe kundtat, allüberall Geistliche sowie Binnenschiffer und jede Menge Kaufleute.

Alle, bis auf die auswärtigen Seeleute, wirkten ein gutes Deut feiner und wohlbeleibter als die Bürger Dormagens, also als jene Menschen außerhalb der Klostermauern eben, mit denen ich es bisher zu tun bekommen hatte. Und sogar die zahlreichen Kleriker schienen es sich gut gehen zu lassen, denn wie ich zu meinem großen Unwillen erkennen musste, umspannte nicht selten feinstes Tuch deren pralle Bäuche.

Doch all die Bürger und Reisenden auf den Straßen Cöllns verloren sich in der Masse der Kinder, die in der Stadt wimmelten. Nikolaus von Cölln schien tatsächlich bereits ein Wunder vollbracht zu haben, betrachtete man die Zahl derer, die ihm zu folgen gedachten. Sie alle strebten gemeinsam einer Kirche zu. Es musste sich bei diesem Gotteshaus um den Dom zu Cölln handeln, jenem geweihten Ort also, an dem die Gebeine der Heiligen Drei Könige ihre letzte Ruhestätte gefunden hatten.

Ohne zu zögern schloss ich mich dem Menschenstrom an, denn ich wollte und durfte nichts missen. Dieser Knabe, von dem ich bisher nur den Namen kannte, jener Nikolaus also, er konnte nur von Gott höchstselbst gesandt sein. Wie sonst hätte ein Kind Derartiges vollbringen können?

Kurz vor dem Betreten des Domes begann ich, um mein Leben zu fürchten, da die Menschenmassen, aus allen Teilen Cöllns auf den Dom zuströmend, nun hier vor dessen Toren aufeinandertrafen. Seinerzeit trug ich den Namen Robert der Schmale durchaus noch zu Recht, und es waren freilich nicht nur Kinder, die Nikolaus zuhören wollten.

Schließlich doch noch wohlbehalten im bereits zu so früher Morgenstunde völlig überfüllten Kirchenschiff angekommen, drängte ich mich fest an eine Mauer unweit der Apsis zu Ehren des Erzbischofs Hildebold, dem wohl bedeutendsten Stifter des Doms. Nur eine Steinwurfweite vom Altar der Heiligen Drei Könige entfernt und mit einer Wand im Rücken konnte ich mich einigermaßen sicher wähnen in diesem von Augenblick zu Augenblick größer und unübersichtlicher werdenden Tohuwabohu. Erst nachdem ich dem immer drängender werdenden Klagen meines Magens Abhilfe geleistet hatte mit dem wenigen, was ich aus der Speisekammer des Klosters mitzunehmen gewagt hatte, wurde mir bewusst, dass mir zwar Ort und Tag von Nikolaus' Rede bekannt war, beileibe aber nicht die Zeit. So also, schwante mir plötzlich, könnte es durchaus geschehen, dass ich bis zur Abenddämmerung hier ausharren müsste. Nun, letztlich war es einerlei, konnte doch mein Platz kaum besser gelegen sein. Ein Blick zum Portal im St.-Galler-Ringatrium zeigte mir, dass niemand mehr eingelassen wurde, da der Dom, bestenfalls für tausend Besucher angedacht, bereits um ein Vielfaches gefüllt war. Schon drängten sich die Menschenmassen auf dem Vorplatz außerhalb seiner Mauern.

Meine Lider wurden immer schwerer, schließlich hatte ich die Nacht zuvor kein Auge zugetan. Ich versuchte zwar noch, gegen den Schlaf anzukämpfen, doch diese Schlacht focht ich letztlich ohne Aussicht auf Erfolg. Nun, etwas Gutes hatte die Fülle ringsumher – ich konnte nicht umfallen.

NIKOLAUS VON CÖLLN

Die Sonne fiel bereits durch die Fenster des Westflügels, als die allgegenwärtige Unruhe zu einem ohrenbetäubenden Lärm anschwoll, der den Dom in seinen Grundfesten erbeben ließ. Nachdem ich den Vormittag so gut es ging schlafend und die restliche Zeit dösend zugebracht hatte, war ich nun wieder hellwach. Eine Prozession, aus der ein weißes Kreuz zum Gewölbehimmel gereckt wurde, bewegte sich auf mich oder vielmehr auf den Altar der Heiligen Drei Könige zu, vor ihr teilten sich die Menschenmassen wie seinerzeit das Meer vor Mose. Am Altar angekommen, löste sich ein kleiner, zierlicher Knabe aus der Gruppe und begab sich zur Kanzel. Vor dem gewaltigen Gerokreuz hielt er inne, kniete nieder und bekreuzigte sich, dann ging er den Rest des Weges allein. Wahrhaftig, es war Nikolaus von Cölln, der jetzt keine zwanzig Fuß von mir stand, jener Nikolaus, der eine ganze Stadt in Aufruhr zu versetzen vermochte, ein Knabe noch, allem Anschein nach gar jünger als ich, und doch schon in aller Munde.

Er schaute in die Menge, ernst, keine Miene preisgebend, dann hob er seine Arme in die Höhe. Die Menge tobte, einige schrien wie toll seinen Namen, andere wiederum lästerten, doch er stand einfach nur da in seinem weißen, einfachen Hemd und gab kein Wort von sich. Was sich danach ereignete, löst bei mir noch heute eine Gänsehaut aus, und tatsächlich, jetzt, da ich nun in Gedanken wieder an jenem Ort bin, die letzten zweiundzwanzig Jahre wie weggewischt, merke ich, wie das Kribbeln mir erneut den Rücken hinabzieht.

Wohlgemerkt, da steht also jener Knabe, die Arme gen Himmel gereckt, und sagt kein Wort.

Tausend Münder im Kirchenschiff schreien durcheinander, preisen ihn wie einen neuen Heiligen, nennen ihn einen Propheten …

…, doch er verharrt weiter wortlos in jener Geste.

Andere Tausend wiederum schimpfen ihn einen Häretiker, einen Ketzer …

…, doch auch ihnen verweigert er eine Antwort. Weiterhin steht er starr wie eine Statue, wort- und bewegungslos. Und je länger er dort verharrt, meine ich zu sehen, wie sein weißes Hemd und sein langes, hellblondes Haar von innen heraus zu leuchten beginnen.

Die Stimmung in der Kirche dreht sich, Unmutsbekundungen aus beiderlei Lagern werden laut, man will endlich etwas von ihm hören.

Doch nach wie vor schweigt er, und das ihn umgebende Fluidum wird immer deutlicher sichtbar, nun scheinen auch andere sein Leuchten wahrzunehmen.

Dem Schreien Einzelner folgt das Gemurmel vieler, einige sind verunsichert, viele verärgert, doch keiner, nicht ein Einziger, verlässt die Kirche. Der Nachbar rechts von mir bekreuzigt sich, zu meiner Linken beginnen drei Kinder leise ein Gebet.

Doch Nikolaus scheint von all dem nichts mitzubekommen. Wie in Trance hält er unbeirrt inne.

Und wieder ändert sich die Stimmung, Verunsicherung und Ärger weichen einer feierlichen Erhabenheit. Langsam, aber stetig wird es immer leiser im Kirchenschiff, bis schließlich keine, und ich meine wirklich keine, Stimme sich mehr erhebt.

Könnt Ihr Euch das vorstellen, wie es ist, wenn fünf- oder sechstausend Leute dicht beieinander gepfercht sind und niemand sagt ein Wort?

Diesen Moment der Stille werde ich meinen Lebtag nicht vergessen, er war erfüllt von einer religiösen Spiritualität, wie ich sie nie zuvor und seitdem nie wieder erlebt habe.

Ich beobachtete Nikolaus.

Er, der zuvor, ich schwör's, noch nicht mal mit einem Lid gezuckt hat, senkte langsam die Arme, dann schaute er ringsumher. Sein Gesichtsausdruck, wie soll ich ihn beschreiben? Was spiegelte sich alles darin wieder? Genugtuung vielleicht, jedoch nicht jene bösartige Form, die den Sieger gegenüber dem Unterlegenen überkommt, sondern einfach nur die Freude, etwas erreicht zu haben, wonach es einem zutiefst verlangt. Freude, ja, Freude ist der rechte Ausdruck, beseelt von einer unbeirrbaren Frömmigkeit und dem unbedingten Glauben daran, besser noch, der Gewissheit, Gott als Werkzeug dienen zu dürfen. Dieser Nikolaus war ein Heiliger, in jenem denkwürdigen Moment stand dies unstrittig für mich fest, und ich wäre für ihn bis ans Ende der Welt und darüber hinaus gegangen, so er es denn von mir verlangt hätte.

Sodann erhob der Knabe seine Stimme.

Die Stimme eines Engels mochte nicht feiner und lieblicher klingen. Doch so hell und klar auch der Ton aus seinem Munde, so fest und ehern die Worte, die er sprach. Jeden zog er damit in seinen Bann. Jene, die bereits beschlossen hatten, ihm zu folgen, aber auch die anderen, die ihn einen Scharlatan und Verführer nannten, keiner konnte sich ihm entziehen.

Ich will nun versuchen, seine Worte so getreu wie eben möglich wiederzugeben. Es sollte mir bestens gelingen, denn obwohl schon mehr als zwei Dekaden seither vergangen sind, klingen sie mir noch heuer im Ohr.

Nachdem Nikolaus also seine Arme gesenkt und lange ins

weite Rund des Kirchenschiffs geblickt hatte, sprach er jene Worte, die mein und das Leben so vieler anderer auf immer verändern sollten:

»Ihr meint, ihr seid gekommen, um mich zu sehen? Nein, wahrlich, ich sage euch, der Herr war's, der eure Schritte hat gelenkt!

Er führte euch in sein Haus, ob ihr's nun wolltet oder nicht, zu hören seine Worte aus dem Munde eines Kindes. Denn nicht meine Worte sind's, die ihr hört, Gott selbst spricht zu euch und ich bin nur sein Werkzeug, so wie auch ihr seines werdet, wenn ihr mich begleitet auf seinem gerechten Weg. Ja, und auch du bist berufen, du, der mich eben noch lauthals einen Ketzer hießest«,

Nikolaus zeigte auf einen Bärtigen unweit des Domportals, der beschämt seinen Kopf senkte.

»Und ihr, die ihr mir zuriefet, ich solle euch die Kinder nicht wegnehmen – nicht ich bin es, der sie drängt, nein, aus freien Stücken kommen sie, um Gottes Werk zu tun. Doch lasst euch beruhigen, denn sie werden bald zurück sein, und Gottes Segen wird sie begleiten, von heute an bis ans Ende der Zeit.

Woher ich das alles weiß, fragt ihr euch?

Nun, gern will ich's euch verraten!«

Kurz hielt er inne, und mit ihm die vielen tausend Seelen, die seinem Ruf gefolgt waren. Und wieder jener erhabene Moment der Stille inmitten einer Menschenflut, die weiter als das Auge reichte.

Ein letzter Blick von ihm ins Kirchenrund, dann fuhr er fort:

»Nicht lange ist's her, keine drei Wochen, da begleitete ich meinen Vater auf die Jagd. Es war jener wundersame Abend, an dem am Firmament Blitze ohne Donner zuckten, sicher entsinnt ihr euch des beängstigenden Leuchtens, welches viele als Vorboten des Jüngsten Gerichts deuteten. Ich jedenfalls hatte nur noch Augen für das mystische Treiben am Himmel, und wie's so kommt, plötzlich war ich allein, kein Vater und keine Jagdgesellschaft weit und breit, wir hatten einander verloren. Ich zitterte und jammerte, wie ein Junge meines Alters zittert und jammert in solch einer Lage, denn immerhin dämmerte es schon und ich war mitten im Wald, fern der Stadt. Da kam plötzlich ein Mann auf mich zu, und ich dachte schon, es wär um mich geschehen. Doch je näher er kam, desto mehr wusste ich, dass ich mich nicht fürchten müsste, sondern dass mit ihm Schritt um Schritt die Erlösung nahte, und ich meine nicht nur die Erlösung aus meiner damals als so misslich empfundenen Lage. Groß war er, der Fremde, von erhabener, schlanker Gestalt, die Haut so rein und weiß wie Schnee. Wäre nicht sein Bart gewesen, ziemlich nachlässig gewachsen und schon lang nicht mehr vom Barbier kupiert, und sein Wams, ärmlich und zerschlissen, so hätte ich geschworen, dass vor mir ein Mann von edelstem Geblüt stände. Am meisten bewegten mich seine Augen – blau waren sie und heller als der Himmel am Mittag. Sein Antlitz, sein ganzes Wesen strahlte eine unglaubliche Ruhe und Wahrhaftigkeit aus. Pochte mein Herz soeben noch rasend vor Furcht, so war es nun erfüllt von einem in dieser Vehemenz nie zuvor empfundenen Vertrauen. Und dann sagte er zu mir, ich solle mich nicht fürchten, gemeinsam würden wir den rechten Weg schon finden. So gingen wir einmütig durch den Wald und er sprach zu mir wie zu einem Mann.

Aus dem fernen Jerusalem käme er, sagte der Fremde zu mir.

Vor etlichen Jahren sei er gemeinsam mit den vielen anderen

Tausend losgezogen, um die Heilige Stadt zu befreien, fuhr er fort. Unendliches Leid und Elend habe er erfahren müssen, und viele Grausamkeiten wurden ihm gewahr, beileibe nicht nur verübt von den Ungläubigen. Die meisten der Kreuzzügler wären nur noch gewissenlose Halsabschneider – nicht mehr dem Allmächtigen, sondern einzig ihrem eigenen Profit dienlich. So jedoch kämpften sie ohne Gottes Segen und somit auch ohne Aussicht auf Gelingen. Auf die Einnahme Jerusalems käme es den meisten ohnedies nicht mehr an, viele machten derweil gemeinsame Sache mit den Orientalen, und die Skrupellosesten unter ihnen schändeten Seite an Seite mit dem eigentlichen Feind die Heiligen Stätten, sie wagten es gar, sich über den Gebeinen des Messias zu erleichtern, und sie spotteten über ihn, und sie taten sogar noch viel schlimmere Dinge, die für die Ohren einer reinen Knabenseele beileibe nicht geeignet seien.

Bei diesen Worten schließlich begann der Fremde, sei es dem Zorn, der Scham oder einem Gefühl der Ohnmacht geschuldet, bitterlich zu weinen, und auch ich, ebenfalls überwältigt von einer Vielzahl widerstreitender Empfindungen, vergoss reichlich Tränen. Da sah mich der Fremde an, und mein Anblick schien ihm wieder Mut zu machen, denn nun lächelte er. Damals, im Jahre 1099, als die Herren Ritter noch reinen Herzens und besten Willens waren, da wurde Jerusalem schon einmal unser, sagte der Fremde. Es gelang, weil sie mit Gottes Segen kämpften und so manifestierten Gottfried von Bouillon und seine Mitstreiter die Ansprüche des Abendlandes. Es bedarf also keiner kühnen Klinge, um zurückzuerhalten, was unser ist, sondern nur einer Seele von gottgefälliger Frömmigkeit.

Da küsste er meine Stirn und sprach: »In dir, lieber Nikolaus, habe ich endlich diese Seele gefunden!«

Ich erschrak zutiefst und wich zurück. »Woher kennt Ihr meinen Namen?«, fragte ich ängstlich.

»Aber erkennst du mich noch immer nicht, Nikolaus von Cölln?«, antwortete er. Und dann zeigte er mir seine Hände, und er schlüpfte aus seinen Schuhen und zeigte mir seine Füße, und ich erblickte die Stigmen an seinen Händen und an seinen Füßen.

»Ich bin es, Jesus von Nazareth, der zu dir spricht«, sagte er, doch das war unnötig, in der Tat, ich wusste es schon, als er aus dem Wald zu mir trat.

Ich warf mich auf den Boden und bat beschämt um Vergebung ob meiner Blindheit, doch der Erlöser tröstete mich mit sanften Worten und verzieh mir sogleich. Dann sprach er folgende Worte: »Nikolaus von Cölln, ich übertrage dir die Aufgabe, die Heilige Stadt Jerusalem wieder dem Christentum zu überantworten. Schare wahre Christen und Kinder um dich, welche ebenso wie du reinen Herzens sind und fürchte dich nicht, denn ich werde mit euch sein.«

»Gern will ich alles tun, was Ihr mir befehligt, Herr, doch sagt, wie sollen wir den Weg bewältigen und das Meer überqueren?«, wagte ich, zitternd und starr vor Ehrfurcht, zu erwidern.

»Nehmt die Straße über die Alpen nach Genua. Hilfe wird euch zuteil werden auf all euren Wegen und abnehmen will ich euch Mühsal und Pein. In Genua schließlich wird das Meer sich teilen und ihr werdet trocknen Fußes die Küste Afrikas erreichen. Die Kunde jenes Wunders wird eurem Zug vorauseilen wie Donnerhall und läutern die Seelen der Ungläubigen, auf dass ihr, ohne einen Hieb zu führen, die Heilige Stadt einnehmen werdet!«

Aus seinem Wams zog er einen Brief und gab ihn mir, bevor er ein letztes Mal zu mir sprach: »Diese Botschaft übergebe dem Erzbischof zu Cölln, er wird dir sodann jedwede irdische Unterstützung zuteil werden lassen. So gehe nun und tue, was ich dich geheißen!«

Dann entschwand er, ohne ein weiteres Wort zu verlieren, im Dickicht des Waldes. Augenblicke darauf wurde ich der verzweifelten Rufe meines Vaters gewahr und kehrte zurück in seine Obhut.«

Nikolaus hielt inne und man hätte wahrlich einen Rattenfurz hören können, so leise war's im halligen Kirchenschiff, gebannte Stille allüberall.

Langsam ging seine Rechte in die Höhe, in der Hand ein Pergament. Die Menge begann zu raunen, erst leise, schließlich immer lauter.

»Schweigt!«, schrie Nikolaus plötzlich, »schweigt, denn der Herr erwartet Taten, keine Worte von euch! Und sind immer noch Zweifler unter euch, so sehet, was ich in der Rechten halte, denn nichts andres als die Botschaft an den Bischof ist's, welche Jesus, unser Messias, mir überreicht hat in jener Nacht!«

Nun war die Meute nicht mehr zu halten, der Dom erbebte vor erstaunten Ohs und verzückten Ahs, jeder in der Kirche sah in dem Pergament eine wahrhaftige Reliquie und keiner zweifelte an seiner Echtheit, meine eingeschüchterte Wenigkeit eingeschlossen. Nikolaus schaute ins weite Rund und ganz offenbar genoss er die Reaktion seines Auditoriums, denn ein verzücktes Lächeln umspielte seine Züge. Seinerzeit deutete ich Nikolaus' Miene als religiösen Eifer, heute meine ich, darin eine mindestens ebenso große eitle Selbstgefälligkeit zu entdecken, doch viel zu spät kommt die Erkenntnis, vielleicht auch inspiriert durch das Wissen, was noch Übles folgen sollte. Nikolaus jedenfalls genoss die Reaktionen auf seine Worte und wieder hob er seine Arme, dass die Menge Ruhe gebe, und wieder verfehlte diese Geste ihre Wirkung nicht. In die Stille hinein fuhr er schließlich fort:

»Nun frage ich euch alle, wollt ihr nach wie vor tatenlos zusehen, wie die Gottlosen weiterhin heiligen Boden entweihen? Und ich frage euch alle, wollt ihr nach wie vor tatenlos zusehen, wie die Gottlosen weiterhin *Seinen* geheiligten Namen in den Schmutz ziehen …?«

Die Kraft seiner Rede, obgleich er nur ein Knabe war, schwoll von Wort zu Wort unablässig an und seine Stimme selbst, zuerst ruhig und beherrscht, entglitt ihm nun mit jeder weiteren Silbe immer mehr.

»… Und ich frage euch alle, die ihr hier versammelt seid, wollt ihr denn nach wie vor tatenlos zusehen, wie die gottlosen Morgenländer und die gottverleugnenden Abendländer sich erleichtern über dem Grabe Christi?«

Jetzt schrie Nikolaus, er kreischte, geiferte, schluchzte, weinte, brüllte …:

»… Und ich frage euch, wollt ihr nach wie vor zusehen, wie sie pissen auf die Gebeine unseres Herrn? Wollt ihr weiterhin zulassen, dass sie pissen und koten und spucken auf unser Allerheiligstes?«

Seine Stimme schlug Kapriolen, Speichel schoss aus seinem Mund …

»… Ich frage euch und ich erwarte eine Antwort – nicht in einer Woche, nicht in einem Tage, nicht zum nächsten Glockenschlag, nein, ich erwarte eine Antwort hier und jetzt! So sagt mir, wollt ihr denn tatsächlich nach wie vor tatenlos zusehen …?«

Weiß Gott, man möge mich aufs Rad binden, wenn ich lüge, doch Tausende Männer und Frauen und Kinder brüllten ihm zugleich wie aus einer Kehle ein ›Nein‹ entgegen, und auch ich spürte, wie mir der Hass auf diese Frevler die Tränen in die Augen trieb, und ich kreischte und ich geiferte und ich spuckte meine Wut heraus: ›Nein, ich will nicht mehr tatenlos zusehen!‹

Und mit mir taten dasselbe mein linker Nachbar ebenso wie der zu meiner Rechten ebenso wie wiederum deren Nachbarn. Alle in der Kirche waren nunmehr krank vor Hass, und wäre in diesem Moment ein Orientale erschienen, so hätte ihn die Meute in tausend Stücke zerfetzt, so sicher, wie das Amen dem Gebete folgt.

Die Massen johlten und kreischten noch, als Nikolaus, begleitet von seinem Tross, schon lange wieder den Dom verlassen hatte und für mich stand eines unverrückbar fest: Ich würde diesem Knaben überallhin folgen, komme, was da wolle.«

»Lieber Robert, verzeiht, wenn ich Euch unterbreche«, fiel ihm Bruder Albert ins Wort, »doch obwohl mich Eure Erzählung bannt wie selten eine zuvor, beginnt das lange Tagwerk an meiner Konzentration zu nagen. Ich möchte kein Wort Eurer Rede durch Unaufmerksamkeit versäumen, umso mehr, da mir das Phänomen des Nikolaus von Cölln durchaus zu Ohren gekommen ist, ich aber bislang keine Gelegenheit hatte, mit einem seiner Weggefährten zu sprechen. Lasst uns also rasch den nötigen Schlaf finden, um morgen in aller Früh umso ausgeruhter fortzusetzen, was heute so abrupt endete.

Und solltet Ihr nicht in allzu dringender Eile sein«, sagte Albert lächelnd mit erhobenem Zeigefinger, »so wagt es morgen ja nicht, Eure Rede zu kürzen, denn es dürstet mich, wirklich alles zu hören, was Euch beiden widerfahren ist!«

Der Mönch hielt kurz inne, bevor er mit ernster Miene fortfuhr:

»Nehmt bitte schlussendlich meine für heute letzten Worte so wichtig, wie sie von mir gemeint sind. Nach wie vor bin ich damit betraut, Euer Vergehen in puncto Gabel zu untersuchen. Mich habt Ihr schon lange überzeugt, und wie ich bereits erwähnte, so habt Ihr in mir einen potenten Fürsprecher, doch letztendlich hat der Prior das Sagen in diesem Kloster. Seid unbesorgt, Bruder Georg ist ein besonnener Mann, und da der Euch angelastete Frevel ganz offensichtlich aus reiner Unwissenheit begangen wurde, werde ich ihn gewiss auch rasch von Eurer Unschuld überzeugen können, doch bevor dies geschehen ist, fühlt Euch zwar gern wie Gäste unseres Klosters, verlasst es aber nicht. Denn solltet Ihr gehen, ohne uns Bescheid zu geben, so würde es als ein Schuldeingeständnis angesehen werden, und keine Macht der Welt, auch ich nicht, könnte Euch dann noch vor dem Scheiterhaufen bewahren. Nicht umsonst nennt man uns Dominikaner auch *domini canes*, die Hunde des Herrn. Freilich fühlt sich nicht jeder Bruder des Dominikus berufen, doch ist es in erster Linie unser Orden, der im Namen des Herrn und auf Anordnung des Papstes mit der Durchführung der Heiligen Inquisition beauftragt ist.«

Albert stand auf und öffnete die Tür. Draußen warteten noch immer ihre fünf Begleiter, zwei von ihnen schienen, obwohl stehend, bereits eingenickt zu sein. An Mattias gewandt sagte Albert: »Führ die beiden zu ihrer Schlafstätte und weck sie nicht zur Mette, sondern lass sie ruhen bis zum ersten Hahnenschrei, sie werden es dir sicherlich danken.«

Dann ging er ohne ein weiteres Wort zu verlieren zurück in seine Zelle und schloss die Tür hinter sich.

Mattias tat, wie ihm geheißen, die anderen vier Mönche, allesamt von für Dominikaner überdurchschnittlich kräftiger Statur, begleiteten sie auf Schritt und Tritt. So ging diese Prozession schweigend durch die kargen Gänge der Priorei, bis sie schließlich die Klosterzelle von Robert und Osman erreichten.

Schwer fiel der Riegel von außen ins Futter, nachdem sich die Tür hinter ihnen geschlossen hatte.

»Ich habe kein gutes Gefühl bei dieser Sache, mein Freund. Warum zum Henker musstest du uns auch ausgerechnet zu den Hütern der Inquisition führen?«, fragte Osman gereizt.

»Ja Himmel, Arsch, konnte ich's denn ahnen? Zum einen wusste ich nicht, dass es ein Dominikanerkloster ist, zum anderen war mir bislang nicht bekannt, dass sie Inquisitoren sind. Früher, als ich noch im Kloster Knechtsteden lebte, sind mir solche Dingen nicht zu Ohren gekommen, und nun bin ich genauso wie du erst einige Tage wieder hier auf dem alten Kontinent. Und überhaupt ...«, schnaufte Robert, »... warum konntest du gezierter Affe dein Essen nicht ebenso wie die anderen mit den Händen zu dir nehmen?«

»Hast ja recht, Robert«, beschwichtigte Osman, wohl wissend, wann es angebracht war, ruhig und bedacht mit seinem Freund zu reden, »wir beide handelten aus Unwissenheit, und so sieht es auch dieser Albert. Er scheint ein vernünftiger Mann zu sein. Sicher wird er dafür Sorge tragen, dass wir nicht brennen werden.«

»Dein Wort in Gottes Ohr«, sagte Robert liegend auf der viel zu kurzen Ruhestätte, dann wandte er Osman seinen Rücken zu und schlief sofort ein.

»Wo nimmt der ungebildete Bauer bloß diese Ruhe her?«, flüsterte Osman zu sich selbst, doch auch ihn erlöste kurz darauf ein gnädiger Schlaf von seinen düsteren Gedanken.

DIENSTAG, DER ELFTE JULI

im Morgengrauen

Bruder Mattias bedauerte bereits zutiefst seine Neugier, die er an den Tag legte, als die beiden Fremden das Kloster betraten. Seinem Interesse an den Wanderern war inzwischen längst Genüge getan, dennoch hieß es immerzu: Mattias, bring die Fremden in ihre Zelle, wecke sie, erledige dieses und mache jenes für die beiden und so weiter und stetsfort. Allmählich war er es leid, den Kammerdiener zu spielen. Schließlich hatte er auch noch den Garten zu bewirten. Solche und ähnliche Gedanken betrübten Mattias, als er, beladen mit Speis und Trank, zur Zelle der beiden Gefangenen ging, um ihnen auf Geheiß von Bruder Albert ein kräftiges Mahl zu reichen. Und das zur Prim, wohlgemerkt – also erst, nachdem die anderen Brüder bereits mehrere Gebete verrichtet und Psalmen gesungen hatten. Was sind das für Gefangene, dachte er sich, die verhätschelt werden wie zwei Königskinder, die man erst bei Tagesanbruch weckt und sogleich mit Essen versorgt, während die anderen bis zum Mittag hungern müssen?

»Pfui Deibel, was für'ne Schande!« Mattias schaute erschrocken um sich, als er bemerkte, dass er den letzten Satz laut ausgesprochen hatte. Er war allein, Gott sei es gedankt. Nicht auszudenken, was geschehen wäre, wenn ihn der Prior beim Fluchen erwischt hätte, noch dazu in einer derart unchristlichen Art und Weise.

Inzwischen in der Zelle angelangt musste er mit ansehen, wie sich die beiden Fremden am helllichten Tag noch müde auf ihrem Lager rekelten und den Schlaf aus den Augen rieben. Was für ein gotteslästerliches Verhalten, dachte sich der Botanicus und schüttelte angewidert sein fast kahles Haupt.

»Kann ich Euch Herren sonst noch zu Diensten sein, vielleicht mit einem heißen Bade oder dem Barbier?« Mattias ließ reichlich Spott und Verachtung in seinen Worten mit anklingen, doch die Fremden schienen die Spitzen entweder nicht wahrzunehmen oder sie geflissentlich zu überhören, denn ihre Antwort halste ihm nur noch weitere Arbeit auf. Sich selbst einen dummen Esel nennend, machte er sich ein weiteres Mal auf, diesmal, um den beiden einen Krug Wasser sowie eine Schüssel für die morgendliche Körperpflege zu holen. Ein letzter Blick aus den Augenwinkeln auf das verschmitzte Lächeln des Exoten bestärkte Mattias schließlich in seiner Vermutung, dass die beiden sehr wohl die Ironie in seinen Worten zu hören vermochten, sie aber aus lauter Verderbtheit schlichtweg ignorierten.

Osman lächelte noch, als der kleine, kahlköpfige Mönch bereits lange wieder verschwunden war. Du wirst es dir künftig zweimal überlegen, ob du uns weiterhin mit Worten an der Nase herumzuführen gedenkst, dachte er sich amüsiert.

»Denkst du gerade an eine deiner zahlreichen Liebschaften oder warum grinst du wie ein Depp?«

»Wüsste ich es nicht besser, so würde ich meinen, es ist der pure Neid, der aus deinem Munde spricht!«, antwortete Osman und steckte seinen Kopf in die gefüllte Wasserschüssel, die ihm Mattias soeben wortlos in die Zelle gestellt hatte. Auf diese Weise entging er einem weiteren Wortgefecht, denn nichts hasste er mehr, als bereits früh am Morgen seine Zeit mit sinnlosem Gerede zu vergeuden.

Frisch gestärkt schließlich, die Glocke schlug bereits zur Tertia, wurden Robert und Osman ein weiteres Mal zu Alberts Zelle geführt, wieder in Begleitung von fünf Mönchen. Sollten sie in ärgere Bedrängnis geraten, dachte Robert, seine Bewacher abschätzend, hätte er sie im Handumdrehen überwältigt. Er hoffte jedoch, dass es nicht so weit kommen würde.

Nachdem Albert beide herzlich begrüßt hatte, nahmen sie an alter Stelle Platz, und auch diesmal ließ er die fünf anderen Mönche draußen vor der Tür warten. Kurz noch erkundigte sich der Dominikaner nach dem Befinden seiner Gäste, dann bat er Robert voller Ungeduld, sogleich mit seinem Bericht fortzufahren.

DAS ABENTEUER BEGINNT

»NUN DENN«, NAHM Robert seine Rede wieder auf, »noch lange, nachdem Nikolaus gegangen war, blieben die Schreiber des Bischofs, um die Namen all derer zu notieren, die den Jungen auf seinem Zug nach Afrika begleiten wollten. So stand also auch ich in einer mir endlos erscheinenden Reihe und als ich endlich meine Signatur auf die Liste setzen konnte, war die Sonne bereits längst untergegangen. Aber was sollte ich auch schon anderes anstellen seinerzeit? Ich war mit meiner Flucht nur einem bevorstehenden Hinauswurf aus dem Kloster zuvorgekommen, stand, gerade mal zwölf Jahren alt, ganz allein da, ohne Dach überm Kopf und ohne einen Heller in der Tasche. Zum Schreiberling war ich, obwohl durchaus befähigt dazu, noch zu jung, so wäre mir nur noch die Bettelei geblieben. Doch all jene Gedanken waren gar nicht vonnöten, um mich in die Arme von Nikolaus zu treiben, denn die Begeisterung, die seine Worte in mir weckten, klang noch lange nach und war ebenso unermesslich wie mein Gottvertrauen in seine Mission, nichts hätte mich damals davon abhalten können, ihm zu folgen.

Die nächsten Wochen vor dem Aufbruch waren die erfülltesten meines noch so jungen Lebens. Befreit von den Zwängen der Klosterordnung und vereint mit einer großen Schar gleichgesinnter Altersgenossen verbrachten wir die Wartezeit bis zum Abmarsch gutbehütet und vom Cöllner Bischof mit Unterkunft sowie Speis und Trank versorgt in romantischen Träumereien ob des vor uns liegenden Abenteuers. So verstrichen die Tage mit Gelächter und Gesang.

Aus den Tagen des Wartens wurden Wochen und die Schar derer, die gemeinsam mit Nikolaus Jerusalem zu erobern gedachte, wuchs nahezu von Glockenschlag zu Glockenschlag, bis endlich, an einem warmen Maientage, die Zeit des Aufbruchs gekommen war.

Nun oblag es dem Bischof, wenn ich mich recht entsinne, war es damals Dietrich von Hengebach, eine Ansprache zu halten. Lange nicht beseelt mit jenem glühenden Enthusiasmus wie seinerzeit die von Nikolaus, habe ich nur noch Fragmente seiner Rede im Gedächtnis, und, er möge es mir verzeihen, seine Sprache war so kühl und distanziert, dass ich bereits die Hälfte vergaß, bevor er endete, nur eines ist mir noch gut im Gedächtnis geblieben. Es war die Art und Weise, wie er die gestandenen Männer anging, die nicht in den Krieg gegen die Ungläubigen ziehen wollten. Er stellte sie als Feiglinge dar und beschämte sie aufs Übelste, schimpfte, dass ihre Kinder, wehrlos und waffenunkundig, jenes Werk zu tun gedachten, welches eigentlich sie, die Männer, sich gegenüber dem Herrn verpflichtet fühlen sollten. Es folgte betretenes Schweigen und nicht wenige von ihnen schauten schuldbewusst zu Boden.

»Hört, was der Heilige Vater, Papst Innozenz der Dritte, zu Nikolaus und seinen kühnen Weggefährten verlauten lässt. Diese Depesche erreichte mich soeben aus dem fernen Rom.«

Er rollte ein Pergament aus, hielt es sodann hoch über seinen Kopf, damit auch jeder die Nachricht von Gottes oberstem Hirten sehen könne, dann fuhr er fort, und Ehrfurcht ließ seine Stimme erbeben:

»Mit Sorge muss ich feststellen, dass große Teile des Volkes immer vehementer weitere Kämpfe ums Heilige Land ablehnen. So sind es nun tatsächlich Kinder, unbewaffnet und wehrlos, welche ihre Väter beschämen, indem sie frohgemut ausziehen, Jerusalem zu erobern. Sie tun ihre vom Allmächtigen auferlegte Pflicht, während die Ausgewachsenen und Starken, die Kampferprobten und Erfahrenen sich des Nachts unbekümmert zur Ruhe betten. Doch ist es nicht unser aller Pflicht, seinen Namen in die Welt zu tragen und seine Lehren allüberall zu verbreiten?«

In jener Art setzte sich die Ansprache des Papstes aus dem Munde des Bischofs fort, und nicht schwer ist es, mit nunmehr nüchternem Kopf zu erkennen, was letztendlich vom Klerus bezweckt wurde. Es war eine monströse Anwerbungskampagne, nichts anderes, doch seinerzeit war ich blind vor Eifer und einzig von dem Gedanken an das bevorstehende Abenteuer beseelt, unfähig, argwöhnisch hinter alledem einen großen Plan zu entdecken. So also rannten ich und mit mir zwanzigtausend andere, hauptsächlich Kinder, aber auch junge Geistliche und Alte, in ihr Verderben.

Unter tosendem Jubel und mit viel Trara zog sich der nicht enden wollende Zug wie ein gigantischer, schillernd farbenfroher Regenwurm durch Cöllns Straßen, umsäumt von abertausend Schaulustigen. Doch nicht die Eindrücke von dem erhebenden Moment unseres triumphalen Auszuges aus der Stadt sind es, die mich noch heute heimsuchen, vielmehr belastet meine Seele eine Fülle tragischer Erinnerungen. Weinende Mütter, die einsam am Straßenrand stehen und sehnsüchtig ihren fortziehenden Kindern hinterhersehen, ahnend, dass dies ein Abschied für immer sei. Väter, die mit leblosen Augen in die Menge starren, die Hand erhoben zum letzten Gruß. Und auch einige Kinder schienen angesichts dessen nicht mehr sicher, ob sie denn tatsächlich den rechten Weg einschlugen, doch nur wenige von ihnen hatten nun tatsächlich noch genügend Mut und Kraft, sich aus dem Verbund zu lösen und unserem Zug den Rücken zuzukehren.

Am heftigsten jedoch quält mich seit jenen Tagen die Erinnerung an eine Tragödie, die sich direkt neben mir zutrug. Ein Mann, groß und stark wie ein Bär, mit einem dichten schwarzen Bart, der dem des Samson zu aller Ehre gereicht hätte, flehte seine direkt neben mir gehende Tochter verzweifelt an, nicht mit uns in den Krieg zu ziehen. Das Mädchen mochte gerade einmal zehn Jahre alt sein, doch bereits jetzt war es hübsch anzusehen, das blonde Haar strahlte heller als die Sonne und die blasse Haut verlieh dem Kind eine nahezu ätherische Anmut. Die Mutter des Mädchens musste eine Schönheit ohnegleichen gewesen sein.

»Sei unbesorgt, liebster Vater, bald werde ich wieder zurück sein. Auch du hast Nikolaus gehört, so weißt du also, dass Gottes Segen und Kraft mit uns sein werden!«, sagte die Kleine mit glockenheller Stimme.

»Gern würde ich's für bare Münze nehmen, doch mir fehlt die Sicherheit deines Glaubens. Schließlich hat der Herr schon deine Mutter zu sich geholt, wie kann ich gutheißen, dass er mir auch noch dich nimmt? Ach Kind, liebend gern würde ich dich begleiten, doch ich kann deine Geschwister nicht allein lassen. Luise, ich bitt' dich, komm zur Besinnung und bleib bei uns, ich fleh dich an, mein Kind, bitte!«

Der Bärtige war völlig aufgewühlt, Verzweiflung, Angst und Entsetzen – Emotionen, die einfach nicht zu diesem kantig-männlichen Gesicht passen wollten, verzerrten seine Züge. Schon näherten sich einige unserer erwachsenen Gefährten, bereit zu verhindern, dass der Mann seine Tochter gegen ihren Willen aus dem Zug zog.

›Nur wer es sich vor dem Verlassen der Stadt anders überlegt und aus freien Stücken daheimbleiben will, darf dem Zug noch den Rücken kehren‹, so Nikolaus' eindeutige Anweisung. Ein letztes Mal schaute das Mädchen ihrem Vater voller Zuversicht und Gottvertrauen in die Augen, dann entschwand es zur anderen Seite des Zuges und damit auch seinen Blicken. Voller Wehmut sah er seiner Tochter hinterher, sich durchaus bewusst, sie auf immer verloren zu haben. Gleich darauf fixierte er mich, eindringlich, fordernd. Ich weiß bis heute nicht, wieso er ausgerechnet mich erwählte, doch ich war es, den er als Behüter seines Kindes auserkoren hatte, er verpflichtete mich geradezu, auf sie Acht zu geben, keine tausend Wörter hätten dieses deutlicher ausdrücken können als jener nur einen Herzschlag währende Blick. Eine schwere Bürde für einen zwölfjährigen Knaben, doch ich gab ihm mit einem Nicken zu verstehen, dass ich mich der Aufgabe verpflichtet und gewachsen fühlte. Noch lange schaute ich immer wieder zu dem Mann zurück, sah, wie er auf die Knie fiel, jammernd und schluchzend wie ein kleines Kind, wohlgemerkt, ein Mann wie ein Berg, vielleicht gar größer noch, als ich es heute bin. Und noch immer schrecke ich nachts schweißnass auf und sehe sein Gesicht vor mir, und wieder entsinne ich mich, wie jämmerlich ich doch scheiterte an meiner Aufgabe.«

Roberts Stimme wurde brüchig, dann versagte sie ihm schließlich vollends den Dienst.

Ein jeder schaute betroffen zu Boden.

Als Albert nach einer angemessenen Weile das betretene Schweigen mit tröstenden Worten brechen wollte, kam ihm Robert unvermittelt mit einem dem Ort gänzlich unangemessenen Fluch zuvor.

»Verzeiht meinen Ausbruch, verehrter Mönch«, setzte Robert rasch nach, »doch der Gram sitzt tief und wird mich wohl mein Leben lang nicht friedlich ruhen lassen. Ihr müsst wissen, dass ich mich sofort, nachdem der Vater meinem Blickfeld entschwand, auf die Suche nach dem Mädchen machte, doch vergeblich, ich konnte es nicht mehr finden. Nach einigen Tagen der erfolglosen Suche dachte ich, sie habe sich doch noch besonnen und wäre in Cölln geblieben, umso entsetzlicher war der Augenblick, als ich sie gute zwei Monate später in meinen Armen hielt, erschlagen von einer Gerölllawine. Ihr Blut besudelte mein Wams, doch vielmehr noch meine Seele, die sich fortan nicht mehr frei fühlte von Schuld. Ein Novize neben mir sagte seinerzeit, Gott wolle uns prüfen, doch dachte ich, nicht eine Prüfung war's, sondern vielmehr eine Strafe, die er einzig und allein mir auferlegte. Doch wofür, so fragte ich mich? Was hatte ich getan, um derart gestraft zu werden? Hatte ich nicht zeitlebens gottgefällig gelebt? Hatte ich nicht alles getan, um seiner Gnade und Güte wert zu sein? Und sei auch ihr Tod vorbestimmt gewesen, musste denn ausgerechnet ich sie entdecken, ich, der das Mädchen zu schützen gelobte und der sie zuvor tagelang vergeblich gesucht hatte?

Zum ersten Mal, stellte ich mit Erschrecken fest, dachte ich im Zorn an Gott, denn ich wollte wegen der unglaublichen Konstellation der Ereignisse nicht so recht an einen Zufall glauben. So blieb mir in Anbetracht des unglücklichen Ausgangs nur die Folgerung, dass die Geschehnisse von Gott gelenkt seien. Doch weder in mir noch in dem unschuldigen Kind konnte ich eine Bösartigkeit entdecken, die ein derartiges Schicksal verdient hätte, sollte der Allmächtige also wirklich dermaßen perfide Pläne spinnen wider seinen treuesten Dienern? Nein, dieser Gedanke war einfach zu entsetzlich, heiß und kalt liefen mir Schauer den Rücken hinunter. Wenn aber Gott die Ereignisse nicht veranlasste, duldete er sie doch zumindest, und auch diese Erkenntnis erschien mir bitter. Und so begann ich zum ersten Mal an der Existenz des Allmächtigen selbst zu zweifeln …«

Während Robert die letzten Worte sprach, sah er Bruder Albert auffordernd in die Augen. Osman rutschte derweil nervös auf seinem Schemel hin und her. Äußerungen dieser Art würden ihre derzeitige Situation sicherlich nicht verbessern, immerhin stand weiterhin der Vorwurf der Ketzerei im Raum.

»Nun«, begann der Mönch, und in seinen Worten lag keinerlei Bitternis, »dem Mädchen ist vieles erspart worden, schließlich wissen wir alle, wie der Kreuzzug des Nikolaus endete. Der Herr hat es beizeiten zu sich genommen.«

»Aber was ist mit mir«, widersprach Robert, »warum musste er mir diese Pein auferlegen?«

Albert legte seine Hände auf Roberts breite Schultern, bevor er mit gütiger Stimme antwortete: »Das Schicksal hat einen tiefgründigen und nachdenklichen Menschen aus dir gemacht, lieber Robert. Gott braucht keine blinden Anhänger, die alles klaglos hinnehmen, sondern Menschen, wie du es einer bist. Menschen, die mehr Fragen als Antworten haben. Bisweilen stoße auch ich auf Widerstand, weil ich mich nicht mit der erstbesten Erklärung zufriedengeben will. Doch Geister wie du und ich, Geister unsres Schlages halt, sind es, die der Menschheit die Wahrhaftigkeit ein Stückchen näher bringen werden.«

»Ihr seid ein weiser Mann, Bruder Albert«, sagte Robert, und ein mildes Lächeln umspielte seine Lippen. »Ich will gern, wenn es denn die Zeit uns gestattet, mit Euch philosophieren über Gott und Glaube, Himmel, Erde und was uns sonst noch bewegt, doch jetzt lasst mich fortfahren mit meinem Bericht, auf dass ich ihn irgendwann zu Ende bringe.

Unter lautem Jubel, einem Volksfest gleich, verließen wir die Stadt durch ein prächtiges Tor mit rundem Durchlass und zwei imposanten Türmen links und rechts. Seinerzeit war jenes einer Festung gleichende Stadttor noch im Bau befindlich, inzwischen ist es sicherlich fertiggestellt …«

»Dann wird es wohl die Hahnentorburg gewesen sein, durch die Ihr ausmarschiertet. Sie ist derweil vollendet und in ganzer Pracht Bestandteil der gewaltigen Cöllner Stadtmauer.«

»Mag so sein, Bruder Albert. Vor den Toren der Stadt jedenfalls hielten wir uns an den Ufern des Rheins und marschierten gen Süden. Auf der Suche nach dem kleinen Mädchen ließ ich mich zurückfallen bis ans Ende des Zuges und arbeitete mich dann wieder bis an die Spitze vor, vergeblich, wie Ihr wisst. Hier jedoch traf ich nun auf Nikolaus, umgeben von einem guten Dutzend Geistlicher, allesamt bereits der Kindheit entwachsen. Die Gelegenheit beim Schopfe packend, wollte ich mit dem Knaben, der mich damals mit seiner Rede im Cöllner Dom so kolossal beeindruckt hatte, einige Worte wechseln. Dieses Vorhaben zu bewerkstelligen erwies sich jedoch als nahezu aussichtslos, da man zuerst den Riegel seiner Begleiter, oder besser Bewacher, brechen musste, um zu ihm durchzudringen. Schließlich gelang es mir dennoch, und da wir beide ungefähr gleichen Alters waren und auch eine ähnliche Ausbildung genossen hatten, fassten wir schnell Vertrauen zueinander. Ich stellte mich ihm persönlich als Freund und Berater zur Verfügung, und gern nahm er mein Angebot an. Damals schon bemerkte ich, dass zwischen dem Nikolaus, den ich in der Kirche erlebt hatte und jenem, mit dem ich mich nun Aug in Aug unterhielt, eine gewaltige Kluft herrschte. Als er seine Rede hielt, wirkte er sehr diszipliniert, überlegt und auch überlegen, dadurch unnahbar und eigentlich viel zu reif und erwachsen für sein junges Alter. Nun aber hatte ich einen Knaben vor mir, dessen kindlich-naives Gemüt klar zum Vorschein kam. Freilich, auch jetzt wählte er seine Worte sehr klug und man merkte ihm deutlich seine Bildung an, doch wollte in mir der Verdacht aufkommen, dass die Ansprache nicht von Nikolaus selbst ersonnen, sondern ihm nur in den Mund gelegt worden war. Argwöhnisch von seinen Begleitern beäugt, fühlte ich mich dann rasch bestätigt in meiner Vermutung.

Doch noch konnte und wollte ich keine weiteren Schlussfolgerungen aus meinen Beobachtungen ziehen. Ich war einfach nur stolz und überglücklich, dem großartigen Nikolaus von Cölln zu Diensten sein zu dürfen, jenem Jungen also, dem der leibhaftige Jesus von Nazareth erschienen war, um ihm einen Auftrag zu erteilen.

Auf einer Bergkuppe angelangt, legten wir eine Rast ein und ich bekam eine wohlige Gänsehaut angesichts des berauschenden Schauspiels, welches sich vor meinen Augen abspielte – zurück ins Tal auf das Ende unseres Zuges blickend, sah ich ein farbenfrohes, aus Menschen geknüpftes Band, das auf einer Länge von nahezu zwei Meilen uns hinterdrein strebte.

Und ein jeder von ihnen, sinnierte ich von Herzen froh, war nur von einem Gedanken beseelt – dem Herrn dienlich zu sein. Welch unwiderstehliche Macht doch von Worten auszugehen vermag, dachte ich damals und hatte dabei freilich nur Gutes im Sinn.

Die folgenden Tage und Wochen bis zum Erreichen des Alpenrandgebietes will ich nur kurz ansprechen, da nichts Außergewöhnliches geschah. Nur so viel zum Organisatorischen: Wir marschierten immerzu flussaufwärts das westliche Rheinufer entlang. Der Sommer des Jahres 1212 war sehr heiß und trocken, müsst Ihr wissen. Da der Rhein stets zu unserer Linken lag, mangelte es nie an Wasser. Hunger lässt sich eine Weile ertragen, doch Durst kann mörderisch sein, zumal sich der Großteil unseres Gefolges aus Kindern rekrutierte, die Entbehrungen nur schwer zu ertragen wussten. Für Wasser war also gesorgt, doch auch der Magen musste gefüllt werden. Entlang des Rheins befinden sich, wie Ihr gewiss selbst bestens wisst, zahlreiche Siedlungen, ebenso einige größere Städte wie Koblenz oder Speyer. Daher liefen unserem Zuge immer einige Herolde voraus, die unser Kommen ankündigten. Der Bischof von Cölln verpflichtete in einem Schreiben, welches die Botschafter bei sich trugen, sämtliche kirchliche Einrichtungen der uneingeschränkten Unterstützung unserer Sache. Und so geschah es, zumeist freiwillig und aus freudigem Herzen. Freilich, einige Male wurde die Hilfe nur mit spürbarem Unwillen gewährt, aber auch dieses zu tadelnde Verhalten unserer Gastgeber vermochte unsere Freude nicht zu trüben, waren wir doch in der Gewissheit unterwegs, nicht zu unserem Vorteil, sondern im Namen des Allmächtigen in den Krieg zu ziehen.

Da das Jahr zuvor eine reiche Ernte eingetragen hatte, die Kornkammern also noch ordentlich gefüllt und das Vieh bestens gemästet war, konnten die meisten Ortschaften zumindest für einen Tag mit genügend Speisung aufwarten, und wenn eine Gemeinde nicht ausreichend hatte, so halfen die benachbarten Orte mit aus. Außerdem sammelten wir alles Essbare auf, was wir auf unseren Wegen fanden, seien es Beeren oder Wurzeln gewesen, des Weiteren jagten einige von uns in den umliegenden Wäldern und andere wiederum fischten im Rhein nach schwimmender Nahrung. Das alles zusammen, Almosen von der Kirche, Früchte und Beeren vom Wegesrand sowie Wild und Fisch hielten unser junges Heer am Leben, zwar nicht übermäßig üppig, aber doch ausreichend. So durchquerten wir die Herzogtümer Nieder- und Oberlothringen sowie Franken und Schwaben, passierten Städte wie Mainz, Worms und Straßburg und kamen schließlich Anfang Juli in Basel an. Bis zu jener prächtigen Stadt an den Grenzen zum Königreich Burgund waren wir dem Rheinverlauf strikt gefolgt, nun hieß es Abschied nehmen vom teutonischsten aller Flüsse, denn unsere Passage über die Alpen, die uns schließlich nach Genua führen sollte, verlief in westlicher Richtung, während der weitere Lauf des Rheins zum östlich gelegenen Bodensee führte. Nur wenige, zumeist Kinder unter zehn Lenzen und Kranke sowie Alte, hatten unseren Zug bislang verlassen, und ungefähr ebenso viele sind in den Städten zu uns gestoßen, sodass wir nach zwei Tagen Rast in Basel mit nahezu zwanzigtausend Menschen aufbrachen, die Alpen zu überwinden.

Hätte ich geahnt, wie wenige nur schließlich nach unendlich erscheinenden sechs Wochen die Südausläufer des Massivs nahe Turin erreichen würden, abgekämpft und dem Tode näher als dem Leben, so wäre ich der Erste gewesen, der versucht hätte, Nikolaus von seinem verwegenen Plan abzubringen. So aber, nachdem unser bisheriger Marsch frei von Qual und Mühsal verlaufen war, eben so, als ob der Allmächtige selbst seine schützende Hand über uns gehalten hätte, dachte keiner von uns auch nur im Entferntesten an ein Scheitern der Mission. Die Zuversicht stand jedem ins Gesicht geschrieben, gepaart mit einer gespannten Vorfreude und Neugierde ob der Dinge und Wunder, die uns alle jenseits der Alpen erwarten würden, und sei es nur das Meer, welches keiner von uns bislang zu Gesicht bekommen hatte. So zogen wir also los in südwestlicher Richtung auf den ungefähr vierzig Meilen entfernten Bieler See zu, die Häute prall gefüllt mit Rheinwasser, denn nun mussten wir, erstmals seit Beginn unserer Reise, einige Tage ohne einen Fluss an der Flanke unseres Zuges zurechtkommen.

Nikolaus wählte den in den Savoyen gelegenen Mont-Cenis-Pass, um die Alpen zu überwinden, doch eigentlich waren es seine ihn ständig umschwirrenden Berater, die diesen Weg als Passage festlegten. Da ich selbst zum Gefolge des Nikolaus von Cölln gehörte, wenn ich auch nicht in die strategischen Überlegungen mit eingebunden wurde, kann ich nun, ohne jenes verklärte Gefühl von Ehrfurcht und Respekt, das ich dem Knaben seinerzeit noch entgegenbrachte, feststellen, dass nahezu jede wichtige Entscheidung von seinen Beratern gefällt wurde. Nikolaus verblieb nur, bestenfalls mit eigenen Worten, diese Vorhaben feierlich zu verkünden. Dazu bestieg er häufig einen Hügel wie seinerzeit Jesus Christus und ließ seine Anhänger um sich scharen. Da stand er dann nun, häufig die blutroten Schleier der Abendsonne in seinem Haar, und er sprach zu uns wie damals in der Kirche, und wieder verströmte er jene Aura, die augenblicklich jeden Zweifel an seiner Person in Luft auflöste, und wieder war ich bereit, mein Leben mit Freuden zu geben, wenn unser Auftrag oder er es von mir verlangen sollte.

Allerdings nur zu Beginn unserer Wanderung, denn von Mal zu Mal trat offensichtlicher zum Vorschein, dass Nikolaus nur seine Stimme hergab für Entscheidungen, die andere für ihn fällten. So geschah es denn auch, dass sich mir die zwei Gesichter des Nikolaus von Cölln offenbarten, die unterschiedlicher nicht hätten sein können. Während der Ansprache mit dem Nimbus der Unfehlbarkeit behaftet, wurde er, kaum geendet, wieder zum naiven Knaben, kindlicher und unreifer, als andere Jungen seines Alters es waren. Immer fragte Nikolaus mich, wie mir seine Ansprache gefallen habe, und immer lobte ich ihn in höchsten Tönen. Bang ums Herz wurde mir jedoch, als ich bemerkte, dass er bisweilen unmittelbar nach seiner Rede schon nicht mehr wusste, worüber er soeben noch gesprochen hatte.

War es tatsächlich Gott, dem Nikolaus als Werkzeug diente?

Oder wurde er nur benutzt von jener argwöhnischen Bande geheimnisvoll miteinander tuschelnder Kleriker, die ihn umgarnte, unentwegt auf ihn einredete und abschottete vom Rest der Gemeinschaft? Nur mit Müh und Not, und beileibe nicht immer, gelang es mir, zu ihm vorzudringen und stets spürte ich die misstrauischen Blicke seiner Begleiter im Nacken.

Kaum hatten wir das gastfreundliche Basel verlassen, stießen wir auch schon auf die ersten Ausläufer der Alpen. Die Pfade wurden zusehends steiler, das Gelände steinig und trist und mit der Trostlosigkeit unserer Umgebung wuchs der Missmut in unserer bislang so wohlgelaunten Gemeinschaft. Nicht nur die Nächte wurden deutlich kühler, auch Wasser und Nahrung mussten nun eingeteilt werden, wollten wir alle den Bieler See erreichen, unsere nächste Etappe. Verfügten die Älteren unter uns noch über genügend Disziplin, die allgegenwärtigen Beschwerlichkeiten und Entbehrungen klaglos zu erdulden, so verließen die Jüngsten in unserem Heer allmählich die Kräfte, nachdem die Wochen mit ausnahmslos gutem Wetter, reichlich Wasser und Speisung endgültig der Vergangenheit angehörten. Ihre Klagen wurden immer lauter, ihr Jammern immer flehender und, so grausam es auch klingen mag, ihr Weinen wurde einigen unter uns zusehends lästiger. Die Stimmung trübte sich ebenso wie der Himmel über uns, und hinter vorgehaltener Hand wurde der Gedanke, die Kinder ihrem Schicksal zu überlassen, immer häufiger ausgesprochen. Gottlob vermochten sich jene herzlosen Seelen nicht durchzusetzen, jedenfalls *noch* nicht, und wir erreichten, die Kinder bevorzugt mit Speis und Trank versorgend, alle miteinander wohlbehalten und gerade noch rechtzeitig die Siedlung Biel am gleichnamigen See.

Zwar war der Empfang hier bei Weitem nicht so herzlich wie einige Tage zuvor in Basel, doch der Anblick des klaren, funkelnden Wassers und die unweit des Sees wieder üppiger sprießende Vegetation mit ihren Beeren und Früchten entschädigte uns dafür umso reichlicher.

Wir errichteten unser Lager am Westufer. Nun war die Zeit reif für ernsthafte Gespräche, abseits der romantischen Verklärungen, welche viele noch mit unserem Vorhaben verbanden, denn dieser erste Marsch in unwirtlicheren Gefilden zeigte unserem Unternehmen deutlich seine Grenzen auf. Während einige von uns, darunter auch ich mit der gelebten Weisheit ganzer zwölf Jahre, zu der Ansicht gelangten, dass die Jüngsten und Schwächsten unter uns wieder heimwärts ziehen sollten, jetzt, solange sie noch frei zu wählen vermochten, verlor Nikolaus zu meinem Entsetzen zusehends den Sinn für die Wirklichkeit. Wie im Fieber fantasierte er von Wundern, welche der Herr ihm im Traum geweissagt habe. Doch nicht das, *was* er sagte, beunruhigte mich, denn auch ich glaubte nach wie vor felsenfest an die Unterstützung des Allmächtigen. Es war die Art und Weise, *wie* er zu mir sprach. Seine Augen flackerten wie irr, sein Blick drang durch mich hindurch, ohne mich wahrzunehmen. Dies war nicht mehr das vertraute Geplauder eines Knaben mit einem

Gleichaltrigen. Vielmehr sprach jetzt der allseits berühmte Nikolaus von Cölln zu mir, so wie er seinerzeit im April zu den abertausend Pilgern in der Kathedrale sprach, doch fehlte seiner Rede jegliche Kraft; seine Worte waren leer, wirr und zusammenhanglos.

Ob der Ruhm seinen Geist verwirrte oder eine andere Ursache dafür vorlag – die Frage nach dem Warum war nunmehr ohne Belang. Eines jedoch stand außer Frage: Der Führer, dem zwanzigtausend Menschen, zumeist noch Kinder, bedingungslos ihr Leben anvertraut hatten, war nicht mehr Herr seiner Sinne. Ich versuchte zwar, ihn zur Einsicht zu bewegen, doch meine Worte drangen nicht mehr zu ihm durch. Der Anführer unseres Kreuzzuges weilte inzwischen in seiner ganz eigenen Welt, unsere Mission, nunmehr kopflos, war gescheitert.

Doch wie sollte ich die Massen zur Umkehr bewegen?

Ein Wort von Nikolaus hätte gereicht.

Mich jedoch, obwohl seinem unmittelbaren Gefolge angehörend, kannte kaum jemand, niemals hätte ich glaubhaft in seinem Namen zu unserer Gemeinschaft sprechen können. Und niemals hätte ich wie er die Menschenmassen bewegen können, dafür fehlte mir sein Charisma. So suchte ich also in den Abendstunden die Kleinsten der Kleinen auf, doch selbst bei ihnen war mir kein Erfolg beschieden. So herzzerreißend sie auch klagten und jammerten auf dem beschwerlichen Weg von Basel zum Bieler See, so kurz wiederum schien ihr Gedächtnis und so gewaltig ihre Zuversicht und ihr Vertrauen in Nikolaus, der ihnen Wunder über Wunder versprach, allabendlich nun. Ihr junger Verstand war noch nicht wach genug, um zu erkennen, dass er jedes Mal die gleichen Worte sprach, klanglos intoniert wie auswendig gelernt. Und kaum einer kam ihm näher als hundert Fuß, sodass ihnen entgehen musste, wie wild seine Augäpfel rollten, wenn er mit sanfter Stimme Nächstenliebe predigte, nur um einen Moment später mit dem leerem Blick eines Toten die Morgenländer mit energischer, fast überschlagender Stimme der Blasphemie zu bezichtigen. Zwei volle Tage und ebenso viele Nächte erholten wir uns von den Strapazen der Reise, eigentlich eine lange Zeit, dennoch hatte ich leider gerade einmal eine Hand voll Kinder und einen Greis als ihren Führer zur Heimkehr überreden können.

Ich zog indes mit Nikolaus und den anderen weiter, gen Süden zum nahe gelegenen Neuenburger See. Die Kinder einfach in ihr Verderben laufen zu lassen, ohne alles Menschenmögliche dagegen unternommen zu haben, empfand ich als ebenso feige wie auch unverantwortlich.

Doch entgegen meinen Befürchtungen verliefen die nächsten Tage ohne Beschwerlichkeiten, ganz im Gegenteil. Schnell erreichte die Gemeinschaft den Neuenburger See, der Himmel klarte auf und das Wetter blieb daraufhin angenehm warm und trocken. Tagelang wanderten wir am Westufer des Sees entlang, bestens versorgt mit Wasser, und die unweit unseres Weges wachsenden Büsche trugen reichlich Früchte. Nach drei Tagesmärschen ließen wir den Neuenburger See hinter uns und zogen daraufhin zum großen See bei Genf. Ich schöpfte neue Zuversicht, hätte beinahe meine Bedenken als Schwarzmalerei abgetan, nun, als die Zeit des großen Desasters nicht mehr fern war.

Bis zum See wanderten wir durch flaches, fruchtbares Gelände. Unsere Wasservorräte gingen noch nicht zur Neige, als wir schließlich das gewaltige Gewässer nach einem Dreitagesmarsch erreichten. Wir zogen am Gestade des Sees in westlicher Richtung und nach weiteren zwei Tagen trafen wir schließlich in Genf ein. Bis hierhin verlief unsere Reise in der Tat nahezu ohne Verluste, und wenngleich unsere Einkehr in Genf wie auch in jeder anderen Stadt Burgunds lange nicht so freudig von den Ansässigen aufgenommen wurde wie in den Ortschaften der Lothringer, Franken und Schwaben, fand sich auch hier ein Haus Gottes, welches uns für die Nacht mit Obdach und Proviant versorgte.

Dann schließlich hieß es, Genf hinter uns zu lassen.

Der Mont Cenis, jener Pass also, den wir über die Alpen zu nehmen gedachten, war schon lange ins Auge gefasst. Er liegt im Massiv der Westalpen an der Grenze zwischen dem Königreich Burgund und der Lombardei. Nun gab es von unserer Position aus zwei Wege, diesen Pass zu erreichen und ein jeder fand seine Befürworter. Der eine verlief im weiten Bogen durch die fruchtbaren Niederungen der Rhône entlang, um schließlich erst nahe Chambéry einen Haken nach Südwesten zum Mont Cenis zu schlagen. Der andere war weitaus kürzer, ging es doch nahezu direkt in südlicher Richtung auf den Pass zu, allerdings auch bei Weitem beschwerlicher, denn er führte geradewegs in gebirgiges Gelände, fernab von Flüssen und früchtetragenden Sträuchern. Da keine Einigung getroffen werden konnte, war es schließlich Nikolaus, der eine Entscheidung fällen musste: Sie fiel zu Gunsten des kürzeren Weges aus.

Nur wenige blieben zurück, die meisten, vor allem die Kinder, hielten ihm die Treue und so zogen wir weiter. Nach einem üppigen Mittagsmahl, dem letzten dieser Art für viele von uns, verließen wir Genf, der Sonne entgegen, schwer beladen mit Vorräten und voller Zuversicht im Herzen.

DIE ALPEN

Das Verhängnis nahm seinen Lauf.

Kaum hatten wir das prächtige Genf hinter uns gelassen, wurde das Gelände auch schon unwirtlicher. Die Straße, zuerst ausnehmend breit und beeindruckend wie alles in jener herrlichen Stadt, wurde zusehends schmaler, bis aus der Straße ein Weg und aus dem Weg schließlich ein Pfad wurde, gerade mal breit genug für einen Ochsenkarren. Wir hatten den Marsch über die Alpen kaum begonnen, da fingen einige wieder an zu jammern, und eben jene am heftigsten, die Nikolaus am Abend zuvor bei seiner Rede am lautesten zugejubelt hatten. Alle Befürchtungen, nahezu schon vergessen, waren mit einem Schlag wieder da, mächtiger und drängender denn je zuvor. Insbesondere, da keiner von uns zuverlässig wusste, wie weit es bis zum Pass war und darüber hinaus von dort bis zum jenseitigen Fuß der Alpen in der Lombardei. Auch schien es mir, als ob die Kälte nahezu bei jedem Schritt spürbar zunähme. So mussten wir bereits am ersten Abend, obwohl kaum vorangekommen, das Nachtlager mit Feuerstätten versorgen.

Ich fuhr fort mit meinen Bemühungen, wie seinerzeit am Bieler See, die Jüngsten und Schwächsten zu einer Rückkehr zu bewegen. Und auch dieses Mal war mir nur wenig Erfolg beschieden. Kaum einer wollte mir zuhören, denn die meisten glaubten nach wie vor an jene Wunder, welche Nikolaus ihnen Abend für Abend versprach. Dennoch, ich gab nicht auf und machte unbeirrt weiter in der Hoffnung, wenigstens einigen von ihnen ihr gerade erst begonnenes Leben zu retten, bis schließlich sogar die Berater von Nikolaus auf mein vermeintlich schändliches Treiben aufmerksam wurden. Vermutlich wäre ich als Aufrührer oder Ketzer gegeißelt worden, hätte nicht Nikolaus einen jener immer seltener werdenden lichten Momente gehabt, in denen er in mir seinen Freund wiedererkannte. Er begnadigte mich, gelobte jedoch ausdrücklich, meine Person umgehend dem Henker zu überantworten, sollte ich weiterhin gegen seine Sache intervenieren. Außerdem verbannte er mich, offenbar schwer von mir enttäuscht und verletzt, aus seiner Gefolgschaft.

Nun waren mir vollends die Hände gebunden. Weder vermochte ich zu Nikolaus vorzudringen, noch war es mir weiterhin möglich, gegen den Kreuzzug zu sprechen. Da ich offenbar nichts mehr verrichten konnte, beschloss ich, den Heimweg anzutreten, als jenes Mädchen, dessen Leben ich zu schützen stumm seinem Vater gelobte, tot zu meinen Füßen lag. Erschlagen von einer Geröllawine.

Meine Gefühle, die mich überwältigten, als ich das unschuldige Geschöpf tot in den Armen hielt, habe ich Euch ja bereits geschildert«, sagte Robert und nickte dem Mönch zu. »Nachdem der erste Zorn verraucht und mein Geist wieder klarer wurde, bewegte mich jedoch ein anderer Gedanke. Noch konnte und wollte ich Gott nicht abschwören, also nahm ich die Tragik des Ereignisses als ein Zeichen auf, bei der Gemeinschaft zu verbleiben, um nach besten Kräften Unheil von ihr abzuwenden. Bei dem Mädchen hatte ich kläglich versagt, doch hoffte ich auf weitere Gelegenheiten, Leben zu retten, wie auch immer dies zu bewerkstelligen sein sollte. Das Mädchen im Übrigen ist der Grund, warum es mich zurück nach Cölln treibt, lieber Mönch. Dem Vater, sollte er noch auf Erden weilen, will ich berichten, auf dass er endlich Gewissheit habe, so schwer sie auch zu ertragen sein mag. Das Medaillon der kleinen Luise trage ich seither um den Hals, damit es mich allzeit an mein Gelübde erinnert.«

»Doch nicht nur wegen ihres Vaters zieht es dich nach Cölln, lieber Freund«, wurde Roberts Rede frech von Osman unterbrochen, »erzähl Bruder Albert doch von Augusta, deiner Herzallerliebsten. Heul auch ihm die Ohren voll von jenem Weibsbild, dem du zwar nur wenige Tage nahe warst, aber nunmehr schon ein halbes Leben nachtrauerst.«

Robert lief rot an, ob aus Zorn oder Scham, wusste nur er selbst.

»Ich denke, es gehört sich nicht, einen Mönch mit Liebesdingen zu behelligen, außerdem ist Augusta, was den Kreuzzug betrifft, nicht von Interesse.«

»Ihr täuscht Euch in uns Mönchen, denn auch Ordensbrüdern sind die Geheimnisse der Liebe nicht fremd. Zwar verwehren uns die strengen Regeln des Zölibats eigene Erfahrungen, umso mehr jedoch sind wir als Seelsorger den armen Sündern in unserer Gemeinde verpflichtet. Wenn Eure Liebe zu Augusta allerdings zu privat ist, um hier und heute erörtert zu werden und außerdem nicht von Belang für den weiteren Fortgang Eures Berichtes, so soll sie mich auch nicht interessieren«, sagte Albert und nickte Robert aufmunternd zu.

»Nur so viel zu Augusta«, hob Robert an, und ein grimmiger Blick Richtung Osman zeigte diesem deutlich, dass er jetzt besser schweigen sollte, »ich sprach das erste Mal mit ihr, als ich das tote Mädchen in meinen Armen hielt. Offensichtlich kannte sie Luise, denn ständig stammelte sie ihren Namen, schreckensbleich und mit Tränen in ihren hübschen Augen. Von ihr erfuhr ich auch den Namen des Vaters.

Seit diesem Unglück waren Augusta und ich stets beisammen. Uns beiden hatte das Schicksal den liebsten Begleiter genommen, sie beklagte den Verlust von Luise und mir war nunmehr Nikolaus ferner, als es ein Toter je hätte sein können. So also wanderten wir fortan Seite an Seite den zusehends beschwerlicher werdenden Weg gemeinsam. Bereits nach zwei Tagen mussten wir die mitgeführten Vorräte anbrechen, denn ringsumher gab es nur noch Steine und Geröll, keine Früchte oder Wurzeln, kein Wild, geschweige denn Wasser war in Sicht. Das Gejammer und Gewimmer der Kleinsten unter uns wurde stetig lauter, doch nun, eingedenk des langen vor uns liegenden Weges, war keiner mehr bereit, auf seinen Teil zu Gunsten der Schwächeren zu verzichten. Plötzlich hieß es, dass ihnen der Weg zurück freigestanden habe und Nikolaus am Genfer See sogar vor den Beschwernissen einer Alpenüberquerung gewarnt hätte. Nun, ich habe jede seiner Reden aufmerksam verfolgt, wenn inzwischen auch aus der Ferne, doch Derartiges ist nie über seine Lippen gekommen, ganz sicher nicht.

Zerrte bislang nur der Hunger an unseren Kräften, so wurde nun der Durst, weitaus quälender noch, unser ständiger Begleiter. Hinzu kam die Kälte, stetig beißender und bedrohlicher, und nichts ließ sich gegen sie unternehmen, denn weit und breit gab es schon lange kein Holz mehr für ein Feuer. So drückten wir uns nachts eng aneinander, am Tage jedoch ging jeder für sich allein, so rasch ihn seine Füße trugen, wodurch unser Zug immer weiter auseinandergerissen wurde. Die Schwächsten blieben zurück und diejenigen unter ihnen, die nicht mehr die Kraft oder den Willen zu einer Umkehr hatten, gingen jämmerlich zugrunde.

Fünf Tage und Nächte wich ich nicht von Augustas Seite.

Fünf Tage, an denen ich die Gespräche mit ihr und fünf Nächte, in denen ich ihre Nähe genoss, keusch zwar, denn immerhin waren wir beide erst zwölf Jahre alt, aber dennoch inniglich und intensiv. Wir liebten uns, trotz unseres unreifen Alters, und noch heute, über zwanzig Jahre später, denke ich jede Nacht an sie.

Und dennoch, trotz meiner Gefühle, wurde mir damals von Tag zu Tag schmerzlicher bewusst, dass eine Trennung unvermeidlich war. Zweifellos würde der Kreuzzug in einem Desaster enden, und um nichts in der Welt wollte ich Augusta weiter in ihr Verderben rennen lassen. Sie musste zurück, solange Genf nicht allzu weit hinter uns lag. Auch stand für mich außer Frage, dass ich weiterhin bei dem Zug verbleiben müsse, denn den Auftrag, zu retten, was noch zu retten sei, meinte ich nur allzu deutlich vernommen zu haben.

Da half kein Jammern und kein Klagen, mein Entschluss stand fest, und zeigte sich Augusta auch anfangs nicht gewillt, die Heimreise ohne mich anzutreten, so trieb sie doch die Sorge um die sieben Knaben und Mädchen, deren wir uns in den vergangenen Tagen angenommen und um die wir uns wie um unser eigen Fleisch und Blut gekümmert hatten. Wie Ihr Euch sicherlich denken könnt, war es ein tränenreicher Abschied, selbst die Trennung von den sieben Kindern, alle weit unter zehn Jahre alt, fiel mir denkbar schwer. Ich versprach Augusta, sie so schnell wie möglich in Cölln aufzusuchen, und steckte ihr sämtliche Nahrung zu, die ich entbehren konnte. Auch gab ich ihr meine mit Wasser gefüllte Ziegenhaut und log sie an, der Zug würde bald die schneebedeckten Hänge erreichen.

Bevor sie ging, flüsterte ich ihr zu, sie solle nicht sämtliche Vorräte an die Kinder verteilen, dann drehte ich mich um und kehrte ihr und unseren Zöglingen den Rücken zu. Ich wandte mich auch nicht mehr um, als ich mich wieder dem Zug anschloss und bergan Richtung Süden marschierte…

… Himmel, Arsch …!«, fuhr Robert plötzlich auf, woraufhin seine beiden Zuhörer unwillkürlich zusammenzuckten.

»Wie oft schon musste ich an jenen Abschied denken und daran, was hätte werden können, wenn ich mitgegangen wäre. Im Hause ihres Vaters hätte ich dessen Plattnerhandwerk fortgeführt, und zwischen den Harnischen und Panzern für die Herren Ritter würden meine Kinder hin und her huschen und meine immer noch liebreizende Augusta täte gerade reichlich Essen auf. Doch was soll das Gezeter? Hätte! Wäre! Wenn! Sei's drum, es sollte halt nicht sein, Punktum! Und zumindest eines mag mich trösten: Ich habe in einem Jahr mehr erlebt und mehr von der Welt gesehen, als die meisten anderen in ihrem ganzen Leben.

Augusta verließ uns gerade noch zur rechten Zeit, denn nun folgten Schlag auf Schlag die Ereignisse, welche unsere Mission zu einer Legende werden ließen. Den steilen Pfad hinaufkletternd, verfluchte ich nicht nur meine Halsstarrigkeit, die mich davon abgehalten hatte, mit meiner Liebsten den Rückweg anzutreten, ich dachte auch mit Wehmut an meine prall gefüllte Wasserhaut, denn nur einmal am Tage wurde Wasser ausgeteilt. Das war natürlich kaum genug zum Leben, wenn auch in den Früchten und Wurzeln, die es darüber hinaus gab, noch etwas Saft steckte. Sehnsüchtig schaute nicht nur ich während unseres langen Marsches in Richtung der aufgehenden Sonne, denn dort, gar nicht so fern und doch unerreichbar, funkelten schneebedeckt die Gipfel der Alpen, dort gab es Wasser zuhauf. An die Kälte wollte ich in dem Moment nicht denken.

Zehn Tage waren derweil vergangen, seit wir Genf hinter uns gelassen hatten. Inzwischen wurde unsere Haut tagsüber gnadenlos von der Sonne versengt, während es zur Nacht auf ein fast unerträgliches Maß abkühlte. Von Tag zu Tag wurden es mehr Brüder und Schwestern, die sich zur

Umkehr entschlossen, doch ich befürchte, dass die wenigsten von ihnen ihre Heimat je wiedergesehen haben, zu weit war inzwischen der Weg durch Fels und Stein zurück in jene Landstriche, die uns Menschen mit dem Notwendigsten versorgten.

Nach wie vor ging ich in der Spitze des Zuges. Hier hoffte ich, zu Nikolaus vordringen zu können, denn noch hatte ich es nicht vollends aufgesteckt, ihn in einem klaren Moment von der Ausweglosigkeit unseres Kampfes wider die Naturgewalten überzeugen zu können. Eine Hoffnung, die sich jedoch rasch als aussichtslos herausstellen sollte, denn seine Gefolgschaft wusste sehr wohl, wie sie mich von ihm fernhalten konnte.

Häufig schaute ich zurück auf den Rest des Zuges. Das dichte Gedränge und der Elan der ersten Tage waren längst verflogen, nun trotteten alle still und einzig mit sich allein beschäftigt hintereinander her. Teilweise taten sich große Lücken auf, sodass unser Zug, obwohl inzwischen bereits beträchtlich dezimiert, kein Ende zu nehmen schien.

An einem wunderschönen Tage, die Sonne schien von einem strahlendblauen Himmel auf uns herab, schaute ich wieder einmal von der Spitze des Zuges aus zurück auf das Elend hinter mir. Ich stand auf einer Anhöhe und hatte beste Sicht, nahezu die eines Feldherrn in der Schlacht, als ich Zeuge werden musste, wie auf einen Schlag Hunderte, vermutlich gar Tausende aus unserer Gemeinschaft ein jähes Ende fanden.«

Robert hielt kurz inne. Er schluckte, offensichtlich übermannt von den grausigen Erinnerungen an jenen Tag in den

Alpen. Schließlich, nach einer längeren Pause und einem kräftigen Schluck Wein, fuhr er mit ernster Stimme fort.

»Unweit des Passes trottete der Rest des Zuges über eine Länge von einigen Meilen an den Hängen eines Berges entlang. Der Pfad war so schmal, dass höchsten zwei Wanderer nebeneinander gehen konnten, links ragten steile Felswände in die Höhe, rechts gähnte ein Schwindel erregender Abgrund, sodass einige Kameraden, denen die Tiefe nicht geheuer war, sich beim Gehen ängstlich ans Gefels zu ihrer Linken krallten. Es ging nur sehr langsam voran, und ich gab bereits die Hoffnung auf, heuer endlich den Pass zu erreichen, als ein fernes Grollen, leise erst, dann stetig an Stärke zunehmend bis hin zu einem ohrenbetäubenden Donnern, meine Aufmerksamkeit auf den Gipfel des Berges lenkte. Der Anblick, der sich mir bot, ließ mein Herz erstarren. Gleich den tosenden Fluten eines Wasserfalles drängte der Schnee von der Bergspitze abwärts, mit einer Kraft, wie ich sie nie zuvor auch nur im Ansatz erlebt hatte. Der Boden unter meinen Füßen begann zu beben, Leute neben mir, keine Elle entfernt, schrien sich die Seele aus dem Leibe, doch ich sah nur ihre aufgerissenen Münder, hören konnte ich sie wegen des unbeschreiblich lauten Dröhnens nicht.

Schon hatten die weißen Massen den Zug erreicht. Nicht uns an der Spitze, wir blieben verschont, hinter uns jedoch wurden die armen Brüder und Schwestern von den Berghängen gespült wie Blattläuse vom Laub bei einem Platzregen. Tief fielen sie die Schlucht hinab ins Tal, begleitet von Unmengen verkrustetem Schnee, noch vor wenigen Momenten heiß herbei ersehnt, als mir der Durst fast den Verstand raubte, doch beileibe nicht so, nicht auf diese aberwitzige, perfide Art und Weise.

Erst als sich die Wehen feinsten Schneestaubes gelegt hatten, zeigte sich das wahre Ausmaß der Katastrophe. Auf einer Länge von mehreren hundert Fuß gab es keinen Pfad mehr, sondern nur noch einen Schneehang, der unseren Zug nahezu mittig zerteilte und geradewegs in die Schlucht mündete. Ich wagte nicht daran zu denken, wie viele von unseren Brüdern und Schwestern hier wohl den Tod gefunden haben mochten. Laut klagend fiel ich auf die Knie und erneut zweifelte ich an Gott, denn ich vermochte beileibe keinen Sinn in diesem Unglück zu erkennen.

Von beiden Seiten nun strömten die Gefährten auf die Schneedecke zu, doch schnell musste ich zu meiner Enttäuschung erkennen, dass nicht der Wunsch, verschüttete Kameraden zu befreien, der Grund ihrer Hast war, sondern einzig das Verlangen nach Wasser. Nachdem sie sich gierig den Schnee in die vertrockneten Münder gestopft hatten, wurden ihre Bewegungen rasch träge und kraftlos, matt ließen sie sich auf den Boden sinken und genossen das eiskalte Nass, wie es in ihre Eingeweide strömte. Die wenigen von uns, die tatsächlich gerannt kamen, um zu helfen, mussten gar über die schlaffen Körper der Schneefresser hinwegsteigen, die steile Schlucht dicht im Rücken. Während ich mit nackten Fingern den harten Schnee wegkratzte, bis mir die Hände taub wurden, dachte ich mit Wehmut an die hehren Ideale von Kameradschaft und Brüderlichkeit, die uns alle zu Beginn erfüllten – nichts davon war geblieben. Die meisten beseelte nur noch der Gedanke, die eigene Haut zu retten, sie waren auf die unterste Stufe der menschlichen Natur zurückgefallen, dem gemeinen Selbsterhaltungstrieb. Doch wer sie zu verurteilen gedenkt, der sollte nicht außer Acht lassen, dass nahezu alle noch Kinder waren, wer also mag sie schon ernsthaft verdammen?

Die Nacht hindurch bis in den frühen Morgen war eine Hand voll von uns damit beschäftigt, den Schnee wegzuscharren. Mehr hätten auch gar nicht helfen können, da nur zwei bis drei nebeneinander stehen und graben konnten. Ein jeder gab sein Bestes, bis ihn die Kraft verließ, dann wurde er abgelöst. Wir benutzten keine Metallwerkzeuge, da die Gefahr, einen Verschütteten damit zu verletzen, zu groß gewesen wäre. So also mussten wir mit unseren Händen und stumpfen Holzstücken vorlieb nehmen. Meine Finger sahen am Morgen nach dem Unglück grausig aus. Auf das Doppelte geschwollen, blau und grün gefärbt und mit Wunden übersät, konnte ich sie eine Woche kaum gebrauchen, doch hatte ich noch Glück gehabt. Einem Kameraden, der uns mit seinem unglaublichen Eifer immer wieder aufs Neue antrieb, raubte das Wundfieber zuerst beide Hände und letztendlich das Leben. Friedhelm, so hieß er, wenn ich mich recht entsinne, kam aus Worms und war gerade einmal vierzehn Jahre alt. Friede sei seiner großmütigen Seele, möge der Herr ihm die Gnade zuteil werden lassen, die ihm wahrhaftig auch gebührt.«

»Diesem Wunsch und den Gebeten für Euren Kameraden schließe ich mich gern an, doch sagt, habt Ihr denn viele Verschüttete aus ihrer Not erretten können?«, fragte Albert, konzentriert an Roberts Lippen hängend und wie gebannt seinen Ausführungen folgend, während Osman verzweifelt gegen eine bleierne Müdigkeit ankämpfte. Gerade schien der Kampf verloren, denn das Kinn fiel ihm schwer auf sein Brustbein, da schreckte er wieder hoch, allerdings nicht ohne zuvor von Robert unsanft getreten worden zu sein. Irritiert schaute Osman in die Runde und stieß dabei auf zwei verständnislos dreinblickende Augenpaare.

»Ich weiß, was Ihr denkt«, sagte Osman sich verteidigend

dem Mönch zugewandt, »was für eine herzlose Kreatur das ist, einzuschlafen bei derlei tragischen Angelegenheiten, doch bedenkt, dass ich diese Geschichte schon viele Male gehört und auch einige Male meinen Landsleuten übersetzt habe, vielleicht einmal zu oft, um noch gänzlich bei der Sache zu sein. Überdenkt zudem die lange, anstrengende Reise bis zu Eurer beschaulichen Stadt, die hinter uns liegt. Doch nun bin ich hellwach und ich werde es bleiben, zumal irgendwann ich den Faden aufnehmen und die Geschichte weiterspinnen werde, denn ab einem gewissen Punkt sind unser beider Leben eng miteinander verwoben.«

Und mit einem gereizten Blick in Anbetracht der Ausführlichkeit und Länge, mit der sein Freund stets seine Erlebnisse zu schildern pflegte, fügte er noch leise hinzu: » Der Tag wird kommen!«

»Nun, um Eure Frage zu beantworten«, fuhr Robert fort, »zwischen zwanzig und dreißig mochten es sein, die wir freigruben, doch die wenigsten von ihnen lebten noch. Einige, so sah man es an ihren aufgerissenen Augen und Mündern, waren unter den Schneemassen jämmerlich erstickt, anderen wiederum war die Gnade zuteil geworden, gleich erschlagen worden zu sein. Nur eine Hand voll atmete noch, und auch von ihnen starb in der Folge mindestens einer am Fieber – was für eine erbärmliche Bilanz dies doch war. Und auch die Gruppe, die sich vom anderen Ende des Schneefeldes an uns heranarbeitete, konnte leider nur mit einer ähnlich betrüblichen Anzahl Geretteter aufwarten. Die restlichen drei- bis vierhundert Brüder und Schwestern, die sich zum Zeitpunkt der Katastrophe auf jenem unglückseligen Teil des Bergpfades befanden, sind in die Tiefe gerissen worden.

Nachdem der Pfad von uns notdürftig freigelegt wurde, konnte sich der Zug wieder vereinen. Während sich ein Medicus um meine Hände kümmerte und ein anderer Mönch mich zum Dank für meinen unermüdlichen Einsatz mit reichlich Speis und Trank versorgte, offenbarte sich mir, wie nah Freud und Leid bisweilen beieinander liegen. Ich sah Freudentränen im Gesicht derer, die ihre Freunde oder Verwandten bereits unten in der Schlucht wähnten und nun, nachdem der Zug wieder vereint war, die vermeintlich Toten unter den Lebenden entdeckten. Doch weit mehr zu Herzen gingen mir die Tränen all derer, die noch Hoffnung hatten, ihre Liebsten unter den Brüdern und Schwestern jenseits der Schneebarriere zu finden und nun bitter enttäuscht wurden.

Noch am späten Abend desselben Tages erreichten wir den Mont-Cenis-Pass und alle hofften, dass es leichter für uns würde, nun, da es wieder bergab ging, doch weit gefehlt. Wir alle waren ausgehungert und entkräftet und es sollte noch eine weitere Woche vergehen, bis wir wieder in wirtlichere Gefilde gelangten. Unsere Vorräte waren so gut wie aufgebraucht, sodass schließlich nur die Stärksten unter uns, und ich meine nicht nur die körperlich Robustesten, sondern auch die Willensstärksten, endlich wieder Sträucher und Wiesen zu Gesicht bekamen. Die Tage bis dahin waren jedoch die Hölle auf Erden. Jedes Mal, wenn ich mich damals umschaute, sah ich kleine Körper kraftlos am Wegesrand in sich zusammensinken und andere, die sich teilnahmslos an ihnen vorbeischleppten, torkelnd, hinkend, kaum noch Herr ihrer Sinne. Und selbst ich, der ich geschworen hatte, Leben zu retten, wo es nur ginge, hatte nicht mehr die Kraft, einem zu Boden gesunkenen Bruder vor mir wieder auf die Beine zu helfen. Auch ich schlich vorbei, zutiefst beschämt zwar und doch tatenlos. Um mein geplagtes Gewissen zu beruhigen, redete ich mir unentwegt ein, dass ihnen ohnehin nicht mehr zu helfen sei.

Nun also war auch ich ganz unten angelangt.«

Roberts Stimme setzte aus, es folgte eine bedrückende Stille. Schließlich brach der Mönch das Schweigen.

»Quält Euch nicht zu sehr mit Vorwürfen, Ihr habt mehr getan als die meisten anderen, zumal, wenn man Euer kindliches Alter damals bedenkt. Erzählt, wie es weiterging, nachdem ihr die Alpen überwunden habt!«

»Mitte August ließen wir endlich die Berge hinter uns, und bei Gott, keinen Tag länger hätte der Marsch noch andauern dürfen. Ich war völlig am Ende, jeder einzelne Rippenknochen hob sich deutlich ab, und ich meinte selbst mein Herz unter der Haut schlagen zu sehen, als ich durch mein zerschlissenes Wams hindurch an mir heruntersah. Jetzt, da die Natur uns wieder mit Essbarem versorgte, verteilte sich der Zug erst einmal in alle Himmelsrichtungen. Jeder suchte sich einen Strauch mit Beeren oder grub Wurzeln aus, ich sah gar einen Knaben, der eine Maus bei lebendigem Leib verschlang. Bis zum Abend war jeder mit sich selbst beschäftigt und schlug sich seinen Magen so gut es ging voll. Erst bei Anbruch der Nacht sammelten wir uns zum gemeinsamen Gebet. Und zum ersten Mal seit dem Lawinenunglück zeigte sich Nikolaus wieder seiner Gefolgschaft, huldvoll dankte er dem Allmächtigen für seinen Beistand bei der Überwindung der Alpen. Ganz nahe bei ihm stand ich, und im Schein der Fackeln konnte ich erkennen, wie rosig und gut genährt doch sein Antlitz und das seiner engsten Vertrauten war, ihnen jedenfalls schien es an nichts gemangelt zu haben. Und mein Blick schweifte weiter, durch die Reihen derer, die es geschafft hatten – rasch schien es mir, dass etwas anders war als bei unserer letzten gemeinsamen Zusammenkunft in den Alpen, doch was nur konnte es sein? Einige Momente rätselte ich, doch dann traf mich die Erkenntnis wie ein Blitz, und augenblicklich schien mir das Herz zu gefrieren, denn saßen damals noch viele Kinder in unserer Mitte, die deutlich jünger waren als ich, so schien nun ich der Jüngste zu sein. So weit ich auch blickte, ich konnte keines jener kleinen, unbekümmerten Gesichter mehr entdecken. Und vergoss ich auch bislang, trotz all der erlebten Tragik, auf unserer bereits nahezu drei Monate andauernden Reise nicht eine Träne, so weinte ich in diesem Moment umso jämmerlicher, da mir die grausame Wahrheit bewusst wurde. Ich dachte an die vielen Mädchen und Knaben, denen ich mit meinen stolzen zwölf Lenzen zur Vaterfigur wurde, und im gleichen Atemzug entsann ich mich der winzigen dunklen Punkte auf weißem Grund, die unser Zug hinter sich ließ. Die Kinder waren es, die in der endlosen Wüste aus Schnee vollends entkräftet ihren sich davonstehlenden Kameraden hinterherschauten. Sie gingen elendig zu Grunde, während wir erbarmungslos weiterzogen. Und wieder beobachtete ich Nikolaus, wie er mit Inbrunst die Güte Gottes pries, und ich sah seine feisten, rosigen Wangen, während ein Benediktiner neben mir, hohlwangig und bleich wie der Tod, zu ihm aufschaute. Ich sah den wohlgerundeten Leib unseres Führers und spürte im gleichen Moment, dass einer meiner Zähne wackelte. Die Trauer über die vielen Kinder, die in den Alpen ihr Leben ließen, wich einer unsäglichen Wut auf Nikolaus und seine heuchlerische Sippschaft. Wie durch einen dichten Schleier drangen nur noch Wortfetzen zu mir durch und urplötzlich war's endgültig vorbei mit meiner Beherrschtheit. Lauthals begann ich, Nikolaus anzuklagen, und es war nur eine Frage der Zeit, bis seine Wachhunde auf mich aufmerksam würden, da brach unvermittelt die Nacht über mich herein.

ECKHARDT

Als ich meine Augen wieder aufschlug, stand bereits die Sonne am Himmel. Der hohlwangige Benediktiner saß neben mir und kaute genüsslich an einer Wurzel.

Als er bemerkte, dass ich meine Augen öffnete, reichte er mir mit einem breiten Grinsen eine Hand voll Beeren.

»Der Herr sei gepriesen. Ich dachte schon, ich hätte zu hart zugeschlagen, aber es war wohl doch wie vermutet, der Ohnmacht folgte nur der Schlaf auf dem Fuße!«

Ich wusste nicht, ob ich ärgerlich oder nur verwundert sein sollte, denn ich konnte nicht glauben, was ich soeben gehört hatte.

»Ihr habt mich geschlagen, Herr Mönch? Aber Himmel noch eins, warum denn, was hab ich Euch angetan?«

»Mir hast du kein Leid zugefügt, mein kleiner, hitziger Freund, doch warst du drauf und dran, dich selbst um Kopf und Kragen zu reden, oder vielmehr zu schreien, wenn ich's recht bedenke!«

Das amüsierte Grinsen wich aus dem Antlitz meines Gegenübers, als er flüsternd fortfuhr, nicht ohne sich zuvor umzuschauen.

»Gar nicht lang ist es her, dass ein anderer deines Schlages ebenso wie du lauthals Zeter und Mordio brüllte. Friedbert, wie ich ein Benediktiner aus Aachen und mein getreuer Weggefährte. Als seine erregte Stimme an die Ohren von Nikolaus und seinen Schergen drang, nahmen sie ihn schnell in ihre Mitte. Es war das letzte Mal, dass ich ihn zu Gesicht bekam, über sein Schicksal mache ich mir indes keine Hoffnungen mehr. Damals rührte ich keinen Finger, tatenlos sah ich zu, wie sie ihn wegbrachten.

Dieses, so leistete ich einen Schwur, sollte nicht ein zweites Mal geschehen.

So wahr mir Gott helfe!«

Er verstummte.

Während ich an meinem Hinterkopf eine beachtliche Beule ertastete, kam nach und nach die Erinnerung an den vergangenen Abend zurück und mit ihr die Erkenntnis, dass dieser bekümmert dreinblickende Mönch ganz gewiss mein Lebensretter war, denn auch ich gab mich keinerlei Illusionen hin und wusste, dass mein Schicksal ohne ihn besiegelt gewesen wäre. Ich betrachtete ihn eingehender. Er mochte gut zwanzig Jahre alt sein, war also einer der wenigen Ausgewachsenen, die mit uns zogen. Seiner Kutte hatte der lange, beschwerliche Marsch arg zugesetzt und durch die vielen Risse ließ sich deutlich erkennen, das der Gute nur noch aus Haut und Knochen bestand, ein Wunder, dass er sich überhaupt auf den Beinen halten konnte.

»Man nennt mich Robert – Robert, den Schmalen, um's genau zu sagen! Und wie heißt Ihr, verehrter Mönch und Lebensretter?«

Ich streckte ihm meine Hand entgegen, und ohne zu zögern, griff er beherzt zu. Erstaunt nahm ich zur Kenntnis, wie viel Kraft in dieser ausgemergelten Gestalt steckte.

»Eckhardt, einfach nur Eckhardt, ohne Beinamen, obwohl, wenn ich's mir recht überlege, der deine freilich noch weitaus besser mir zum dürren Gesichte stehen würde. Dem wollte ich übrigens gestern rasch mit Beeren Abhilfe schaffen, doch so flink ich die Früchte in mich hineinstopfte, so flink verließen sie mich auch wieder. Nun kau ich mit aller Ruhe und Bedacht, ein Rat, den ich gern an dich weitergebe.«

Ich bedankte mich herzlich und sagte ihm, dass auch ich bereits meine Erfahrungen gemacht hatte, fragte dann, diesmal mit deutlich gedämpfter Stimme, ob er noch an den Erfolg unserer Mission glaube und was er von Nikolaus halte.

»Nun, was Nikolaus betrifft, so habe ich schon lange den Glauben an ihn verloren. Nicht ein Werkzeug Gottes vermag ich noch in ihm zu sehen, sondern vielmehr ein Werkzeug derer, die ihn ständig umschwirren und bezirzen, was auch immer sie bezwecken. Unsere Mission heiße ich nach wie vor gut und richtig, doch will ich lieber nicht darüber nachdenken, was geschieht, wenn die von Nikolaus prophezeiten Wunder ausbleiben sollten. Ich fürchte die Folgen, doch weiß ich nicht, was sich dagegen unternehmen ließe. So bete ich denn täglich, so oft es mir möglich ist, und bitte um die Gnade des Herrn, wenn der Moment der Wahrheit kommt.«

Ich schüttelte den Kopf, als ich, lauter als beabsichtigt, antwortete.

»Wie erhofft Ihr Euch Gnade, wenn ausgerechnet die Kleinsten von uns jämmerlich starben?«

»Aber kann denn der Tod nicht auch Gnade sein?«

Ich nickte beifällig, ohne ihm jedoch aus reinster Überzeugung Recht zu geben. Keinen Sinn vermochte ich darin zu erkennen, dass ein Leben sein Ende fand, wenn es eben erst begonnen hatte. Allzu sehr erinnerte mich sein Gerede in diesem Moment an die leeren Phrasen, die Kleriker von sich geben, wenn sie nicht weiter wissen. Bevor ich ihn jedoch mit einer unbedachten Äußerung kränken konnte, fuhr er fort.

»Doch wie kommt dir eigentlich in den Sinn, dass nur die Kleinsten den Alpen zum Opfer fielen? Am letzten Abend, bevor wir wieder fruchtbares Land erreichten, war ich das ganze Elend leid und ich legte mich zum Sterben an den Wegesrand. Da ich mich an der Spitze des Zuges befand, zogen alle Weggefährten an mir vorüber. Obgleich zu Tode erschöpft, wollte der letzte Lebensfunke nicht schwinden und so begann ich, aus welcher Laune auch immer, die Kameraden zu zählen, die mein selbsterwähltes Sterbelager passierten. Damit ich nicht fehlte, zog ich mit einem weißen Kiesel Linien auf dem Fels – einen Strich für hundert von uns. Aus dem Abend wurde Nacht, bis schließlich der letzte der Nachzügler an mir vorüberschlich. Keiner hätte einen anderen Weg nehmen können, alle mussten an mir vorbei, dennoch zählte ich zum Schluss nur siebzig Striche …«

Es sträubten sich mir die Haare, ich konnte einfach nicht glauben, was Eckhardt gerade gesagt hatte, zu unfassbar war die Konsequenz. Lautstark wollte ich protestieren und meinen Unglauben äußern, doch die Stimme versagte mir den Dienst. Der Mönch erkannte meine Not und ergriff wieder das Wort.

»Ich weiß, Robert, mir erging es ebenso wie dir, und glaube mir, ich hätte mein Leben gegeben für nur einen weiteren Strich, doch die grausame Wahrheit ist, dass von unserem mächtigen Heer, von Nikolaus stolz mit zwanzigtausend Kriegern Gottes angegeben, gerade einmal ein ausgemergeltes Häuflein von Siebentausend den Weg über die Alpen gemeistert hat. Der Rest, zwei von dreien also, hat hier«, er deutete auf das gewaltige Bergmassiv hinter uns, »sein Leben gelassen, und das waren gewiss nicht nur kleine Kinder, wie du dir sicherlich selbst auszurechnen vermagst.«

In Anbetracht dessen, was der Mönch berichtete, wurde mir mein Herz umso leichter bei dem Gedanken, dass Augusta bereits vor dem mörderischen Aufstieg den Heimweg angetreten hatte. Obwohl ich zu Recht befürchtete, es rasch zu bereuen, stellte ich Eckhardt jene Frage, die mich schon seit so vielen Tagen beschäftigte und mir inzwischen fast den Verstand raubte …«

Wieder rutschte Osman unruhig auf seinem Schemel auf und ab. Musste denn Robert, dieser törichte Einfaltspinsel, in seiner arglosen Redseligkeit mit einem Schlage wieder sämtliches Vertrauen zunichte machen, welches der Mönch ihnen inzwischen entgegenbrachte! Immerhin, so dachte er weiter, saßen sie hier nach wie vor zu Gericht wegen des Vorwurfs der Ketzerei, und da wurde in diesem wie auch in seinem Lande nicht viel Federlesens mit den Beklagten betrieben. Während Robert stockte, versuchte Osman, seinem Freund Zeichen zu geben, doch fanden seine Signale in Albert den falschen Empfänger. Amüsiert beobachtete er die vergeblichen Versuche des Orientalen, seinem Weggefährten Einhalt zu gebieten und als Osman schließlich, die lauernden Blicke des Mönches spürend, unwillkürlich zusammenzuckte, musste Albert sich mächtig zusammenreißen, um nicht laut loszuprusten.

»Ach, lieber Osman, womit habe ich denn nur Euren Argwohn verdient?«, sagte er mit betont vorwurfsvoller Miene und schüttelte sein Haupt.

»Setzt in mich nur halb so viel Vertrauen wie ich in Euch, so werdet Ihr Euch sicher und frei von bösen Verdächtigungen fühlen. Und um auf Roberts Frage an den Benediktiner zurückzukommen, so seid beide vergewissert, dass selbst der Frömmste zuweilen an Gottes Willen seine Zweifel hegt, doch sind es nicht eben diese Zweifel, die uns im Glauben bestärken werden?«

»Nun, lieber Herr Mönch«, erwiderte Osman, und es war spürbar, wie sich seine Anspannung löste, »ich lebe noch nicht lange genug in Eurer Welt, um alles hier recht einschätzen zu können, in meiner jedenfalls reicht schon ein Hadern und Zaudern, um arg in Bedrängnis zu geraten. Und ein Zweifeln an …«, er stockte, selbst das Aussprechen des

Unaussprechbaren schien ihm schwer zu fallen, »… ein Zweifel an der Existenz Allahs, geäußert in Anwesenheit eines seiner Diener, solch eine Rede würde mit dem Tode bestraft, so sicher wie die Nacht dem Tage folgt.«

»Auch hierzulande sollte sehr wohl überlegt sein, was man zu wem bei welcher Gelegenheit sagt, vor allen Dingen, wenn es sich um Gott oder Grafen handelt. So also lasst Euch von meiner Nachsicht nicht allzu sehr verleiten, ohne Bedacht zu reden, guter Freund! Doch nun wieder zu Euch, Robert. Erzählt bitte weiter. Die Sonne steht schon bald auf ihrem höchsten Punkt, aber Eure Reise scheint noch lange nicht beendet zu sein.«

»Da habt Ihr sehr wohl recht, Bruder Albert, doch will ich mich kurz fassen, da nun nicht mehr viel Bewegendes geschah. Die wenigen, die übrig geblieben waren, erholten sich rasch, denn die Natur war üppiger, die Früchte nahrhafter und das Wild zahlreicher als zuvor jenseits der Alpen. Dennoch, die Unbeschwertheit, die unseren Zug bis zu den Alpen auf Schritt und Tritt begleitet hatte, war für immer dahin, denn ein jeder von uns erinnerte sich mit Kummer an mindestens einen treuen Wegbegleiter, dem die Berge zum Verhängnis wurden.

Die Alpen noch im Nacken, erreichten wir bald Turin, eine der größten, wenn nicht gar die größte Stadt in der Lombardei. Die Turiner, denen eingedenk der geografischen Lage Alpenüberquerer nicht fremd waren, seien es nun Abenteurer oder Kaufleute, wollten ihren Augen nicht trauen, als unser Zug aus den Bergen in ihre Stadt einmarschierte, zumal der Großteil von uns noch nicht ausgewachsen war. In Turin selbst, dessen Farbvielfalt und Pracht mich für einige Momente das Schicksal der getöteten Kameraden vergessen ließ, wandte sich Nikolaus umgehend an den Kirchenobersten, gab sich dort als Gesandter des Bischofs von Cölln und Beauftragten von Jesu Christi aus und verlangte Quartier und Verpflegung für sein gesamtes Gefolge. Das Kirchenoberhaupt Turins wiederum, völlig überrumpelt von der Art und Weise der an ihn gerichteten Forderungen, gab umgehend Order, den Wünschen des Nikolaus von Cölln Folge zu leisten. Vielleicht meinte er auch Zeuge eines Wunders zu sein, denn als nichts anderes erachteten es die Turiner, dass ein Heer von Kindern die Alpen bezwungen hatte, doch wussten sie freilich auch nicht, dass ein vielfacher Teil von uns dabei sein Leben gelassen hatte. So jedenfalls ließen wir es uns fast eine Woche gut ergehen und zogen erst in der zweiten Hälfte des Augusts aus, den Rest des Weges bis nach Genua zu bewältigen. Die Tage bis zum Erreichen der Küste der Ligurer vergingen nun, da uns die Natur überreichlich mit ihren Gaben beschenkte, wie im Fluge. Wir passierten Alessandria und am fünfundzwanzigsten August schließlich roch ich das erste Mal in meinem Leben die salzige Luft des Meeres, staunte über die seltsamen, weißgefiederten Vögel, die über unseren Köpfen kreisten, und lachte lauthals, als einer von ihnen seinen Schiss auf Eckhardts Kutte fallen ließ.

Wir hatten es tatsächlich geschafft, Halleluja!

Über drei Monate waren vergangen, zwölf- bis dreizehntausend Leben hatte es gefordert, doch nun ward es vollbracht.

Ich schüttelte den Kopf und die Euphorie verklang ebenso schnell, wie sie mich erfasst hatte.

Nichts war vollbracht.

Wir hatten gerade einmal die erste Etappe unserer Reise hinter uns gelassen und wahrlich, der noch vor uns liegende Weg war fraglos gefährlicher und schwerer als alles bislang Bewältigte, ganz zu schweigen von dem Wunder, das folgen musste, sollte unsere Mission nicht kläglich scheitern.

Die Kunde, dass unser Führer ebendies Wunder vollbringen würde, die Teilung des Meeres also, ging inzwischen ebenso mit unserem Zug einher wie der Ruf, dass eine Armee Kinder vollbrachte, was selbst erwachsenen Männern bisweilen verwehrt blieb: Die Überquerung der Alpen über den berüchtigten Cenis-Pass. So war es nicht verwunderlich, dass eine stetig wachsende Schar Schaulustiger unseren Zug in ehrfurchtsvollem Abstand begleitete. Keiner schloss sich uns an, sie beobachteten uns nur, und aus einigen Wortfetzen ihrer Sprache, die der lateinischen ähnelte, erfuhr ich auch den Grund. Sie schienen uns alle, also nicht nur Nikolaus, sondern in der Tat alle siebentausend Wanderer, für Heilige zu halten – was für eine absurde Vorstellung.

Da standen wir nun beisammen an einem Strand unweit Genuas, die Kreuzzügler und ihr Publikum, und starrten hinaus aufs Meer.

Und alle erwarteten ein Wunder – das Wunder, von dem sie noch am Sterbebett ihren Kindern und Kindeskindern berichten würden. Ich war dabei, als sich ein zweites Mal nach Mose das Meer öffnete, würden sie sagen, und ich marschierte gemeinsam mit dem Zug nach Afrika, oder ich schaute ihnen hinterher, je nachdem, welcher Gruppe sie zugehörig waren, den Heiligen oder denen, die sie beobachteten. Ja, sie alle standen da und waren voller Zuversicht, und selbst ich, der bereits vor Wochen zu zweifeln begann, und zwar nicht nur an Nikolaus, sondern auch an Ihm selbst, dem Allerhöchsten, selbst ich also faltete die Hände und betete, wie ich nie zuvor in meinem Leben gebetet hatte. Ich flehte und bettelte, dass nicht alles umsonst gewesen sein solle, dass all die Kinder ihr Leben nicht nur für eine verrückte Idee hergaben, und fast war ich wieder beseelt vom Glauben früherer Tage, da ging Nikolaus in Armeslänge an mir vorbei und mit einem

Schlage erkannte ich, dass unsere Mission gescheitert war. Kreidebleich war er, fiebrig und zittrig zugleich, doch all das beunruhigte mich nicht so sehr wie sein Blick. Seine Augen waren es, aus denen sämtliche Zuversicht gewichen war. Als er mich sah, blieb er kurz stehen und sprach zu mir:

»Sie haben mich nur benutzt, und nun sind sie fort!«

Und tatsächlich, zum ersten Mal seit Cölln war er allein, keiner aus seinem winselnden Gefolge schlich ihm um die Füße, niemand, der ihn wie sonst hofierte oder zuflüsterte, was zu tun oder zu sagen sei. In diesem Moment sah ich den einsamsten Menschen, den es auf dieser Welt geben konnte.

Und der Gang, der diesem armen, einsamen, betrogenen Menschen bevorstand, dieser Gang, er war schwer. Unerträglich, unfassbar, unendlich schwer, viel zu schwer erst recht für einen Vierzehnjährigen, denn er musste ihnen, den noch übrig gebliebenen siebentausend Jungen und Mädchen, Männern und Frauen, den hundert Schwestern verunglückter Brüder und den tausend Brüdern verhungerter Schwestern, ihnen allen musste er sagen, dass alles vergebens war, dass nie eine Hoffnung bestand, dass er sich geirrt hatte. Er musste ihnen sagen, dass sie sich wieder auf den Heimweg machen sollten, nun, da sie soeben noch um Haaresbreite dem Tode entronnen waren.

Sie würden ihn in der Luft zerfetzen!

Vielleicht sollte er sich einfach davonstehlen, so wie seine Berater es taten. Ich rief ihm etwas zu, wollte ihn aufhalten, doch Nikolaus erklomm bereits eine Felsklippe, die den Strand zerteilte, so wie er das Meer zu teilen gedachte, damals.

Die Klippe ragte sechzig, vielleicht achtzig Fuß ins Meer hinein und war ungefähr mannshoch. Er ging bis an ihr Ende, schaute eine Weile ins Wasser hinaus, dann drehte er sich langsam um. Die Menge, von der bislang nur ein leises Grummeln zu vernehmen war, begann nun laut seinen Namen zu rufen, zuerst wild durcheinander und kaum vernehmlich, doch bald schon rhythmisch und wie aus einem Munde, sodass schließlich die Erde erbebte unter dem Klang eines Namens, gerufen aus zigtausend Kehlen.

Seine Augen begannen zu glänzen und wieder zeichnete sich in Nikolaus' Gesicht jenes glückselige Lächeln ab.

Ein letztes Mal war er der Messias, der Heilsbringer, der Gesandte des Allmächtigen, und ganz offenbar schien er seine Rolle zu genießen. Doch wie sollte es weitergehen, denn die Stunde der Wahrheit war gekommen, keine Ausflüchte und kein Gerede mehr, nun mussten Taten, besser noch, Wunder folgen.

»Sie haben mich nur benutzt, und nun sind sie fort!«

Wer hatte ihn benutzt und warum?

Liebend gern hätte ich ihn gefragt, doch nur einen Steinwurf entfernt, war er mir ferner als je zuvor.

Der ohrenbetäubende Lärm allüberall ließ mich rätseln, wie zum Himmel er sich denn Gehör verschaffen wolle. Als ob Nikolaus meine Gedanken gelesen hätte, hob er seine Arme, und wie seinerzeit in der Kathedrale zu Cölln verstummte die Menge umgehend. Die Stille war mir unheimlich und nur ein Pfeifen in meinen Ohren zeugte davon, dass soeben noch ein Krach geherrscht hatte, der dem Grollen und Tosen des übelsten Gewitters gleichkam.

»Lasst uns gemeinsam das Vaterunser beten!«

Und alle taten, wie Nikolaus ihnen geheißen.

»Vater unser, der du bist im Himmel …«

Gleichzeitig, aus siebentausend Kehlen, erschallte nun das Gebet, welches bereits Jesu gemeinsam mit seinen Jüngern gesprochen hatte. Meine Haut begann sich zu regen, ich fühlte, wie tausend winzigkleine Ameisen mir die Arme und den Rücken hinabkrabbelten, wie sich jedes einzelne Körperhaar aufrichtete und mich ein wohliger Schauer erfasste.

Ein überwältigendes, berauschendes Gefühl war es, Teil dieser beseelten Gemeinschaft zu sein, und Hoffnung erfüllte mich, dass Gott uns erhöre und alles gut und recht werde.

»… Dein Wille geschehe …«

Ja, lieber Gott, so bat ich inbrünstig, während ich betete, lass deinen Willen geschehen, öffne die Schleusen des Meeres und lasse uns hinüberwaten trockenen Fußes ins Gelobte Land. Mögen auch einige Lumpen Nikolaus missbraucht haben, so ändert dies nichts an der Sache selbst – es ändert nichts daran, dass Abertausende reiner Seelen größte Gefahren und übelste Strapazen auf sich genommen haben, um deinen Namen in der Ferne zu preisen.

»… Und führe uns nicht in Versuchung,
sondern erlöse uns von dem Übel…«

Und erhöre uns in der Not, Vater. Denn nichts anderes ist es, in dem die Treuesten deiner Treuen sich nun befinden. Du weißt, es gibt nur eine Richtung, in die unsere Gemeinschaft ziehen kann, ohne ihre Bestimmung zu verlieren, und diese Richtung führt geradewegs ins Meer hinaus.

»… in Ewigkeit,«

So also erhöre uns und lasse ein Wunder geschehen.

»Amen«

Ich flehe dich an, Vater. Lass die vielen tausend deiner jüngsten und treuesten Diener nicht umsonst gestorben sein. Amen.

Der Gebetsschluss verhallte in Wellen, denen des Meeres gleich, und wieder war nur noch das sanfte Tosen der Brandung zu hören. Nun schwiegen selbst die Lombarden voller

Ehrfurcht, nachdem sie uns bislang eher neugierig als achtungsvoll begleitet hatten.

Ohne ein weiteres Wort zu verlieren, drehte uns Nikolaus langsam seinen Rücken zu und schaute wieder aufs Meer hinaus. Dann hob er seine Arme und sagte, zuerst ganz leise:

»Herr, wir bitten dich, öffne das Meer für deine getreuen Diener!«

Alle warteten in angespannter Erregung, doch nichts geschah.

So also sprach Nikolaus ein zweites Mal, nun etwas lauter:

»Öffne das Meer, Herr!«

Und ein drittes und ein viertes Mal, schon stimmten einige mit ein:

»Öffne das Meer!«

»Öffne das Meer!«

Direkt unter dem Felsen, auf dem Nikolaus stand, kräuselte sich das Wasser plötzlich in einer schneeweißen Gischt. Ein aufgeregtes Plappern machte die Runde, einige lachten, andere weinten vor Glück. Das Wunder, nun also geschah es endlich.

Doch so schnell sich die Gischt zu einer Wand aufgetürmt hatte, so schnell sackte sie auch wieder in sich zusammen. War es also nur eine besonders große Welle, die sich an der Felsenklippe brach?

Nikolaus fuhr unbeirrt fort, seine Beschwörung gen Himmel zu schicken, und immer mehr stimmten mit ein:

»Öffne das Meer!«

»Öffne das Meer!«

»Öffne das Meer!«

Immer lauter, immer drängender, immer verzweifelter wurden die Rufe, die rhythmisch durch die Luft peitschten. Gott musste verdammt noch mal taub sein, wenn er sie nicht hörte.

Doch nichts geschah.

Aus dem Lager der Lombarden und Ligurer kamen die ersten hämischen Rufe, und obwohl ich kaum etwas verstand, war doch ihr Spott und die Schadenfreude unüberhörbar. Und auch uns, inzwischen heiser geworden durch vergebliches Geschreie, kamen erste Zweifel, gefolgt von einem Gefühl der Orientierungslosigkeit und Verzweiflung, als die Gewissheit reifte, dass sich das Meer nicht heute und nicht in tausend Jahren teilen würde.

Doch wie nur sollte es nun weitergehen?

Nur vereinzelt gab es einige Unbeirrbare, die weiterhin gemeinsam mit Nikolaus das Meer beschworen, die anderen starrten entweder apathisch ins Nichts oder beteten, meist mit Tränen in den Augen.

Doch nicht alle ertrugen ihre Enttäuschung in stiller Demut.

Rasch gruppierte sich um Hendrik, einen Schmiedgesellen aus Koblenz, eine kleine, aber stetig wachsende Schar verbitterter und desillusionierter Weggefährten. Sie alle hatten die erste Enttäuschung überwunden und diskutierten aufgeregt miteinander. Ich schaute in ihre Augen und mir wurde Angst und Bange um Nikolaus, denn ihre Blicke ließen wahrlich nichts Gutes vermuten. Hasserfüllt zeigten sie auf ihn und verspritzten Geifer, als sie sich über ihren Heerführer mit Bösartigkeiten und Gemeinheiten das Maul zerrissen.

Nikolaus indes wandte sich wieder uns zu. Konsterniert fiel er auf die Knie, seine Augen waren mit Tränen gefüllt und die Stimme überschlug sich, als er verzweifelt zum Himmel schrie, warum ihn der Herrgott ausgerechnet jetzt verlassen habe. Hendrik und seine Kameraden waren ihm inzwischen bereits gefährlich nahe gekommen, nur noch wenige Schritte fehlte dem rachlüsternen Pöbel bis zum Felsen, auf dem der einst heilige Nikolaus zu Cölln nun zusammengesunken und offenbar widerstandslos sein Schicksal einforderte. Ich wollte ihm zu Hilfe eilen, doch Eckhardt hielt mich zurück.

»Nikolaus' Leben ist verwirkt, und wenn du dich gegen Hendriks Bande stellst, wirst auch du das Abendrot nicht mehr sehen.«

Der Benediktiner zerrte heftig an meiner Schulter und zog mich fort, folglich konnte ich nur tatenlos das Geschehen verfolgen. Und so sah ich, dass sich Hendrik Nikolaus bis auf zehn Schritte genähert hatte, mit der Rechten drohend einen Knüppel umklammernd, als plötzlich doch noch Leben in die zusammengesunkene Gestalt unseres einstigen Heerführers fuhr.

»Willst du dich also der Verantwortung entziehen, Nikolaus von Cölln, König der Blender und Scharlatane!

Doch so leicht will ich es dir nicht machen!«,

schrie Hendrik dem kopfüber in die Fluten gesprungenen Nikolaus zu, entledigte sich rasch der Schuhe, schlüpfte aus seinem Wams und sprang ohne Zögern hinterher.

Immer weiter zog und zerrte der liebe Eckhardt an mir, und obwohl von zarter, schwächlicher Statur, war er mir doch an Kraft deutlich überlegen, denn er maß einen guten Kopf mehr als ich, zumindest damals, als ich erst zwölf Jahre alt war.

So ließen wir den Strand bald hinter uns und ich musste mich schon mächtig strecken, um weit in der Ferne Hendrik ausmachen zu können, wie er mit dem wild zappelnden Nikolaus an Land zurückkehrte. Kurz darauf entschwanden die beiden endgültig meinem Blickfeld in einem Pulk erregter Gemüter.

Seinerzeit hätte ich keinen Pfifferling mehr für das Leben von Nikolaus gegeben, umso erstaunter war ich, als mir einige Jahre später in Gefangenschaft zu Ohren kam, dass er mit einigen Getreuen doch noch Heiliges Land betreten habe. In Akkon soll es gewesen sein, wenn ich mich recht entsinne.

Wisst Ihr Genaueres darüber, Bruder Albert?«

»Nun, um Nikolaus' weiteren Werdegang ranken sich vielerlei Legenden. Einige meinen, der wütende Mob habe bereits in Genua seinem Leben ein grausames Ende bereitet. Andere wiederum behaupten, er sei mit einer stark dezimierten Anhängerschar weiter durch die Lombardei bis nach Pisa gezogen, dort wäre er dann mit seinen Getreuesten an Bord von zwei Seglern gegangen und habe in der Tat im frühen Herbst des Jahres 1212 Heiliges Land bei Akkon betreten. Dort angekommen jedoch, so heißt es weiter, habe ein Heer des Sultans al-Adil den Neuankömmlingen sogleich den Garaus gemacht. Allerdings hört man auch, Nikolaus habe 1219 beim Kreuzzug des Staufers Friedrich des Zweiten Seite an Seite mit Johann von Brienne tapfer bei der Eroberung der Hafenstadt Damiette mitgekämpft. Mit allen Ehren sei er dann, rechtzeitig vor dem Desaster 1221, aus dem Heiligen Land nach Cölln zurückgekehrt. Du siehst also, lieber Robert, Legenden verzweigen sich auf vielfältigste Weise, und ich vermag dir beim besten Willen nicht zu sagen, wo genau die Wahrheit steckt.«

»Sei's drum, habt dennoch Dank für Eure Ausführungen. Ein Grund jedenfalls mehr, nach Cölln zu reisen und der Sache mit Nikolaus' Heimkehr auf den Grund zu gehen. Genug jetzt aber der Mutmaßungen, lasst mich fortfahren mit meinem Bericht.

Kaum dass wir den Strand verlassen hatten, stand mir zuerst einmal eine faustdicke Überraschung bevor. Eckhardt, mein lieb gewonnener Freund und Lebensretter, war nicht der, für den ich ihn gehalten hatte. Auf meine verzweifelte Frage, wie es denn nun weitergehen solle, zog er ein prall gefülltes Säckchen unter seiner Kutte hervor. Ich staunte nicht schlecht, als er Schillinge und sogar einige Goldmünzen daraus hervorholte. Flüsternd und sorgsam darauf bedacht, dass niemand zuhörte, meinte er, uns mit dem Geld eine Schiffspassage zurück in einen Heimathafen zahlen zu können.

»Aber lieber Herr Mönch, wie kommt es denn, dass Ihr als Mann Eures Standes so viel Penunzen mit Euch führt?«

Ich muss ihn seinerzeit schon recht ratlos angeschaut haben, denn er konnte sich ein Grinsen nicht verkneifen, als er flüsternd erwiderte:

»Ich bin kein Mönch – und die Kutte hab ich mir nur … geliehen, von einem Benediktiner!«

»Ihr seid kein Mönch, und die Kutte habt Ihr Euch nur geliehen?

Was für einen hanebüchenen Unsinn tischt Ihr mir da auf?

Und zum Teufel, welcher Mönch verleiht schon seine Kutte?«

Ich war völlig aus der Fassung. Bestand denn diese Welt nur aus Lug und Trug? Die Enttäuschung über den Schwindel war maßlos, am liebsten wäre ich ihm in diesem Moment an die Kehle gesprungen.

»Nun, der Mönch gab sie mir nicht aus freien Stücken«, erwiderte Eckhardt zerknirscht. Rasch fügte er hinzu, dass dem Benediktiner jedoch nichts Schlimmeres widerfahren sei. Und außerdem habe Eckhardt, zumindest sein Name war offensichtlich echt, den Mönch mit einigen Silberpfennigen fürstlich für dessen Kleidung und die sicherlich nur winzig kleine Beule am Kopf entschädigt. Noch immer sprachlos, starrte ich ihn an, mein Gesicht wohl eine einzige Frage, doch bevor ich ihm ebendiese stellen konnte, begann er auch schon aus freien Stücken, mich über die Beweggründe seiner Maskerade aufzuklären.

Schreiberling im Hause eines reichen Kaufmannes aus Cölln sei er gewesen, so sagte er mir, und von ganzem Herzen zufrieden mit seinem Los, bis zu jenem Tage, da die Tochter seines Dienstherren ein Auge auf ihn geworfen habe. Zwar wäre er dem anderen Geschlecht alles andere als abgeneigt, doch jene Siegried sei ein abgrundtief hässliches und niederträchtiges Wesen von unnatürlich üppiger Gestalt gewesen. Als der liebe Herrgott Anmut, Grazie und Liebreiz verteilt habe, erklärte Eckhardt mit einem angewiderten Gesichtsausdruck, müsse Siegried wohl im Vorratskeller ihres Vaters allerlei Köstlichkeiten verdrückt haben, denn sie verfügte über keines jener himmlischen Attribute. Es dauerte jedenfalls nicht lang, und sie stellte ihm derart unverschämt nach, übrigens geduldet von ihrem Vater, der sie wohl lieber heute als morgen weggefreit wissen wollte, dass Eckhardt sich nach einem neuen Patron umsehen musste und tatsächlich auch bald mit einem anderen Kaufmann handelseinig wurde. So brach schließlich die letzte Nacht im Dienste seines alten Herrn an und Siegried, sich dieser Tatsache durchaus bewusst, kannte nun gar keine Scheu mehr. Mit zwei Krügen besten Weines aus dem gut bestückten Keller ihres Vaters betrat sie seine Kammer im Gesindehaus des Anwesens. Offensichtlich war Eckhardt nicht nur Frauen, sondern auch einem guten Tropfen gegenüber durchaus zugetan, sodass das Unglück unvermeidlich seinen Lauf nehmen musste. In der Gewissheit, Siegried am nächsten Tage für immer und ewig los zu sein, ließ er sie in seine Kammer ein, zu verführerisch prickelte der würzige Duft der mitgebrachten Weine in seiner

Nase. Und so saßen sie beieinander die ganze Nacht und tranken, er aus dem einen, sie aus dem anderen Krug, und von Schluck zu Schluck wurde er immer betrunkener und sie immer zudringlicher, doch irgendwann war's ihm dann einerlei.

Am nächsten Morgen jedoch, halbwegs wieder bei Sinnen nach der durchzechten Nacht, offenbarte ihm der erste Blick das Debakel in seiner ganzen Scheußlichkeit. Da lag Siegried nun in seinem schmalen Bette, sie ebenso nackt wie er, und sofort war ihm gewiss, dass sie die Nacht nicht nur mit Saufen allein verbracht hatten.

Noch schlief sie selig, besser noch, sie schnarchte laut und vernehmlich, und daran sollte sich um Himmels willen auch nichts ändern, dachte sich Eckhardt. Also stieg er, so leise es sein bleischwerer Kopf eben zuließ, von seinem Lager auf, schlüpfte in die Kleider, raffte seine wenigen Habseligkeiten zusammen, öffnete behutsam die knarrende Pforte und ward sodann nie mehr gesehen im Hause seines Herrn. Zwar schuldete ihm dieser noch den Lohn der letzten Woche, doch dieses Opfer war Eckhardt gern bereit zu bringen angesichts der Scherereien, die drohten, sollte Siegried ihrem Vater das sündhafte Treiben der vergangenen Nacht beichten. Innerlich feixend, beglückwünschte er sich, seinem alten Brotgeber wohl aus einer Eingebung heraus nicht die richtige Adresse des neuen Herrn mitgeteilt zu haben, da durchschritt er auch bereits frohen Mutes das Cöllner Stadttor auf der breiten Handelsstraße, die nach Aachen führte.

Was war schon geschehen, dachte er sich. Siegried wird sicher ihren Spaß gehabt haben, ihm selbst fehlten jegliche Erinnerungen an das vergangene Treiben, warum sich also mit einem schlechten Gewissen plagen? Dass jedoch Zusammenkünfte derlei Art zuweilen auch späte Folgen haben können, daran verschwendete Eckhardt nicht einen einzigen Gedanken.

Einige Monate später, sein unfreiwilliges Tête-à-tête mit Siegried war längst vergessen, da drang eines frühen Morgens eine höchst bekannte Stimme an sein noch schlaftrunkenes Ohr. Es war der unverkennbar schneidend-keifende Tonfall, den Siegried anzuschlagen pflegte, wenn sie nicht gerade dabei war, junge Mannsbilder gegen deren Willen zu bezirzen. Unvermittelt hellwach geworden, stand Eckhardt keinen Atemzug später am Fenster und starrte bang nach draußen auf den Hof seines neuen Herrn. Annähernd ebenso rasch hatte er seine Kleider und den letzten Lohn zusammengerafft und stolperte sogleich barfuß durch den dunklen Flur zum Hinterausgang. Eckhardt hatte das Gesindehaus bereits auf der rückwärtigen Seite verlassen und lief splitternackt über ein Feld auf das nahe gelegene Wäldchen zu, als Siegried in Begleitung ihres Vaters und zwei baumstarker Handlanger die schwere Eichenpforte öffnete. Es war weder Siegrieds herrischer Vater, der Eckhardt Beine machte, noch die beiden kräftigen Bediensteten in seiner Begleitung. Sie selbst war es, genauer ihr kugelrunder Bauch, den sie stolz vor sich hertrug, welcher ihn antrieb, als sei der Teufel in Persona hinter ihm her. Erst im Wäldchen angekommen, gönnte er sich eine Verschnaufpause. Zitternd zog er die Kleider an und fragte sich, wie um Himmels willen sie ihn bloß gefunden haben mochte, eine Frage übrigens, die ihn noch lange beschäftigen sollte.

Wieder in Aachen, tauschte er rasch mit einem Mönch die Kleidung und pilgerte nach Cölln, um sich dem Zug des Nikolaus anzuschließen.

Ich brauchte eine geraume Weile, um seine Ausführungen zu verdauen. Nach dem Ausbleiben des von Nikolaus prophezeiten Wunders und der Rache des blutrünstigen Mobs war dies ein weiterer Schock, den meine arme, unschuldige Kinderseele zuerst einmal verkraften musste.

»Ja habt Ihr denn gar kein Gewissen? Wie konntet Ihr Eurem eigen Fleisch und Blut den Vater verwehren?«, fragte ich ihn schließlich vorwurfsvoll.

Er schluckte. Man merkte ihm an, dass eben dieser Vorwurf deutlich an seiner Seele nagte.

»Nun, ich denke«, antwortete er, und sein Blick ging ins Leere, »mit deinen zwölf Jahren fehlt dir noch das rechte Verständnis! Du kannst allerdings gewiss sein, mein Junge, bei klarem Verstand hätte ich keinen Finger an sie gelegt, das schwöre ich bei allem, was mir heilig ist.

Im Grunde hat sie mir Gewalt angetan, nicht andersrum. Dennoch tut es auch mir leid wegen des armen Kindes, das unschuldig ist an der verzwickten Lage. Aber sei gewiss, am Vater mag es dem Kinde zwar fehlen, doch bestimmt nicht am Nötigsten für den Unterhalt. Siegrieds Vater hat mehr Geld als ein Bauer Heu, für die Mutter und das Kind ist gesorgt bis an ihr Lebensende!«

Schweigend gingen wir weiter auf die Suche nach dem Hafen. Ich konnte sein schlechtes Gewissen förmlich riechen, so drückend lastete es auf ihm und plötzlich ging mir auf, dass eben diese Reue sein Verhalten und die rührende Sorgfalt mir gegenüber begründete. Er hatte mich auserwählt, um wieder gutzumachen, was er an seinem eigenen Kind versäumte.

Am Hafen angelangt, konnten wir rasch mit dem Kapitän eines aus dem hohen Norden kommenden Handelsschiffes einig werden. Friso war Norweger, doch nichts von seinem Aussehen deutete auf seine Herkunft hin. Kannte man die Skandinavier als blonde, blasshäutige Männer von beeindruckend hoher Statur, so war er eher von gedrungenem Wuchs und sein Schopf ebenso wie seine Augen schwarz wie die Nacht. Frisos Blick machte mich misstrauisch, er erschien mir verschlagen und falsch, doch offenbar nahm nur ich das wahr. Eckhardt empfand Frisos Art sogar einnehmend und liebenswert, was jedoch wohl daran gelegen haben mochte, dass die beiden rasch handelseinig wurden, zu rasch, wie ich bereits damals fand. Leider sollte sich bald herausstellen, dass ich mit meinen zwölf Jahren über eine bessere Menschenkenntnis verfügte als mein deutlich älterer Freund.

Kaum an Bord, legten wir auch schon ab, vorab nach Süden, um in Brindisi, einer Hafenstadt in Apulien, Marmor und Baumwolle aus Sizilien zu laden. Danach sollte uns die Reise durchs Mittelmeer hindurch an Gibraltar vorbei, dann an der nordgallischen Küste und den Friesischen Inseln entlang zur Mündung der Weser und schließlich bis nach Bremen führen. Dort warte ein ansässiger Kaufmann, zugleich auch der Reeder des Schiffes, bereits auf die Ware. Gute vier Wochen veranschlagte unser Kapitän für die Fahrt. Uns sollte es recht sein – wer wochenlang durch ödes, menschenfeindliches Bergland marschiert, den konnte eine einmonatige Schiffspassage, und sei die See auch noch so rau, beileibe nicht mehr schrecken. So also genossen wir und mit uns siebzehn weitere gescheiterte Kreuzfahrer, die ebenso wie Eckhardt und ich in Genua an Bord kamen, die Fahrt nach Brindisi in vollen Zügen, arm an Gütern zwar, jedoch inzwischen reich an Erfahrung. Schnell waren die Entbehrungen der letzten Tage vergessen, und ebenso rasch schwand das Misstrauen, welches ich dem Kapitän anfangs noch entgegenbrachte.

Die See war uns gewogen, sodass wir bereits vier Tage später in unserem Bestimmungshafen einliefen. Sonnengegerbt und frisch erholt, standen wir an der Reling und bestaunten die prachtvolle Stadt. Der rege Handel, bedingt durch die Nähe Siziliens und Byzanz', trug ganz offensichtlich zum Wohlstand der Einheimischen bei, denn ein jeder, der am Hafen flanierte, trug feinste Gewänder. Wir legten an, doch statt Marmor und Baumwolle zu laden, nahm unser Schiff weitere Reisende auf, ungefähr fünfzig mögen es gewesen sein, allesamt zerlumpte und ausgemergelte Kinder, viele behangen mit christlichen Symbolen. Wäre es nicht unmöglich gewesen, da sie nicht so rasch von Genua nach Brindisi gelangen konnten, hätte ich sie für Gefährten aus unserem Zug gehalten. Doch wie nur, fragte ich mich seinerzeit, sollten alle Reisenden untergebracht werden, da die Kojen bereits jetzt mit mindestens zwei Personen belegt waren?

Hätte ich mir doch nur mein Misstrauen bewahrt, vielleicht wäre uns eine rechtzeitige Flucht vom Schiff geglückt, so jedoch winkte ich den an Bord kommenden Kindern auch noch aufmunternd zu, sodass diese unverzagt und festen Mutes das Schiff betraten.

Nachdem die Seeleute Zwieback, Dörrfleisch, Früchte und Wasser an Bord geholt hatten, legten wir wieder ab. Auf hoher See zeigte die Mannschaft dann ihr wahres Gesicht. Ohne ein weiteres Wort zu verlieren, wurden wir allesamt zusammengepfercht und in einen bis dato leeren Lagerraum gesperrt. Friso stand oben im Torrahmen und schaute verschlagen auf uns hinab, während wir von einem Schreiberling gezählt wurden.

»Es sind einundsiebzig, Käpt'n«, sagte er grinsend zu seinem Herrn.

»Ihr wolltet ins Heilige Land, und ihr sollt ins Heilige Land kommen!«, lachte Friso und rieb sich die Hände. Dann krachte die schwere Luke zu und eine viele Tage währende Nacht brach über uns herein.

Ich kann nicht sagen, was mir während der Zeit unter Deck am meisten zusetzte – der bestialische Gestank nach menschlichen Exkrementen, die feuchtmodrige Luft oder die Kälte, der Hunger, Durst, das Geschrei der Kinder oder die schreckliche Ungewissheit, was aus uns allen werden sollte – die undurchdringliche Dunkelheit jedenfalls, die einem jedes Zeitgefühl nahm, sodass man schließlich nicht mehr wusste, ob ein Tag oder erst eine Stunde vergangen war, diese Dunkelheit vervielfachte alles Leid und steigerte die Angst ins Unermessliche. Was nur sollten wir noch alles ertragen, wir, die auszogen, Gott zu dienen und die so schändlich von ihm im Stich gelassen wurden. Einst in jenen Tagen, eingepfercht mit siebzig anderen Kindern unter Deck eines Schiffes, haderte ich nicht mit Gott, nein, ich brach mit ihm.

Drei Tage waren es schließlich, wie ich später anhand des Datums unserer Ankunft herausfinden sollte, die wir unter Deck verbrachten, drei ganze Tage und Nächte, in denen einem im Verborgenen bleibende Plagegeister, ob fliegend oder krabbelnd, fast den Verstand raubten und die Sorge, nicht in die hinterlassene Notdurft eines Nachbarn zu greifen, rasch bedeutungslos wurde angesichts der Ungewissheit, was noch folgen sollte. Während jener Tage lernte ich Jean kennen, einen Knaben, der in Brindisi an Bord kam. Er war Novize in einem Kloster nahe Reims, einer Stadt im Königreich Frankreich. Jean sprach ein wenig Latein, sodass ich mich mit ihm unterhalten konnte, wenn auch beschwerlich. Zuerst wollte ich meinen Ohren nicht trauen, denn seine Geschichte glich der meinen in vielem wie ein Haar dem anderen, doch schnell begriff ich, dass dies kein Zufall war, sondern ein ausgeklügelter Plan dahinterstecken musste. Ebenso wie ich wurden Jean und seine Mitstreiter von einem Knaben geblendet, nur hieß er in diesem Falle Stephan. Auch ihm soll Gottes Sohn erschienen sein, und geradeso wie Nikolaus scharte auch Stephan binnen kurzer Zeit Tausende um sich, zumeist Kinder. Anfang Juli zog er von Paris aus schließlich los, das Heilige Land zu erobern, und sein Heer musste ähnlich gewaltig gewesen sein wie das des Nikolaus von Cölln.

Und wieder stellte ich mir die Frage, wem es zum Vorteil gereichte, wehrlose Kinder in einen aussichtslosen Kampf gegen die Morgenländer zu entsenden, und wieder kam mir nur der Klerus in den Sinn. Was für eine niederträchtige List, um den Zorn des gemeinen Volkes gegen die Muslime aufs Neue zu entfachen.

Doch was nur sollte nun mit uns geschehen?

Welchen Wert konnte ein Haufen halb verhungerter Kinder für Friso haben? Und wohin überhaupt ging die Reise?

Fragen über Fragen, auf die sich ein zwölfjähriger Knabe, der in einem Kloster aufwuchs und bislang nichts von der Welt mitbekommen hatte, keinen Reim machen konnte. Eckhardt, mein treuer Freund, schien unser Los zu erahnen, doch bis auf die gemurmelte Bemerkung, eher zu sich als an mich gerichtet, dass es ihm besonders um die armen Mädchen leid täte, war aus ihm nichts herauszubekommen.

AFRIKA

Alles war ruhig an Deck, kein Getrampel, kein Gebrüll, nur das sanfte, einschläfernde Surren der Takelage im Wind war zu hören. Es musste also Nacht sein, als mich plötzlich einsetzendes Möwengekreische aus meiner Lethargie riss. Wir näherten uns einer Küste – doch welche mochte es wohl sein? Es dauerte noch eine Weile, inzwischen war das Deck wieder mit den bekannten Geräuschen reger Betriebsamkeit erfüllt, da rumpelte das Schiff mit einem dumpfen Aufprall am Kai an. Kurz darauf wurde der Verhau zu unserem Gefängnis geöffnet. Gleißendes Licht flutete den Raum, nach Tagen vollkommener Finsternis, wie sie nur im Grab noch undurchdringlicher sein konnte, brannte die Sonne nun lichterloh wie die Flamme der ewigen Verdammnis. Schützend hielt ich meine Hände vor die Augen und wagte erst nach einigem Zögern, vorsichtig zwischen meinen Fingern hindurchzublinzeln. Es war, als schaute ich in einen Spiegel, denn alle um mich herum taten es mir gleich. Sie blinzelten aus zusammengekniffenen Augen umher, und ein jedes Gesicht, ob neun oder neunzehn Jahre jung, wirkte verängstigt und verstört, sie alle schienen sich zu fragen, was denn nun folgen sollte.

Mit Peitschen trieben sie uns wie Vieh aus dem Lagerraum hinaus ins Freie, Eckhardt indes blieb wie leblos auf den Planken liegen. Erik, einer von Frisos Spießgesellen, stellte sich neben ihn, schüttelte und rupfte an seinem Wams, schließlich stieß er ihn hart mit der Fußspitze an – doch er zuckte nicht einmal. Daraufhin zog der Halunke einen Dolch aus der Scheide und bohrte damit tief hinein in Eckhardts Schenkel. Mir wurde schwarz vor Augen und meine Beine knickten ein, denn mein Freund und Beschützer rührte sich auch jetzt nicht. Achselzuckend wandte sich Erik ab und untersuchte einen weiteren leblosen Körper, während mir die Tränen in die Augen stiegen. Doch, so dachte ich mir, sollte ich Eckhardt nicht sogar beneiden? Was wusste ich schon, welches Schicksal mir blühte.

Die Sonne stand hoch am Himmel, als wir das Schiff über zwei schmale Holzplanken verließen. Es war heiß, und die Sonne brannte unbarmherziger, als ich es je erlebt hatte. Ich ahnte, nun doch, wenn auch gänzlich anders als erwartet, im Land der Muselmanen angekommen zu sein. Die Hautfarbe der Einheimischen und ihre mir völlig fremde Zunge, in meinen Ohren einem heiseren Husten ähnlicher als einer Sprache, zeigte mir rasch, dass ich mit meiner Vermutung richtig lag.

An Land wurden wir bedrängt, die Kleidung abzulegen, anschließend mussten wir uns im Meer reinigen. Unsere Wangen wurden mit einem brennenden Öl eingerieben, wodurch die bleichen Gesichter einen rosigen, gesunden Teint bekamen. Immer noch nackt, band man uns an den Händen zusammen, dann wurden wir über das Land getrieben. Die Gegend, durch die wir marschierten, konnte nicht öder und trostloser sein, jeder Schritt wirbelte roten Staub auf, nach kurzer Zeit konnte ich keine zehn Fuß voraus schauen, alles wurde von einer Sandwolke verschluckt.

Schließlich erreichte unsere Kolonne so etwas wie einen Marktplatz. Dort standen wir nun, Knaben als auch Mädchen, nackt wie Gott uns schuf, und mussten die schamlosen Blicke und das heisere Gelächter über uns ergehen lassen.

Friso hatte uns auf einen Sklavenmarkt schaffen lassen, und ganz offensichtlich waren wir seine Ware.

Umgehend wurden wir umringt von einer unüberschaubaren Ansammlung dunkelhäutiger Männer in fremdartigen, luftig gearbeiteten Gewändern, allesamt Muslime, die uns unanständig begafften und, eingedenk ihrer obszönen Gesten, zotig derbe Reden über uns führten. Nach einer Weile lösten sich einige aus der Menge, ihrer Kleidung nach von edlerer Herkunft, und gingen daran, die Ware, uns also, eingehend zu begutachten. Bei den Jungen überprüften sie die Arm- und Schultermuskulatur sowie den Wuchs des Rückens, die Mädchen, so sie denn schon entwickelt waren, begrapschten sie an Arsch und Brust. Allen gemeinsam wurden obendrein die Zähne einer eingehenden Prüfung unterzogen.

So feilschten und schacherten sie um uns, den ganzen Tag lang. Bisweilen meinte ich, Bieter und Käufer würden gleich aufeinander losgehen, so erbittert und leidenschaftlich wurde verhandelt, und nicht selten gingen sie mit abwertenden und ehrverletzenden Gesten auseinander, doch wenn es zu einer Einigung kam, strahlten plötzlich beide, als habe der Streit zuvor nie stattgefunden.

Die Schatten wurden immer länger und unsere Gruppe immer kleiner. Zuerst fanden die am kräftigsten gewachsenen Jungen einen Abnehmer, dann einige Mädchen, wobei hier nicht die Körperkraft, sondern eine möglichst ausgeprägte Reife, helles Haar und ein liebliches Äußeres ausschlaggebend für den Kauf waren. Bald darauf folgten Knaben, die jünger waren als ich, nur mich wollte niemand haben, denn meine seinerzeit ausgesprochen schmächtige Gestalt offenbarte nur zu deutlich, dass ich für schwere körperliche Arbeit nicht taugte.

Als die Sonne schließlich hinter dem Horizont versank, waren wir nur noch zu acht, mit mir zwei Jungen und fünf Mädchen, allesamt höchstens zehn Jahre alt.

War ich anfangs froh, nicht wie Vieh verschachert zu werden, wurde mir doch bald mulmig, als ich uns traurige Schar Übriggebliebener betrachtete. Welchen Wert hatten wir für Friso, dessen Besitz wir de facto waren? Güte war von ihm sicher nicht zu erwarten. Gab es eine Verwendung für uns, die Schwächsten der Schwachen, oder würde er uns einfach ersäufen wie junge Katzen nach einem zu großen Wurf?

Mir schwante nichts Gutes, denn wofür konnten wir schon taugen?

Doch zumindest einmal sollte auch ich Glück haben, denn in diesem Moment tiefster Sorge und Unruhe kam es schließlich zu dem schicksalhaften Aufeinandertreffen mit meinem lieben Freund und Wohltäter Osman.«

»Endlich«, Osman war plötzlich hellwach, »ich dachte schon, da wird heute nichts mehr draus! Ich bitte dich, Robert, lass mich fortfahren, vom vielen Zuhören sind mir schon die Ohren ganz wund!«

»Nun, mir soll es recht sein, so wie es deinen Ohren ergeht, so verhält es sich mit meiner Zunge. Wenn Bruder Albert nichts einzuwenden hat …?«

Der Dominikaner schüttelte seinen Kopf.

»Nein, beileibe nicht. So bereichert es einen Bericht doch erst, wenn man ihn von mehreren Seiten erzählt bekommt. Ihr, Robert, kühlt Eure Kehle mit einem kräftigen Schluck Wein. Osman, nehmt den Krug Wasser zu Euch. Wenn Ihr ähnlich erschöpfend berichtet wie Euer Freund, so wird die Erfrischung vonnöten sein.«

»Vielen Dank, Herr Mönch«, antwortete Osman freundlich, »doch ich will weder Eure Zeit noch Geduld zu sehr beanspruchen. Freilich habe ich auch nicht so viel zu erzählen wie Robert.

Geboren, aufgewachsen und nunmehr siebenunddreißig Jahre alt geworden bin ich in Alexandria, der Perle des Orients. Seit Generationen befindet sich meine Linie im Dienste einer byzantinischen Kaufmannsfamilie, die seit Menschengedenken von Alexandria aus Handel mit aller Welt betreibt und, so sagt man hinter vorgehaltener Hand, mehr Einfluss besitzt als die Landesherren selbst. Zuerst nur als einfache Leibdiener im Hause tätig, wurde meinen Ahnen von Generation zu Generation schnell mehr Verantwortung zuteil, sodass mein lieber Vater schließlich nicht nur seinem Herrn als Vertrauter und Berater in sämtlichen Fragen zu Diensten war, sondern auch dessen Zöglinge unterrichtete. Seit meinem zwölften Lebensjahr nunmehr wies mein Vater mich in seine Aufgaben ein, da ich eines Tages sein Amt weiterführe sollte. Ich danke Allah für die Gnade, ihm zu seinen Lebzeiten die Schande erspart zu haben, dass ausgerechnet *sein* Nachkomme jene ehrenvolle Tradition brach, die seit Generationen in der Familie vom Vater zum Sohne weitergegeben wurde.«

Osman hielt kurz inne. Seinem Gesicht fehlte jede sonst dort allgegenwärtige Überheblichkeit. Doch schnell fasste er sich wieder, Trübsinn war offensichtlich nicht sein Ding.

»Nunmehr zweiundzwanzig Jahren ist es her, ich war fünfzehn, als ich auf Robert traf. Es war ein wenig abseits des Hafens. Hier bot Friso seine menschliche Ware feil, so wie es auch die anderen Männer seines Schlages tun mussten. Der Hafen selbst, dort, wo die Handelsschiffe aus aller Welt einliefen, blieb den Halunken verwehrt, denn freilich konnte kein Alexandriner stolz auf Geschäfte dieser Art sein, auch wenn sie recht lukrativ waren.

Eigentlich wollte ich keinen Sklaven kaufen, vielmehr war ich auf der Suche nach einem Übersetzer vom und ins Germanische, da unser Herr beabsichtigte, engere Kontakte mit der Bremer Hanse zu knüpfen. So schickte mich also mein

Vater mit zwei Wachen und einem Beutel Gold in die Stadt, um einen der deutschen Sprache kundigen Mann anzuwerben. Doch leichter gesagt als getan, zwar fand ich einige Kaufleute und Seemänner, die mit Eurer Zunge sprachen, doch was half es mir schon, wenn ich mich nicht mit ihnen verständigen konnte. So ging ich schließlich, nach langer, vergeblicher Suche, zum verhassten Sklavenmarkt. Ich wusste, dass offenbar närrisch gewordene Kinder aus Deutschland und Frankreich, die sich aufgemacht hatten, unser Land zu erobern, derzeit in Massen an unseren Küsten zum Verkauf feilgeboten wurden. Ohne viel Hoffnung betrachtete ich den kümmerlichen Haufen nackter, von der Sonne aufs Übelste verbrannter Kinder. Sollte ich ausgerechnet hier fündig werden? Ich hoffte es insgeheim, wusste ich doch sehr wohl um das Schicksal derer, die keinen Käufer fanden. So könnte ich zumindest einem von ihnen das Leben retten.

Ich stellte mich vor den Kindern auf und fragte sie in meiner Sprache, ob einer von ihnen deutsch spräche. Keine Antwort. Enttäuscht wandte ich mich ab, wie konnte ich auch zu hoffen wagen, dass eines jener Geschöpfe aus dem Abendland Arabisch verstände. Gerade wollte ich mein Kamel besteigen, als mir ein letzter, rettender Gedanke kam. Ich ging zurück und fragte den Erstbesten:

»*Salve, ubi habitas?*«

Der Junge schüttelte nur seinen Kopf, er verstand mich nicht.

Doch ein anderer Knabe aus der Gruppe antwortete dafür:

»*In Germania habito.*«

Ich schaute mir den jungen Deutschen genauer an, der offenbar des Lateinischen mächtig war. Selten zuvor hatte ich einen derartigen Hungerhaken zu Gesicht bekommen.

Jede einzelne Rippe zeichnete sich deutlich unter der knallroten, bereits Blasen bildenden Haut ab. Ein bedauernswertes, dem Tode geweihtes Häufchen Elend stand da vor mir, und ich hoffte und betete zu Allah, dass der Junge meine Prüfung bestehen würde.

»Quis es?«

Seine Antwort kam prompt:

»Robert sum.«

Robert hieß er also. Seine Augen flehten mich an, ihn mitzunehmen. Der Junge schien sehr wohl zu erahnen, welches Schicksal ihm sonst drohte. Doch eine letzte Frage musste ich noch stellen. Mein Vater hätte mich den Riemen spüren lassen, wäre ich mit einem Sklaven, einem Kind obendrein, angekommen, welches nur einige Brocken Latein sprach und nur eine Last wäre.

»Ut vales?«

Wieder folgte die Antwort sofort und ohne Zögern:

»Male valeo.«

Wahr gesprochen, denn er sah wirklich schlecht aus.

Ohne ein weiteres Wort zu verlieren, fragte ich den Händler, wie viel er verlange und gab ihm schlussendlich den siebten vom zehnten Teil seiner unverschämten Forderung, womit er noch bestens bedient war.

Daraufhin befahl ich einem der Wächter, Robert mit auf sein Kamel zu nehmen. Bevor er aufstieg, gab ich dem Jungen noch meinen Umhang, dass er sich seine Blöße bedecke, und er vergalt es mir mit einem dankbaren Blick. Dann machten wir uns auf zum Hause meines Herrn.

Mehrfach schaute ich ebenso wie Robert zurück auf die sieben übrigen Kinder in der Hoffnung, dass noch ein Wunder geschähe und jemand sich ihrer annähme, doch das Wunder blieb aus, nichts dergleichen geschah. Auf Roberts Frage, was nun aus ihnen werde, antwortete ich auf Arabisch: »Möge Allah mit ihnen sein!«, und der Junge schien zu verstehen, was ich meinte.

Im Hause meines Herrn angelangt, übergab ich den zerrupften Hänfling zuerst einmal der Obhut unserer Köchin, die ganz nebenbei eine passable Heilkundlerin war. Ihn aufzupäppeln und dafür Sorge zu tragen, dass uns der Junge nicht wegstarb, war die vordringlichste Aufgabe, zumal sogar meinem Vater der Anblick des Häufchen Elends aus dem fernen Abendland das Herz erweichte, und beim Propheten, er galt weder als zimperlich im Umgang mit den ihn untergebenen Lakaien noch schonte er sich selbst oder seine Kinder – ich war fast ein wenig eifersüchtig wegen der Fürsorge, die er Robert zuteil werden ließ.

Erstaunlich rasch war der Junge genesen, und wir begannen meinen ehrgeizigen Plan, den Austausch mit den Bremer Händlern voranzutreiben, in die Tat umzusetzen. Selbstredend war dies ein beschwerliches Unterfangen, da wir zur Verständigung auf Latein zurückgreifen mussten, eine Sprache, die wir beide nur leidlich beherrschten. Doch da sich die Handelsbeziehungen unseres Dienstherrn mit der Hanse zum Besten entwickelten und daher reichlich Botschaften auszutauschen waren, hatten wir genügend Gelegenheit, unsere Sprachkenntnisse auszubauen. Er lernte ganz nebenbei meine Sprache so wie ich die seine, und irgendwann mussten wir uns nicht mehr des Lateins bedienen , um uns zu verständigen.«

»Das hört sich so an, als ob Robert ebenso wie Ihr bald den Rang eines Bediensteten bekleidete. Ich dachte, er habe sein Dasein die Jahre in der Fremde als Gefangener gefristet«, unterbrach Albert irritiert.

»Oh, er war in der Tat ein Gefangener, wenn auch nicht so, wie man sich einen gewöhnlichen Häftling vorstellt. Es mangelte ihm an nichts, allerdings durfte er das weiträumige Landgut meines Herrn nicht allein verlassen. Auch wurde seine Kammer, die bei Weitem geräumiger war als Eure hier in diesem Kloster, zur Nacht abgesperrt. Mein Dienstherr war zwar reich, jedoch alles andere als freigiebig, er hatte für Robert bezahlt, somit gehörte er ihm mit Leib und Seele, so sein Standpunkt. Außerdem war Robert, gerade in den ersten Jahren, derart unentbehrlich für die Geschäfte meines Gebieters, dass an eine Enthebung aus dem Sklavendienst gar nicht zu denken war. Er, so sagt man wohl bei Euch, war gefangen in einem goldenen Käfig.

Die Jahre gingen dahin, und aus Robert dem Schmalen wurde, dank der Künste unserer Köchin, jener stattliche Mann, dem sein Name nun wahrlich zum Hohn gereicht.«

»Verzeiht, wenn ich erneut unterbreche«, warf der Mönch ein, »doch sagt mir selbst, lieber Robert: Fühltet Ihr Euch wie ein Gefangener?«

»Nun, mir erging es gut im Haus des Byzantiners. Das Essen war reichlich und von außergewöhnlicher Güte, auf dem Gut durfte ich mich frei bewegen, selbst an Sklavinnen, die zur Nacht mein Lager mit mir teilten, fehlte es nicht. Und doch war ich ein Gefangener, der Wahl beraubt zu tun, was mir beliebt und zu gehen, wann es mir gefällt. Im goldenen Käfig gefangen, wie Osman so richtig sagte, denn auch Gitterstäbe aus purem Gold verwehren einem den Weg in die Freiheit.«

»Habt Ihr versucht zu fliehen?«, fragte der Mönch, während Osman, wieder zum Zuhören verdammt, missgelaunt die Augen verdrehte.

»Ein einziges Mal nur, es mag ungefähr zehn Jahre her sein, und wieder tat sich Osman als mein Lebensretter hervor. Obwohl es eine bittere Enttäuschung für ihn gewesen sein musste, dass sein Zögling das Weite suchte, schützte er mich doch und legte sich eine haarsträubende Erklärung zurecht für meinen mehrtägigen Aufenthalt im Frachtraum eines dänischen Handelsschiffes. Wenn mein Herr von der Flucht erfahren hätte, so wäre es um mich geschehen gewesen, so wertvoll ich auch für seine Geschäfte mit den Deutschen gewesen sein mochte. Und ganz gewiss riskierte Osman viel, als er mir beistand.«

Osman lächelte, nachdem Roberts letzte Worte verklungen waren, doch kurz darauf riss ihn Albert wieder aus seiner Selbstzufriedenheit.

»Es freut mich sehr zu hören, dass Ihr trotz der Schereien, in die Euch Robert gebracht hatte, zu ihm hieltet. Doch war er nicht nur ein einfacher Sklave für Euch? Warum habt Ihr Euren Posten, ja vielleicht gar Euer Leben aufs Spiel gesetzt für ihn?«

»Weil Freunde so etwas füreinander tun«, antwortete Osman ernst.

»Doch genug davon, Ihr beschämt einen Ehrenmann, dessen höchste Ideale Bescheidenheit und Demut sind«, fuhr Osman fort, ohne dabei auf Robert zu achten, der ihn mit riesigen Augen und offenem Mund anstarrte, offenbar unschlüssig, ob er lauthals widersprechen oder schallend lachen sollte.

»So jedenfalls«, sprach Osman ungerührt weiter, »verstrichen die Jahre und ich übernahm das Amt meines derweil greisen Vaters und Lehrmeisters. Inzwischen beherrschte Robert Arabisch und ich in aller Perfektion Deutsch, wie Ihr ja bereits feststellen konntet.«

So viel zum Thema Bescheidenheit und Demut, dachte sich Robert, sagte aber keinen Ton.

»Robert lehrte inzwischen Ismael, dem jüngsten Spross der Kaufmannsfamilie, die deutsche Sprache und erlangte weitere Annehmlichkeiten. Ich denke, nachdem der erste Fluchtversuch gründlich missraten war und Robert auch beileibe keine Not erdulden musste, hatte er sich mit seinem Schicksal abgefunden. Alles hätte so schön sein können, wenn …«, Osman unterbrach seine Rede kurz für einen herzergreifenden Seufzer, »wenn die Weibsbilder nicht wären, so schön, so verführerisch und so verhängnisvoll. Ich musste gerade an das Schicksal des armen Eckhardt denken, ähnelt seine Geschichte doch stark der meinen.«

»Wieso *armer* Eckhardt?«, unterbrach ihn Robert überrascht.

»Nun, zu verrecken auf einem Seelenverkäufer find ich freilich schon recht bedauernswert!«, antwortete Osman, nicht weniger erstaunt über Roberts Einwand.

»Ja, habe ich dir etwa nie erzählt, wie der gerissene Hund alle genarrt hat?«

Osman schüttelte den Kopf.

»Ach, was für ein nachlässiger Erzähler ich doch bin, die Hälfte nicht zu erwähnen. Nun, als wir das Schiff verließen, sah ich aus den Augenwinkeln eine Gestalt von Bord schleichen, oder besser humpeln, und diese Gestalt hatte eine verblüffende Ähnlichkeit mit Eckhardt. Ich möchte wetten, dass er zuvor noch in der Kapitänskajüte war und dort alles Gold zusammengerafft hatte, was er in die Finger bekommen konnte. Nun, als ich sah, wie er das Weite suchte, durchschaute ich auch endlich, warum er während der Überfahrt seine Ledersandalen zerrupfte, um daraus einen Knebel zu binden. Er wusste genau, dass es nicht genügen würde, sich tot zu stellen, er müsste eine schmerzhafte Prüfung über sich ergehen lassen, bevor man von ihm abließe. Deshalb der Knebel – so überstand er den grausamen Test, ohne einen Laut von sich zu geben. Weiß Gott, Eckhardt war wirklich mit allen Wassern gewaschen!«

Robert schüttelte den Kopf und lächelte versonnen. Wer weiß, wen Eckhardt noch getäuscht oder welche Verkleidung er darüber hinaus gewählt hatte. Und wenn er eines Tages Eckhardts Abbild auf einer römischen Münze entdecken würde, das schmale Haupt gekrönt von einer Tiara, es würde ihn nicht weiter wundern.

»Wie dem auch sei«, setzte Osman seinen Bericht fort, »eine junge Frau kostete mich schließlich meinen Posten und ein Leben ohne Sorge. Theodora, was für ein verdammtes Luder!

Doch was rede ich, ein Prachtweib war's, ganz ohne Zweifel, und manchmal frage ich mich, ob sich all der Ärger nicht gar gelohnt hat, durfte ich doch zumindest dafür einige Tage von ihrem geheimsten Schatz kosten. Versteht mich nicht falsch, ich musste nicht das Leben eines Eunuchen führen, ganz im Gegenteil, eines meiner von mir viel zu wenig wertgeschätzten Privilegien erlaubte es mir, unbegrenzt auf Sklavinnen aus dem Haushalt meines Herrn zurückzugreifen.

Doch schmecken nicht die verbotenen Früchte am süßesten?

Mir allemal, und so ließ ich mich ausgerechnet mit dem einzigen Weib im Hause meines Herrn ein, von dem ich unbedingt die Finger hätte lassen sollen. Dabei war Theodora noch nicht einmal eine seiner Frauen, es gab viele in seinem Harem, doch keine von ihnen nahm eine gesonderte Stellung ein. Ich weiß, wovon ich rede, denn ich hatte auch eine Liaison mit einem Weib aus seinem Frauenhaus. Als er es herausfand, nahm ich schon von einigen mir lieb gewonnenen Körperteilen Abschied, doch dann überraschte mich mein Dienstherr mit seiner Freigiebigkeit; er bot mir sogar an, wieder auf eine seiner Frauen zurückzugreifen, wenn mir danach wäre, ich solle ihn jedoch zuvor zumindest darüber in Kenntnis setzen. Und auch seine Kinder waren ihm recht gleichgültig, bis auf eben jene Theodora, die es mir so angetan hatte. Eine Perle, was sag ich, ein Juwel von allerhöchster Vollkommenheit war sie, schön und rein wie Tau, der in der frühen Sonne glitzert, gesegnet mit der anmutigen Gestalt eines Engels und doch versehen mit all jenen weiblichen Attributen, die uns Männern den Verstand rauben. Theodora war die älteste Tochter meines Herrn, unschuldig und unbekümmert auf den ersten Blick, doch durchtrieben und voller Hinterlist auf den zweiten, ihrem Erzeuger darin wahrlich in nichts nachstehend. Nach dem Tode meines Vaters oblag es mir, sie der Sprache und Rhetorik der Römer zu unterweisen, des Weiteren lehrte ich Theodora Astronomie und Alchemie. Sie selbst hatte mich außerdem zum Lehrmeister einer weiteren Kunst auserkoren, und so sehr ich mich anfangs sträubte, erlag ich letztlich doch ihren Reizen. Um die Brisanz der Situation zu unterstreichen, muss erwähnt werden, dass mein Herr seine Tochter dem Sohn seines wichtigsten Geschäftspartners zur Frau versprochen hatte.

Um es kurz zu machen: Es kam, wie es kommen musste – ich gab dem hartnäckigen Drängen Theodoras schließlich nach. Es vergingen weitere zwei Wochen, bis aus harmlosen Spielereien Ernst wurde und unser Vergehen Spuren an ihr hinterließ. Ihr wisst sicherlich, verehrter Herr Mönch, von dem Nachweis, den ein unschuldiges Mädchen in der Hochzeitsnacht zu belegen hat – nun, um das zarteste aller Häutchen, was dafür vonnöten ist, war es alsbald geschehen. Leider dauerte es auch nicht mehr lange, bis man uns beide beim Liebesspiel erwischte – ausgerechnet ihr Koranmeister war's, ein zierlicher, strenggläubiger Muslim, ein Mann im Übrigen, mit dem ich nie so recht warm wurde. Und während sich sein entsetztes Gesicht erst rot, dann weiß, dann wieder rot färbte und sich seine Lungen mit Luft füllten für einen Schrei, der ganz Alexandria in ihren Grundfesten erbeben lassen sollte, hatte ich bereits meine Kleider zusammengerafft und befand mich auf dem kürzesten Weg zu meiner Kammer. Dort griff ich mir blitzschnell den sorgsam versteckten Beutel mit Goldmünzen, dessen Existenz ausschließlich der Sparsamkeit meines Vaters geschuldet war, und während im Hauptbau dem lauten Geschrei und Durcheinander zufolge offensichtlich gerade die Hölle ausbrach, hatte ich schon das Gesindehaus verlassen.

Sollte man meiner habhaft werden, war mir der Tod gewiss, meine einzige Chance lag also darin, so schnell wie möglich das Weite zu suchen. Und so führte mich mein Weg zu den Stallungen, hier nun wollte ich mir rasch das schnellste Pferd nehmen und damit zum Hafen reiten, denn dort lagen zurzeit gleich drei Schiffe meines Herrn vor Anker, unter anderem auch die Athena, das vermutlich schnellste Handelsschiff weit und breit.

Unterwegs zu den Viehunterkünften lief mir Robert in die Arme, beinahe wären wir beide ineinandergerannt. Er kam mir gerade recht, denn die Athena sollte auf direktem Weg Bremen anlaufen, und bereitet mir auch Eure Sprache keine Probleme, so ist doch mein Aussehen zu fremdartig, um dort gerade in der heutigen Zeit allein unbeschadet zu überstehen. Außerdem ist mir Robert im Laufe der Jahre wirklich lieb und teuer geworden, ein echter Freund eben, auch wenn es bisweilen demjenigen, der unseren Gesprächen lauscht, nicht so vorkommen mag.

Außer Atem fragte ich ihn, ob er seine Heimat wiedersehen wolle.

Offenbar fehlten ihm die Worte, denn anstatt zu antworten, starrte er mich nur verdutzt an, sein ganzes Gesicht eine einzige Frage. Verärgert über seine Trägheit und im sicheren Bewusstsein, seine Antwort bereits zu kennen, fügte ich ungeduldig hinzu, er solle sich gefälligst sputen, da die Angelegenheit keinen Aufschub dulde, doch immer noch regte er sich nicht. So sah ich mich schließlich genötigt, ihm die Entscheidung abzunehmen. Kurzerhand packte ich also den unentschlossenen Tropf am Arm und zog ihn zu den Stallungen. Dort suchte ich uns die beiden schnellsten Pferde aus, ein Leichtes für mich, da mir als leidenschaftlichem Reiter alle Tiere bestens vertraut waren, und schon galoppierten wir in Richtung Hafenbecken, hinter uns hör-, wenn auch gottlob nicht sichtbar, die wütend krakeelende Knechtschaft meines Herrn, mindestens hundert Mann also.

Ihr werdet Euch vielleicht wundern, dass wir entkommen konnten, obwohl so viele hinter uns her waren, doch da ich mich seit der Entdeckung durch den Koranmeister geradewegs auf den Hafen zubewegte, eilte ich nicht nur der Meute meiner Verfolger stets ein wenig voraus, sondern auch der Kunde über mein Vergehen, sodass niemand, dessen Weg wir kreuzten, wissen konnte, dass man mich verfolgte. Ein weiterer Grund für den Erfolg meiner, oder besser unserer Flucht lag darin begründet, dass ich nicht nur die Konversation mit den deutschen Geschäftspartnern führte und die Kinder unterrichtete, sondern auch im Hause vollstes Vertrauen genoss und zur rechten Hand meines Herrn geworden war. Jeder, der in seinen Diensten stand, wusste das, deshalb wagte niemand, sich meinen Befehlen zu widersetzen, so unsinnig sie auch erscheinen mochten.

In Windeseile erreichten wir den Hafen, unterwegs dorthin setzte ich Robert in knappen Zügen über die jüngsten Geschehnisse und meine weiteren Pläne in Kenntnis. Nun war auch er voller Eifer bei der Sache, denn trotz aller Annehmlichkeiten im Hause Kantakouzenos war es sein sehnlichster Wunsch, als freier Mensch die Heimat wiederzusehen. Doch spielten unsere Beweggründe inzwischen ohnedies keine Rolle mehr, denn nunmehr waren wir beide auf der Flucht und unser Leben in Alexandria keinen Maravedi mehr Wert.

Stolz blähten sich die Segel der mächtigsten Handelsschiffe der Welt, als wir die Kais entlangritten auf der Suche nach der Athena. Beunruhigend viel Zeit war inzwischen verronnen, und noch immer hatten wir sie nicht gefunden. Ich wurde nervös, gelinde ausgedrückt, wusste ich doch sehr wohl, dass durch mein selbstsüchtiges Handeln unser beider Schicksal von dem Schiff abhing. Quälende Gedanken beschäftigten mich.

Befand sich die Athena etwa schon auf hoher See?

Sollte ich mich derart geirrt haben?

Nun, Seeleute waren eigen, wenn es um Termine ging. Häufig schoben sie die Stellung des Mondes, ungünstige Winde oder einen zu hohen Seegang vor, wenn sie den vereinbarten Zeitpunkt verpassten. Und oft genug hatte ich bei Lohnverhandlungen eben diese Einwände als ihr ureigenstes Problem abgetan, um den Preis zu mindern – sollten wir meinen Hochmut nun mit unserem Leben bezahlen?

Sicher könnt Ihr Euch meine Freude vorstellen, als mich der Anblick des so verzweifelt gesuchten Schiffes aus meinen trüben Gedanken riss. Gut vertäut schaukelte die Athena sanft auf den Wellen, nahezu verborgen zwischen zwei mächtigen Handelsschiffen, und wieder einmal erstaunte mich, wie ein, verglichen mit den anderen, so winzig kleines Schiff derart gewaltige Strecken auf hoher See zu bewältigen und Stürmen zu trotzen wusste. Und nicht nur das, die geringe Größe und der schlanke Rumpf machten die Athena sogar zum schnellsten Schiff meines Herrn. Ich möchte gar behaupten, dass nicht ein Schiff in Alexandrias Hafen der Athena das Wasser reichen konnte, wenn es darum ging, in Windeseile von hier nach dort zu gelangen.

Rasch stiegen wir von unseren Pferden und schon waren wir an Bord, ungeduldig an der Kapitänskajüte klopfend.

»Ja Himmelherrgott, wenn nicht die Welt untergeht, bin ich jetzt schon gespannt auf deine Ausrede, wer immer du sein magst!«, polterte es von drinnen und die Tür flog auf. Der Kapitän, ein Landsmann von Euch, starrte uns mit seinen blassblauen Augen an, zuerst verärgert, dann, als er mich erkannte, misstrauisch, wenn nicht gar feindselig. Kein Wunder, handelte ich doch noch vor gut einer Woche seine Heuer um den zehnten Teil herunter, da er zwei Tage verspätet angelegt hatte. Nun würde er mir alles heimzahlen, wenn auch nur der Hauch einer Unstimmigkeit meinen Ausführungen anhaften sollte. Ich musste also nicht nur überzeugend sein, ein gebieterisches Auftreten sollte ihm zudem jede Lust auf Widerspruch nehmen. Eigentlich, so dachte ich, dürfte mir das nicht schwerfallen, da ich stets genau diesen Ton anzuschlagen pflegte, wenn ich mit Männern seines Ranges verhandelte.

»Nun, wie ich sehe, erkennt Ihr mich noch!«, begann ich also forsch das Gespräch.

Er nickte nur mürrisch.

»Verzeiht mir die ungebührliche Eile, Herr Kapitän, doch mein Herr schickt mich mit eiligen Geschäften. Ihr müsst sofort ablegen, denn ich habe Nachrichten für das Bremer Haus bei mir, die keinen Aufschub dulden.«

Die Feindseligkeit wich aus seinem Gesicht. Zuerst wirkte er nur überrascht, doch rasch folgte ein Ausdruck offener Rebellion. Bevor der Kapitän allerdings ein Wort des Widerspruchs von sich geben konnte, fuhr ich ihn auch schon an.

»Und erzählt mir nichts von Strömungen, Tide oder kommt mir mit anderem, fadenscheinigem Geschwafel, sondern hisst die Segel und macht die Leinen los, und zwar rasch, wenn Euch Euer Platz an Bord der Athena lieb und teuer ist. Mein Herr sagte mir, wenn das Schiff in der Mittagssonne noch vor Anker liegt, dann wird ein anderer Mann demnächst hier das Sagen haben!«

Inzwischen hatte sich der Kapitän wieder gefangen, die Sorge um sein Amt an Bord der Athena weckte offensichtlich seine Lebensgeister.

»Ich weiß sehr wohl, wer Ihr seid, doch habe ich unlängst von Eurem Herrn persönlich die Order erhalten, mit einem seiner Söhne nach Bremen zurückzukehren. Doch wo ist dieser Sohn? Sagt nicht, dieser hellhäutige Koloss neben Euch sei es, das kauf ich Euch nicht ab!«

»Ich bewundere Euer scharfes Auge«, erwiderte ich schnippisch, »bei jenem Riesen handelt es sich in der Tat nicht um den Sohn meines Herren, denn dieser hat sich verletzt bei der Jagd und liegt im Fieber. Doch äußerste Eile ist geboten, sodass er nun mich schickte in Begleitung eines Schreiberlings und Landsmannes von Euch, um abzuwickeln, was an wichtigen Geschäften mit den Bremern zu erledigen ist.«

Doch anstatt den Kapitän zu überzeugen, nährten meine

Äußerungen weitere Zweifel in ihm. Misstrauisch beäugte er Robert.

»Also wie ein Schreiberling sieht Euer Begleiter nun wirklich nicht aus. Und so ganz will mir Eure Eile auch nicht einleuchten!«

Innerlich verfluchte ich den Tag, an dem ich den Kapitän von oben herab um einen Teil seiner wohlverdienten Heuer gebracht hatte, nun also sollte sich mein Verhalten rächen. Mein Gegenüber schien zu überlegen und das eine Übel mit dem anderen abzuwägen. Schließlich fuhr er fort, und ein Anflug von Genugtuung stand ihm ins Gesicht geschrieben.

»Nun, so recht überzeugend klingt Ihr nicht!

Weiß ich denn, ob Ihr es Euch nicht mit Eurem Herrn verübelt habt? Vielleicht habt Ihr ihn bestohlen, Euer Freund scheint mir jedenfalls der richtige Geselle dafür zu sein.

Ich denke, ich werde warten, bis Euer Herr mir persönlich den Befehl bestätigt. Und wenn ich das Schiff verliere, soll es halt so sein. Punktum!«

Sprach's und war gerade drauf und dran, die Kajütentür zu schließen, als ihm Robert ein Pergament unter die Nase hielt.

»Guter Mann, ich verstehe durchaus Eure Bedenken, doch habe ich es sogar schriftlich. Seht nur, hier ist Eure Order!«

Mir wurde schwindelig, um Allahs Willen, von was für einer Order sprach er da? War Robert denn von allen guten Geistern verlassen?

Ich warf einen flüchtigen Blick auf das Blatt und mir sträubten sich die Haare, als ich erkannte, dass es sich dabei um die Schreibübungen eines der Zöglinge unseres Dienstherrn handelte, ausgeführt von Kinderhand und wohlgemerkt in deutscher Schrift und Sprache – wir waren verloren, so dachte ich jedenfalls in dem Moment. Doch je mehr Zeit verstrich und je eingehender der Kapitän das Schriftstück begutachtete, desto ruhiger wurde ich, denn der Mann war ganz offensichtlich des Lesens nicht kundig. Inzwischen hatte sich, so erschien es mir zumindest, die gesamte Mannschaft um uns versammelt. Ich sah reihum in die rauen Gesichter der Matrosen und hoffte und betete inständig, dass sie alle miteinander ebenso ungebildet waren wie ihr Oberster. Und tatsächlich, keiner warf einen Blick auf das Pergament, alle schauten nur auf ihren Kapitän, einige nahezu in Ehrfurcht erstarrt ob seiner angeblichen Künste, wie er mit wichtiger Miene den Brief studierte.

Könnte er sich jetzt noch die Blöße geben?

»Nun«, verkündete er schließlich nahezu feierlich und rollte den Brief wieder ein, »das ändert natürlich einiges. So seid also willkommen an Bord der Athena. Wann, sagtet Ihr noch einmal, sollen wir den Anker lichten?«

»Ja, erinnert Ihr Euch denn nicht mehr?«, trieb Robert das riskante Spiel auf die Spitze. »In der Depesche stand doch eindeutig, dass die Athena umgehend auslaufen möge, sobald Osman Abdel Ibn Kakar mit seinem Begleiter, also meiner Wenigkeit, an Bord gekommen ist!«

»Ach ja, ich vergaß!«

»Schon gut, Ihr habt gewiss Wichtigeres im Kopf. Nun sagt mir aber, wie lang es noch dauern wird!«

Man konnte förmlich spüren, wie die Nervosität vom Kapitän abfiel. Es ging wieder um seemännische Fragen, hier war er in seinem Element.

»Da wir nur noch auf einen Passagier zu warten hatten, ist alles andere bereits erledigt. Wir haben ausreichend Proviant an Bord, ebenso eine Ladung feinster Gewürze für die Bremer. Die See ist grade recht, wir können also sofort auslaufen!«

Robert starrte unruhig auf eine Staubwolke fern am Horizont, die sich unablässig näherte. Sie kam direkt vom Anwesen, und die Art und Weise, wie der Staub hochgewirbelt wurde, ließ auf eine große Schar Reiter schließen.

»Worauf wartet Ihr dann noch? Waltet Eures Amtes, und zwar geschwind, wenn ich bitten dürfte!«

Nun ging alles ganz schnell. Befehle hallten kreuz und quer über Deck und ein jeder schien, auf den ersten Blick betrachtet, ziellos und ohne Sinn herumzuirren, doch sah man ein zweites Mal auf das wilde Treiben, so konnte man schnell eine Ordnung in ihrem Tun erkennen. Jedem Mann an Bord kam ein Platz und eine Aufgabe zu. Der Kapitän hatte seine Matrosen bestens im Griff, und ich bin sicher, dass der Mannschaft ein gewichtiger Anteil an der legendären Geschwindigkeit der Athena zuteil kam.

Rasch hatten wir die Hafenanlagen verlassen, und noch immer waren unsere Verfolger nicht zu erkennen. Endlich beruhigt, ließ ich mich auf ein Spant nieder – sollten wir nicht in ein Unwetter geraten oder der Kapitän uns doch noch auf die Schliche kommen, so waren wir fürs Erste in Sicherheit.

Und so stand ich noch lange Zeit am Heck der Athena und blickte zurück auf mein bisheriges Leben, bis schließlich der Horizont die Küste Alexandrias verschluckte. Teils frohlockend, den Häschern gerade noch rechtzeitig entkommen zu sein, überwog doch bei Weitem die Wehmut bei dem Gedanken, meine Heimat nie wiederzusehen.

Was sollte nur aus mir werden?

Meine Herkunft freilich konnte ich nicht verbergen, und, so viel Stolz muss sein, ich wollte es auch gar nicht. Doch wie würden die Christen mir, dem Muselmanen, begegnen? Schließlich trennt uns beileibe nicht nur das Meer. Erbitterte Kriege, seit unzähligen Jahren geführt, Kämpfe, die auf beiden Seiten das Leben unzähliger Soldaten und Edelleute, sogar das von Königen und Herrschern gefordert hatten, all das musste doch Spuren hinterlassen und den Hass auch fern der Schlachtfelder schüren. Umso mehr dankte ich in diesem Moment meinem Schicksal, welches mich im rechten Augenblick mit Robert zusammenführte, sodass ich nicht allein, sondern mit einem guten Freund, der obendrein in der anderen, mir fremden Welt geboren und aufgewachsen war, mein neues Leben beginnen sollte.

Die See war uns gewogen und wir kamen unserem Ziel, dem Hafen der freien Hansestadt Bremen, rasch näher. Etwas zu rasch nach meinem Dafürhalten, denn aller Beruhigungsversuche Roberts zum Trotz blieb mir nach wie vor ein mulmiges Gefühl. Schon bald hatten wir das sanfte, gutmütige Mittelmeer hinter uns gelassen und passierten Gibraltar, dann segelten wir auf den weitaus stürmischeren Wogen des Atlantiks die Küste Iberiens entlang. Von Tag zu Tag wurde nicht nur die See rauer, sondern auch Wind und Wetter. Die ersten Stürme peitschten übers Deck und stülpten mir das Innerste nach außen. Sollte ich augenblicklich sterben müssen, so wäre mir der Tod herzlich willkommen, dachte ich damals zitternd über die Bordwand gebeugt, und versuchte auszuspucken, wo schon lange nichts mehr auszuspucken übrig geblieben war. Und ganz gewiss konnte es in diesen Tagen tiefster Verzweiflung keine Hilfe sein, die gesamte Mannschaft einschließlich Robert genüsslich schmatzend essen zu sehen. Einmal hob dieser Halunke sogar eine fette Hammelkeule wie zum Gruße, oder sollte es gar eine Einladung zu Tisch gewesen sein? – und während ich mich daraufhin wieder achtern über Bord senkte, bereute ich zutiefst meine Spötteleien, als Robert und ich erstmals einen längeren Kamelausritt unternahmen und es ihm dabei ebenso erging wie mir an Bord der sturmgeschüttelten Athena. Mag er heuer auch noch so scheinheilig schauen, so gelobe ich bei Allah, genau diese Erinnerungen gingen dem sadistischen Gauner durch den Kopf, als ich mir die Seele aus dem Leib spuckte und er sich noch lustig darüber machte. Oder stimmt's etwa nicht?«

Robert verzog nur den Mund, mehr ließ er sich nicht entlocken.

»Keine Antwort ist auch eine«, fuhr Osman fort, doch so entrüstet auch die Worte waren, die er von sich gab, so entlarvend amüsiert war sein Mienenspiel: Richtig böse konnte er Robert offensichtlich nicht mehr sein.

»Sei's drum, helfen konnte mir eh keiner, warum also nicht Schabernack mit mir treiben, während ich dahinsieche, wenn nicht gar sterbe.

Irgendwann hatte auch ich mich an die Schaukelei gewöhnt und nach drei oder vier Tagen strikter Askese nahm ich wieder mit Bedacht Nahrung zu mir, anfangs nur trockenes Gebäck, doch für meinen leeren Magen war selbst ein harter Kanten Brot ein Hochgenuss.

Wieder bei Kräften, war ich endlich in der Lage, mit Robert unser weiteres Vorgehen zu besprechen. In Bremen angekommen, darin waren wir uns beide einig, hieß es für uns, rasch von der Athena und ihrer Besatzung Abschied zu nehmen, denn zum einen war, so sicher wie die Sonne dem Mond folgt, ein Trupp Leibwächter hinter uns her, wir sollten also nach dem Anlegen so rasch wie möglich das Weite suchen. Zum anderen stand zu befürchten, dass die immer noch nicht restlos ausgeräumten Zweifel des Kapitäns ihn veranlassen könnten, sich das Pergament mit der angeblichen Order von einem Schreiberling in Bremen vorlesen zu lassen. Und wenn ich auch liebend gern sein Gesicht gesehen hätte in dem Moment, da man ihm an Stelle eines eindeutigen Befehls ein deutsches Kinderlied vortrug, so zog ich es doch vor, meilenweit entfernt zu sein, wenn der Schwindel entlarvt wurde.

Doch wohin sollte uns die weitere Reise führen?

Nun, auch hier kamen Robert und ich schnell überein, dass wir im Lande bleiben wollten, denn schließlich war Deutsch die einzige auf diesem Kontinent gebräuchliche Sprache, die wir beide beherrschten. Eine Stadt schließlich war ebenso rasch gefunden – Cölln sollte es sein, und Cölln ist nach wie vor unsere Bestimmung. So erhofft sich Robert, seine Augusta ausfindig zu machen. Außerdem will er seinen Schwur einlösen und den Vater der armen Luisa, sollte er denn noch auf Erden weilen, über den Tod seiner Tochter unterrichten – mag diese Nachricht auch alte Wunden aufreißen, ich kann es ihm einfach nicht ausreden. Ich selbst verspreche mir ebenso einiges von dieser Stadt. So drang es selbst in der fernen Heimat an mein Ohr, dass Cölln der Nabel Eurer Welt sei, die Stätte der Künste und Wissenschaften. Ich glaube, dass sich Verwendung finden lässt für einen Mann, der mehrere Sprachen ebenso spricht wie schreibt. Außerdem hatte ich das große Glück und Privileg, jahrelang das Wissen und Gedankengut der klügsten Köpfe, die jemals auf Erden weilten, studieren zu dürfen, denn ich hatte Zugang zu zahlreichen Dokumenten aus den Archiven der größten, kolossalsten und prächtigsten Schriftrollensammlung der Welt, der Bibliothek Alexandrias!«

Albert schreckte auf, als sei ein Blitz in ihn gefahren. Unglauben, aber auch ein Funken Hoffnung, spiegelte sich auf seinem Gesicht.

»Ich kann nicht glauben, was Ihr da sagt! Nach allem, was mir bekannt ist über die Bibliothek, ist sie vollständig zerstört worden. Der Kalif Umar ibn al-Chattab war es doch, der vor nahezu sechshundert Jahren, nachdem er mit seinem Heer Alexandria gewaltsam den Christen entrissen hatte und die Stadt unter ein islamisches Protektorat stellte, die Hallen bis auf die Grundmauern niederbrennen und sämtliche Schriften vernichten ließ. Kaum ein Gedanke würde mir mehr Behagen bereiten, als dass die Schriften von Aristoteles, Sokrates, Eratosthenes oder Aristarchus noch existieren, doch kann ich nicht so recht daran glauben.«

»Und dennoch habe ich Manuskripte eben jener Männer in den Händen gehalten und studiert«, antwortete Osman fast trotzig. »Wisst Ihr denn, wie die vermeintlich restlose Vernichtung der Schriftstücke vonstatten ging?«

»Nach meinem Wissen wurden zuerst die Rollen, deren Inhalte dem Islam widersprachen, dem Feuer übereignet. Doch auch die restlichen Werke gingen schließlich diesen Weg, da der Scheich meinte, alles, was ein Muslim wissen müsse, stehe im Koran, sodass weitere Schriften entweder nur reine Wiederholungen des Korans oder schlichtweg überflüssig seien. Ähnliche Thesen werden auch hierzulande im Bezug auf die Bibel vertreten, eine Meinung, die ich trotz aller Gottesfürchtigkeit nicht zu teilen vermag.« Den letzten Satz gab der Mönch sehr leise, beinahe flüsternd von sich.

»Genau so, wie Ihr es sagtet, hat es sich zugetragen. Die Schriften wurde nicht zusammen mit der Bibliothek verbrannt, sondern vorab sortiert nach ihrem Inhalt. Doch nicht die Schergen des Sultans nahmen sich dessen an, denn es handelte sich bei ihnen um Soldaten, einzig ausgebildet im Kriegshandwerk. Hierfür wurden Alexandriner deputiert,

Gelehrte in der Regel, stolz auf den Ruf der Bibliothek in der ganzen Welt und ebenso angewidert von dem Vorhaben des Scheichs, das Wissen von Jahrhunderten zu vernichten. So also übergaben sie den Soldaten nur einen Teil der Rollen, häufig waren es bloß Verzeichnisse des ausgeklügelten Ordnungssystems der Bibliothek, den Rest des Bestandes konnten sie in Sicherheit bringen. Wie sie das bewerkstelligten, ist bis heute nicht bekannt, man weiß nur, dass sie nach verrichteter Arbeit von al-Chattabs Soldaten durchsucht wurden, sodass ihnen der einfachste Weg, die Schriftrollen unter der Kleidung versteckt hinauszuschmuggeln, verwehrt blieb. Die einen sagen, es habe einen Tunnel gegeben, durch den die Manuskripte unbemerkt an den Wachen vorbei nach draußen gelangten, andere wiederum vermuten schlicht, dass Geld im Spiel war und die Wachen bestochen wurden. Jedenfalls sortierten die Gelehrten sehr wohl, wenn auch nicht im Sinne des Scheichs, und glaubt mir, sie waren durchaus befähigt zu entscheiden, welche Stücke erhalten bleiben und welche notgedrungen den Barbaren überlassen werden mussten. Ja, Ihr hört richtig, ich nenne sie Barbaren, auch wenn sie meine Glaubensbrüder waren, denn was dieser Scheich in seiner Blindheit anrichten wollte, entsprach wahrlich nicht den Prinzipien des Islam.«

Albert hing an Osmans Lippen, und jedes Wort des Fremden schien seiner Hoffnung Nahrung zu geben, dass es tatsächlich wahr sein könne, was ihm da berichtet wurde.

»Habt Ihr Schriften des Aristoteles in Euren Händen gehalten?«, platzte es schließlich aus ihm heraus.

»Nicht nur in den Händen gehalten – gelesen und studiert habe ich sie, und weit mehr als einmal gestaunt, was das Genie dieses unglaublichen Mannes schon vor so vielen Jahrhunderten an Wissen hervorbrachte. Nun kann ich Euch nicht sagen, ob es sich bei den Rollen um von ihm selbst beschriebene Pergamente oder nur um Exemplare aus Kopistenhänden handelte, zumindest jedoch waren sie in seiner Sprache, der Sprache der alten Griechen, abgefasst. Ein unschätzbarer Gewinn, denn einmal hatte ich zum Vergleich den Originaltext in Altgriechisch sowie die arabische Übersetzung vorliegen, und glaubt mir, wenngleich nahezu wortwörtlich übertragen, so fehlte der Übersetzung doch das Wesentliche, ich will es mal als den genialen, göttlichen Funken bezeichnen. Tagelang zerbrach ich mir den Kopf, woran es wohl gelegen haben mochte, das Rätsel lösen konnte ich nicht, ich weiß nur, auch ich hätte den Text nicht besser ins Arabische übertragen können. Doch sagt, Bruder Albert, interessiert Ihr Euch als Diener Gottes etwa für die Lehren des Aristoteles? Ich weiß nicht viel von Eurer Religion, doch Bibel und Wissenschaft will auch Eure Kirche nicht so recht vereinen, soviel ist mir gewiss bekannt.«

»Jetzt kennt Ihr also mein Dilemma!« Albert sprach nun mit gedämpfter Stimme. »Es gibt Tage, da könnte ich fast entzweireißen – sicherlich will ich mein Leben Gott widmen und ihm dienen mit all meiner Kraft, doch kann ich leider meine Neugier nicht im Zaum halten, wenn sich Phänomene ereignen in der Natur, für die ich keine Erklärung finde. Unzählige Nächte schon lag ich wach und grübelte, und nicht selten fand ich die Antworten in Schriften, deren Gebrauch sich für einen Klosterbruder nicht schickt. Doch immer waren es Übersetzungen ins Lateinische, nie hielt ich den muttersprachlichen Text eines großen Philosophen aus dem alten Griechenland in den Händen. Auch wenn es sich für einen Mönch nicht gehört, so muss ich doch gestehen, dass ich Euch um Euer Glück ein wenig beneide.« Nur noch leise wispernd, fügte Albert hinzu: »Ich bitte Euch inständig, opfert mir ein wenig Zeit und berichtet über die Schriften, ich wäre Euch auf ewig dankbar.«

»Gern will ich das tun, doch befürchtet Ihr, die Klostermauern haben Ohren?«, fragte Osman ein wenig irritiert.

»Beileibe nicht!«, antwortete der Mönch nun nicht mehr flüsternd, sondern mit fester Stimme. »Ich weiß, ich benehme mich kindisch, doch meine Neigung, von der ich Euch gerade berichtet habe, bringt mir nichts als Scherereien ein, zumindest innerhalb des Ordens. Außerhalb der Klostermauern zollt man mir aufgrund meiner erbrachten Studien und Abhandlungen in freidenkenden Kreisen durchaus Hochachtung und Respekt, hier jedoch will man von meinen naturwissenschaftlichen Forschungen nichts hören und sehen, nur theologische Studien sind erwünscht. Einmal sagte man mir, dass alles, was der Mensch wissen müsse, in der Bibel stehe, so wie es nahezu wortwörtlich sechshundert Jahre zuvor al-Chattab behauptete – freilich bezog er sich auf den Koran. Was meine Seele anbelangt, kann ich dem gern zustimmen, doch warum gab mir Gott dann diese Leidenschaft, die Rätsel zu lösen, welche die Natur uns aufgibt? Will ich als guter Christ glauben, dass alles, was der Herrgott bewirkt, seinen Sinn und seinen Zweck hat, so will ich auch annehmen, dass die Neugier mir gegeben wurde als Ansporn, Dinge zu hinterfragen, und der Verstand, um die Rätsel schließlich zu ergründen. Setze ich den Gedanken fort, indem ich festlege, dass Gott uns Verstand gegeben hat, um diesen zu gebrauchen, sind es letztlich die Regeln der Kirche, welche fehlgeleitet sind und denen ich mich nicht restlos unterwerfen will und kann. So ist mein Leben eine gefährliche Gratwanderung zwischen Religion und Wissenschaft, und sollte ich eines Tages als Ketzer gerichtet werden, ist es halt mein Schicksal, sei's drum!«

Deutlich hörbar schnaufte Albert durch, fast körperlich spürbar war der Zwiespalt, in dem der Mönch sich befand. Nach einigen Momenten der Selbstbesinnung kehrte sein Geist zurück, nun wieder frohgemut und aufgeweckt wie zuvor.

»Doch genug der trüben Gedanken«, fuhr er fort, »die Sonne wird bald ihren höchsten Punkt erreichen und die Glocke zur Sext schlagen, das bedeutet, es ist bald Essenszeit. Selbst der genügsame Magen eines Dominikaners braucht ab und an Nahrung und Eurem wird es gewiss nicht anders ergehen. So erzählt also noch rasch, wie die restliche Reise verlief.«

»Viel Aufregendes gibt es nicht mehr zu berichten. Etwa eine Woche, nachdem Robert und ich übereinkamen, unser Glück in Cölln zu suchen, liefen wir in Bremen ein. Die Athena war noch nicht vollends vertäut, da hatten wir bereits festen Boden unter unseren Füßen, denn so rasch wie möglich wollten wir hinter uns lassen, was uns mit der alten Heimat verband. Schnell besorgten wir uns beim Schneider angemessene Kleider, ich erstand zwei Reittiere und schon machten wir uns auf die Reise, bloß schnell weg aus Bremen. Der Weg, den wir nahmen, führte uns in südlicher Richtung durchs halbe Sachsenland über Verden und Minden schließlich in Eure freundliche Stadt, wobei die Sonne die ganze Reise bis hierher nicht zu unseren Wegbegleitern zählte, fast schon befürchtete ich, sie nie wieder zu Gesicht zu bekommen. Erst als wir nach etlichen Tagen unter freiem Himmel endlich wieder ein Dach über unseren durchweichten Köpfen hatten, nämlich das dieser Klostermauern hier, da zeigte sie sich von ihrer strahlendsten Seite, so, als habe es die jämmerlichen Regentage zuvor nie gegeben. In dem Moment meinte ich, dass selbst die hiesigen Gestirne über jenen eigenartigen Humor verfügen, den ich bereits bei einigen Eurer Landsleute beobachtet habe, ich will jetzt niemanden beim Namen nennen!«

Die Klosterglocke läutete laut und vernehmlich zur Sext, der Mittagsstunde.

»Nun, Osman, besser hättet Ihr es gar nicht abpassen können«, sagte Bruder Albert und rieb sich die Hände, »lasst uns also alle drei kräftig zulangen, zumindest Ihr beiden habt es Euch redlich verdient für Euren ausführlichen Bericht. Und macht Euch keine Sorgen, ich werde beim Prior mehr als ein gutes Wort für Euch einlegen, auf dass sämtliche Beschuldigungen fallen gelassen werden.«

RUHE VOR DEM STURM

Immer noch argwöhnisch belauert von einigen Dominikanern nahmen die beiden ihre alten Plätze ein. Diesmal duftete es sogar recht schmackhaft in den weiten Hallen des Speiseraumes. Als der Koch mit seiner Schüssel an ihren Tisch trat, raunte Robert seinem Freund mit aufgesetzt ernster Miene zu, er möge doch tunlichst auf den Gebrauch der Gabel verzichten, woraufhin dieser ihn zuerst fassungslos anschaute und dann im Tonfall tiefster Entrüstung antwortete, ob er denn meine, der deutsche Regen habe ihm das Hirn fortgeschwemmt.

Kohl und Steckrüben lagen auf dem Teller. Alles andere als ein Festessen also, doch nach vielen Tagen des Hungerns kam es den beiden Wanderern vor wie eine Delikatesse. Gierig schlangen sie das Essen in sich hinein und selbst Osman scheute sich nicht, seine Hände in das dampfende Gemüse zu tauchen. Nachdem der erste Hunger gestillt und die Teller nahezu geleert waren, nahmen sie ihre Umgebung näher in Augenschein. Die verstohlenen, neugierigen, teils sogar feindseligen Blicke der Klosterbrüder versuchten die beiden zu ignorieren, vielmehr schenkten sie ihre Aufmerksamkeit Albert und dem Prior. Albert hatte sein Essen bisher nicht angerührt – wie sollte er auch, da er ununterbrochen auf den Klostervorsteher einsprach, sanft gestikulierend und dennoch eindringlich.

»Siehst du«, raunte Osman Robert zu, »der Mönch versucht gerade, den Prior von unserer Unschuld zu überzeugen. Was meinst du, ob es ihm wohl gelingen wird?«

»Albert ist ein kluger Mann! Außerdem scheint er, trotz oder gerade wegen seiner Studien, ein gewisses Ansehen zu genießen. Ich denke, dass er es schafft.« Mit einem Blick auf Osmans noch knapp zur Hälfte gefüllten Teller fügte Robert hinzu: »Gewissheit werden wir jedoch erst nach der Mahlzeit erlangen, solange müssen wir uns halt gedulden. Lang noch einmal kräftig zu, vielleicht ist es ja unser Henkersmahl!«

Osmans Gesicht verlor jegliche Farbe, angewidert schob er den Teller beiseite.

»Iss nur, mir ist der Appetit vergangen!«

Das musste Osman nicht zweimal sagen. Ohne ein weiteres Wort zu verlieren, nahm Robert sich des restlichen Kohls und der Rüben an. Magst du auch gebildeter sein als ich, mein lieber Freund aus dem Orient, an List und Tücke bist du mir weit unterlegen, dachte er vergnügt und wandte sich von Osman ab, damit dieser nicht sein breites Grinsen zu Gesicht bekam, dann ließ er es sich schmecken.

Nach dem Essen wurden sie zurück in ihre Klosterzelle geführt, und erneut begleiteten sie fünf der kräftigsten Brüder auf ihrem Weg. Als schließlich, in der Zelle angekommen, hinter der Tür wieder der Riegel fiel, beschlich auch Robert ein mulmiges Gefühl.

Sollte es Albert womöglich nicht gelungen sein, den Prior zu überzeugen?

Wie sonst ließe sich die weiterhin andauernde Bewachung erklären? Hatte er sein sorgloses Dasein in Alexandria, auch wenn es das eines Sklaven war, hinter sich gelassen, um nun in seiner Heimat auf dem Scheiterhaufen zu landen? Osman plapperte ununterbrochen auf ihn ein, doch Robert hörte nicht zu. Eigentlich wollte er in diesem Moment von ihm weder etwas hören noch sehen, immerhin trug dieser triebhafte Kerl für die derzeitige Situation die alleinige Verantwortung.

Der Riegel wurde angehoben, die Tür geöffnet und ein gelöst lächelnder Albert in Begleitung des ebenfalls freundlich dreinblickenden Priors vertrieb Roberts düstere Gedanken. So schaute niemand, der schlechte Kunde zu berichten hatte, außerdem kamen die beiden allein, weit und breit war keine Wache in Sicht.

»Verzeiht«, setzte der Prior an, »dass ich Euch so lange Zeit im Unklaren ließ, doch zuerst wollte ich meine Brüder unterrichten! Sei's drum, Albert konnte die Zweifel an Eurer Unschuld ausräumen, so fühlt Euch nunmehr ganz und gar als Gäste und vergebt uns unseren Argwohn, doch die Zeiten sind gefährlich und manchmal ist nichts so, wie es scheint. Der Teufel bedient sich listenreich vielerlei Gestalten und nur durch Unachtsamkeit entlarvt sich ab und an einer seiner Diener. Auf diese Zeichen zu achten ist unsere gottgegebene Pflicht, zumal als Dominikaner, denn wie Euch Bruder Albert bereits unterrichtete, hat die päpstliche Autorität eigens unseren Orden mit der Wahrung und Durchführung der Heiligen Inquisition beauftragt. Daher sind gerade wir Luzifers Finten besonders ausgesetzt und gut beraten, immer auf der Hut zu sein. Nun will ich Euch der Obhut von Bruder Albert anvertrauen, die Amtsgeschäfte des Priors verlangen nach mir. Habt Euch denn wohl!«

Georg verließ die Kammer und diesmal blieb die Tür angelehnt und kein Riegel fiel hinter ihr ins Schloss.

»So«, begann Albert und rieb sich vergnügt die Hände, »ich will hoffen, dass Ihr Euch gut gestärkt habt. Ich für meinen Teil kann jedenfalls nur sagen, dass der Koch sich heuer selbst übertraf, was allerdings auch keine große Kunst ist in Anbetracht seiner bisherigen Leistungen.«

»Ich krieg keinen Bissen mehr runter, so satt bin ich. Und was sagt dein Magen, Osman?«, fragte Robert seinen Freund mit einem unverschämt breiten Grinsen.

»Ich konnte keinen rechten Appetit aufbringen, wobei den *Koch* keine Schuld trifft«, antwortete Osman, und die Art und Weise, wie er Robert dabei anschaute, ließ keinen Zweifel daran aufkommen, dass er die List seines Freundes inzwischen durchschaut hatte.

»Wie auch immer«, fuhr der Mönch gut gelaunt fort, »ich meinte aus Osmans Rede herausgehört zu haben, dass er in dem Maße viel auf die Kultur seines Landes gibt, wie er wenig von der unseren hält.

Natürlich ist mir bewusst, dass die Morgenländer Großartiges geschaffen haben, sei es in den Wissenschaften, der Philosophie, wie auch in der Kunst und Architektur, und ich bedaure zutiefst, in diesen unsicheren, von Glaubenskriegen zerrütteten Zeiten ebendiese Wunder nicht mit eigenen Augen sehen zu dürfen. Umso mehr will ich insbesondere Euch, lieber Osman, gern zeigen, dass auch wir zu Großem im Stande sind. Wenn es also Eure Zeit erlaubt, so besucht mit mir die Kirche St. Michaelis, in der, selbst schon ein Kunstwerk, ein weiteres kurz vor seiner Vollendung steht.«

Erwartungsfroh schaute er die beiden an, und Osmans Antwort ließ nicht lange auf sich warten.

»Ich bedaure zutiefst, wenn ich Eure Gefühle mit meinem losen Mundwerk verletzt haben sollte, und obwohl es mir gar nicht bewusst geworden ist beim Reden, liegt Ihr nicht ganz falsch mit Eurer Einschätzung. Umso mehr bin ich gern bereit, mich von Euch eines Besseren belehren zu lassen. Ich denke, die Zeit haben wir, nicht wahr, Robert?«

»Wenn es hilft, deinen Hochmut auf ein gesundes Maß zu stutzen, so nehme ich mir gern alle Zeit der Welt«, antwortete Robert, und er strahlte, ebenso wie Albert, übers ganze Gesicht. Vom Vorwurf der Ketzerei befreit, mit vollem Magen, trocken und erholt, hatte er auch allen Grund dazu. Zudem schien die Sonne inmitten eines azurblauen Himmels und ließ die vielen Regentage vergessen. Zum ersten Mal, seitdem Robert wieder Heimatboden betreten hatte, fühlte er sich rundum wohl.

Sein Glück sollte nur von kurzer Dauer sein.

ST. MICHAELIS

Osman warf einen letzten Blick auf die Pferde und überzeugte sich davon, dass ihre Tiere gut versorgt waren, dann verließen die drei froh gelaunt das Kloster, noch bevor die Glocke zur None schlug und die Brüder zu ihrer nachmittäglichen Arbeit schickte.

Vom Brühl aus gingen sie auf verwinkelten Wegen teils ziemlich steil hinab in Richtung Norden. Die Sonne brannte heiß und hatte den tags zuvor noch zähen Schlammboden wieder steinhart werden lassen, schon zeichneten sich durch die rasche Trocknung tiefe Risse ab.

»Bei Allah, ganz offenbar ist es tatsächlich dieselbe Sonne, die über deiner und meiner Heimat scheint – ich merke schon, wie sie mir im Nacken brennt«, tat Osman überrascht. »Nur verweilt sie doch wesentlich häufiger bei uns«, zwinkerte er Robert zu.

»Dafür werden wir entschädigt mit einem satten Grün ringsumher, das die Augen erfreut und unser Vieh groß und stark werden lässt. Wenn ich nur an eure Pferde denke – und seien sie noch so edel von Statur und elegant im Gang, so sind sie dennoch mickriger als manch eines unserer Fohlen. Wenn man als ausgewachsener Mann nicht ebenso schmächtig gewachsen ist, bekommt man es beim Aufsteigen mit der Angst zu tun ums eigene und besonders um das Wohl des Tieres. Und selbst eure Oasen, so schön und willkommen sie auch sind als Inseln der Ruhe und Erholung inmitten der Wüste, so wirken sie doch wie verbrannte Erde im Vergleich zu unseren Wiesen und Wäldern.«

Osman nickte seinem Freund zu – wo er recht hatte, hatte er recht. Es hieß, Araber lieben die Wüste. Er selbst war da anders veranlagt, vielleicht lag es ja daran, dass er nicht das Leben eines Nomaden, sondern das eines Städters führte. Wenn er früher das großzügige Gut seines Herrn mit den blühenden Gärten und edlen Brunnen verlassen hatte und sich ins staubige Land außerhalb begab, so spürte er rasch den Drang, zurückzukehren ins schattenspendende Reich, das er von Geburt an seine Heimat nannte. Nein, die Wüste mochte er wirklich nicht, doch ebenso war ihm der Regen zuwider, der dieses Land ständig heimsuchte.

»Schätzt Euch glücklich, liebe Freunde, dass der Wind heute zum Dom hin weht, denn gerade passieren wir die im Volksmund so geheißene Stinekenpforte«, sagte Albert und wies nach vorn. »Sie wird so genannt, weil hier jenes winzigkleine Rinnsal das Gelände der Domburger verlässt, in das sie ihre Notdurft zu verrichten pflegen. Wenn der Wind es nicht gut mit uns meint, dann stinkt es selbst in unserem Kloster noch erbärmlicher als im Schweinestall!«

Sie gingen direkt auf eine hohe Steinmauer zu, links durchbrochen von einem brackig schimmernden Gerinnsel, dem man förmlich ansehen konnte, dass es wie Pestilenz zum Himmel stank. Wie Albert den beiden Wanderern erläuterte, handelte es sich bei dem Steinwall um die Befestigung der Domburg. Hildesheims älteste Stadtmauer war nahezu zwanzig Fuß hoch und massige fünf Fuß tief, führte der Dominikaner weiter aus, und sei damit in ihrer massiven Bauweise einzigartig im ganzen Sachsenland. Die ebenfalls wuchtigen Rundtürme, die im Abstand von ungefähr zweihundert Fuß die Mauer unterbrachen, verstärkten noch den Eindruck einer trutzigen Burgfeste.

Ein seltsames Land, dachte sich Osman, in dem die Gotteshäuser besser geschützt werden als das Domizil eines Regenten.

Eindrucksvoll ragten die mächtigen Türme des Doms über die Zinnen und weckten in Robert den Wunsch, das stolze Bauwerk näher zu begutachten, doch Albert winkte ab, denn heute hatte er etwas anderes mit ihnen vor. So bogen sie, direkt an der Befestigung angekommen, rechts ab und gingen daraufhin an der Mauer entlang leicht bergan in nordöstlicher Richtung. Der Fußweg, eher einem Trampelpfad im Sumpfgelände als einer Straße gleichend, führte direkt zum Brühltor. Hierbei handelte es sich um den südlichsten Einlass in der neuen Stadtmauer, die sich direkt der Befestigung zur Domburg anschloss. So gingen sie eine Weile durch ein mit Schilfgewächsen, wilden Sträuchern sowie Büschen durchsetztes Terrain, und nur die Steinmauer zu ihrer Linken und ab und an erschallendes Hundegebell erinnerte daran, dass sie sich in unmittelbarer Nähe einer Stadt und nicht inmitten eines Moores befanden.

Allmählich lichtete sich die überwuchernde Natur, das Gezirpe und Gesumme wurde leiser, der Grund zu ihren Füßen wieder fester und es tauchten erste Hütten auf. Noch schwirrte eine fingerdicke Libelle dröhnend um Roberts Kopf herum und focht einige Scheinattacken auf sein Gesicht aus, offenbar bemüht, ihr Territorium zu verteidigen, doch schließlich schien sie den Irrtum zu bemerken und drehte ab, zurück in ihr Königreich. Robert atmete auf, solch ein Monstrum von einem Insekt hatte er seinen Lebtag noch nicht zu Gesicht bekommen – selbst im fernen Alexandria nicht, und das sollte schon etwas bedeuten.

Direkt vor ihnen durchbrach das Brühltor die Stadtmauer, dem Almstor im Norden der Stadt wie ein Ei dem anderen gleichend. Sie passierten das Portal, ohne von den Wachen auch nur eines Blickes gewürdigt zu werden, wie auch schon tags zuvor, als sie erstmals Hildesheimer Boden betraten.

Nun waren sie wieder in der Stadt, zur linken Hand lag die Domburg mit ihrer eigenen Befestigungsanlage und voraus, gerade einmal einige hundert Fuß entfernt, ruhte auf einer Anhöhe ein weiteres Gotteshaus, der Kreuzstift, wie Albert beiläufig bemerkte. Weiter führte sie ihr Ausflug ein gutes Stück auf dem Hellweg entlang, der in westlicher Richtung steil auf das zur Dombefestigungsanlage gehörende Peterstor zulief. Bei diesem Tor handelte es sich im eigentlichen Sinne um einen bogenförmigen Durchlass, einer Röhre gleich, mit einer Länge von ungefähr fünfzig Fuß. Darüber befand sich ein eckiger Turm, der die Mauer um weitere zehn Fuß überragte. Im Turm selbst, so verriet Albert seinen beiden Begleitern, befand sich neben den in Verteidigungsanlagen üblicherweise anzufindenden Gerätschaften eine kleine Kapelle zu Ehren des Schutzheiligen, dessen Namen das Tor trug. Ebenso verhielte es sich im Übrigen mit dem baugleichen Paulstor im Westen der Anlage, so Albert weiter. Durch beide Tore führte der im ganzen Land bekannte Hellweg, dessen Verlauf sie nunmehr seit dem Kreuzstift folgten.

Die Kreuzung des Hellweges mit der Straße, die die Hansestädte mit dem Reich der Franken und der Bayern verbindet, sei eine der bedeutendsten diesseits der Alpen und ohne Frage auch ursächlich für die Existenz Hildesheims.

Und der Hellweg selbst, referierte Albert weiter, war als eine der bedeutendsten Handelsstraßen viel bereist und im ganzen Lande bekannt. Er verlief vom Westen aus Flandern kommend nach Osten hin zur Mark Brandenburg und darüber hinaus bis in baltische Regionen. Kaum ein Reisender kam umhin, Wegezoll zu entrichten, wenn es ihn vor eines der beiden Tore verschlug, denn jener erst kürzlich angelegte Weg, der außen um die Domburg herumführte, war mehr schlecht als recht befestigt und vielleicht gerade noch für einen Wanderer, aber ganz sicher nicht für einen Händler mit Fuhrwerk geeignet. Robert schaute zurück, den Hellweg entlang in östlicher Richtung. Steil wand sich die Straße bergan hinauf bis zu der einige hundert Schritte entfernt liegenden Kuppel, auf der der Kreuzstift thronte. Erstaunlich fand er, mit wie vielen Hügeln und Anhöhen das Land hier im Norden aufwarten konnte. Links und rechts des Handelsweges hatten Handwerker ihre Häuser errichtet und boten auf bunt verzierten Schildern ihre Waren an, auch einige Schänken luden den Reisenden zum Verweilen ein. Robert nahm sich vor, Osman auf die Wirtshäuser anzusprechen, sobald sie allein wären. Sicherlich würde es ihn nicht viel Überredungskunst kosten, seinen Freund zur Einkehr zu bewegen, immerhin hatte sich Osmans Magen bereits mehrfach lautstark in Erinnerung gebracht.

Inzwischen hatte sie die Zivilisation vollends wieder, kaum noch ein Gewächs weit und breit, vielmehr lag nun eine unüberschaubare Ansammlung landesüblicher Wohnhäuser vor ihnen. Wirkten die massiven Holzbauten durch die Regenschleier betrachtet trist und fad, so verlieh ihnen der Sonnenschein einen ganz eigenen Charme, wie sich auch der Rest der Stadt, in strahlendes Licht getaucht und gekrönt von einem tiefblauen Himmel, dem Auge nun weit ansprechender darstellte.

Osmans immer noch nur spärlich gefüllter Magen protestierte lautstark, als sie das Haus eines Knochenhauers passierten, dem der verführerische Duft von geräuchertem Schinken anhing. Seit er deutschen Boden betreten hatte, gesellte sich neben dem unangenehmen Gefühl, ständig vom Regen durchweicht zu werden, eine für ihn eine gänzlich neue Erfahrung hinzu – Hunger. Er musste an die unzähligen Bettler denken, die Alexandrias Straßen bevölkerten.

In diesem Moment bedauerte er zutiefst, nicht jedem von ihnen mit ein wenig Geld zumindest aus der schlimmsten Not geholfen zu haben.

Weiter gingen sie zügig an der Befestigung der Domburg entlang, nun aber in westlicher Richtung, die Mauer nach wie vor zur Linken. An dem flotten Tempo, das Bruder Albert anschlug, war unschwer zu erkennen, dass der Mönch gewohnt war, seine Wege zu Fuß zurückzulegen. Wie Robert und Osman später erfahren sollten, lehnte er es selbst bei weiten Reisen ab, auf Pferde zurückzugreifen, sei es als Reiter oder Beisitzer in einem Fuhrwerk, sogar dann, wenn ihn sein Weg quer durchs Land führte.

Am nordwestlichsten Ende des Steinwalls angekommen, lag einige Fuß voraus das Paulstor. Hier bogen sie in nördlicher Richtung ab und entfernten sich im rechten Winkel von der Domstadt. Die Steigung des Weges nahm zu, denn inzwischen handelte es sich um eine ordentliche Anhöhe, die vor ihnen lag. Und jetzt bereits, noch weit voraus auf einem sanften Hügel, umgeben von einem dichten Hagenwall aus Baum- und Buschwerk, zeigte sich ihnen St. Michaelis mit seiner wuchtigen Pracht.

»Bei Allah, was für eine herrliche Kirche, prächtig wie eine Kathedrale«, sagte Osman, und er wirkte in der Tat beeindruckt.

»Der Dom kann sich durchaus auch sehen lassen, bei St. Michaelis handelt es sich jedoch um eine Klosterkirche. Errichten ließ sie gute zweihundert Jahre zuvor Bischof Bernward. Er war ebenso Stifter des zuvor dort bereits befindlichen Benediktinerklosters und des Doms. Sein unermüdlicher Eifer trug dazu bei, dass Hildesheim gemeinhin als die Stadt der Kirchen bezeichnet wird.«

Nun war der Mönch und Gelehrte ganz in seinem Element, begeistert fuhr er fort, während sich die Kirche immer größer vor ihnen aufbaute.

»Seht nur die durchdachte Konstruktion! Der gesamte Grundriss der Kirche ist in gleichgroße Quadrate aufgeteilt. Schaut auf die beiden eckigen Türme links und rechts. Das mittige Kirchenschiff hat exakt die gleiche Grundfläche wie drei der Türme nebeneinander. Doch das ist beileibe nicht alles. Seht die vier im rechten Winkel von den Türmen abgehenden seitlichen Querhausarme. Auch sie haben eine quadratische Grundfläche, identisch groß wie die der Türme. So besteht der Grundriss von St. Michaelis also aus neun Quadraten gleicher Größe, angeordnet wie ein H – drei jeweils für die beiden Querhäuser mit den mittig platzierten Türmen sowie drei für das Schiff, welches die Türme miteinander verbindet. Drei mal drei, die Heilige Dreifaltigkeit zum Quadrat, vereint in einem Gotteshaus, auf dass sie uns für immer und ewig allgegenwärtig bleibe, ein genialer Plan. Die vier runden, zylindrischen Treppentürmchen schließlich bilden den harmonischen Abschluss des Gebäudes. Ebenso rund wie die Türmchen ist ihr Dach, so wie die Dächer der eckigen Türme selbstredend eckig sind, einer vierseitigen Pyramide gleich. Weiß Gott, selbst Archimedes, der größte Mathematiker und Geodät aller Zeiten, hätte die Kirche nicht klüger konstruieren können!«

Alberts Augen leuchteten vor Begeisterung, und seine beiden Begleiter wurden angesteckt von der Euphorie, mit der er die auserlesene Konzeption des Baumeisters erläuterte. Nun, nur noch wenige hundert Fuß entfernt von dem Gotteshaus, das wie auf einer Empore thronend auf einem sanften Hügel über der Stadt ruhte, zeigte sich auch ihnen der göttliche Plan, der hinter dem Bau dieser Kirche steckte – drei mal drei mal drei – der Vater und der Sohn und der Heilige

Geist. Auch bewunderten sie das abwechslungsreiche Spiel zwischen runden und eckigen Formen, welches dem Bauwerk trotz seiner massiven, erdverwachsenen Gestalt einen erhabenen Charakter verlieh.

»Wahrlich ein Juwel, Bruder Albert«, hob Osman an, »der umso heller funkelt in Anbetracht der flachen Holzhütten, die der Kirche zu Füßen liegen. Und ebendrum habe ich das Gefühl, dass hierzulande sämtliche Energie und Kraft in die Konstruktion sakraler Bauwerke fließt und der Rest vernachlässigt wird. Täusch ich mich oder steckt vielleicht ein Fünkchen Wahrheit drin?«

Albert wirkte nachdenklich, als er antwortete. »Ich war zwar nie im Orient, doch hab ich Berichte gehört und Beschreibungen gelesen, welche überschwänglich die Herrlichkeit Eurer Moscheen priesen. Ist es nicht so?«

»Ganz sicher sogar, doch sind es halt nicht *nur* die Tempel und Gotteshäuser, denen unsere Baumeister ihr Können widmen. Ihr solltet die Paläste unsrer Herrscher und die Domizile der Kaufleute sehen, auch die Gärten und Brunnenanlagen sind eine Pracht, ganz zu schweigen von öffentlichen Gebäuden wie den Bibliotheken oder Badehäusern. Doch selbst die Häuser der einfachen Leute sind aus Stein oder Lehm gebaut, und zumeist, zumindest in den Städten, sind sie nicht so flach wie die Hütten hier, sondern verfügen über mehrere Geschosse. All das vermisse ich in Eurem Land.«

»Dass die Häuser in deiner Heimat nicht aus Holz gebaut sind, versteht sich von selbst«, meldete sich der bislang stumm gebliebene Robert zu Wort, »denn du wirst mir sicherlich recht geben, dass in deinem ganzen verbrannten Land nicht genug Bäume stehen, um auch nur einen Straßenzug aus Holzhütten zu errichten!«

»Versteht mich beide recht«, antwortete Osman und hob beschwichtigend die Arme, »weder will ich mit Euch streiten noch schlecht über Eure Heimat reden, mir fiel eben nur dieser Widerspruch ins Auge.«

Während Osman und Albert weiterhin rege ihre Standpunkte diskutierten, in freundschaftlicher Weise und ohne dabei in Streit zu geraten, hatte Robert nur noch Augen für die Kirche. All die Details über die geometrische Ordnung des Grundrisses wären ihm sicherlich nicht aufgegangen ohne Alberts gescheite Worte. Nun, in ihrer unmittelbaren Nähe, konnte er sich von den Ausführungen des Mönchs überzeugen.

Doch, so entsann er sich plötzlich, waren sie nicht hier, um ein Kunstwerk im Inneren der Kirche zu bestaunen, welches darin erschaffen wurde?

Welches Wunder hatte Albert wohl noch für sie parat?

»Bruder Albert, Osman, lasst uns doch endlich hineingehen«, drängte Robert ebenso ungeduldig wie vergeblich, denn noch immer standen die beiden vor der Kirchenpforte und redeten aufeinander ein, ohne Anstalten zu machen, St. Michaelis zu betreten. So stieß er also die schweren Bronzetüren auf und trat allein in die Kirche ein.

Zuerst beeindruckte Robert der überschaubar strukturierte Innenraum des Gotteshauses, keine Wand versperrte die Sicht, selbst die zwei massigen, quadratischen Türme standen innerhalb des Schiffes auf jeweils vier weit in die Höhe gezogenen Rundbögen, die großzügig den Blick auf dahinter liegende Räume wie die Apsis freigaben.

Licht flutete durch die großen Fenster in den Seitenschiffen ebenso wie durch die vielen deutlich kleineren Maueröffnungen im Mittelschiff oberhalb der Säulenarkaden und ließen den Innenraum der Kirche in hellstem Glanze erstrahlen. Reich geschmückt mit Zierrat war St. Michaelis gewiss nicht, bemerkte Robert keineswegs enttäuscht, umso mehr beeindruckte die Kirche durch ihre einzigartige Architektur.

Nach einer Weile kamen auch Albert und Osman hinzu. Aus den Augenwinkeln sah Robert, dass der Mönch nach oben an die Decke zeigte und Osman seinem Zeigefinger staunenden Blickes folgte. Und erst jetzt bemerkte Robert das Baugerüst, welches gut und gern vierzig Fuß über ihm die gesamte Decke des Mittelschiffs zugänglich machte. Ein zweiter Blick, durch einige Lücken im Gerüst hindurch, versetzte ihn in Erstaunen. In den leuchtendsten, herrlichsten Farben, die er je zu Gesicht bekommen hatte, blickten zahlreiche Gestalten aus der Heiligen Schrift auf ihn herab, überlebensgroß und naturalistisch echt, ganz so, als seien sie leibhaftig zugegen.

Noch versperrte das Gerüst Robert den Blick auf das Werk in seiner herrlichen Gänze, doch nach und nach erkannte er mehr Details. Vorn an der Pforte, direkt über ihm, hatte der Künstler beispielhalber den Sündenfall verewigt. Robert bewunderte die grazile Gestalt Evas und die athletische Figur Adams, er meinte gar Verlogenheit und Bösartigkeit aus der Mimik der Schlange ablesen zu können, so, wie sie sich verführerisch um den Apfelbaume wickelte, Eva zu- und Adam abgewandt. Weiter vorn sah er die Darstellung eines weiteren Baumes, die Metapher auf eine Ahnentafel vermutlich, und ganz am anderen Ende schien die Jungfrau Maria und, noch ein Bildnis weiter vorn, ihr und Gottes gemeinsamer Sohn auf das brave Kirchenvolk herabzublicken. Links und rechts wurden die großen Gemälde von je zwei kleineren Bildnissen flankiert. Um die Apostel konnte es sich dabei nicht handeln, dafür waren es viel zu viele, Propheten vielleicht, vermutete Robert schließlich sehr richtig.

Albert rief einen freundlichen Willkommensgruß nach oben, und erst jetzt sah Robert in all dem Getümmel zwischen Gestänge, Seilgeflecht und Brettern eine Gestalt behände herumhuschen, ganz so, als befände sich das Gerüst zu ebener Erde und nicht vierzig Fuß über hartem Steinboden. Der kleine Mann hoch über ihren Köpfen grüßte herzlich zurück. Er war ebenso bunt gescheckt wie einer jener seltsamen, sprachbegabten Vögel, die Robert erstmals in Alexandria zu Gesicht bekam, und selbst seine krumme Nase erinnerte ihn an jene Tiere.

»Nun, Meister Gerhardt, wie gedeiht Euer Werk?«, fragte Albert weiter. Laut musste er nicht rufen, offenbar war auch die Akustik des Gemäuers wohl durchdacht.

»Es wird, lieber Herr Mönch. Zwar langsam nur, denn rasch werden mir die Arme schwer vom vielen nach oben Gemale, doch's wird. Kommt gern herauf, Ihr und Eure Begleiter, doch habt Acht vor der Höhe!«

Das ließ sich Robert nicht zwei Mal sagen, als Erster stand er vor der wackeligen Leiter und kletterte rasch nach oben. Auch der Mönch zeigte keinerlei Furcht, nur Osmans Eifer ließ zu wünschen übrig. Schließlich erklomm er ebenfalls die Höhe, wenn auch bei Weitem nicht so geschickt wie seine Begleiter zuvor.

»Ach, lieber Osman, wenn deine müden, alten Knochen nur halb so flink wären wie deine Zunge, so hättest du uns beide noch auf der Leiter überholt«, spottete Robert. Osman tat, als habe er nichts gehört, was blieb ihm auch anderes übrig. Oben angekommen jedoch wurde er reichlich entschädigt für die Angst und Mühsal. Trotz des schwankenden Untergrunds hatten er und seine Freunde nur noch Augen für die große Kunst des Meisters Gerhardt, die Tiefe zu ihren Füßen spielte bei diesem Anblick keine Rolle mehr.

Osman fand als Erster Worte. »Seid versichert meines größten Lobes für Eure Arbeit, Meister, doch sagt, wie bringt Ihr es fertig, dass die Farben leuchten, als seien sie von der Sonne selbst gemalt?«

»Nun«, antwortete Gerhardt, und ein Lächeln ging ihm vom linken bis hin zum rechten Ohr, »habt herzlichen Dank für Euer Lob, es erfreut mich immer wieder aufs Neue, wenn meine Kunst angemessen gewürdigt wird. Eure Frage jedoch kann ich nicht beantworten, denn das Handwerk des Farbanrührens birgt Geheimnisse, die der Meister nur seinem Gesellen anvertraut und dann mit ins Grab nimmt. Doch hoffe ich zutiefst, dass dieses Rätsel Euren Genuss nicht mindere!«

»Nein, auch so habe ich Freude an Eurem Werk, auch wenn mir nicht jede Gestalt etwas sagt, da mir Euer Gott doch ziemlich fremd ist«, antwortete Osman und erntete dafür einen verdrießlichen Blick von Meister Gerhardt. Albert jedoch hob beschwichtigend den Arm. Sich in Toleranz zu üben sei die Pflicht eines jeden echten Christen, selbst in einem Gotteshaus, meinte er nur zum Maler gewandt, und damit war die Sache für alle erledigt.

So verging die Zeit wie im Fluge, Robert und selbst der schwer zu beeindruckende Osman kamen aus dem Staunen nicht heraus, stellten viele Fragen und bekamen von Albert oder Meister Gerhardt, je nachdem, wer es besser wusste, ebenso viele Antworten.

Schließlich war es Gerhardt, der freundlich, aber bestimmt, darauf zu sprechen kam, dass der finale Anstrich, der seinem Werk letztlich diese spezielle Leuchtkraft verlieh, bis zum Ende der Woche erfolgen müsse. So kletterten die drei anderen das Gerüst wieder hinab, nicht ohne sich zuvor herzlich beim Künstler zu bedanken.

Schwer schlossen sich die massigen Türen hinter ihnen, als sie die Kirche verließen. Die Sonne näherte sich bereits wieder dem Horizont und tauchte die Wolken im Westen in ein blutrotes Meer. Kaum zu glauben, dass es schon wieder auf die Nacht zugeht, dachte sich Robert, doch auch sein knurrender Magen belegte, dass ihn die Sonne nicht zum Narren hielt.

»Albert, verzeiht meine Ungeduld, aber der Hunger macht mir inzwischen schwer zu schaffen, und ich glaube kaum, dass ich ein Auge zutun kann, wenn meine Zähne nicht endlich wieder etwas Fleisch zu beißen bekommen. Lasst Euch zum Dank einladen in die nächstbeste Schankstube, sofern es in dieser Stadt außer Kirchen auch solch profane Häuser gibt«, sagte Osman zu Roberts großer Freude.

»Ich werde Euch gern hinführen, am Hellweg gibt es einige Schänken, doch die Einladung muss ich ablehnen, denn ein Mönch, ein Dominikaner obendrein, hat in diesen Häusern nichts verloren.«

»Habt Euch nicht so«, meldete sich nun Robert zu Wort, »ich kenne die Bibel nur zu gut, und mir ist keine Zeile bekannt, in der steht, dass man es sich nicht auch mal gut gehen lassen soll. Wir beide verdanken Euch nicht weniger als unser Leben, lasst uns also hiermit zurückzahlen, was eigentlich unbezahlbar ist. Sagt ganz ehrlich, wann habt Ihr das letzte Mal Fleisch bekommen?«

»Das ist in der Tat schon eine Weile her, kurz vor der Fastenzeit wird's gewesen sein …«, antwortete Albert nachdenklich. Er grübelte eine Weile, dann hellte sich seine Miene auf. »Wo Ihr recht habt, da habt Ihr recht«, antwortete er mit einem schalkhaften Lächeln, »schließlich hat Gott das Vieh auch erschaffen, um uns bei Kräften zu halten, und weiß Gott, ich möchte nicht wissen, wie viele Nächte ich bereits von einem knusprigen Braten geträumt habe. Also will ich Eure Einladung gern annehmen, wenn Euch die Zeche nicht zu sehr den Beutel leert!«

Und so machten sie sich rasch auf den Weg, während ihre Mägen einträchtig vor Vorfreude im Takt ihrer Schritte knurrten.

»Allmächtiger, war das gut!«, ließ Robert verlauten und rieb sich genussvoll den Bauch.

»Gelobt sei der Herr, was für ein Hochgenuss!«, entgegnete Albert vergnügt.

»Bei …«

Osman verstummte prompt, als ihn Robert und der Mönch eindringlich anschauten, und der Name *seines* Gottes blieb ihm im Halse stecken.

Er schaute sich im Wirtshaus um und nicht nur einmal nahm er dabei verstohlene Blicke wahr. Sie waren schon ein seltsamer Haufen – ein Riese, ein Mönch und ein Muselman – kein Wunder, dass man sie neugierig begaffte.

Der Wein hatte Roberts Zunge gelöst und ihn seiner Zurückhaltung beraubt; leutseliger, als es eigentlich seine Art war, stellte er Bruder Albert Fragen über Fragen, die dieser, ebenfalls leicht angetrunken, aber noch vollends bei Sinnen, geduldig beantwortete.

»Sagt, mein Freund«, fragte Robert aufs Neue, »wie stellt

Ihr es eigentlich an, dass man Euch forschen lässt, obwohl die Kirche an der Wissenschaft gar kein Interesse zeigt?«

»Nun, die Wissenschaft ist der Kirche in der Tat eher lästig, sie verteufelt sie bisweilen gar, und ich bedaure dies zutiefst. Doch wenn die Forschung dem Zweck dient, Vermögen zu mehren, so sind die Vorbehalte rasch vergessen.«

»Aber Ihr Dominikaner lehnt doch Besitztümer ab, wie geht das zusammen?«

»Ich sprach von der Kirche und nicht von meinem Orden, was ein großer Unterschied ist, Robert. Du hast sehr wohl recht, unseren Orden kümmert der Mammon nicht, denn wir versuchen, ein Leben in Bescheidenheit und Demut zu führen, wie es einst Jesu Christi, der Heiland, uns vorgelebt hatte. Doch wir sind genauso dem Papst in Treue ergeben, und der oberste Hirte benötigt dafür umso mehr, denn die Kirchen bauen sich nicht von allein und auch die Kreuzzüge verschlingen Unmengen an Geld.«

Robert nickte schwerfällig mit seinem weingeschwängerten Kopf, doch flugs legte er schon wieder die Stirn in Falten, auf den Lippen eine weitere Frage.

»Und welches Geheimnis versucht Ihr zu lösen, um dem Papst Profit zu bringen? Was wollt Ihr in Eurer Klause herstellen?«

Der Mönch schaute sich zuerst verstohlen um, dann rutschte er ganz dicht an Robert heran, um ihm in sein Ohr zu flüstern:

»Gold!«

»Gold? Himmel, Arsch, Ihr könnt Gold machen?«, schrie Robert, während Albert und Osman zusammenzuckten.

Ohne Ausnahme waren nun alle Augen in der Schänke auf sie gerichtet. Während Osman sich am liebsten unter dem Tisch verkrochen hätte, lief der Mönch rot an. Es handelte sich dabei um Zornesröte, wie seine folgenden Worte belegen sollten.

»Seid Ihr von Sinnen, Ihr Tölpel, herauszuposaunen, was ich Euch in aller Diskretion ins Ohr flüstere? Außerdem kann vom Gold *machen* keine Rede sein, ich *versuche* es derweil grade mal!« Der Wut des Mönches folgte Verzweiflung. »Ach, wie konntet Ihr nur, macht aus einem dummen Gerücht mit Eurer Unbeherrschtheit praktisch ein Faktum, das falscher ist als die Lügen, die bisweilen über Osmans Volk verbreitet werden und gefährlicher als die Schlange, die Eva verführte. Wie nur soll ich geradebiegen, was Ihr angerichtet habt?«

Robert starrte Albert nur zerknirscht an, sodass Osman für seinen Freund antwortete.

»Urteilt bitte nicht zu hart über Robert, Herr Mönch, denn der Geist des Weines hat ihm wohl das Hirn vernebelt.«

»Aber ich bitte Euch«, raunte der Dominikaner zurück, »ein Kerl wie eine Eiche verträgt weniger als ein dürrer Haken, wie ich es bin?«

»Ein Kerl wie ein Baum, gewiss, und nicht nur das, er hat auch die Kraft von drei oder vier ausgewachsenen Männern, doch ist ihm der Alkohol ebenso fremd wie mir und so fehlt ihm das rechte Maß.«

Der Mönch schaute skeptisch, er schien nicht glauben zu wollen, dass ausgerechnet ein Mann wie Robert bislang abstinent gelebt haben sollte, also fuhr Osman fort.

»Überlegt selbst! Als Kind kam Robert in meine Heimat, und ebenso wie mir war freilich auch ihm der Alkohol verboten. Zurück in seiner Heimat waren wir zumeist unterwegs, erst hier in Hildesheim nahmen wir uns die Zeit zur Einkehr. Vermutlich hat er gestern in Eurer Klause seinen ersten Becher Wein geleert. Heute waren es drei oder vier, wohl eindeutig zu viel für einen Mann, der's nicht gewöhnt ist.«

»Gott steh mir bei, und ich Esel habe ihn noch ermuntert, einen weiteren Becher mit mir zu leeren. Eigentlich hätte ich es ja ahnen können!« Er wirkte sehr ärgerlich, diesmal jedoch auf sich selbst.

Inzwischen regte sich wieder Leben in Robert, wenn ihm auch sein Geist nur mit deutlichem Abstand zu folgen vermochte.

»Was'n los, redet ihr etwa über mich?«, war seine ebenso dümmliche wie überflüssige Frage.

»Später, mein Freund«, antwortete der Mönch. »Könnt Ihr noch gehen?«

»Ja Himmel, Arsch, selbstverständlich kann ich noch geh'n – wen meint ihr denn, vor euch zu haben?«, kam seine Antwort mit einer derart schweren Zunge, dass Osman und Albert sich fragend anschauten.

»Lasst uns unser Glück versuchen! Solange wir ihn nur stützen und nicht tragen müssen, werden wir es sicherlich bis ins Kloster schaffen. Auf also, bevor noch ein Unglück geschieht«, sagte Osman zum Mönch und legte einige Silberpfennige auf den Tisch, dann griff er Robert unter die Arme, Albert half nach besten Kräften auf der anderen Seite, und gemeinsam verließen sie das Wirtshaus.

SCHEREREIEN ZUHAUF

Dunkel war es draußen, Neumondzeit.

Zum Glück brannte hinter einigen Fenstern noch Licht, sonst wären die drei wie blind durch die Gassen getorkelt, was sicher nicht am Alkohol gelegen hätte. Überhaupt hielt sich Robert erstaunlich gut, er brauchte keine Hilfe beim Gehen, die kühle Nachtluft schien seinen müden Geist aufzufrischen.

»Ich hab Euch 'ne Menge Ärger gemacht, Bruder Albert, nicht wahr?«, fragte er und wirkte dabei wie ein Häuflein Elend.

»Nun, es wäre gelogen, würde ich etwas anderes behaupten. Doch zurücknehmen lässt es sich eh nicht mehr und an ehrlich gemeinter Reue fehlt es Euch auch nicht, seid also ohne Sorge und beruhigt Euch wieder, so wie auch ich es tue!«

Schweigend gingen sie weiter, trotz des spärlichen Lichts sorgsam darauf bedacht, nicht in die Kothaufen zu treten, die ihren Weg säumten. Nach einer Weile ließen sie die Häuserzeile längs des Hellweges hinter sich und gingen durch ein Gelände mit wildem Wuchs links und rechts des Pfades. Osman schließlich war es, der das Schweigen brach.

»Verzeiht meine Neugier, Herr Mönch, doch nun, da wir allein sind, sagt mir bitte, ob Ihr Euch tatsächlich in der Kunst des Goldmachens versteht!«

Albert schaute sich erst verstohlen um, bevor er antwortete, leise, wenn nicht gar flüsternd. »Ich bezweifle, dass es sich beim Goldmachen überhaupt um eine erlernbare Kunst handelt. Eine Hexenkunst vielleicht – so mag sich ein Magier der Aufgabe stellen können, ich für meinen Teil jedoch scheiterte bislang kläglich. Doch unter uns, ich habe nichts anderes erwartet!«

Trotz der Dunkelheit meinte Albert, zwei verdutzte Augenpaare auf sich gerichtet zu sehen.

»Ihr fragt Euch zu recht, warum ich noch Mühe investiere in ein in meinen Augen sinnloses Unterfangen. Nun, wer dem Papst reiche Früchte seiner Studien in Aussicht zu stellen vermag, kann sich auch seines Segens gewiss sein und zudem seiner Unterstützung. So versuche ich also nach wie vor, unedle in edle Metalle zu wandeln, und ab und an bleibt auch ein wenig – oder sogar ein wenig mehr – Zeit für andere Experimente«, schloss der Mönch augenzwinkernd.

Wieder gingen sie eine Weile schweigend, da schüttelte Albert plötzlich seinen Kopf und begann leise zu lachen.

»Ich muss von Sinnen sein, gerade Euch mein größtes Geheimnis zu beichten. Niemand sonst weiß von meiner List, doch den nächstbesten Fremden, die meinen Weg kreuzen, erzähle ich von Dingen, die dem Papst die Zornesröte ins Gesicht treiben würden. Die Exkommunikation wäre noch die geringste Strafe, die mir blühte.« Immer noch schüttelte Albert seinen Kopf, er schien einfach nicht glauben zu wollen, was er soeben getan hatte.

»Seid unbesorgt, was unseren Teil betrifft, so versichere ich Euch, dass Euer Geheimnis bewahrt bleibt, nicht wahr, Robert?«

»Ich hab's eh schon wieder vergessen!«, antwortete Robert, und der Mönch schien tatsächlich beruhigt.

Sie näherten sich der Stinekenpforte, was keiner der drei sehen, jeder von ihnen allerdings eindeutig riechen konnte. Heute Nacht gäbe es im Kloster wieder Kloakenwinde, meinte Albert nur lakonisch.

Offenbar gewöhnt sich der Mensch an alles, sinnierte Osman angesichts der Gleichgültigkeit des Mönches und war sich sogleich sicher, diese Nacht kein Auge zuzutun – er sollte recht behalten, wenn auch aus ganz anderem Grund.

Sie waren gerade dabei, das Brühltor zu passieren, als das Unglück seinen Lauf nahm.

Robert schnaufte schwer, so hatte er, wenn auch sein Kopf inzwischen wieder halbwegs klar war, körperlich noch immer mit den Folgen des überreichlich genossenen Weines zu kämpfen, jeder Schritt die steile Steigung hinauf bereitete ihm Mühe. Auch Osman verließen allmählich die Kräfte, wenn es bei ihm auch nicht am Weingeist lag, sondern vielmehr am Verlauf des Tages selbst, der früh begann, zu früh für ihn, und einfach nicht enden wollte. Albert indes bereitete der Marsch bergan keinerlei Last, doch plagte ihn, dass er so leichtfertig seinen weiteren Verbleib im Orden aufs Spiel setzte und den Erstbesten sein Geheimnis verriet – nicht auszudenken, wenn man ihm die Möglichkeit nahm, weiterhin seinen Studien nachzugehen.

Stumm gingen die drei ihres Weges, sie, die soeben noch in so fröhlicher Runde miteinander schmausten und scherzten, jetzt ein jeder mit sich selbst beschäftigt und ebenso blind wie taub für seine Umgebung. Und so entging den dreien auch das leise Getapse, welches ihnen seit geraumer Zeit folgte, und das verräterische Knacken trockenen Geästs wenige Augenblicke, bevor der Knüppel auf Roberts Schädel krachte.

Viele Dinge gingen Prior Georg durch den Kopf, als er von der Komplet, dem Abendgebet, zu seiner Zelle ging. Im Besonderen das Ausbleiben von Bruder Albert und den beiden Fremden beschäftigte ihn.

Als er die Pforte zu seiner kleinen Kammer öffnete, schlug ihm ein höchst unangenehmer Geruch entgegen. Georgs Zelle lag an der Nordseite des Hauses in Rufweite zur Stinkenpforte, so war er immer einer der Ersten, die es zu spüren bekamen, wenn die Lüfte drehten.

»Oh Herr hilf, was für ein übler Gestank von den Domburgern hinüberweht. Da meint es der Wind mal wieder nicht gut mit uns.«

Mit der Linken hielt er sich die Nase zu, während er mit der Rechten das Fenster schließen wollte, als plötzlich Geschrei und Hilferufe die Stille jäh beendeten.

»Herrgott im Himmel, das ist doch Albert, der da so schreit!«

Allzu fern konnten sie nicht sein, denn auch wenn der Wind den Lärm zu ihm trug, war er dennoch zu laut, um von weit her zu kommen. Der Prior schaute angestrengt hinaus, doch in der Dunkelheit konnte er nichts erkennen.

Inzwischen war Georg nicht mehr allein in seiner Zelle, auch einige andere Brüder hatten Alberts Stimme erkannt und suchten nun Rat bei ihrem Prior. Der brauchte nicht lange, um sich von seinem Schrecken zu erholen.

»Den Weg hinab zur Brühltor! Los, Brüder, beeilt euch, zu retten, was zu retten ist. Der Herr steh uns bei, dass wir noch beizeiten kommen!«

Und schon liefen ein gutes Dutzend Dominikaner, allen voran der Prior mit seinen langen Beinen, den Klostergarten hindurch, stießen die schwere Pforte auf und rannten, als sei der Leibhaftige hinter ihnen her, den Brühl hinab zur Stadtmauer. Das Geschrei war inzwischen verklungen, doch noch hallte die enge Gasse wider vom Gezerre und Getrampel mehrerer Personen, und so hofften die Klosterbrüder, nicht zu spät zu kommen. Als sie jedoch am Ort des Geschehens angelangt waren – der aufgewühlte Boden, ein zerbrochener Knüppel und einige Spritzer Blut zeugten davon, dass hier kurz zuvor ein Kampf stattgefunden haben musste –, sahen sie nur noch einige hundert Schritte voraus im Schein einer Laterne eine riesenhafte Gestalt in Begleitung einer deutlich kleineren durch das Brühltor hindurch stadteinwärts davonhuschen. Die zwei waren zu weit entfernt, um sie einholen zu können, doch nah genug, um zumindest den hünenhaften Fremden wiederzuerkennen.

Georg reagierte sofort. Er ließ den Novizen Franz zu sich kommen und beauftragte ihn, die Stadtwache über die Vorgänge zu unterrichten.

»Niemand darf die Stadt verlassen! Trag Sorge dafür, dass die Order an die richtigen Ohren gelangt … und gib dem Rat Bescheid! Die Mauer ist gebaut, um niemand Unerwünschtes hineinzulassen, so wird sie auch verhindern, dass die beiden hinausgelangen. Es müsste schon mit dem Teufel zugehen, wenn die Halunken durch den Befestigungsring schlüpfen sollten.«

Franz rannte los und verschwand rasch im Dunkeln. Seine Botschaft sorgte dafür, dass die beschauliche Stadt Hildesheim im Sommer des Jahres 1234 für einen Tag zu einer Festung wurde.

Nur wenige Augenblicke zuvor.

Roberts Aufschrei ließ Osman zusammenzucken. Zuerst

bemerkte er nur eine Hand voll Halsabschneider, wie sie hinterrücks auf ihn zustürmten, dann musste er auch noch hilflos mit ansehen, wie sein Freund leblos zu Boden sank. Da lag er nun, Holzsplitter und einen entzweigebrochenen Holzknüppel ringsumher – von Robert war sicherlich kein Beistand mehr zu erwarten. Osman griff an seine rechte Hüfte, dort hing gewöhnlich sein Dolch am Gürtel, jedoch nicht am heutigen Tage, denn angesichts des ihnen entgegengebrachten Misstrauens hielt er es für ratsam, im Kloster weniger kriegerisch aufzutreten. Jemand stieß ihm eine Klinge an die Kehle. Die Spitze kitzelte an seiner Gurgel und erübrigte jedes weitere Wort. Aus den Augenwinkeln sah er, wie Albert von zwei weiteren Halunken fortgerissen wurde, dann traf ihn ein Schlag am Hinterkopf und ihm wurde schwarz vor Augen.

Inzwischen erwachten Roberts Lebensgeister wieder. Sein Schädel dröhnte, als habe Luzifer höchstpersönlich mit seinen Pferdehufen auf ihm herumgetrampelt und die tiefrot glänzende Hand, mit der er soeben den zuckenden Schmerz an seinem Hinterkopf ergründen wollte, zeugte eindeutig davon, dass nicht der Schweiß sein Haar so schwer ans Haupt klebte. Mit noch trüben Augen sah er seinen Freund reglos neben sich am Boden liegen. Bange kroch er zu ihm herüber.

»Osman, lebst du noch?«

»Nein, ich bin tot! Bei Allah, was für eine dämliche Frage!«, knurrte Osman zurück. Mit leidendem Blick richtete er sich an den Ellenbogen auf, als er eine Meute kuttentragender Männer vom Brühl kommend heraneilen sah.

»Lass uns rasch das Weite suchen, da kommen noch ein paar dieser Lumpen angerannt!«

Robert wirkte unschlüssig, doch schließlich folgte er seinem Freund durch das Brühltor in die Stadt.

GEJAGT

Konrad von Stenweden, Edelmann ohne Grundbesitz und Hauptmann der Stadtwache, nahm den Tatort genauestens in Augenschein. Besondere Aufmerksamkeit schenkte er dabei dem zerbrochenen Knüppel.

»Also dieser Albert von Lauingen …«, der Hauptmann hielt kurz inne, etwas an dem Namen schien ihn zu beschäftigen. Gedankenverloren drehte er ein Knüppelende in seinen Händen, tief in seinem Gedächtnis kramend. Plötzlich klärte sich sein Blick. »Handelt es sich bei Albert von Lauingen etwa um Albertus Magnus?«

»Außerhalb des Ordens benutzt man bisweilen diesen Namen«, antwortete der Prior pflichtbewusst, wenn ihm auch der Sinn der Frage nicht einleuchten wollte.

»Man erzählt sich ja wahre Wunderdinge über ihn. Gold soll er machen können, ist mir zu Ohren gekommen! Könnt Ihr mir Näheres darüber verraten, Bruder Georg?«

»Nun, in der Tat stellt er darüber Studien an. Auch sind wir gehalten, ihn nach besten Kräften zu unterstützen, handelt er doch im Auftrage Gregors des Neunten.«

Der Hauptmann zog überrascht seine Brauen hoch. »Oh, eine Order von allerhöchsten Ehren. Nun, wenn der Papst persönlich an ein Gelingen glaubt, so mag doch einiges dran sein an dem Gerücht, nicht wahr. Wenn es um Geld geht, beliebt Gregor ja bekanntermaßen keinen Spaß zu verstehen. Und als rechte Hand Gottes weiß er schließlich von Dingen, die uns Gemeinen gänzlich unbegreiflich sind!«

Von Stenwedens zynischer Unterton offenbarte seine Abneigung gegen den Papst. Wie viele andere freidenkende

Bürger auch, die willens und befähigt waren, über den Tellerrand ihrer eigenen Existenz hinauszuschauen, so verachtete auch er die gnadenlose Machtpolitik, mit welcher der Pontifex maximus ganz Europa seinen eisernen Willen aufzwang und sogar vor Friedrich dem Zweiten nicht halt machte, dem deutsch-römischen Kaiser also, der fünf Jahre zuvor Jerusalem, die allerheiligste Stadt, den Christen zurückeroberte. Alles vertraglich besiegelt und ohne einen einzigen gewaltsamen Handstreich zu tun, nur mit der Macht des Wortes. Eine grandiose Leistung eingedenk der blutrünstigen Zeiten, in denen sie nun einmal lebten, fand nicht nur von Stenweden.

»Nicht als rechte Hand Gottes ist der Papst auf Erden, sondern vielmehr als dessen Zunge und so obliegt es ihm freilich auch, dem Heer der Christenheit *Seinen* Willen zu unterbreiten«, antwortete der Prior, von Stenwedens Anspielungen überhörend.

»Doch«, so fuhr er fort, »was soll all das Gerede? Die Aussicht auf Gold verdreht schon manch bravem Bürger den Kopf und wird bei zwielichtigen Gestalten wie den beiden Fremden umso mehr Begehrlichkeiten wecken. Verschwendet also keine Zeit mit unnützem Gefasel! Die Stadtbefestigung ist den Halunken zu einem unüberwindbaren Gefängnis geworden – der Riese und der Muselman sind zudem so auffällig wie ein Furunkel auf der Nase einer Jungfrau – sucht sie und Ihr werdet Bruder Albert finden!«

»Gewiss, wir werden sie suchen und finden, Herr Prior«, antwortete der Hauptmann, während er einige blutverschmierte Haare vom Knüppel löste, sie zwischen seinen Fingern drehte und eingehend betrachtete.

»Doch eines will mir einfach nicht in den Kopf«, fuhr er nachdenklich fort. »Kürzlich sah ich Albert von Lauingen, und er ist mir als eher schlank und zierlich im Gedächtnis verblieben. Seinem Kopf, ebenso zerbrechlich wie der Rest von ihm, trachten die Verbrecher nun das Geheimnis der Herstellung von Gold zu entlocken. Warum also um alles in der Welt sollte ein Kerl mit der Kraft eines Ochsen, der schon mit einem Arm Albert überwältigen und bändigen könnte, warum also sollte solch ein Koloss auf eben jenem genialen Kopf einen Knüppel entzweischlagen?«

»Verfluchte Verdammnis, ist mir eine Eiche auf den Kopf gefallen?« Robert wirkte noch immer orientierungslos, kein Wunder bei dem Schlag, den er kurz zuvor einstecken musste.

»Keine ganze Eiche, aber ein gutes Stück davon, mein Freund. Ein Holzknüppel war es, den dein sturer Schädel in zwei Hälften teilte. Bei Allah, jedem anderen hätte der Hieb den Schädel gespalten!« Osman schüttelte ungläubig den Kopf, er konnte immer noch nicht glauben, dass sein Freund schon wieder auf den Beinen war.

»Ja, aber Himmel noch eins, warum das alles? Und warum zum Teufel sind wir vor den Dominikanern davongelaufen?«

»Dominikaner, sagst du? Und ich dachte, es wären weitere Lumpen, die ihren Freunden helfen wollten. Waren es denn wirklich Dominikaner, die durchs Tor auf uns zuliefen? Bist du dir sicher?«

»Natürlich bin ich mir sicher. Sogar den Prior habe ich erkannt!«

Osman schüttelte den Kopf. »Dann sind wir verloren!«

»Aber wieso denn?«

»Ja, hat dir denn der Schlag dein letztes bisschen Verstand geraubt? Was meinst du denn, wird der Prior denken, nun, da wir vor ihm fortgerannt sind? Er wird's als Eingeständnis unserer Schuld werten. Wieso hast du mir denn nicht gesagt, wer da angelaufen kommt?«

»Ja, was weiß ich? Mein Schädel schlug lauter an als die Glocken zur Messe, mein Hirn war benebelt vom Schlag, außerdem wusste ich eh nicht, wie mir geschah. Da bin ich dir halt hinterhergerannt.«

»Vielleicht sollte ich in den nächsten Brunnen springen, sicherlich kämst du mir auch da rasch hinterher.« Osman schüttelte verärgert seinen Kopf und schaute auf zu Robert, der wirklich arg ramponiert aussah. »Was macht eigentlich dein Schädel?«

Robert tastete seinen Hinterkopf ab. Er zuckte heftig zusammen und begutachtete seine blutverschmierten Hände.

»Dass er mir weiterhin fest auf den Schultern sitzt, erscheint mir noch am Erfreulichsten. Ansonsten bereitet er mir derzeit wenig Vergnügen.« Roberts Lächeln wirkte gequält. »Also, zum Teufel, was ist geschehen? Wo ist Albert? Und wer hat uns überfallen?«

»So viele Fragen von jemandem, der eigentlich tot sein müsste. Nun komm erst einmal wieder zu dir, dann will ich dir gern berichten, eine Erklärung habe ich jedoch nicht parat, mein Freund.«

Osman schaute aus der dicht bewachsenen Hecke, die ihnen derzeit als Versteck diente, hinaus in die Stadt und prüfte, ob ihnen bereits jemand auf der Spur war, dann gab er leise und bedächtig Antwort.

»Männer kamen, vier oder fünf an der Zahl. Sie schlugen zuerst dich nieder mit einer Wucht, die den Knüppel in zwei Hälften spaltete, dann schleppten sie den armen Albert mit sich fort und prügelten auch mich besinnungslos. Den Rest kennst du ebenso gut wie ich.«

»Besser noch als du«, erwiderte Robert mit einem zufriedenen Lächeln auf den Lippen. »Immerhin habe ich die Halunken fortlaufen sehen.«

»Das sagst du erst jetzt? Hast du ihre Gesichter erkennen können, oder weißt du zumindest, wohin sie liefen?«

»Ihre Gesichter blieben mir verborgen, denn sie alle trugen Kutten mit aufgesetzten Kapuzen, doch habe ich gesehen, dass sie durch das Tor die Stadt wieder verließen.«

Osman wirkte nun noch niedergeschlagener als zuvor. »Und wir sind mitten drin, möge Allah uns beistehen! Ich glaube nicht, dass wir so leicht wieder herauskommen. Sicherlich sind bereits sämtliche Tore geschlossen und die Stadtwache ist alarmiert. Ich befürchte, wir sitzen in der Falle!«

Robert klopfte seinem Freund aufmunternd auf die Schulter. Osman grübelt immer zu viel, dachte er sich bei seinem Anblick und verfiel so, wie bei Kopfmenschen üblich, umso häufiger dem Trübsal. Er selbst, doch eher ein Mann der Tat, sah in jeder Lage immer noch einen Hoffnungsschimmer, so auch jetzt.

»Dann lass uns halt losziehen und eine Schwachstelle in der Stadtmauer suchen – schließlich wurde sie errichtet, um Schutz nach außen zu gewähren und nicht, um die Einwohner wie in einem Kerker zu halten.«

Roberts Zuversicht war nichts entgegenzusetzen, und so schöpfte Osman wieder frischen Mut.

Erst als sie das dichte Buschwerk verließen, bemerkten sie die starken Winde, die plötzlich durch die Stadt tosten. Es waren die Vorboten eines Sturmes, der Hildesheim noch in dieser Nacht heimsuchen sollte, ein Sturm von solch unbändiger Kraft, dass selbst die Ältesten sich im Nachhinein nicht erinnern konnten, je ein derartiges Unwetter erlebt zu haben.

»Ja Höllenbrut, was für eine Sauerei!«

Konrad von Stenweden traute seinen Augen nicht. Die seinen Männern in den Wachraum der Torwächter gefolgten Dominikaner reagierten indessen höchst unterschiedlich auf das Bild, das sich ihnen bot. Einige bekreuzigten sich, andere, vermutlich Novizen, bedeckten schamhaft ihre Augen, es gab aber auch welche, die sich durchaus interessiert und ganz offensichtlich belustigt zeigten.

»Kein Wunder, dass das Tor mitten in der Nacht sperrangelweit offen steht, wenn ihr nichts Besseres zu tun habt, als hier eine Orgie zu feiern!« Der Hauptmann der Stadtwache musste sich beherrschen, um nicht vollends die Kontrolle über seine Stimme zu verlieren. Währenddessen versuchten die Torwächter verzweifelt, in dem Durcheinander ihre Beinkleider zu finden. Einer der beiden wurde schließlich fündig, ein Zipfel lugte unter der Roten Marie hervor.

»Heb gefälligst deinen fetten Arsch, dummes Weib!«, zischte er ihr zu.

Marie wiederum schien es nicht im Geringsten zu beschämen, von einem Dutzend Männern begafft zu werden, ganz im Gegenteil, sie räkelte sich, splitternackt, wie sie war, lasziv von der einen zur anderen Seite und ließ wirklich keinen Flecken ihres Leibes unergründet. Bestimmt keine Schönheit und trotz ihrer Jugend bereits nahezu zahnlos, verfügte ihr Körper in übermäßiger Fülle über sämtliche Vorzüge, die Männerherzen höher schlagen ließen und kaum ein Hildesheimer im gefestigten Mannesalter hatte nicht schon einmal das eine oder andere Silberstück springen lassen, um von ihren Früchten zu kosten. Der Prior schließlich war es, der Maries kostenloser Zurschaustellung ein jähes Ende bereitete, indem er ihr den Mantel eines Stadtwächters überwarf. Mit schmollendem Mund wickelte sie sich nur widerwillig darin ein, denn ganz offenbar genoss sie ihre Vorstellung.

»Elendiges Hurenstück, mach gefälligst, dass du Land gewinnst, sonst werde ich persönlich dafür Sorge tragen, dass sich der Vogt deiner annimmt!«, sagte der Prior mit einer Stimme, die keinen Widerspruch duldete. Während die Rote Marie eilends ihre Sachen zusammenraffte, wandte sich der Hauptmann seinen Untergebenen zu.

»Nun zu euch, ihr erbärmlichen Nichtsnutze, sagt noch rasch, was es zu feiern gab, bevor ich euch am Markt aufknüpfen lasse!«

Während der eine noch immer verzweifelt seine Hose suchte, antwortete der andere im unterwürfigsten Ton und ohne seinem Obersten dabei geradeheraus ins Gesicht zu schauen: »Ach wisst Ihr, Herr Hauptmann, Antons Frau, die Lisbeth, hat ihm gerade eben erst einen Sohn geschenkt. Ich wollte ihm halt 'ne Freude machen, er wusste nicht mal was davon. Ich bitte Euch, wenn schon, straft mich so hart, doch lasst der jungen Mutter ihren Mann!«

»Eine seltsame Art und Weise, die Niederkunft seiner Frau im Schoße einer Hure zu feiern«, warf der Prior unversöhnlich ein.

Noch immer suchte der blutjunge Anton zitternd seine Hose, da wurde es dem Hauptmann zu viel.

»Dann wirf dir halt einen Mantel um, verdammter Saulump, und melde dich umgehend in der Kommandantur. Und nimm deinen schäbigen Freund gleich mit. Ich werde mir was Feines für euch ausdenken!«, schnauzte er seine Soldaten an.

»Ihr lasst sie einfach gehen?«, fragte der Prior fassungslos. »Auf der Stelle richten solltet Ihr sie!«

»Und zwei Frauen den Mann und ihren Kindern den Vater nehmen? Nein, Herr Prior, macht Ihr Euer Geschäft und lasst mich meines machen. Und seid unbesorgt, die Strafe wird ihnen auf ewig im Gedächtnis haften!«

Der Prior schüttelte verärgert seinen Kopf. Jede Falte und jeder Muskel in seinem Gesicht zeugte von der unnachgiebigen Strenge, die er Sündern entgegenbrachte. Doch schließlich schien er sich damit abzufinden, dass die beiden pflichtvergessenen Wachsoldaten trotz ihrer Verfehlungen mit dem Leben davonkommen sollten. Er watete durch eine große Lache Rotwein auf von Stenweden zu, während die beiden ertappten Wachsoldaten, nur spärlich bekleidet, eiligst die Kammer im ersten Geschoss des Brühltores verließen, nicht ohne sich schuldbewusst vielfach in untertänigster Form vor ihrem Obersten zu verbeugen.

»Nun sagt, Herr Hauptmann, habt Ihr die anderen Tore inzwischen schließen lassen?«

Von Stenweden schaute Georg an, als ob ihn dieser soeben zutiefst beleidigt hätte. »Ihr wisst sehr wohl, dass von Sonnenuntergang bis zum Morgengrauen die Tore eh versperrt sind, Herr Prior. Dennoch gab ich selbstredend Order, eben dies zu überprüfen, außerdem habe ich natürlich die Wachen an den Toren und im Verlauf der Stadtbefestigung verstärken lassen. Diese Mauern überwindet niemand, das garantiere ich Euch!«

Der Prior nickte zufrieden, bevor er fortfuhr. »Und wann beginnen wir die Halunken zu suchen, noch vor Sonnenaufgang oder erst morgen in der Frühe?«

»Ihr werdet rasch in Euer Kloster zurückkehren und uns die weitere Arbeit überlassen, Herr Prior! Und wenn Ihr behilflich sein wollt, so würde ich mich über ein frommes Gebet freuen, mehr Unterstützung allerdings ist nicht vonnöten!«

Georg verzog sein Gesicht, als ob er nicht richtig gehört habe. »Aber wie wollt Ihr sie denn finden ohne weitere Leute? Schließlich müssen die Stadtmauern auch noch überwacht werden. Lasst Euch helfen, dann haben wir sie bald gefasst!«, bot er dem Hauptmann seinen Beistand an und streckte ihm die Hand entgegen.

»Tut Ihr Eure Arbeit und überlasst mir die meine, Mann der Kirche!«, sagte von Stenweden mit einer Stimme, die keinen Widerspruch duldete. »Seid gewiss, dass wir auch ohne Eure Hilfe rasch erfolgreich sein werden. Ruft Ihr ruhig schon mal den Vogt herbei, auf dass er beizeiten zu Gericht sitzen möge!«

»Regen, immer nur Regen, ich hasse dein verfluchtes Land!«

Robert stand nur eine Armeslänge von Osman entfernt, dennoch fiel es ihm schwer, seine Worte durch das Getöse der ständig niederkrachenden Donnerschläge und des peitschenden Regens hindurch zu verstehen.

»Nun enttäuschst du mich aber«, brüllte Robert zur Antwort, »denn besser hätten wir es doch gar nicht treffen können. Danke lieber deinem Schicksal, dass der Regen unsere

Spuren verwischt und den Jägern die Sicht nimmt, ansonsten hätten sie uns vermutlich längst erwischt.«

»Du bist mir schon ein unverdrießlicher Sonnenschein«, erwiderte Osman spöttisch, obwohl er wusste, dass Robert recht hatte, »vermutlich würdest du sogar was Gutes dran finden, wenn dir der Aussatz die Finger abfaulen ließe. Doch wie soll es nun weitergehen?«

»Ganz einfach – wir gehen weiter die Stadtmauern ab, und zwar rasch, solange der Regen weiterhin derart heftig vom Himmel prasselt. Irgendwo werden wir schon eine Stelle finden, die uns die Flucht nach draußen ermöglicht.«

»Und wenn nicht?«

»Dann müssen wir uns halt etwas anderes einfallen lassen«, sagte Robert weiterhin voller Zuversicht. »Jetzt gib endlich Ruhe, folge mir und halte deine Augen offen!«

Gerade wollte Osman wieder etwas entgegnen, da hielt ihm Robert unvermittelt die Hand vor den Mund und deutete mit der anderen nach vorn. Nicht weit entfernt, vielleicht nur zwanzig Schritte, tanzte eine Laterne durch die Regenschleier. Schweres Scheppern und Waffengeklirr im Gefolge deutete darauf hin, dass unmittelbar voraus eine Wachpatrouille ihren Weg kreuzte. Robert schaute sich um. Sie befanden sich auf freiem Gelände, kein Strauch weit und breit, hinter dem sie sich hätten verbergen können. So fiel ihm nichts Besseres ein, als sich in den aufgeweichten Boden zu drücken und auch Osman ließ sich nicht lange bitten und tat es ihm nach. Zolltief im Schlamm eingesunken und zum Stillhalten verdammt, mussten die beiden erkennen, dass die Wachsoldaten direkt auf sie zuhielten, schon zeichneten sich im Umfeld des Laternenscheins drei Schatten ab. Ein Blitz schlug in unmittelbarer Nähe ein und enthüllte den Blick auf die Lanzen der Männer und ihr schweres Rüstzeug.

Friedrich, der Laternenträger an der Spitze der Patrouille, fluchte leise vor sich hin. Eben noch lag er mit seiner Anna unter der Decke, wärmte sich an ihrem weichen Körper und erfreute sich am Trommeln der Regentropfen an die Fensterläden, und nun stapfte er bei einem Unwetter, das die Welt noch nicht erlebt hatte, knöcheltief durch den Schlamm auf der Suche nach zwei Halsabschneidern. Zudem ging er der kleinen Gruppe voraus und seine Laterne machte ihn trotz des sintflutartigen Regens weithin sichtbar, ohne dass er selbst auch nur eine Armeslänge voraus sehen konnte. Auch Ottfried und Franz, seine beiden Begleiter, waren alles andere als glücklich über ihren nächtlichen Patrouillendienst. Kurz zuvor saßen sie noch gemeinsam mit Gotthilf im Wachraum des Paulstores beim Würfelspiel, als Friedrich mit neuer Order vom Hauptmann hereinstürmte. Gotthilf als Dienstältester verblieb allein im westlichen Tor der Domburgmauer, während sie mit Friedrich hinaus auf Patrouille mussten.

»Wie sehen die beiden eigentlich aus?«, fragte Franz, der Jüngste, seinen Kameraden Ottfried.

»Einer der beiden Fremden is 'n Muselman. Mehr weiß ich nich!«

»Oje, ein Muselman! Man erzählt sich ja schreckliche Dinge über die Orientalen. Und Ihr, Meister Friedrich, wisst Ihr mehr als Ottfried?«

»Nun, der andere ist wohl ein Landsmann – ein wahrer Riese, sagt man«, antwortete Friedrich, ohne zu bedenken, was er damit anrichtete. Franz zuckte zusammen und machte sich noch kleiner, als er ohnehin schon war. So ergriff Ottfried das Wort.

»Was erzählst du da für Ammenmärchen von Riesen, Friedrich. Merkste nich, dass sich unser Küken eh schon in die Büx scheißt?«

»Aber ich sagte doch nur, was mir selbst zu Ohren ...«

Ein Blitz schlug dicht hinter ihnen ein und leuchtete einen Atemzug lang die Umgebung taghell aus. Friedrich stockte unvermittelt und hob warnend seine Hand, denn nur wenige Schritte voraus meinte er zwei Schatten gesehen zu haben, die sich auf den Boden warfen. Kurz darauf wurden sie wieder von der Dunkelheit verschluckt.

Sein Herz schlug ihm bis zum Hals. Insbesondere beunruhigte ihn, dass einer der beiden Schatten so gewaltig war wie ein ausgewachsener Ochse.

Mithilfe von Gesten deutete er an, was er gesehen hatte und schlich dann vorsichtig weiter. Die Laterne hatte Friedrich vorsorglich abgestellt, sodass er nun mit beiden Händen seine Lanze halten konnte.

Ob er wohl jemals noch einmal seine Anna in den Armen halten würde?

Friedrich näherte sich der Stelle, an der die beiden Gestalten gestanden hatten. Dann stieß er mit voller Kraft seine Lanze in den Boden.

Ein jäher Schmerzensschrei, gefolgt von einem wütenden »Himmel, Arsch!« donnerte ihm entgegen.

Friedrich hatte den Riesen gefunden.

Albert erlebte als einziger den ganzen Überfall bei vollem Bewusstsein. Der unbarmherzige Knüppelschlag eines der

Halunken auf Roberts Schädel war zwar das Letzte, was er zu Gesicht bekam, bevor ihm eine schwarze Binde auf längere Zeit die Sicht nahm, es genügte jedoch vollends, um ihm den vollen Ernst der Situation bewusst zu machen.

Die Lumpen waren nicht auf ihre Börsen aus, ihnen ging es einzig und allein um ihn, Albertus Magnus, jenen sagenhaften Dominikanermönch mit der Gabe, Gold herzustellen. Doch was wird geschehen, wenn sie erfahren, dass es sich dabei nur um eine Legende handelt? Albert mochte lieber nicht darüber nachdenken.

Er wurde hart an der Schulter gepackt und durch einen fünfzig Fuß langen Tunnel oder Durchlass geführt – es musste sich um einen überdachten Gang handeln, da ihre Schritte auf dem Steinpflaster laut widerhallten. Danach ging es ein gutes Stück bergan weiter. Sie verließen demnach die Stadt durch das Brühltor und gingen nach Süden in Richtung Godehardihügel, folgerte Albert sehr richtig aus seinen Wahrnehmungen.

Schließlich, nach exakt dreihunderteinundsiebzig Schritten, wurden vor ihnen schwere Tore geöffnet, fast meinte Albert körperlich zu spüren, wie tief die Flügel in den quietschenden Angeln hingen. Über ebenmäßige Steinböden ging es einige Stufen hinab weiter in ein Kellergewölbe. Sie befanden sich nun unterhalb des Grunds, die feuchte Luft war ein eindeutiges Indiz dafür.

Albert zerbrach sich den Kopf. Wo um Himmelswillen mochte er sich wohl befinden? In der Godehardikirche vielleicht? Oder in der Neustadt? Gut möglich, die Richtung stimmte zumindest. Doch wo genau hatten sie ihn hingeschafft? Bis auf die Kirche des heiligen Lamberti war ihm die Neustadt bislang unbekannt. Eigentlich war es auch einerlei, da sie ihn ohnehin ebenso wie den bedauernswerten Robert töten würden, spätestens, nachdem sie herausgefunden hatten, dass selbst seine Kunst nicht zur Goldherstellung langte. Warum sich also Gedanken machen, wo er derzeit war, wenn er diesen Ort eh nicht mehr verlassen würde.

Die Schritte hallten mit hellem Klang wider und ab und an berührten seine Schultern grobe Steinwände, sie befanden sich also in einem engen Kellergang. Ein Riegel wurde angehoben, eine schwere Tür geöffnet und man schob ihn unsanft in einen Raum. Kaltfeuchte Luft ließ Albert frösteln.

Nachdem die Tür geschlossen wurde, wartete er noch einen Moment und lauschte, ob er wohl allein wäre, dann zog er sich die Binde von den Augen. Was er zu sehen bekam, überraschte ihn nicht, sondern entsprach genau seinen Vorstellungen. Er befand sich in einer kleinen, fensterlosen Kerkerzelle, gemauert aus grobem Stein und nur unterbrochen von einer schweren Eichentür, durch deren Ritzen ein wenig Licht in den Raum hineinfiel. Kein Möbelstück, nicht einmal eine Schlafstelle war darin vorhanden. Hier nun sollte er den Rest seines Lebens fristen, dachte Albert konsterniert, dann maß er mit seinen Schritten das neue ›Zuhause‹ aus. Ganz ohne jeden Zweck, sondern einzig und allein, um sich ein wenig abzulenken.

»Himmel, Arsch!«

Robert konnte nicht anders, er musste seinen Schmerz laut hinausbrüllen, zu unerwartet und heftig fuhr ihm die Lanze ins Gesicht. Eben noch schien es so, als würde der vorderste Wachmann knapp an ihnen vorbeigehen, doch dann, völlig überraschend, änderte er die Richtung und stieß zu – eine Finte mit beinah tödlichem Ausgang. Nur knapp verfehlte die Lanze Roberts rechtes Auge und stach stattdessen in Ohr und Wange. Heiß fuhr ihm der Schmerz übers Gesicht und ließ ihn für einige Augenblicke die Beherrschung verlieren, lange genug, um die drei bewaffneten Wachleute einzig mit seinen bloßen Händen in Grund und Boden zu stampfen.

»Genug, Robert, hör auf, sonst bringst du sie noch um!«

So wütend hatte Osman seinen Freund noch nie erlebt, ein wenig hatte er in dem Moment sogar Angst um sein eigenes Leben, doch rasch klärte sich Roberts abwesender, nach innen gerichteter Blick wieder. Überrascht, ja fast ein wenig erschrocken schaute er auf die drei regungslos liegenden Wachsoldaten.

»Allmächtiger! Ich habe den Kopf verloren. Sie sind doch nicht etwa …?«

Osman hatte sich bereits über die Männer gebeugt und fuhr mit seiner Hand nacheinander über die Brust eines jeden. Rasch hellte sich seine besorgte Miene wieder auf.

»Alle drei atmen noch, bis auf einen brummenden Schädel werden sie nichts zurückbehalten, dich scheint es hingegen schon übler erwischt zu haben«, meinte Osman angesichts Roberts blutverschmierter Wange. Erst jetzt, von seinem Freund darauf hingewiesen, schien er den Schmerz wahrzunehmen. Vorsichtig betastete er mit seinen Fingerspitzen die Wunde und zuckte jäh zurück, als er schließlich zum Ohr vordrang.

»Nun lass mich mal schauen«, befahl Osman und holte einen Lappen hervor, der ihm bislang sowohl als Schal als auch als Schnäuztuch diente. Er nässte ihn in einer Pfütze und betupfte damit Roberts Wunde. Über seine Wange vor lief nur ein flacher Kratzer, so weit es Osman bei dem spärlichen Licht erkennen konnte, das Blut schien demnach vom Ohr herab geflossen zu sein. Osman tupfte weiter, bis Robert heftig zurückzuckte.

»Halt gefälligst still, du Zimperliese!«, schnauzte Osman, während er die Wurzel des Übels näher in Augenschein nahm.

»Ach herrje, was für eine Bescherung!«, sagte er schließlich, doch seine Stimme klang alles andere als besorgt oder mitfühlend, eher schon belustigt.

»Was ist los mit meinem Ohr? Ist es etwa ab?«, fragte Robert umso ängstlicher.

»Aber nein, Robert, da kann ich dich beruhigen. Ganz im Gegenteil, durch den Stich hast du sogar ein weiteres Ohrläppchen bekommen und kannst nun drei dein Eigen nennen, eins links und zwei zur Rechten. Der Rest des Ohrs ist ebenso unversehrt wie der Rest deines Schädels, bis auf jene Beule, die der Keulenschlag dir bescherte.«

Ein Wachmann begann sich zu rühren und Laute von sich zu geben. Ohne ein weiteres Wort zu verlieren, zog Osman Robert mit sich in die Dunkelheit, hin zur Befestigungsmauer und weg vom Geschehen. Nach etwa hundert Schritten kamen sie wieder zum Stehen, von den Wachleuten war nichts mehr zu sehen oder zu hören.

Osman drückte Robert das blutverschmierte Tuch in die Hand.

»So, nun press es schön fest ans Ohr, damit das Blut aufhört zu laufen.«

Wieder zuckte Robert zurück, als der Lappen sein Ohr berührte. Schließlich, als er gar im Gehen innehielt, um ein gequältes Zischen von sich zu geben, verlor Osman die Geduld.

»Nun gib endlich Ruhe und folge mir, du Memme. Wenn uns eine Wache aufgreift, brennen wir auf dem Scheiterhaufen, sobald dieser unsägliche Regenguss aufhört.«

Kaum hatte Osman seinen Freund als wehleidig bezeichnet, tat es ihm schon wieder leid. So konnte er sich noch sehr wohl entsinnen, wie sehr es schmerzte, wenn ihn sein Vater ins Ohrläppchen zwackte, nachdem er wieder einmal etwas Übles angerichtet hatte. Doch er kannte Robert gut genug, um sich sicher zu sein, dass er nun wegen seines Ohres keinen weiteren Laut mehr von sich gäbe, selbst wenn es ihm abfaulen würde. Und genau darauf kam es an, denn sie hatten keine Zeit mehr zu verlieren mit Gejammer und Getue, sondern mussten schnellstens heraus aus dieser Falle.

Weiterhin schlichen sie dicht an der Mauer entlang, nun in westlicher Richtung, und schon bald tauchte das nächste Stadttor vor ihnen auf.

Schwach, aber dennoch eindeutig konnte Osman wieder Laternenschimmer durch die schwere Regenwand hindurch ausmachen, sodass er dem ihm folgenden Robert andeutete, einen weiten Bogen um die unwillkommene Ansammlung von Wachsoldaten machen zu wollen.

Der Straßenzug kam Osman bekannt vor, sie befanden sich nun in der Nähe jenes Tores, durch das sie gestern Mittag die Stadt zum ersten Mal betreten hatten. So waren sie demnach inzwischen bereits vom südlich gelegenen Brühltor bis zum Almstor im Norden der Mauer gegangen, ohne auch nur eine Möglichkeit entdeckt zu haben, die Befestigungsanlage zu überwinden.

Dennoch wollte Osman die Hoffnung noch nicht aufgeben und so verdrängte er jeden Gedanken daran, dass sich die Stadtmauer als unüberwindbare Barriere herausstellen könnte.

MITTWOCH, DER ZWÖLFTE JULI

nachts

Die Glocke des Michaelisklosters schlug gerade zur Matutin, der ersten Stunde des Tages. Obwohl mitten in der Nacht, konnte Hauptmann von Stenweden keinen Schlaf finden. Zu viele Dinge gingen ihm durch den Kopf, während er gedankenverloren die Brüste der Roten Marie betrachtete. Schwer hoben und senkten sie sich im Rhythmus ihres Atems. Es war schön mit ihr, und überfällig war es zudem. Seit ihm seine Rosel durch das Fieber genommen wurde, und weiß Gott, das lag schon eine kleine Ewigkeit zurück, hatte er kein Weib mehr gehabt. Nicht, dass es an Möglichkeiten gemangelt hätte, nein, es gab einige, und darunter nicht nur Witwen, die ihn sofort genommen hätten. Doch das wollte er seiner Rosel nicht antun, zu eng waren sie zeitlebens miteinander verbunden gewesen. Eine Hure zu nehmen wie die Rote Marie hatte dagegen für ihn nichts Verwerfliches – schließlich war auch er nur ein Mann und der Anblick ihres prallen Körpers weckte Gefühle in ihm, die er bereits hinter sich gelassen zu haben meinte.

Doch nicht Gedanken an Marie und auch nicht an seine Rosel waren es, die ihm den Schlaf raubten, sondern vielmehr einige Fragen, die durch die Entführung des Albertus Magnus aufgeworfen wurden.

Warum prügelte ein bärenstarker Kerl mit einer Keule auf den Mönch ein, wenn er doch genügend Kraft hatte, um mehrere von dessen Art mit bloßen Händen zu bändigen?

Tot oder schwachsinnig war der Mönch jedenfalls niemandem mehr von Nutzen.

Und warum liefen sie in die Stadt zurück, anstatt das Weite außerhalb der Mauern zu suchen?

Der Prior jedenfalls machte es sich mit seiner vorschnellen Verurteilung der beiden Fremden nur allzu leicht, doch was war auch schon zu erwarten von einem Inquisitor. Nicht nur einmal hatte von Stenweden einen Ketzerprozess verfolgt. Und er hatte in die fiebrigen Augen der Verurteilten geschaut, wenn sie zum Scheiterhaufen geschafft wurden. Er sah die Wunden auf ihren Körpern, stumme Zeugen der Folter, die ihnen im Namen der Kirche zugefügt wurde, um ein Geständnis herauszupressen. Mehr tot als lebendig bestätigten sie schließlich alles, was ihnen zur Last gelegt wurde und sehnten winselnd nur noch das Ende ihrer Leiden herbei.

Dennoch, obwohl oder gerade weil er nie einen Hehl daraus gemacht hatte, wie wenig Wertschätzung er der Kirche im Allgemeinen und den Praktiken der *inquisitio haereticorum* im Besonderen entgegenbrachte, durfte er den Prior und seinesgleichen nicht übergehen, denn die Macht der Kirchenmänner reichte weit, viel weiter als die seine. Die Worte des Priors zu ignorieren hieße, sich ihn endgültig zum Feind zu machen, was ein fataler Fehler wäre. Schließlich wollte er nicht eines Tages selbst auf dem Scheiterhaufen lodern wie so manch ein anderer unbescholtener Bürger. So musste er also vorab den Schein wahren und die beiden Fremden jagen, als ob sie die Täter wären. Erst einmal in seinem Gewahrsam, könnte er sie eingehend befragen, mehr als er selbst wussten sie sicher allemal. Vielleicht ergäben sich daraus Anhaltspunkte auf die wahren Schuldigen. Wenn nicht, nun, dann wäre es allerdings um die beiden geschehen, denn so viel stand zweifellos fest: Nur wenn er dem Prior die eigentlichen Täter präsentierte, kämen die Fremden mit dem Leben davon.

Auch Albert war noch wach, als ganz in der Nähe zur Matutin geschlagen wurde. Er konnte nicht zur Ruhe kommen angesichts der schrecklichen Aussichten. Man erwartete von ihm schier Unmögliches. Wie lange würde er sie hinhalten und sein menschenunwürdiges Leben in diesem Loch noch fristen müssen, ausgeliefert den Launen und Gnaden rücksichtsloser Halsabschneider?

Schritte erklangen aus der Ferne und näherten sich seinem Gefängnis, immer intensiver drangen Lichtschimmer wie weiße Finger durch die Türritzen in seine Zelle, dann wurde ein Riegel bewegt. Die schwere Eichenpforte schwang quietschend auf und ein Maskierter trat ein, stellte sich zwischen Albert und den Weg in die Freiheit, in der einen Hand einen schweren Leuchter, in der anderen eine Pergamentrolle sowie Feder und Tinte. Der Maskierte war ein Hüne. Annähernd so groß und breit gewachsen wie Robert, verschwendete Albert bei seinem Anblick keinen weiteren Gedanken mehr an eine Flucht, zumal an dessen rechter Hüfte ein massiges Schwert im Widerschein der Kerzen hell aufblitzte. Wortlos überreichte der Riese ihm Leuchter und Schreibutensilien, dann schloss er die Tür und der Riegel fiel wieder zurück ins Futter.

Albert entrollte das Pergament und hielt es ins Licht des dreiarmigen Leuchters.

»Aha, dachte ich's mir doch, ihr elendigen Halunken!«, murmelte Albert und lachte bitter. »Notieren soll ich also, was benötigt wird, um euch die Rosette zu vergolden. Und selbstredend werdet ihr mich nach vollbrachter Tat sofort freilassen.« Wieder lachte Albert, doch seinem Lachen fehlte jegliche Heiterkeit.

»Ich werde euch die Zeit, die mir bleibt, schön auf Trab halten, und gut will ich es mir zudem ergehen lassen!«

Albert ging kurz in sich, dann flog die Feder über das Pergament.

»Erst einmal heraus aus diesem Loch, denn ich brauche

mehr Raum für meine Arbeit. Ebenso ist Sonnenlicht vonnöten, also muss ein Fenster her. Nun noch die üblichen Gerätschaften wie Feuerstelle, Kessel und Glaskolben, Waage, Pipette, Mörser et cetera perge perge.«

Er hielt kurz inne, bevor er fortfuhr.

»Doch nun zu mir …«, und ein Lächeln huschte über sein Gesicht.

Weiß Gott, ein wacher Geist braucht einen vollen Bauch.

Vielen Gaumenfreuden musste Albert entsagen, seitdem er sein Gelübde abgelegt hatte, und so quälte ihn nachts nicht nur einmal manch verführerischer Traum, während der arme Magen knurrte und mit seinem Schicksal haderte. Nun war es an der Zeit, dem Drängen nachzugeben. Mal schauen, dachte er sich, wie weit ihre Geduld wohl reichen mag.

Osman wäre vor Schreck beinahe der Länge nach in den Schlamm gefallen, als das Glockengeläut zur Matutin aus unmittelbarer Nähe über die Befestigung der Domburg zu ihm herüberschallte.

Der neue Tag hatte schon begonnen, und noch immer waren sie diesseits der Stadtmauern, die sich immer mehr als ein unüberwindliches Hindernis herausstellten.

Soeben hatten sie das Pantaleonstor im Westen der Anlage hinter sich gelassen und nun meinte Osman bereits die Nahtstelle zu sehen, an der die Stadtmauer mit dem Domburgwall zusammentraf. Von dort aus wäre es nicht mehr weit und sie hätten wieder den Ausgangspunkt ihres Marsches, das Brühltor, erreicht.

Auch Robert machte sich so seine Gedanken, doch eilten sie denen Osmans bereits voraus, denn er hatte die Hoffnung inzwischen aufgegeben, den Wall überwinden zu können. Entweder waren die Mauern zu hoch oder, wenn denn ein Übergang zumindest denkbar gewesen wäre, durch zahlreiche Wachen gesichert.

Nun tauchte bereits das Brühltor vor ihnen auf. Und auch der Regen schien nicht mehr so heftig zu prasseln.

Sie waren verloren.

Man würde das Netz um sie herum immer enger ziehen, bis sie schließlich in den Maschen zappelten wie ein Marlin, aus den Tiefen des Meeres an Deck gezogen und nach Luft schnappend, das erste und letzte Mal in seinem Leben Tageslicht sehend.

Sie waren verloren.

Selbst er, der stets als Letzter die Hoffnung aufgab, konnte nicht umhin, sich dies einzugestehen.

Und eben in diesem Moment tiefster Resignation kam Robert plötzlich eine bizarre Idee. Der Plan war so verrückt und abwegig, dass er einfach gelingen musste.

Doch schon tat sich ein anderes Problem auf.

Wie nur könnte er Osman davon überzeugen?

DAS PETERSTOR

Die schweren Eichenflügel des Peterstores erbebten, bevor sie einige Mannsbreit nach innen aufschwangen. Eine Kuh trabte gemächlich hinaus, es folgten weitere, eine nach der anderen, hintereinander her wie aufgezogen an einer Perlenschnur.

Nun war es so weit.

Robert und Osman erhoben sich aus dem hohen Gras unweit des Tores und schlichen zu den Tieren. Obwohl die Glocken bereits zur Prim geschlagen hatten, war es noch immer dunkel, doch keiner der beiden Freunde verschwendete in diesem Moment auch nur einen Gedanken daran, ob der Sonnenaufgang wohl erst noch bevorstand oder der nach wie vor dichte Regenschleier sämtliches Licht verschluckte. Als Segen erwies sich die Finsternis jedenfalls allemal, ermöglichte sie es ihnen doch erst, unbemerkt bis zum Tor vorzudringen.

Der Durchgang zur Domburg lag nun zum Greifen nah nur noch wenige Schritte voraus, Osman konnte bereits den düsteren Schatten der mächtigen Kathedrale durch die geöffneten Flügeltore erkennen. Während zur Rechten die Kühe gemächlich an ihm vorüberzogen, unterhielt sich der Wachsoldat angeregt mit dem Novizen, der das Vieh zum Grasen hinausführte.

Nur *ein* Wachmann, freute sich Robert, hatte er also richtig verstanden, als er die Soldaten am Almstor belauschte. Der Hauptmann der Stadtwache zog Männer von der Domburgwache ab, um die Patrouillen zu verstärken. An diesem Soldaten unbemerkt vorbeizukommen, sollte doch wohl zu bewerkstelligen sein, dachte er sich, und kroch weiter auf allen vieren zum Durchgang. Viel Platz blieb ihm allerdings nicht, denn die Tiere trabten so dicht am geöffneten Tor entlang, dass ihr Fell stellenweise am Eichenholz schabte. Einige Fuß voraus stockte Osman, als er sah, wie wenig Raum ihnen zum Durchschlüpfen verbleiben würde, doch Robert schob ihn weiter vorwärts und kurz darauf hatte der Alexandriner die Engstelle auch schon passiert. Ach, wäre ich doch ein ähnlicher Hänfling wie Osman, dachte sich Robert, doch es half ja nichts und so wagte auch er sich schließlich weiter voran.

Links das Tor, rechts das Vieh, dazwischen bestenfalls eine Elle Platz, und nur noch zwei Schritte bis zum Ziel. Gottlob nahmen der Torwächter und der Novize, nach wie vor eifrig ins Gespräch vertieft, ebenso wenig Notiz von ihm wie die Tiere zu seiner Rechten, allerdings wichen sie auch keinen Deut von ihrem Weg ab und ignorierten ihn vollends. Die Lücke, sie wollte einfach nicht größer werden – unmöglich, haderte Robert, durch diesen schmalen Spalt hindurchzuschlüpfen.

Dennoch, was blieb ihm anderes übrig, er musste es versuchen und so schob er sich Stück für Stück voran, bis ihm schließlich der schwere Eichenflügel ins Kreuz drückte und nur noch eine Schrittlänge fehlte, um das Tor endlich hinter sich zu lassen.

Plötzlich kam völlig unvermittelt Aufregung in die bislang so gemächlich dahintrottende Tierprozession. Ein Bulle zwischen all dem Milchvieh war der Grund für die Unruhe, denn eben jener Bulle fühlte sich offenbar plötzlich bemüßigt, seiner eigentlichen Bestimmung nachzugehen. Ungelenk stellte er sich auf die Hinterhufe und besprang eine vorausgehende Kuh gerade in dem Moment, da Robert sich an der Torangel vorbeiquetschen wollte. Es brach ein heilloses Durcheinander aus, das unwillige Jungtier schlug wie von Sinnen aus und scheuchte damit das andere Vieh auf. Robert sah nur noch einen massigen, schwarz-weiß-gefleckten Körper auf sich zukommen, dann wurde er auch schon mit Wucht gegen den Torflügel gedrückt. Augenblicklich presste ihm das Tier sämtliche Luft aus den Lungen und ihm wurde schwarz vor Augen. Wie in einem Traum sah er, dass nun auch der Novize und der Torwächter näher kamen. Bislang verdecken die Tiere und der Regen die Sicht, doch wie lange noch, fragte sich Robert, und glitt immer weiter in eine Ohnmacht hinein.

Roland, der Torwächter, mochte den Domburger Novizen Vinzenz, wenn dieser ihm auch bisweilen umständlich in seiner Sprache und schwer von Begriff erschien. Mehr noch mochte er jedoch dessen Mutter Gundel, eine kürzlich verwitwete Bäuerin aus dem Alten Dorf. Sie verfügte über ein erkleckliches Fleckchen Land, welches von den übrigen vier Söhnen geschickt bewirtschaftet wurde, sodass die noch recht ansehnliche Gundel eine durchaus gute Partie abgab. Jeden Morgen in der Frühe, wenn der Junge die Tiere zum Grasen hinausbrachte, führte er deshalb ein belangloses Gespräch mit dem Kuhhirten des Bischofs, um Näheres über Gundel in Erfahrung zu bringen. Sollte sie nach wie vor ohne Mann sein, so schwor sich Roland, würde er eines Tages vor ihrer Tür stehen.

Vinzenz wiederum hatte bereits früh bemerkt, welche Absicht der Stadtwächter mit seinem tagtäglichen Geschwätz bezweckte, und nichts war ihm abscheulicher als der Gedanke, diesen ungebildeten, schmierigen Rohling im Bett seiner Mutter zu wissen. So also machte er sich einen Spaß daraus, den beschränkten Soldaten mit Antworten zu foppen, die ihn keinen Deut voranbrachten.

So auch an diesem frühen Tage. Auf die immer eindeutiger werdenden Bemühungen des Wachmannes, herauszufinden, ob Gundel wieder einen Kerl im Hause habe, verwies Vinzenz ausweichend auf seine allesamt älteren Brüder, natürlich ohne eindeutig verlauten zu lassen, ob denn noch ein weiterer Mann unter ihrem Dach lebe. Innerlich frohlockend, Roland wieder einmal an der Nase herumgeführt zu haben, wollte er sich gerade verabschieden, als die Tiere plötzlich unruhig wurden. Der Übeltäter war schnell ausgemacht – Achilles, derzeit einziger Bulle im Stall des Bischofs, schien aufs Neue beweisen zu wollen, dass er zu wertvoll war, um am Spieß zu enden. Mächtig erhoben sich seine Vorderhufe über Helene, einer Jungkuh, die bislang noch nicht ausgetragen hatte. Und zumindest an diesem frühen Tage trug sie energisch dafür Sorge, dass es fürs Erste auch so bleiben würde. Sie blökte und sprang und teilte mit ihren Hinterläufen aus, als sei der Leibhaftige in sie gefahren und brachte damit die bislang so ruhige Herde in wilde Hysterie.

»Ach herrje, jetzt gebt schon wieder Ruhe!«, rief Vinzenz erschrocken und sprang prompt ins Getümmel in der irrwitzigen Hoffnung, die eigentlich doch so sanftmütigen Tiere rasch wieder beruhigen zu können, bevor noch eins von ihnen Schaden nähme. Doch war das leichter gesagt als getan, denn wenn sich eine schlichte Rinderseele erst einmal erregt hatte, so war ihr einzig und allein mit ruhigen Worten nicht beizukommen. Zwei Hufschläge verfehlten Vinzenz noch knapp, doch der dritte schließlich traf ihn genau dorthin, wo es einem Mann besondere Schmerzen bereitet.

Einen flüchtigen Augenblick lang meinte er noch, halbwegs von den Tieren verdeckt die Beine eines Riesen am Tor liegen zu sehen, dann sank der Novize mit einem spitzen Schrei in sich zusammen und war fürs Erste bedient.

Osman hatte den Durchgang gerade passiert, als hinter ihm die Hölle losbrach. Rasch warf er einen Blick zurück und musste mit ansehen, wie sein Freund mit der Wucht eines Katapults gegen den massiven Torflügel geschleudert wurde. In diesem Moment hätte Osman keinen Pfifferling mehr auf das Leben seines Kameraden gesetzt. Dennoch kroch er zurück zum Tor – solange ein Funken Hoffnung bestand, wollte er Robert nicht aufgeben.

»Unglaublich, was für ein zäher Teufelsbraten!«

Osman konnte nicht glauben, was er mit seinen eigenen Augen zu sehen bekam. Noch immer bewegte sich Robert, obwohl jedem anderen nach diesem Stoß sämtliche Knochen im Leib zerborsten wären. Dennoch, unbeschadet schien auch er den Aufprall nicht überstanden zu haben, denn er machte keinerlei Anstalten, sich aus seiner bedrängten Lage zu befreien. Während ihn ein ums andere Mal ein Huf traf, bewegte er nur träge sein Haupt und ruderte unbeholfen abwehrend mit den Armen.

Nur noch wenige Augenblicke, und die kopflosen Tiere würden ihm endgültig den Rest geben, ganz ohne Frage.

»Bei Allah, steh deinem demütigen Diener bei!«, murmelte Osman und kroch zurück ins heillose Gedränge und Gestampfe zwischen den schweren Eichenflügeln des Peterstores, um seinen Freund zu retten.

Nach wie vor tanzten unzählige schwarze Punkte vor Roberts Augen und noch immer wusste er nicht, wie ihm geschah. Der Novize und der Torwächter kamen immer näher, und trotz seines verwirrten Geistes sagte eine Stimme in ihm, dass es ein böses Ende nehmen würde, sollten ihn die beiden entdecken. Dennoch – es gibt Momente im Leben eines jeden Menschen, in denen ihm alles egal ist, und nun war ein solcher Moment gekommen.

Seine Widerstandskraft war erloschen.

Des Flüchtens müde, sehnte sich Robert nur noch Frieden herbei, außerdem fühlte sich sein zerschundener Körper an, als sei er zwischen zwei Mühlsteine geraten. Sollten sie ihn halt kriegen, ihm war's inzwischen einerlei, und wenn sie ihm hier und auf der Stelle das Lebenslicht auspusten würden, so wäre es Robert augenblicklich auch recht gewesen.

Eine Hand zog an seinem Wams, hart und nachdrücklich. Er hob den Kopf und blickte aus trüben Augen nach vorn. Der Torwächter war es jedenfalls nicht, der an ihm zerrte, denn stand dieser noch einige Schritt weit entfernt, schemenhaft hinter den sich nach wie vor wie besessen aufführenden Tieren.

Und wieder dieses Ziehen – doch wer mochte es bloß sein, rätselte Robert und versuchte verzweifelt, seine wirren Gedanken zu ordnen. Zumindest schien es derjenige gut mit ihm zu meinen, da er ihn wegzog von dem garstigen Milchvieh. So half er also mit den Beinen, so gut es eben ging, auf dass ihn sein Retter hinfortziehen möge, weg vom Wachmann mit seiner Lanze, ebenso weg vom schweren Eichentor, das ihm den Rücken aufschlug und vor allen Dingen weg von den sich wie wild gebärdenden Kühen. Springende Haxen ringsumher – immer noch traten sie ihm in die Seite und schlugen gegen seine Beine, verfehlten jedoch, wenn auch nur knapp, seinen eh schon arg lädierten Schädel, bis schließlich, nach einer Ewigkeit, vielleicht auch nur nach einigen Atemzügen, die teuflischen Hufe immer ferner rückten.

IN DER DOMBURG

»Öffne die Augen! Ich bin's, Osman!«

Robert lag regungslos in voller Länge ausgebreitet vor Osmans Knien. Eine Ohnmacht hatte ihn erlöst, denn selbst bei einem Mann wie ihm war irgendwann ein Punkt erreicht, an dem der Schmerz die Grenze des Erträglichen überschritt.

»Dann bleib halt 'ne Weile liegen! Hier in der Domburg werden sie uns fürs Erste bestimmt nicht suchen«, sagte Osman, beruhigt durch die regelmäßige Atmung seines Freundes. So gut es ging, schob er ihm Blätter unter den massigen Körper, wodurch Robert zumindest halbwegs trocken lag.

Allmählich wich die schützende Dunkelheit einem trüben Dämmerlicht und Osman betete zu seinem Gott, dass es weiterhin so heftig gießen würde, denn wollten sie nicht die folgende Nacht abwarten, bedurfte es schon des dichten Regenschleiers, um unbemerkt ihren Plan in die Tat umzusetzen.

So verharrten sie beide im dichten Buschwerk und erholten sich von den Strapazen der vergangenen Nacht. Und während Robert direkt von der Ohnmacht in einen tiefen Schlaf hinüberwechselte, begannen Osmans Augenlider zu flattern, bis auch er schließlich sanft einschlummerte.

Auch Albert schloss endlich seine Augen, nun, da der neue Tag begonnen hatte. Satt war er und fürs Erste durchaus zufrieden mit sich und der Welt. Was war das doch für ein herrliches Mahl, entsann er sich mit Freude des soeben verspeisten Saumagens, dessen köstlicher Duft noch immer seine geräumige Zelle erfüllte. Wie sehr hatte er sein Leibgericht vermisst, eine Spezialität aus seiner an Spezialitäten keineswegs armen süddeutschen Heimat. Gerade noch, in der Schänke, klagte er Osman und Robert sein Leid, wie unmöglich es doch wäre, so weit im Norden dies herrliche Mahl zu bekommen, und nun hatte er sich den Bauch damit vollgeschlagen, bis nichts mehr hineinging.

Eine diebische Freude erheiterte ihn, als er an das erste Gespräch mit seinen Entführern dachte. Anfangs wollten sie nicht auf seine Bedingungen eingehen, doch als er sich daraufhin schlichtweg weigerte, auch nur ein weiteres Wort von sich zu geben, gaben sie schließlich klein bei und erfüllten seine Forderungen. Nur bei seinem Wunsch nach einem Fenster mochten sie partout nicht einlenken, bis ihnen Albert schließlich erklärte, dass Sonnenstrahlen, durch ein Prisma gebrochen, die Kraft hätten, chemische Stoffe zu katalysieren. Alchemie empfanden die meisten seiner Zeitgenossen als reine Magie, und so war auch keine Erklärung zu haarsträubend, um nicht bereitwillig auf Glauben zu stoßen.

Obwohl das Fenster, vergittert und mit schwerem Bleiglas verschlossen, derart winzig klein war, dass er nicht hindurchschlüpfen konnte, hatte er dennoch damit begonnen, mit seinem Besteck die Scheibe vorsichtig aus dem Stein zu kratzen. Alles andere würde sich schon noch ergeben. Nun jedoch war er der Müdigkeit erlegen und ließ, nach nur zur Hälfte vollendeter Arbeit, endlich auch den Löffel ruhen, nicht ohne zuvor die herausgebrochenen Steinfragmente wieder sorgsam in die entstandene Fuge gestopft zu haben.

Auf seinem Bett liegend, wurden ihm die Augen immer schwerer, als ihn lautes Gebell jäh aus dem Halbschlaf riss.

Das Gekläffe kam aus der unmittelbaren Umgebung des Fensters – sofort war Albert wieder auf den Beinen. Rasch griff er sich mit der einen Hand die Reste des Saumagens und mit der anderen den Löffel.

Jetzt musste es schnell gehen.

Es gab zwar auch einige Streuner in der Stadt, doch die meisten Hunde hatten einen Herrn, dem sie gehörten. Es sollte doch möglich sein, dem Tier eine Nachricht umzubinden, wenn er denn beizeiten die Scheibe entfernen könnte. Der Saumagen jedenfalls war gerade das richtige Mittel, um die Aufmerksamkeit des Hundes eine Weile auf sich ziehen.

Und genauso war es dann auch – Albert legte einfach einige Bratenstücke auf den Sims und schon begann der Hund vor der Scheibe leise winselnd um das Fleisch zu buhlen. Während das Tier sich nun die feuchte Nase am Glas platt drückte, begann Albert fieberhaft die Fuge zwischen Scheibe und Mauer zu vergrößern. Doch er sollte rasch herausfinden, dass ihn sein Vorhaben mehr Zeit kosten würde als zuerst gedacht, da das Glas bedeutend tiefer in den Stein eingelassen war als vermutet. Noch wich der Hund mit seinen sabbernden Lefzen nicht vom Fenster ab, aber wie lange mochte der Duft des Saumagens ihn wohl noch halten?

Alberts Geschabe und Gescharre wurde immer hektischer, doch die Scheibe wollte einfach kein Ende nehmen. Schon schien der Hund sein Interesse am Braten zu verlieren, denn er wich bereits einige Schritte zurück, mit gesenktem Schwanz, was wohl seine Enttäuschung zum Ausdruck brachte. Da schnappte sich Albert kurzerhand eine Decke und drückte mit einem kräftigen Ruck die Scheibe entzwei. Das entsetzlich laute Knacken des brechenden Glases fuhr ihm in sämtliche Glieder.

Ob sie wohl etwas gehört hatten? Albert lauschte ängstlich in den Flur hinein, dann wandte er seinen Blick dem Fenster zu und sah, dass der Hund verschwunden war.

»Verflixt noch eins!«, zischte er aufgebracht, »was für ein erbärmlicher Scheiß!«

Das unerbittliche Schlagen der Domglocken beendete abrupt Roberts Schlaf und ließ ihn jäh aufschrecken.

»Himmel, Ahh…!« Mehr kam nicht über seine Lippen, bevor er stöhnend auf sein notdürftiges Lager zurückfiel.

Das Atmen bereitete ihm schon Mühe, an Reden geschweige denn lautes Fluchen war erst gar nicht zu denken. Seine Brust fühlte sich an, als wäre ein schweres Tau mit aller Kraft um seinen Leib gebunden und festgezurrt worden. Was hatte Robert in seinem Leben nicht bereits alles durchgemacht an Entbehrungen und Schmerzen, doch jene tausend Teufel, die nun mit ihren feurigen Dreizacken durch seinen Körper tanzten und ihn wie toll piesackten, die ihn jeden Atemzug wie unter der Folter spüren ließen, diese Quälgeister waren selbst für ihn kaum noch zu ertragen.

Er musterte Osman, sah ihn ganz entspannt neben sich schlafen. Keine Schramme verlief ihm übers Gesicht, kein Riss verunstaltete Hemd oder Hose, selbst sein Haar wirkte ordentlich gebürstet.

Warum zum Teufel, fragte sich Robert, war eigentlich immer wieder er es, der sämtliche Prügel einzustecken hatte, während Osman alles unbeschadet überstand? Allein in der letzten Nacht wurde ihm der Schädel beinahe und das Ohrläppchen tatsächlich gespalten, ganz zu schweigen von den sich wie toll gebärdenden Kühen, die ihre Hörner und Hufe an ihm wetzten.

Robert betrachtete Osman eingehender, sah die dürren, zerbrechlichen Arme, die schmalen Schultern sowie das feingliedrige Gesicht und mit einem Mal wusste er, warum immer nur er die Hiebe bezog.

»Was schaust du so dämlich an mir herunter?«, begann Osman, gerade erwacht, den neuen Tag bereits mit einer Unverschämtheit.

»Ich habe gerade überlegt, warum immer ich es bin, der für uns beide die Schläge einstecken muss!«

»Und, bist du zu einem Schluss gelangt?«, fragte Osman, immer noch gereizt.

»Aber ja, das bin ich in der Tat! Sollte ein göttlicher Plan dahinterstecken, so gewiss der, dass du inzwischen ganz sicher tot wärest, hättest du meine Prügel bezogen!«

Darauf wusste selbst Osman nichts zu erwidern.

»Komm, Hundchen, komm und schau, was ich hier Feines für dich habe!«

Albert schwenkte den Saumagen vor dem Fenster hin und her, doch noch war von dem Terrier weit und breit nichts zu sehen.

»Na komm schon, alte Töle, so was Leckeres hast du dein Lebtag noch nicht zu beißen gekriegt. Komm …!«

Ganz unvermittelt schoss ein schwarzer Schatten aus den Büschen hervor und riss Albert ein Stück Braten aus der Hand, um sofort wieder aus seiner Reichweite zu verschwinden. Gute fünf Fuß vom Fenster entfernt schließlich hockte sich das Tier hin und schlang gierig das Fleisch hinunter.

»Na warte, du Höllenbrut, ich krieg dich schon noch!«, flüsterte Albert und platzierte auf dem Fenstersims die Reste des Saumagens. Noch kaute der Hund auf dem anderen Stück herum, sodass dem Mönch genügend Zeit blieb, eine Nachricht aufzusetzen. Er begann mit seinem Namen und beschrieb die Zwangslage, in der er steckte. Durch die Angabe der Schrittweite vom Brühltor aus und der ungefähren Richtung, in der sie sich nach dem Überfall fortbewegt hatten, versuchte er dem Finder der Zeilen möglichst viele Anhaltspunkte zu geben, wo er sich annähernd befand. Er vervollständigte seinen Bericht, indem er möglichst detailliert auf die Beschaffenheit seines Gefängnisses einging. Da es nicht viele Steinhäuser in Hildesheim gab, hoffte Albert, dass sämtliche Hinweise zusammengenommen genügen sollten, den Schlupfwinkel der Halunken ausfindig zu machen.

Als schließlich alles aufgeschrieben war, trennte er noch ein Stück von seiner Kordel ab, um dem Tier damit die Nachricht umzubinden.

Jetzt musste er nur noch den Hund zu fassen bekommen.

Albert schüttelte seinen Kopf. Ausgerechnet ein Hund sollte ihn retten?

Er hasste Hunde, und Hunde hassten ihn. Wieder einmal meldete sich sein schlechtes Gewissen, denn schließlich waren auch Hunde Geschöpfe Gottes, und doch, er konnte einfach nicht anders: Er verabscheute diese Tiere. Noch viel größer jedoch war seine Angst vor ihnen.

Der Hund spürte, was in Albert vorging, roch, wie dem Mann die Angst aus allen Poren kroch und normalerweise hätte er einen großen Bogen um ihn gemacht, denn Menschen mit solch einem Geruch war alles zuzutrauen, doch zu verführerisch war der Duft, der ihm aus dem dunklen Raum entgegenströmte. Der Mann hatte offenbar noch mehr von dem Fleisch, und damit war es dann auch um die Vorsicht des Hundes geschehen, diesen Verlockungen konnte er einfach nicht widerstehen. Ganz langsam näherte sich seine Schnauze dem Fenster, bereit, sofort kräftig zuzuschnappen, sollte der Mensch mit dem unberechenbaren Gestank nach ihm greifen wollen.

Albert stand eine gute Armeslänge vom Fenster entfernt.

Seine Muskeln waren bis aufs Äußerste angespannt. Sollte der Hund seinen Kopf durch die Scheibe stecken, war er nun in Position, einen großen Satz nach vorn zu machen. Ganz langsam näherte sich das Tier, und während es drohend seine Lefzen bleckte und die Zähne zeigte, fixierte es Albert bei jedem weiteren Schritt.

»Komm schon, du Rabenaas, sei nicht so misstrauisch, ich tu dir schon nichts. Du sollst doch nur einen kleinen Botendienst für mich erledigen, dafür gibt's auch reichlich zu fressen!«

Immer noch wagte der Hund nicht, seinen Kopf durch das Fenster zu stecken, die Angst vor Albert war offenbar zu groß.

»Sieh her, ich bin keine Gefahr für dich«, sagte Albert und trat einige Schritte zurück. »Nun komm schon endlich her, du elendige Memme«, flötete Albert diese garstigen Worte ganz sacht und zart. »Hab dich doch nicht so!«

Da Albert nun nicht mehr unmittelbar am Fenster stand, gewann schließlich der Heißhunger des Tieres die Oberhand über seine verängstigte Seele. Zaghaft schob es seine Schnauze durch die geborstene Scheibe hindurch, immerzu den Mann im Blick, der ins Halbdunkel der Zelle zurückgetreten war.

Jetzt oder nie, sprach sich Albert Mut zu, und sprang mit einem Satz zum Fenster. Beide Hände schossen nach vorn auf die Schnauze des Hundes zu. Sofort wollte das Tier seinen Kopf zurückziehen, doch es blieb mit seinem dichten Fell an einer Glasscherbe hängen. Ein markerschütterndes Jaulen mahnte Albert, dass ihm nicht mehr viel Zeit blieb, wenn seine Entführer nicht allesamt taub wären. Geifer spritzte Albert entgegen, der Hund, außer sich vor Angst und Schmerz, zog mit aller Kraft, um seinen Kopf wieder aus dem Fenster herauszubekommen, doch vergebens, er hing nach wie vor fest. Umso mehr drohte er nun Albert mit seinem furchterregenden Gebiss. Albert hielt kurz inne – wenn er die Schnauze nicht gleich richtig zu fassen bekäme, würden ihm die Hauer des Hundes die Hände zerfetzen – doch hatte er eine Wahl?

»Herr, vergib mir all meine Sünden und steh mir bei!«, flehte er um Beistand und griff beherzt zu.

Den kräftigen Regengüssen folgte dichter Nebel.

Zumindest das Wetter meint es gut mit uns, dachte sich Robert, während er versuchte, die Schmerzen zu ignorieren, die ihn bei jedem Schritt quälten.

»Ein Wunder, dass du dir nichts gebrochen hast«, meinte Osman kopfschüttelnd. Er schien immer noch nicht glauben zu können, dass sein Freund bereits wieder auf den Beinen war.

Robert nickte stumm, während er weiterhin vorsichtig seinen Brustkorb befühlte. Jäh zuckte er zusammen, als ihm ein bislang unbekannter Schmerz unvermittelt in die Glieder fuhr und kurzzeitig den Atem raubte.

»Jedenfalls nichts von Bedeutung«, fügte er Osmans letzter Äußerung hinzu und betete, damit recht zu behalten.

Seine Hoffnung, dem zu entgehen, was er als den allerletzten Ausweg bezeichnete, hatte er inzwischen aufgegeben. Selbst ihm wurde flau im Magen, wenn er nur an die Durchführung seines Planes dachte, doch nun, da sie jenen Teil der Domburgmauer abgeschritten waren, der nach draußen ins freie Land führte, ohne eine Fluchtmöglichkeit entdeckt zu haben, blieb ihnen noch lediglich eine Möglichkeit offen.

»Du weißt, was das bedeutet?«

Osman verzog angewidert seinen Mund, bevor er antwortete. »Gibt es denn wirklich keinen anderen Weg hier heraus?«

»Wenn ich einen wüsste, so hätte ich ihn dir schon längst verraten. Auch mir bereitet der Gedanke Ekel, kopfüber in Fäkalien einzutauchen, doch erscheint mir jener Weg der einzig durchführbare, die Mauer zu überwinden.«

»Wohl denn«, erwiderte Osman erstaunlich gefasst, »auf zur Stinekenpforte! Dann lass uns halt den Schiss der Dompfaffen schmecken – und möge uns trösten, dass es schlimmer freilich nicht mehr kommen kann!«

Laute Schritte näherten sich der Zellentür, und noch immer bemühte sich Albert verzweifelt, dem Tier seine Botschaft umzubinden. Unzählige Male hatte ihn der Hund tief ins Fleisch gebissen, bis er endlich das geifernde Maul festhalten konnte. Doch wie sollte er mit nur einer Hand die Schnur zubinden, wo er ja mit der anderen die Kiefer der Bestie zusammendrückte? Die Schritte wurden immer lauter und Albert nahm schließlich zum Verknoten seine Zähne zu Hilfe. Sein Kopf war nun ganz nahe am Maul des sich wie toll gebärdenden Hundes, sollte das Tier seinem Griff entrinnen, so würde es ihm ganz sicher das Gesicht zerreißen.

Rasch hatte Albert den Knoten gebunden, dann drückte er das Tier herunter, sodass es von der Scherbe im Genick befreit wurde, und stieß es schließlich weg vom Fenster, hinaus in die Freiheit.

Laut jaulend und mit eingekniffenem Schwanz machte der Hund einen Satz rückwärts, während im gleichen Moment am anderen Ende der Zelle die Tür aufgestoßen wurde.

Zwei Kerle mit Schultern so breit wie Ochsenkarren stürmten auf das Fenster zu. Einer der beiden versuchte noch, den Hund am Schwanz zu packen, bekam jedoch noch nicht einmal seinen Arm durch das Gitter gesteckt, sondern konnte nur noch hilflos zusehen, wie das Tier im Morgennebel verschwand.

Und während Albert hoch und heilig schwor, sein Verhältnis zu Hunden von Grund auf zu überdenken, sollte dieser eine seine Botschaft in die richtigen Hände gelangen lassen, traf ihn auch schon ein kräftiger Schlag mitten ins Gesicht und ihm wurde schwarz vor Augen.

»Nein, auf keinen Fall werde ich dort hineinsteigen!« Osman klang bestimmt, sein Entschluss stand fest, unwiderruflich.

»Aber was hast du denn? Eben noch warst du einverstanden, und plötzlich willst du nichts mehr davon wissen! Sei doch froh, dass der Regen aus dem zähen Fäkalienschlamm ein richtiges Flüsschen gemacht hat. Nun müssen wir nicht mehr kopfüber in die Kloake der Pfaffen eintauchen, sondern können im halbwegs klarem Wasser aus der Stadt herausschwimmen.« Robert schüttelte verständnislos seinen Kopf. »Ich werd einfach nicht schlau aus dir!«

»Es gibt einen ganz einfachen Grund!«

»Dann raus damit, Meister Wankelmut, spann mich nicht länger auf die Folter«, entgegnete Robert gereizt.

Osman rang sichtlich nach Worten, offenbar war ihm die Antwort peinlich. Und umso gespannter rätselte Robert, was nun folgen sollte, denn so unsicher hatte er seinen Freund bisher noch nicht erlebt.

»Ich kann nicht schwimmen«, flüsterte Osman schließlich kaum hörbar.

»Willst du mich zum Besten halten?«, zweifelte Robert an der Aufrichtigkeit seines Freundes. »Als Alexandriner entstammst einer der größten Seefahrernationen auf Erden. Aufgewachsen bist du im Hause eines byzantinischen Kaufmannes, dessen Schiffe die ganze Welt bereisen. Und ausgerechnet du willst mir weismachen, dass du nicht schwimmen kannst?« Robert schüttelte den Kopf.

Nun allerdings wurde Osman wütend. Reichte es Robert nicht, dass er ihm seine Schwäche eingestand, musste er sich auch noch über ihn lustig machen?

»Was für einen himmelschreienden Unfug du doch daherfaselst! Zum einen weißt du sehr wohl, dass ich alles andere als ein Seemann bin, schließlich verbrachte ich die halbe Zeit der Überfahrt an der Bordwand und spuckte mir die Seele aus dem Leib, während ihr anderen euch die Mägen vollschlugt. Außerdem will mir nicht einleuchten, dass jeder Seemann schwimmen kann. So nenn mir doch einen, der sich schwimmend von einem sinkenden Schiff an Land rettete. Glaub mir, wenn dein Boot auf See leckschlägt oder ein Sturm es zum Kentern bringt, so schätze dich glücklich, wenn du nicht schwimmen kannst, so geht es wenigstens schnell zu Ende und dir bleibt unnötiges Elend erspart. Ich kenne eine Menge Seemänner, die keinen Zug schwimmen können, obwohl sie bereits alle Meere der Welt bereisten und nur die Planken ihres Schiffes Heimat nennen.«

»Ist ja schon gut!«, murmelte Robert beschwichtigend. »Streit hilft uns jetzt auch nicht weiter.«

Verdrossenes Schweigen.

Robert schaute gedankenverloren auf den reißenden Strom, der gestern noch ein Rinnsal war, kaum breiter als drei Ellen. Nun wurde ihnen der Regen, der sie bisher so trefflich verbarg, doch noch zum Verhängnis. Das Wasser stand deutlich über Mannshöhe, auch wurde es von der jenseits der Mauer fließenden Treibe in die Domburg hineingedrückt, so musste also gegen die Strömung angeschwommen werden. Er allein würde es vermutlich schaffen, doch nie und nimmer könnte er auch noch Osman hinter sich herziehen. Und bis das Wasser wieder abgeflossen wäre, würden einige Tage vergehen. So lange konnten sie sich unmöglich in der Domburg verborgen halten, noch dazu ohne Proviant.

»Himmel, Arsch, hat sich denn alles gegen uns verschworen?« Robert war zum Weinen zu Mute.

»Vielleicht gibt es ja doch eine Möglichkeit«, sagte Osman plötzlich, während seine Augen das Gelände absuchten.

Von Stenweden wollte zuerst seinen Ohren nicht trauen. Ein Novize meinte, angeblich einen Riesen am Durchgang zur Domburg gesehen zu haben. Nun lag der Novize auf dem Krankenbett seiner Abtei, nach einem Hufschlag ins Gemächt von Schmerzkrämpfen geschüttelt und womöglich nicht mehr ganz Herr seiner Sinne. Zu verrückt erschien dem Hauptmann der Gedanke, dass die Fremden von der einen Befestigungsanlage unter Gefahren in die nächste eindrangen. Erst als er näher darüber nachdachte, erschien ihm der Gedanke plötzlich gar nicht mehr *so* abwegig.

Schließlich waren die beiden nicht ortskundig, wenn sie also tatsächlich in die Domburg eingedrungen waren, konnte es sich in der Tat um ein Versehen gehandelt haben. Von Stenweden lachte still in sich hinein – liebend gern würde er ihre verdutzten Gesichter sehen beim Anblick einer weiteren Mauer, dort, wo sie freies Feld erwarteten.

»Herr Hauptmann, habt Ihr weitere Befehle?«

Leutnant Toepfers Frage rief von Stenweden wieder zur Pflicht. Nun hieß es rasch zu handeln, mahnte er sich zur Eile, auch im Sinne der Fremden, denn es wäre allemal besser für sie, von seinen Wachen aufgegriffen zu werden als von den Schergen des Priors, dessen Urteil bereits gefällt war.

»Lasst die Wachen der Stadttore unverändert bestehen«, entgegnete er mit fester Stimme. »Mit den Männern einer der drei Streifen verstärkt die Bewachung der beiden Domburgtore und lasst die beiden anderen in der Domburg patrouillieren!«

Toepfer schien noch etwas auf dem Herzen zu haben und verharrte am Platz, anstatt schleunigst kehrtzumachen.

»Was gibt's denn noch, Herr Leutnant? Habe ich mich etwa unklar ausgedrückt?«

»Nein, Herr Hauptmann«, antwortete Toepfer, bevor er zögerlich fortfuhr, »es gibt da allerdings ein Problem mit einer Streife. Hat man Euch bislang nicht unterrichtet?«

Von Stenweden meinte, nicht richtig gehört zu haben. Wie zum Teufel konnte es sein, dass der Leutnant besser informiert war als sein Hauptmann? Sofort spürte er, wie ihm das Blut in den Kopf stieg.

Rasch, bevor von Stenweden seinen Groll an ihm auslassen konnte, begann Toepfer zu berichten, was über den nächtlichen Zusammenstoß der Fremden mit einer der Patrouillen zu berichten war.

»Und, sind die drei wohlauf?«, fragte von Stenweden ruhig und beherrscht. Sein Zorn war inzwischen der Sorge um seine Männer gewichen.

»Mehr oder minder ja, Herr Hauptmann. Der eine oder andere Zahn ist ihnen verlustig gegangen, dem Franz ist die Schulter rausgesprungen und dem Friedrich die Nase gebrochen. Nichts, was der Medicus nicht wieder richten kann. Doch heute, so wurde mir von ihm mit auf den Weg gegeben, sollte man den dreien noch ein wenig Ruhe gönnen.«

»Die Ruhe sei ihnen gewährt, auch wenn sie sich die nicht verdient haben. Doch haben die Männer denn keine Stichwunden davongetragen?«

»Nein, alle Verletzungen wurden ihnen mit bloßer Faust beigefügt.«

»Dann waren die Fremden also unbewaffnet. Seltsam ...«, sinnierte von Stenweden, »eine Entführung plant man doch und irrt nicht unbedacht durch die Stadt, noch dazu ohne Waffen. War denn der Mönch bei ihnen?«

»Nein, alle drei Wachmänner meinten, dass die beiden Fremden allein gewesen seien.«

»Trotz der Dunkelheit konnten sie das genau erkennen?«

Der Leutnant zuckte nur mit den Schultern.

»Und was ist mit den Fremden?«, fragte von Stenweden

weiter, »sag nicht, dass sie ohne Blessuren blieben. Schließlich trugen sie lediglich die Leinenkutten der Dominikaner, unsere Männer dagegen Rüstung und Waffen. Auch waren sie nur zu zweit gegen drei ausgebildete Soldaten.«

Wieder antwortete Toepfer nur zögerlich. »Anscheinend war's sogar ausschließlich der Riese allein, von dem die Wachleute ihre Prügel bezogen. Der andere schaute offenbar nur zu.«

Von Stenweden schüttelte ungläubig den Kopf, während Toepfer weitererzählte. »Allerdings hat Friedrich den Großen zu Beginn des Kampfes mit der Lanze am Kopf erwischt, es soll auch ordentlich gespritzt haben«, beendete der Leutnant schließlich seinen Bericht, und ein erstes Lächeln huschte ihm über sein Gesicht.

»Na, richtig übel wird er ihn nicht verletzt haben, sonst hätte er wohl kaum ganz allein drei erfahrene Soldaten zur Strecke gebracht, nicht wahr?«

Wieder betretenes Schweigen beim Leutnant. Er fühlte sich mitschuldig für das klägliche Versagen seiner Männer, immerhin war er maßgeblich an deren Ausbildung beteiligt gewesen.

»Nun, ist schon gut, Toepfer, grämt Euch nicht zu sehr!«, beruhigte von Stenweden seinen Leutnant, da er sehr gut mitfühlen konnte, was seinen Untergebenen gerade beschäftigte. »Ich kenne Friedrich und Ottfried, das sind zwei ausgezeichnete Soldaten, und auch dem Franz will ich keinen Vorwurf machen, ist er doch noch grün hinter den Ohren. Vielmehr beunruhigt mich der Fremde, der mit bloßen Hände drei meiner Männer in Grund und Boden stampft. Was für ein Mensch mag dieser Riese bloß sein, oder ist er gar mehr …?«

Von Stenweden war alles andere als abergläubisch, doch was den großen Fremden betraf, fragte er sich, ob hier noch alles mit rechten Dingen zuging. Überhaupt gestaltete sich diese Entführung immer undurchsichtiger.

Warum rannten die Fremden zurück in die Stadt, anstatt ihr Heil in der Ferne außerhalb der Befestigungsanlage zu suchen?

Wieso irrten die beiden vermeintlichen Entführer bei strömendem Regen nachts durch Hildesheim, während sich ihr Opfer, also Albertus Magnus, ganz offensichtlich bereits nicht mehr in ihren Händen befand?

Wo hatten sie ihn gelassen und warum zum Teufel waren sie nicht bei ihm geblieben, gut versteckt vor den Augen der Stadtwache?

Warum zertrümmerte der Riese einen Holzknüppel auf dem Schädel eben jenes Mannes, dessen Geisteskraft und Genialität doch den einzigen Wert für ihn darstellte?

Fragen über Fragen, die unbedingt einer Klärung bedurften. Doch dafür sollte später noch Zeit sein, nun hieß es erst einmal, der Fremden habhaft zu werden, denn sie waren der Schlüssel zu diesem Geheimnis.

»Seht zu, Toepfer,« sagte von Stenweden, »dass Ihr alle Männer beisammen bekommt, die heute Nacht ein Auge zutun konnten, und stellt daraus eine einzige Streife zusammen, die in der Domburg patrouilliert. Mindestens sechs Mann stark sollte sie sein und Ihr selbst werdet sie anführen. Und eines noch, Herr Leutnant – Ihr persönlich tragt mir Sorge dafür, dass die Fremden am Leben bleiben, habt Ihr mich verstanden?«

»Jawohl, Herr Hauptmann!«, antwortete Toepfer eifrig. Er machte umgehend kehrt und wollte gerade die Wachstube verlassen, als ihn von Stenwedens Stimme innehalten ließ.

»Ach übrigens, Toepfer, könnt Ihr mir sagen, welche Haarfarbe Albertus Magnus hat?«

»Schwarz!«, antwortete der Leutnant ein wenig irritiert aufgrund der eigenartigen Frage.

»Sicher schwarz?«

»Ganz sicher, ich sah ihn erst kürzlich bei einer Messe!«

»Schau an, schau an«, murmelte von Stenweden versonnen und drehte ein blutverschmiertes Büschel blonder Haare zwischen seinen Fingern.

»Erklär's mir noch einmal! Was meinte dieser Aristolis?«

Osman verdrehte seine Augen. Wollte ihn Robert nur foppen oder war er tatsächlich so schwer von Begriff?

»Aristoteles ist sein Name!«

»Aristoteles also, nun gut«, erwiderte Robert bedächtig. »Und lebte dieser Aristoteles auch unter dem Dach unseres Herrn?«

Osman meinte nicht recht gehört zu haben, diese Frage konnte nicht ernst gemeint sein, doch ein Blick in Roberts ratloses Gesicht belehrte ihn eines Besseren. Osman war außer sich vor Wut, wie konnte er sich nur mit solch einem Tölpel abgeben!

»Das Ausmaß deiner Ahnungslosigkeit stinkt zum Himmel, pfui Teufel«, bediente er sich nun schon christlicher Flüche und spuckte vor sich aus. »Du hast wohl gerade von deiner Augusta geträumt, als Albert in höchster Ehrfurcht von Schriften eben dieses Gelehrten sprach. Aristoteles weilt seit Äonen nicht mehr auf Erden, er starb bereits lange vor der Geburt deines Heilands, wie, frage ich dich, sollte er dann im Hause unseres Herrn leben?«

»Ich kenn ihn halt nicht, diesen Griechen, sei's drum!«, antwortete Robert eher desinteressiert als betroffen. »Zier dich nicht so und erkläre mir ein letztes Mal, wie sein Wissen uns helfen soll!«

»Nun gut, zum allerletzten Mal. Wie ich schon sagte, beschrieb Aristoteles in einer seiner Schriften, dass, einfach ausgedrückt, auch die Luft über einen Leib verfügt. Das bedeutet, dass ein nach oben hin geschlossener Körper, wie beispielshalber ein umgedrehtes Boot oder eine Glocke, sich, auf dem Grund eines Sees gedrückt, im Inneren nicht bis oben hin mit Wasser füllt, sondern eine Luftblase mit sich führen würde, eine Luftblase, die uns als Atemluft dienen könnte.«

Robert nickte. »Gut, ich kann's mir vorstellen. Wir sollen also unsere Köpfe in ein umgedrehtes Boot stecken und es wird uns dann unter Wasser Schutz und Atemluft liefern. Hast du dich selbst davon überzeugt, dass es funktioniert?«

Osman schien gelangweilt, als er antwortete. »Von dem, was die alten Griechen sagten, muss man sich nicht eigenständig überzeugen. Ihre Erkenntnisse gelten als Axiome der Naturgesetze, unumstößliche Wahrheiten, wenn du so willst.«

»Ich frage dich bloß«, erwiderte Robert nicht minder unbeteiligt, »weil es mir deutlich weniger Kummer bereiten würde als dir, sollte sich dein Grieche hierbei geirrt haben, da *ich* schwimmen und tauchen kann.«

Robert sah deutlich, wie Osmans Gesicht an Farbe verlor, ganz offensichtlich war er sich seiner Sache nun doch nicht mehr so sicher.

Bauer Ewald war ein herzensguter Mensch. Sicherlich, es fehlte ihm an Klugheit und Bildung und sein Horizont reichte kaum über die Grenzen seines Ackers hinaus, doch was er wusste, reichte letztlich, um seine Frau, die fünf hungrigen Kinder und nicht zuletzt den gefräßigen Köter durchzubringen. Das war schon viel in Zeiten wie diesen und weit mehr, als so manch ein kluger Kopf vollbrachte.

Dennoch, obwohl Ewald mit sich und seiner Welt im Reinen war, so verabscheute er doch die hochmütigen und rotzfrechen Bengel aus den beiden Schulen der Stadt. Josephiner und Andreaner, so nannten sich die Flegel stolz. Schüler des Domklosters die einen und Bürgerkinder aus der Gemeinde der Andreaskirche die anderen, in ihrem irrwitzig konkurrierenden Denken sich spinnefeind, doch wenn es darum ging, unbescholtene Bauern zu verhöhnen, eins wie Pech und Schwefel. Ein ums andere Mal zogen sie her über ihn, und wenn mal nicht er das Opfer ihrer Spötteleien wurde, so lästerten die missratenen Buben über eines seiner Kinder.

Solange er lebte, würde keiner seiner Jungen die Schule besuchen – nie und nimmer. Zumal eh alle Hände mitanpacken mussten, um den Hof zu bewirtschaften – von nichts kommt nichts, so Ewalds Devise. Er war halt ein praktischer Mensch und ein gerechter obendrein, denn nur, was er sich selbst auferlegte, forderte er auch von seinen Nächsten ein. Und trotz aller Härte gegen sich und seine Sippschaft ging es allen gut, die auf seinem Hof lebten, auch dem Hund.

Ewald schüttelte verärgert den Kopf.

»Wo steckt dieser räudige Köter eigentlich?«

Den Hof sollte er bewachen, doch stattdessen, so mutmaßte Ewald, stellte er wieder einmal einer läufigen Hündin nach.

»Na, komm du mir nach Hause, alter Streuner, dir werd ich die Leviten lesen!«

Ein Winseln ließ Ewald herumfahren.

»Na, wenn man vom Teufel spricht.«

Mit eingezogenem Schwanz und blutverschmiertem Fell trottete das Tier zögerlich auf Ewald zu. Der jämmerliche Zustand des Hundes erweichte augenblicklich das Herz seines Herrn.

»Da hast du dich wohl diesmal mit der Falschen eingelassen. Nun komm schon her und lass mich mal einen Blick auf dich werfen!«

Zuerst kraulte Ewald den Hund hinter seinen Ohren, um sich daraufhin die Bescherung näher anzuschauen. Vorsichtig fuhr er ihm durchs Fell, bis seine Hand auf eine scharfe Kante stieß. Erschrocken zog er sie zurück.

»Ja, was für eine Teufelei ist denn das?«

Ewald traute seinen Augen nicht – im Nacken des Hundes steckte in einer tiefen, nach wie vor blutenden Schnittwunde eine Bleiglasscherbe. Er entdeckte Strick und Zettel, gebunden um den Hals des Tieres und bislang gut verborgen vom dichten Fell.

»Verdammtes Gesindel, diesmal seid ihr zu weit gegangen!«

Wutentbrannt löste Ewald den Knoten der Schnur, dann nahm er Alberts Notiz und riss sie in Fetzen.

»Verdammtes Saupack, in der Hölle sollt ihr schmoren! Einen armen Hund derart zu quälen, schämt euch allesamt!« Seine Stimme überschlug sich und vor lauter Wut quollen ihm Tränen aus den Augen, während er drohend seine Faust in Richtung Josephinum- und Andreasschule erhob. »Auch wenn ich nicht lesen kann, so weiß ich doch genau, was für Gemeinheiten ihr mir aufgeschrieben habt. Aber seid gewiss, aus ist's mit meiner Geduld, nun sollt ihr meinen gerechten Zorn zu spüren bekommen!«

Und während er wetterte und zeterte, schnitt er sich einen jungen, noch grünen Zweig von einer Weide.

Er wartete, und bald liefen ihm schon die ersten nichts ahnenden Jungen über den Weg, denen er sogleich mit seiner Gerte nachstellte. Seit dieser Zeit in den Tagen des Juli 1234 sollten, mit Ausnahme der ganz Mutigen, die Schüler Hildesheims einen weiten Bogen um den Hof des ›verrückten Ewald‹ machen.

»Wo sollen wir hier ein Boot hernehmen? Meinst du denn, dass die Pfaffen eins brauchen, um über die Stinekenpforte überzusetzen?« Robert schüttelte den Kopf. Osman mochte über mehr Wissen verfügen als er, doch so manch eine Äußerung seines Freundes ließ ihn an dessen Verstand zweifeln.

»Ich sag ja nicht, dass es ein Boot sein muss; was wir brauchen, sollte halt ungefähr die Form eines Schiffsrumpfes haben.« Osman war der Verzweiflung nahe – wie nur sollte er sonst durch diesen reißenden Strom nach draußen gelangen. Plötzlich erspähten seine suchenden Augen etwas, das ihn verblüffend an ein Boot erinnerte.

»Aristoteles sei Dank! – Schau doch, dort vorn!«

Roberts Blick folgte Osmans Hand, vorerst konnte er durch die Nebelschwaden aber nichts entdecken. Erst nachdem er zu seinem vorauseilenden Freund aufgeschlossen hatte, zeichneten sich gute hundert Fuß voraus nun auch für ihn deutlich erkennbar die Konturen eines Bootes ab.

Doch irgendetwas schien damit nicht zu stimmen, denn Osman klopfte zuerst prüfend daran, um daraufhin vergeblich zu versuchen, es vom Boden anzuheben.

»Was zum Teufel …?« Nun erkannte auch Robert die Bescherung. Bei dem angeblichen Boot handelte es sich um eine Viehtränke, herausgeschlagen aus massivem Stein.

»Versuchs erst gar nicht, du wirst sie nicht vom Fleck bewegen können, selbst ich hätte meine liebe Mühe damit…«, sagte Robert niedergeschlagen, »Und warum auch, sie wird uns eh nicht weiterhelfen. Wenn wir sie an Land schon kaum heben können, wie soll es dann erst unter Wasser funktionieren?«

»Da irrst du dich aber gewaltig! Der Stein wird unter Wasser leichter erscheinen als hier, außerdem meine ich mich zu entsinnen, dass die Luft nach oben strebt. So also sollte die Blase unsere Tränke ein Stück weit anheben – hoffe ich zumindest!«, fügte er hinzu, allerdings zu leise für Roberts Ohren.

»Luft soll den schweren Stein heben? Lass mich raten, auch diese erstaunlichen Erkenntnisse verdankst du *deinem Helenen*!« Die Ironie in Roberts Stimme war unüberhörbar.

»Sehr wohl, und ich wüsste auch nicht, was daran falsch sein soll!«, antwortete Osman pikiert.

»Ich meine damit nur, dass du dein Leben den Theorien eines einzelnen Mannes anvertraust und mir nicht so recht wohl ist bei dem Gedanken daran«, bemerkte Robert, nun ganz ernst und frei von Hohn. »Osman, ich bitte dich, lass ab von deinem Plan. Lieber gehe ich mit dir durchs Tor zurück, als untätig miterleben zu müssen, wie du jämmerlich ertrinkst. Bist du dir denn wirklich so sicher, dass du es wagen willst?«

»Ganz sicher!«, log Osman mit überraschend fester Stimme.

»Dann rasch, lass uns keine Zeit mehr verschwenden, denn der Nebel lichtet sich bereits zusehends.«

Osman schaute erschrocken von der Tränke auf. Erst jetzt bemerkte er, wie stark der Nebel inzwischen aufgeklart hatte. Nicht mehr lang, und man könnte vom Kirchturm aus das gesamte Gebiet der Domburg überblicken.

Robert machte sich inzwischen daran, die Tränke zum gut hundert Fuß entfernten Kanal zu schaffen. Zuerst sah es so aus, als würde er sie nicht bewegen können, doch plötzlich löste sie sich mit einem derart heftigen Ruck vom angetrockneten Boden, dass er beinahe gestürzt und unter sie geraten wäre. Ungläubig beobachtete Osman, wie sein Freund die Tränke packte und sie dann, langsam zwar, aber beständig, durch den tiefen Schlamm zur Stinekenpforte zog.

Woher Robert nur diese Kraft hernahm, noch dazu nach den schweren Huftritten, die er einstecken musste, wunderte sich Osman, während er ungeschickt versuchte, seinem Kameraden beim Tragen behilflich zu sein.

Keuchend wies ihn dieser ab. »Spar dir deine Kräfte, du wirst sie noch brauchen, wenn wir erst einmal im Kanal sind. Schau lieber voraus, wo eine geeignete Stelle zum Eintauchen wäre!«

Lautes Geklirr von Waffen und Rüstzeug, daraufhin ein kräftiges Schlagen auf schwere Holzbohlen ließ Osman aufschrecken. Der Lärm kam aus nordwestlicher Richtung, dorther, wo das Paulstor sich befand. Er schaute in den Nebel hinein. Noch waren über fünfzig Schritte hinaus Konturen bestenfalls diffus und schemenhaft auszumachen, doch nicht mehr lang, dann wäre der Dunst endgültig verzogen.

»Rasch, die Zeit drängt!«

Jetzt half Osman doch mit beim Tragen, ob Robert wollte oder nicht.

Noch zwanzig Fuß schleppten beide die Last gemeinsam, dann hatten sie endlich das Ufer erreicht – kraftlos sank Robert auf seine Knie.

»Nur einen Augenblick verschnaufen und es kann weitergehen«, keuchte er völlig außer Atem.

»Deine Ruhe möchte ich haben. Hörst du nicht, schon öffnen sie das Paulstor.« Das Knarren alter Türangeln drang erschreckend laut durch den Nebel zu ihnen herüber.

Robert atmete noch einmal tief durch, dann hob er die Tränke wieder an und schob sie ins Wasser.

»Halt! Ja, bist du denn vollends von Sinnen!«, schrie Osman aufgebracht. »Doch nicht mit der Öffnung nach oben, lass sie uns zuerst auf den Kopf stellen. Und dann müssen wir sie wie eine Glocke über unsere Köpfe heben.«

Robert spürte, wie ihm das Blut ins Gesicht stieg, seine Unaufmerksamkeit war ihm ganz offensichtlich peinlich. Verärgert über sich selbst, schüttelte er den Kopf.

»Ärger dich nicht, wer so viel auf den Schädel bekommen hat wie du letzte Nacht, kann von Glück reden, wenn er noch seinen Namen beisammen kriegt!«

Unschlüssig, ob die tröstenden Worte Osmans ernst gemeint oder nur eine weitere Unverschämtheit waren, verkniff sich Robert eine Antwort, zumal das sich nähernde Scheppern von aufeinanderschlagendem Metall zur Eile drängte. Mit zusammengepressten Lippen umfasste er die Tränke und drehte das Oberste nach unten, dann versenkte er seine breiten Schultern so gut es ging in die Vertiefung. Sofort gruben sich, durch das gebuckelte Gewicht, seine Füße knöcheltief in den morastigen Boden des Ufers ein, dennoch gelang es ihm, mit der umgestülpten Tränke auf seinem Rücken immer weiter ins Wasser zu steigen, während Osman am hinteren Ende nach besten Kräften mithalf.

Robert tanzten schwarze Punkte vor seinen Augen. Dieser Anstrengung schien sogar er nicht gewachsen, doch als das Wasser schließlich den Rand der Tränke berührte, wurde die Last auf seinen Schultern leichter mit jedem Schritt, den sie tiefer in den Kanal eintauchten.

»Gelobt sei Allah, gelobt sei Aristoteles! Es funktioniert tatsächlich!«

»Gelobt sei Jesu Christi! Aber was für ein erbärmlicher Gestank!«

Beide begannen zu lachen, laut und überdreht, und ihre Stimmen hallten wider wie in einer Gruft oder unter einer Brücke. So entlud sich die enorme Anspannung, unter der sie seit dem Anbruch der Nacht standen. Zum ersten Mal seit Alberts Entführung waren beide, obwohl ganz in der Nähe ihrer Verfolger, gänzlich ihren Blicken verborgen.

»So ungern ich auch deine seltene Freude schmälere, möchte ich dich doch warnen, dass die Luft, sobald sie eingeatmet ist, uns nicht mehr von Nutzen sein kann. Sei also sparsam damit, atme flach und rede möglichst wenig!«, beendete Osman den ausgelassenen Frohsinn ebenso unbarmherzig wie abrupt.

»Das leuchtet ein!«, erwiderte Robert ernst. »Doch eines noch! Solltest du, aus welchem Grund auch immer, fortgetrieben werden, so halte Mund und Nase geschlossen und strample wie ein Hund. Wenn ich dich jedoch greife und unterpacke, so verharre möglichst bewegungslos, damit ich dich leichter durchs Wasser ziehen kann!«

Osman nickte, obwohl ihn sein Vordermann nicht sehen konnte und hoffte zugleich inständig, dass es niemals so weit kommen möge.

Robert indessen konnte die Zauberei immer noch nicht so recht glauben – sie spazierten gemütlich durchs tiefe Wasser und atmeten ihre mitgebrachte Luft ein, unglaublich. Auf diese Weise würden sie vielleicht eine Viertelmeile und mehr zurücklegen können, weit weg von der verfluchten Stadtmauer und hinaus ins freie Feld, dorthin, wo sie niemand suchte.

»Robert, es gibt Scherereien, lass uns schneller gehen!«, rief Osman plötzlich von hinten.

»Fixer geht es nicht, du merkst doch, wie die Füße im Grund stecken bleiben.« In der Tat war jeder Schritt sehr mühselig, da ihre Beine wadentief einsanken – worin, darüber wollte sich Robert im Moment lieber keine Gedanken machen.

»Was gibt's denn überhaupt für Ärger?«

»Ich befürchte, unser Dach hält nicht dicht, es dringt von oben Wasser ein und Luft heraus. Siehst du nicht, wie der Pegel bereits steigt?«

Erst jetzt bemerkte Robert, dass der Wasserstand in der Tat bereits um einige Zoll angestiegen war, auch meinte er, mit jedem Schritt tiefer einzusinken, da die Tränke immer schwerer zu werden schien.

»Himmel, gibt es denn niemals Ruhe?« Robert versuchte, seinen Kopf zu drehen, um die Bescherung über Osmans Kopf näher in Augenschein zu nehmen, doch die Enge unter der Tränke ließ dies nicht zu.

»Sei's drum, umso schneller sollten wir weitergehen! Also los! Fünfzig Schritte noch bis zum Mauerdurchlass, das sollten wir schaffen, dann steigen wir ins Flüsschen, in das der Kanal hineinfließt und gehen, so weit uns die Tränke mit Luft versorgt. Der Nebel wird uns verbergen, sobald wir aus dem Wasser steigen. Und eines noch«, fügte Robert an und versuchte dabei, seine Stimme so ruhig und zuversichtlich wie möglich klingen zu lassen, »sei unbesorgt, ich werde dich nicht im Stich lassen!«

Osman antwortete nicht, doch Robert konnte sich denken, wie er sich fühlen musste. Als Nichtschwimmer gut zehn Fuß unter Wasser, über sich eine bröckelnde Hülle und wohl wissend, dass die lebensspendende Luft von Schritt zu

Schritt immer knapper wurde, das musste schon eine grauenvolle Vorstellung sein.

Ihre Füße schienen keinen festen Grund zu finden, immer tiefer sackten sie ein und immer mehr Mühe bereitete es ihnen, sie wieder aus dem sumpfigen Morast zu ziehen. Wie viel Schritte waren wohl noch zu gehen? Robert zählte mit, doch hatten sie auf diesem Untergrund bei Weitem nicht die übliche Länge. Und zu allem Übel stieg der Wasserspiegel immer weiter an. Reichte dem gebückt gehenden Robert das Wasser zu Beginn ihres abenteuerlichen Unternehmens nur an die Brust, so war es ihm inzwischen bis zum Hals gestiegen. Weitaus schlimmer noch verhielt es sich bei Osman, ihm ging die stinkende Plörre inzwischen bis ans Kinn, außerdem verließen ihn allmählich die Kräfte, da die Tränke immer schwerer auf seinen Schultern lastete.

»Robert, verzeih, doch ich kann das Gewicht nicht mehr halten. Kümmere dich nicht um mich und sieh zu, dass zumindest du dich …«

Mit einem lauten Krachen stieß die Tränke gegen die Stadtmauer.

»Endlich!« Robert fiel ein Stein vom Herzen. »Nun jammer nicht und halt noch einige Schritte aus – sobald wir die Mauer hinter uns haben, werde ich dich nach oben ziehen, komme was da wolle!«

»Wo genau meinst du die beiden Gestalten gesehen zu haben, Hanns?«

»Vielleicht noch hundert Fuß voraus am Ufer, Herr Leutnant«, beantwortete der Rotschopf Toepfers Frage und zeigte dorthin, wo kurz zuvor Robert und Osman die Tränke zu Wasser gelassen hatten.

Inzwischen war der Leutnant mit seinen acht Männern am westlichen Ufer der Stinekenpforte angelangt und starrte stirnrunzelnd in die brodelnden Wassermassen.

»Zum Teufel, wo kommt denn dieser Fluss her?« Toepfer schüttelte ungläubig seinen Kopf, offenbar wähnte er sich in der falschen Stadt.

»Es ist die Stinekenpforte, Herr! Wenn der Regen heftiger niederschlägt, steigt das Wasser über die Dämme und sie schwillt für kurze Zeit zu einem kleinen Strom an«, antwortete Martin von der Domwache.

»Unglaublich, aber Ihr müsst es ja wissen«, erwiderte Toepfer und wandte sich wieder Hanns zu. »Und wo sind die Halunken abgeblieben, die du als Einziger von uns gesehen haben willst?«

»Sie waren schon halb im Wasser, bevor sie plötzlich wie vom Nebel verschluckt wurden. Und sie schienen ein Boot bei sich zu tragen …«

»Ein Boot?« Der Leutnant lachte gellend auf. »Wo sollen sie denn hin mit dem Boot. Vielleicht zum Dom hinauf?«

Toepfer schüttelte seinen Kopf über die Dummheit des Untergebenen. Durch die Befestigungsanlage konnten sie unmöglich entkommen, der Wellenkamm des Kanals schlug deutlich sichtbar gegen eine massive Mauer. Doch irgendwo musste die Anlage auch über einen Durchlass verfügen, schließlich floss das Abwasser aus der Domburg in die Treibe jenseits der Mauer, nur lag der Durchbruch derzeit unter Wasser.

»Martin«, bestellte der Leutnant die Domwache zu sich, »könnt Ihr mir sagen, wie groß das Loch der Stinekenpforte in der Mauer ist?«

»Ungefähr sechs Fuß hoch und drei breit, Herr Leutnant!«

»Mannsgroß also?«

Martin nickte.

»Freilich ist das Loch durch ein stabiles Gitter gesichert!«

»Eigentlich schon …«, begann Martin verlegen und stockte dann.

»Aber?« Toepfer wurde es heiß und kalt. Musste er dem Mann denn jedes Wort aus der Nase ziehen?

»Derzeit liegt's beim Schmied, Herr. Eine Strebe war gebrochen!«

Ungläubig starrte der Leutnant seinen Untergebenen an, dann stieg ihm die Zornesröte ins Gesicht.

»Ja zum Teufel, wieso sagt Ihr mir das nicht gleich? Verdammter Esel!«

»Herr Leutnant, schaut nur, auf der anderen Uferseite«, unterbrach Hanns seinen wutschnaubenden Vorgesetzten, »eine frische Schleifspur!«

Toepfer schaute angestrengt durch die Nebelschwaden in die Richtung, die ihm der Rotschopf wies, und tatsächlich, nun sah auch er eine tiefe Rinne, die direkt zum Ostufer führte. In der Tat hätte sie vom Kiel eines schweren Bootes herrühren können, das mit aller Gewalt zum Kanal gezogen wurde. Doch was zum Teufel konnten die beiden mit einem Boot anfangen wollen? Toepfer schwirrte der Schädel.

Obwohl die Schleifspur mehr Fragen aufwarf als dass sie Antworten lieferte, war doch eines gewiss: Die tiefen Furchen entstanden ganz sicher erst nach dem Regenguss, also mitten in der Nacht. Und ebenso gewiss war, dass sich niemand aus der Domburg zu dieser Zeit und bei dem Wetter draußen aufhielt, geschweige denn Boote über das Land zog. Was auch immer diese Spur also zu bedeuten hatte, sie stammte von den beiden Halunken.

»Hanns, lauf mit vier anderen Männern durchs Paulstor auf die andere Seite der Mauer und bewach die Stinekenpforte bis zur Treibe hin.«

Sofort rief der Rotschopf vier Namen und wollte sich schon auf den Weg machen, als ihn der Leutnant noch einmal kurz anhielt.

»Eins noch! Wenn wieder etwas Ruhe herrscht, sei gewiss, dass ich dir dein phänomenales Augenlicht belohnen werde. Du wirst erster Späher der Stadtwache werden!«

»Besten Dank, Herr Leutnant!«, erwiderte Hanns mit einem Grinsen, das ihm von einem Ohr zum anderen quer über sein junges, sommersprossiges Gesicht reichte, dann machte er auf dem Absatz kehrt und rannte seinen vier Kameraden hinterher.

Toepfer schaute den Männern gedankenverloren nach. Fast eine halbe Meile werden die fünf rennen müssen, bis sie auf der anderen Seite der Mauer angelangt sind, ärgerte er sich und starrte wieder ins brodelnde Wasser. »Hoffentlich kommen sie nicht zu spät.«

»Verdammt, wo ist nur das vermaledeite Loch?«

Wieder stieß die Tränke gegen die Mauer. Mannsgroß war es gewesen, daran konnte sich Robert noch gut erinnern. Erst gestern, als sie zur Michaeliskirche gingen, wunderte er sich über das mächtige Loch in der ansonsten doch so massiven Stadtbefestigung. Angesichts des gerade einmal schrittbreiten Kanals erschien es ihm arg überproportioniert. Nun, im Angesicht des Hochwassers, wusste er, warum es so groß geraten war. Umso leichter sollte es ihm nun aber auch fallen, die Öffnung zu finden, sei das Wasser noch so trüb.

Ein gellender Schrei fuhr ihm durch Mark und Bein.

»Zum Teufel, was ist denn in dich gefahren?«

»Eine Ratte, eine verfluchte Ratte schwimmt hier drinnen!« Osmans Stimme überschlug sich.

»Nun verschreck das arme Tier nicht so, dann wird's dir schon nichts tun!«, erwiderte Robert ruhig, obwohl auch ihm nicht wohl bei dem Gedanken war, eine Wasserratte hinter sich zu wissen, ohne eine Hand frei zu haben.

Wieder krachte ihr schützendes Dach gegen die Mauer und sie konnten von Glück sagen, dass es nicht bereits größere Risse aufwies. Robert überlegte fieberhaft – viel Zeit blieb ihnen nicht mehr, gerade mal einen knappen Fuß war die Luftblase noch hoch. Er war bereits gezwungen, seinen Kopf zur Seite zu neigen, um mit dem Mund nicht unter Wasser zu geraten. Es musste etwas geschehen, schnell.

»Osman, ich werde meinen Kopf unter Wasser halten, um einen Blick voraus werfen zu können. In dieser Zeit muss ich die Tränke mit ausgestreckten Armen in die Höhe stemmen. Sei vorbereitet, dass du gleich mehr Gewicht zu tragen hast. Sammle dich also, mein Freund!«

Osman seufzte, doch auch er erkannte natürlich den Ernst der Lage. Schließlich gab er Zeichen, bereit zu sein, und Robert tauchte langsam unter in die stinkende Brühe, die Tränke weiterhin nach oben gestreckt.

Er traute seinen Augen nicht, denn direkt voraus zeichnete sich die Öffnung vor ihm ab, dunkler und schwärzer noch als die Mauer ringsumher. Doch warum zum Teufel, fragte er sich, kamen sie nicht hindurch? Erst ein zweiter Blick brachte Klarheit. Wütend auf sich selbst, stieg er dermaßen rasch wieder auf, dass sein Schädel mit einem lauten Krachen gegen den steinernen Boden der Tränke schlug.

»Osman, es gibt ein Problem!«

Robert versuchte, seiner Stimme nichts anmerken zu lassen, obwohl die Zeit mit aller Macht drängte, denn inzwischen musste er seinen Kopf vollständig zur Seite neigen, um noch Luft zu bekommen. Nur noch wenige Atemzüge, dann wäre ihr lebensspendendes Dach bis oben hin mit Wasser gefüllt.

»Die Tränke passt nicht durch den Durchlass, nicht wahr?« Osman wirkte überraschend gefasst.

»Aber woher weißt du ...?«

»Was sollte es sonst schon sein? Verkauf mich nicht für dumm!«

»Und dabei hätte ich schwören können, das Loch wäre breit genug!« Roberts Stimme klang untröstlich.

»Und was soll nun geschehen?«

Die Ratte, die immer noch munter vor seinem Gesicht herumpaddelte, störte Osman mittlerweile nicht mehr. Inzwischen war ihm alles egal und er hatte mit seinem Leben abgeschlossen.

»Ich habe versprochen, dich hinaufzuziehen«, erwiderte Robert mit einer Stimme, die keinen Widerspruch duldete, »und genau das werde ich tun! Sei unbesorgt, ich bin ein guter Schwimmer!«

»Aber gewiss doch, du hattest ja reichlich Gelegenheit zu üben während deiner Gefangenschaft in Alexandria!«

»Schluss mit dem Geschwätz, Eile tut Not!« Robert tat so, als habe er Osmans durchaus gerechtfertigten Einwand überhört.

»Hol noch mal ordentlich Luft und dann beeile dich, an mir vorbei nach draußen durchs Loch zu gelangen, ich werde so lange die Tränke halten. Sobald du draußen bist, komme ich nach und ziehe dich nach oben. Schließ Mund und Nase und halt dich an der Mauer am Durchgang fest, damit ich dich im trüben Wasser finden kann. Hast du alles verstanden?«

»Freilich hab ich alles verstanden«, erwiderte Osman, bevor er gemessenen Wortes fortfuhr, »doch lass mich noch eines sagen, bevor …«

»Unsinn!«, fuhr Robert seinen Freund unerwartet scharf an. »Kein Grund, sich zu verabschieden, hörst du? Ich ziehe dich nach oben, und zwar lebend, das schwöre ich bei meinem und von mir aus auch bei deinem Gott. Und nun hol endlich Luft, solang noch welche da ist!«

Albert wälzte sich von der einen Seite auf die andere, bis das trübe Tageslicht, das durch das schmale Fenster auf sein Gesicht fiel, seinen unruhigen Schlaf endgültig beendete. Noch hatte er, obwohl inzwischen wach, seine Augen fest geschlossen und hoffte inständig, all die Ereignisse der letzten Nacht nur geträumt zu haben, doch ein zaghaftes Betasten seiner angeschwollenen Nase belehrte ihn rasch eines Besseren.

»Himmel hilf, wo bin ich da bloß hineingeraten?«

Vorsichtig öffnete er seine Augen und schaute sich blinzelnd um – sein neues Gefängnis war eindeutig kleiner und kahler als die geräumige, mit alchemistischen Apparaturen vollgestopfte Kellerzelle, in der er zuvor eingesperrt gewesen war. Die Zimmerdecke, schräg in einem Giebel mündend, deutete darauf hin, dass er sich nun in einer Dachkammer befand.

Ob Dachkammer oder Kellerraum soll mir gleich sein, an Flucht ist eh nicht zu denken, dachte Albert stoisch, während er seine mit Hundebissen übersäten Hände begutachtete. Ganz und gar nicht egal war ihm jedoch, ob sich sein neues Gefängnis nur in einem anderen Stockwerk innerhalb des gleichen Hauses oder in einem ganz anderen Gebäude befand, denn sollte Letzteres zutreffen, wären somit sämtliche Hinweise auf seinen Aufenthaltsort, die er dem Hund umgebunden und dabei teuer mit zerbissenen Händen bezahlt hatte, hinfällig geworden.

Eine Stimme direkt hinter der schweren Eichentür zu seiner Kammer riss ihn aus seinen Grübeleien.

Sie war ihm bestens bekannt.

»Unmöglich, ich muss mich irren …«, hoffte Albert noch, als der Riegel fortgeschoben wurde. »Oh Herr, lass es nicht seine Stimme gewesen sein!«

Mit einem lauten Quietschen öffnete sich die Tür und Albert erstarrte, als er in das ihm wohl bekannte Gesicht schaute.

Aus der Ferne hörte Toepfer quietschende Angeln und das Getrampel schwerer Schuhe auf Steinpflaster, seine Männer durchliefen gerade den Bogen des Paulstores. Die Hälfte des Weges hatten sie demnach inzwischen hinter sich, bald würden Hanns' scharfe Augen und die der anderen vier den Kanal jenseits der Mauer überwachen, so wie er und der Rest seiner Männer den Abschnitt diesseits beobachteten. Mehr blieb vorerst nicht zu tun.

Erste Sonnenstrahlen brachen durch die immer durchlässiger werdenden Nebelschleier und glitzerten auf den Wellenkämmen der Stinekenpforte. So wie das Wetter schien sich allmählich auch das Wasser wieder zu beruhigen. Die Oberfläche des eben noch reißenden, tosenden Stroms glättete sich zusehend, wirkte nunmehr nahezu wieder ruhig und idyllisch. Zu ruhig für Toepfer, denn die vergangene Nacht ohne Schlaf forderte nun mit aller Macht ihren Tribut, und auch das Patrouillieren im ärgsten Unwetter seit Menschengedenken steckte dem Leutnant übel in den Knochen. Immer schwerer wurden daher seine Augenlider und immer mächtiger der Drang, sie einfach zu schließen, und wenn auch nur für einen winzigen Augenblick.

Wie aus heiterem Himmel jedoch schien es wieder vorbei zu sein mit der Ruhe. Toepfer traute zuerst seinen Augen nicht, als urplötzlich eine riesige Luftblase wie aus dem Nichts aus den Tiefen des Wassers emporschoss und die glatte Oberfläche des Kanals für einige Augenblicke erneut in Aufruhr versetzte. Was für eine verrückte Teufelei war das schon wieder, rätselte er, ohne jedoch auch nur im Geringsten eine Lösung parat zu haben. Ins jauchige Wasser zu steigen, um nachzuschauen, würde er jedenfalls weder sich noch einem seiner Männer zumuten.

Was auch immer dort unten war, irgendwann musste es nach oben kommen, und dann wären sie zur Stelle, ob nun diesseits oder jenseits der Mauer.

Einige Augenblicke zuvor …

Roberts Arme zitterten vor Anstrengung, lange würde er die Tränke nicht mehr halten können. Osman befand sich nun vor ihm unter dem Steindach, doch obwohl er die Notwendigkeit des Handelns einsehen musste, schien er nicht in der Lage zu sein, den letzten Schritt zu tun.

»Herrgott, nun tauch endlich den Kopf unter! Schnell, die Zeit drängt!«

»Ich will ja, aber ich schaffe es einfach nicht!« Osman klang zutiefst verzweifelt, die entsetzliche Angst des Nichtschwimmers vor dem tiefen Wasser lähmte seinen Verstand.

»Sei's drum«, prustete Robert, »dann muss es halt anders gehen. Halte Mund, Nase und Augen geschlossen und beweg dich nicht. Ich werde dich greifen und mit dir erst durchs Loch und dann nach oben schwimmen, ganz einfach – hol tief Luft und lass es mit dir geschehen!« Robert musste höllisch darauf Acht geben, kein Wasser zu schlucken. Ein letzter tiefer Atemzug, dann presste er die Lippen aufeinander und kippte die steinerne Tränke, die sich inzwischen eher wie ein ausgewachsener Fels ausnahm, mit letzter Kraft zur Seite. Schwerfällig trudelte sie hinab, während rasend schnell eine mächtige Luftblase nach oben strebte.

Schemenhaft konnte er noch erkennen, dass Osman mitten im Durchlass festhing und sich keinen Deut bewegte, als er plötzlich von einem heftigen Ruck nach unten gezogen wurde. Sofort wollte sich Robert wieder aufrichten, doch irgendetwas hielt ihn unten. Nun war es auch um seine Ruhe geschehen. Mit rasendem Herzen schaute er an sich herab und entdeckte, dass seine Kutte zwischen einem massiven Fels und der Tränke eingeklemmt war. Unfähig, aus dem Leinen zu schlüpfen, da er sich kaum bewegen konnte, zerrte er mit aller Macht an der Kutte. Er zog und rüttelte, riss und rupfte, doch der vermaledeite Stoff wollte einfach nicht reißen. Sollte es tatsächlich hier mit ihm zu Ende gehen, im Schissgraben des Hildesheimer Bischofs? Der Mangel an Luft trübte bereits sein Augenlicht, aber reichte es noch aus, um Osman, inzwischen kopfunter, weiterhin im Mauerdurchbruch eingeklemmt hängen zu sehen, nach wie vor ohne jede Regung und dort vermutlich bis zum jüngsten Gericht ausharrend, wenn ihm nicht jemand auf die Sprünge helfen würde.

Zumindest sein linkes Bein konnte Robert noch frei bewegen. Er überlegte nicht lang und trat kräftig in Osmans Gesäß, dass wenigstens er den Weg nach draußen fand. Unbeholfen wie ein Saufbold trieb er trudelnd ab in die Dunkelheit des trüben Wassers jenseits der Mauer und Robert hoffte, dass Osman durch die Luft in seiner Brust nach oben getragen werden möge. Für sich selbst hatte er inzwischen sämtliche Hoffnung aufgegeben, das Leinen seiner Kutte schien unverwüstlich, dennoch zog er mit allerletzter Kraft weiter. Ein Riss, ein Ruck, und ebenso unvermittelt, wie er in diese lebensbedrohende Klemme geraten war, kam er auch wieder frei.

Einen Augenblick überlegte Robert, geradewegs nach oben zu schwimmen, doch dann dachte er an seinen hilflosen Freund und tauchte ihm durch die Maueröffnung hinterher.

Eine gähnende Schwärze empfing ihn hier, jenseits der Mauer. Wie nur sollte er Osman in dieser Finsternis finden, fragte er sich verzweifelt, während ihm allmählich die Luft ausging. Ein harter Tritt in die Seite ließ ihn herumwirbeln. Ungefähr fünf Fuß über ihm trieb Osman im Niemandsland zwischen Oberfläche und Grund des Kanals und wedelte ungeschickt mit den Armen. Erleichtert griff Robert seinem Freund unter die Arme, doch anstatt stillzuhalten, klammerte sich Osman mit einer Kraft, die man dem schmächtigen Kerl nie zugetraut hätte, an Robert fest und drückte so seinem zur Rettung herbeigeeilten Freund die wenige noch verbliebene Luft aus den Lungen.

Es war aus, endgültig, dachte Robert resignierend. Ertrunken in der Kloake und innig umarmt von einem Mann sollte er also zu Grunde gehen – was für eine erbärmliche Art zu sterben.

Nein, noch steckte Leben in ihm und so leicht würde er es nicht aus der Hand geben. Einem plötzlichen Impuls folgend stieß er mit aller Macht seinen Kopf nach vorn und traf mit der Stirn Osmans Nasenbein. Dem eher spür- als hörbaren Knirschen folgte unmittelbar darauf eine Blutung, die einer dunklen, zerrissenen Fahne gleich aus Osmans Nase trat. Wie zu einem stummen, hilflosen Schrei öffnete sich sein Mund, er schluckte Wasser und seine Augen öffneten sich in panischem Entsetzen. Robert konnte förmlich zusehen, wie das Leben Stück für Stück aus Osman entwich, es war allerhöchste Zeit zu handeln. Ein zweiter Kopfstoß auf die gleiche Stelle lockerte endlich auch den eisernen Griff und Robert zögerte nicht lange, hinter seinen Freund zu schwimmen und ihm fest unter die Achseln zu greifen. Nun hieß es nur noch, nach oben zu schwimmen, doch wo war oben? Schwarze Punkte tanzten vor Roberts Augen auf und nieder, auch schwand ihm mittlerweile jegliches Gefühl in Arm und Bein. Da plötzlich durchbrachen zarte, weiße Linien die Dunkelheit ringsumher. Engelsfingern gleich tanzten und flirrten die Strahlen um sie herum und wiesen den Weg nach oben, denn nichts anderes als die ersten Sonnenstrahlen des frühen Tages waren es, die ihnen zur Rettung herbeieilten. In Windeseile schwamm Robert hinauf, Osman immer noch fest im Griff, und endlich durchbrachen sie die Wasseroberfläche.

Luft – keinen Augenblick zu früh. Welch köstlicher Duft ihr doch anhaftete.

Erstaunlich, wie unschätzbar wertvoll doch erscheinen konnte, was man zeitlebens als selbstverständlich erachtete.

Gierig sog Robert die frische Luft ein, während er mit seinem hustenden und prustenden Freund ans östliche Ufer der Stinekenpforte schwamm. Aus der Ferne, vom Westen her, drang das Scheppern und Klimpern schweren Rüstzeugs und Waffen zu ihnen herüber. Waren sie ihren Verfolgern also immer noch nicht entkommen. Rasch zog er seinen völlig entkräfteten Freund an Land und schleppte sich mit ihm hinter die nächstbeste Hecke. Während Osman Wasser und Galle spuckte, beobachtete Robert durchs dichte Buschwerk das Herannahen der Stadtwache. Viel hatte diesmal nicht gefehlt, dachte er erleichtert, und meinte damit nicht nur die Wachen, deren Blicken er gerade noch entronnen zu sein meinte.

Hier jedoch irrte Robert, kannte er doch Hanns noch nicht.

VOR DEN TOREN DER STADT

Hanns grinste frohgemut in sich hinein – heute war ein guter Tag, wie immer er auch enden sollte. Niemals hätte er zu wagen gehofft, dass ausgerechnet er, dessen leuchtend rotes Haar deutlich Zeugnis ablieferte über seine Herkunft, nämlich Bastard der Roten Magda und Bruder der Roten Marie zu sein, den zwei stadtbekanntesten Huren Hildesheims, und dessen Vater praktisch ein jeder sein konnte, dass ausgerechnet er erster Stadtspäher werden könnte.

Noch zwei- bis dreihundert Schritte, dann hätten sie ihr Ziel erreicht, das Ufer der Stinekenpforte, da plötzlich meinte er, eine rasche Bewegung im Gebüsch und einen großen Schatten dahinter gesehen zu haben. Natürlich wieder einmal als einziger, seine vier Kameraden hatten wie üblich nichts bemerkt. Verwundert war er darüber nicht, denn schon immer machten seine guten Augen Beobachtungen, die so manch anderem verborgen blieben.

Inzwischen waren sie am Kanal angekommen und Hanns fixierte weiterhin die Stelle, an der er einen Wimpernschlag lang die Silhouette eines Mannes wahrgenommen hatte.

»Kommt heraus und zeigt euch der Stadtwache, bevor unsere Bolzen eure Schädel durchbohren!«, schrie er ans andere Ufer hinüber und legte seine Armbrust an. Alle fünf starrten sie angestrengt ins Gebüsch jenseits des Kanals, doch keiner, auch Hanns nicht, konnte etwas Ungewöhnliches darin entdecken.

»Nun denn, ihr habt es so gewollt!«, ließ er sich vernehmen und gab Zeichen, woraufhin fünf Geschosse über die Stinekenpforte schwirrten und pfeifend in die Büsche am Ostufer einschlugen.

Wieder starrten und horchten die Wachmänner aufmerksam hinüber, doch nichts geschah, kein spitzer Schrei und kein Aufspringen aus der schützenden Deckung gegenüber bekräftigte, was ohnehin nur Hanns erspäht hatte.

»Meinst du wirklich, drüben etwas gesehen zu haben, Hanns?«, fragte Rudolph zaghaft an und seine rote Nase gab deutlich Zeugnis ab, dass zumindest er bisweilen unter Halluzinationen litt.

Hanns tat, als habe er nichts gehört und folgte mit seinen Augen dem Verlauf der Stinekenpforte bis hin zur Treibe. Sonst klar definiert und ruhig dahinfließend im eigenen Flussbett, bildeten der Kanal aus der Domburg und der Nebenarm der Innerste nun eine einzige, unüberschaubare Wasserfläche ähnlich einem großen See. So war auch der Godehardiweg, auf dem man trockenen Fußes von der Domburg zum Godehardihügel gehen konnte, zum größten Teil überspült. Hanns überlegte, wie lange seine Männer benötigen würden, zurück über das Gelände der Domburg auf die andere Seite des Wassers zu gelangen und verwarf den Gedanken sofort wieder. Einige Augenblicke schien er ratlos, doch dann begann er rasch, mit behänden Fingern seinen Harnisch zu lösen.

»Wer von euch schwimmen kann, der möge sich von seinem Panzer trennen und mir folgen!«, sagte er bestimmt in die Runde.

Alle schauten ihn an, als habe er soeben seinen Verstand verloren. Gustav, der grobschlächtige Sohn eines Plattners, von Grund auf faul und widerborstig, fand zuerst seine Sprache wieder.

»Du glaubst doch nicht im Ernst, dass ich durch Pfaffenpisse tauche?«

»Schwimmen reicht schon, deinen dicken Schädel kannst du ruhig aus dem Wasser rausschauen lassen!«, erwiderte

Hanns schroff und schaute reihum die übrigen Männer an. »Nun, wer will mir folgen?«

»Wer hat eigentlich dem ›Roten Hanns‹ das Kommando übertragen?«, fragte Gustav grinsend und seine Anspielung auf Hanns' Mutter und Schwester war unüberhörbar. »Vom Rang her sind wir alle gleich, und ausgerechnet der Jüngste von uns will sich zum Führer aufspielen?«

Niemand wagte, einen Ton von sich zu geben. Während Gustav gemein in die Runde grinste, ballte Hanns unmerklich seine Fäuste, entspannte sich jedoch rasch wieder, schließlich musste er einen klaren Kopf behalten, wollte er sich seiner Aufgabe als würdig erweisen.

»Der Leutnant hat mich beauftragt, mit vier Mann hier Posten zu beziehen, so bin also ich der Kommandierende!«, schlussfolgerte Hanns, um gleich darauf versöhnlich fortzufahren. »So, und nun zieh endlich die Rüstung aus und folge mir, Gustav!«

»Nichts werd ich tun! Außerdem kann ich eh nicht schwimmen!«

Nun war es um Hanns' Geduld geschehen. Seinem Lachen fehlte jeglicher Humor, als er zynisch antwortete: »Aber lieber Gustav, ich entsinne mich noch, als wäre es gestern, wie du dich als prächtiger Schwimmer rühmtest!«

»Das war gelogen!«, antwortete Gustav ohne jede Reue.

»Aha, das war also gelogen«, erwiderte Hanns laut genug, dass wirklich jeder es deutlich hören konnte. »Doch woher soll ich wissen, dass du nicht gerade jetzt gelogen hast? Wer kann schon erkennen, wann ein Lügner lügt und wann er wider seiner Natur die Wahrheit spricht?«

»Du Bastard einer räudigen …«

Hanns' Armbrust, direkt auf Gustavs Herz gerichtet, ließ dem Plattnerssohn das Wort im Mund gefrieren.

»Noch ein Mucks, und ich werde die Arbeit deines Vaters auf die Probe stellen. Da bereits überall in der Stadt gemunkelt wird, der Harnisch aus seiner Werkstatt tauge nichts, würde ich's an deiner Stelle nicht auf einen Versuch ankommen lassen!«

Gustav verharrte auf der Stelle, unschlüssig, was nun zu tun sei.

»Zieh endlich den verdammten Panzer aus und folge uns oder bleib meinetwegen mit Karl hier und bewache unsere Waffen, doch halt uns verdammt noch mal nicht weiter auf mit deinem feigen Geschwätz!«, brüllte Hanns seinem Widersacher den letzten Satz entgegen, wandte ihm dann den Rücken zu und entledigte sich seiner schweren Schuhe.

Robert traute seinen Augen nicht. Eben noch pfiff um Haaresbreite ein Armbrustbolzen an seinem eh schon arg lädierten rechten Ohr vorbei und nun machten sie sich gar daran, den Fluss zu durchschwimmen – wie zum Teufel konnten sie sich nur so sicher sein? Robert hätte schwören können, dass er und Osman bereits lange in ihrem Versteck lagen, als die Wachen in Sichtweite kamen.

Wie auch immer, sie mussten rasch das Weite suchen. Es schwammen zwar nur drei der fünf zu ihnen hinüber und diese drei hatten obendrein ihre Panzer abgelegt, doch zum einen führten sie noch ihre Armbruste mit sich und zum anderen wäre es natürlich von Vorteil, wenn man ihn und Osman ertrunken im Kanal wähnte – was freilich nur funktionierte, solange sie unentdeckt blieben.

»Osman, öffne deine Augen, wir müssen weiter!«, flüsterte er seinem regungslosen Freund ins Ohr.

Leises Stöhnen, genauer gesagt, ein Mitleid erregendes Wimmern kam zur Antwort, darüber hinaus gab Osman keinerlei Lebenszeichen von sich.

»Nun gut, mein Freund«, flüsterte ihm Robert wieder ins Ohr, in der vagen Hoffnung, irgendwo würden seine Worte in Osmans benommenem Geist Gehör finden, »dann trag ich dich eben. Bleib still, bis wir in Sicherheit sind!«

Und während Hanns und zwei seiner Männer die ersten zaghaften Schritte ins morastige Wasser wagten, nackt bis aufs Hemd und die Armbrust hoch über den Kopf gehalten, damit die Sehne nicht feucht würde und zerrisse, packte Robert seinen Gefährten und zog ihn leise weg von der nahenden Gefahr, sorgsam darauf bedacht, möglichst unsichtbar zu bleiben.

Nach hundert Schritten erreichten sie eine dicht bewachsene Waldzunge, die sich zwischen der Befestigungsanlage der Neustadt und dem Godehardihügel erstreckte. Hier erst wagte Robert, sich vollends aufzurichten. Als er den immer noch bewusstlosen Osman über seine linke Schulter legte, so wie eine Waschfrau das nasse Bettzeug nach dem Ausschwemmen, musste er leise aufstöhnen. Sein Rücken schmerzte, ganz zu schweigen von den Rippen, die ihm seit den Huftritten am Peterstor böse zusetzten. Er wollte es zwar nicht wahrhaben, aber selbst einen Mann wie ihn verließen irgendwann einmal die Kräfte. Erneut flimmerten schwarze Punkte vor seinen Augen und die Hände fühlten sich taub an. So weit es eben ging, schleppte er sich und seinen Freund noch tiefer in den Wald hinein, dann sank er völlig entkräftet auf die Knie.

Durch den Ruck wach geworden, öffnete Osman seine Augen und spuckte umgehend den letzten Rest Kanalwasser aus. Zuerst offenbar erstaunt, überhaupt noch am Leben zu sein, bedankte er sich brav bei Robert für seine Rettung, um sogleich mit schmerzverzerrtem Gesicht seine lädierte Nase abzutasten. Doch auch damit hielt er sich nicht lange auf, und rasch ließ er sich berichten, was sich während seiner Bewusstlosigkeit zugetragen hatte. Immer noch geschwächt, schaute er dabei vorbei an Roberts Schulter nach hinten in die Richtung, aus der sie gekommen waren, als sich plötzlich seine Augen weiteten.

»Wir sollten sehen, dass wir rasch Land gewinnen«, flüsterte er und wies zurück in Richtung Kanal.

»Himmel, Arsch, was für eine Bescherung!«, erwiderte Robert bestürzt, als sein Blick Osmans ausgestreckter Hand folgte.

Inzwischen hatten Hanns, Rudolph und Martin den Kanal durchschwommen und schlichen, die Armbrust im Anschlag, auf die Büsche am Ostufer zu, während Karl, der tatsächlich nicht schwimmen konnte, gemeinsam mit Gustav am Westufer wartete, ebenfalls mit schussbereiter Waffe in der Hand.

Hoffentlich löst sich nicht unvermittelt ein Bolzen und durchbohrt mich, dachte Hanns nicht ganz grundlos, denn Gustav juckte es in der Tat gewaltig in den Fingern, doch war selbst er vernünftig genug, seinen Zorn nicht mit einem Mord zu kühlen, oder zumindest nicht, wenn Zeugen dabei waren.

Hanns' Herz schlug ihm bis zum Hals, als er vorsichtig das Laub beiseite schob und die Stelle in Augenschein nahm, an der sich noch kurz zuvor Robert und Osman versteckt gehalten hatten. Also doch, dachte er triumphierend.

»Ich habe mich nicht geirrt, die Lumpen sind tatsächlich hier gewesen!«, rief er den anderen zu. »Sagt Karl und Gustav, sie mögen sich so rasch wie möglich durch die Domburg zu uns auf den Weg machen – und sie sollen den Leutnant und die anderen gleich mitbringen!«

Hanns' Zähne blitzten weiß im Sonnenlicht, als er zufrieden auf die tiefen Fußspuren im aufgeweichten Boden zeigte. Direkt daneben drückte er seine Füße in den Morast. Hanns hatte beileibe keine kleinen Füße, doch gegen die anderen Abdrücke wirkten sie wie die eines Kindes.

»Himmel Herrgott, will diese verdammte Jagd denn gar kein Ende nehmen«, schnaufte Robert niedergeschlagen seinen Ärger hinaus. Wieder musste er springen, um von dem Stein, auf dem er stand, zum nächsten zu gelangen, und wieder fuhr ihm dabei ein dumpfer Schmerz durch die Brust, ausgehend von den lädierten Rippen. Auf diese Weise hinterließen sie zwar keine Spuren mehr, kamen allerdings auch nur noch elendig langsam voran.

»Was für ein Jammer, dass du nicht Acht gegeben hast. Nun wissen alle, dass wir noch leben und nicht ertrunken im Kanal liegen«, sagte Osman vorwurfsvoll.

»Wenn du nicht wie ein nasser Sack und ohne jede Regung hilflos am Boden gelegen hättest, so wäre es mir erspart geblieben, dich wie ein Neugeborenes durch den Wald zu tragen. Und dann hätte ich auch einen Blick zurückwerfen können. Also beklag dich nicht und sei lieber froh, dass ich dir den Hals gerettet habe, du undankbarer Hund!« Roberts Tonfall beendete sämtliche Wortgefechte, zumal seine Körperhaltung deutlich machte, dass ihm jeder Schritt Schmerzen bereitete und er mit seinen Kräften am Ende war.

Mühsam arbeiteten sie sich vorwärts, wortlos und sorgsam darauf bedacht, keine verräterischen Spuren zu hinterlassen. Ab und an mussten sie über aufgeweichte Stellen springen und Osman sah mit großer Sorge, dass Robert bei jedem Sprung tiefer in die Knie sackte, offenbar konnte er sich nur noch mit großer Mühe auf den Beinen halten. Schließlich brach er das Schweigen, da er wusste, dass sein Freund niemals von sich aus um eine Rast bitten würde.

»Ich kann nicht mehr laufen und auch dir würde ein Halt guttun. Lass uns etwas ruhen!«

»Würde ich liebend gern«, erwiderte Robert, und sein Atem pfiff bei jeder Silbe, »doch halte durch, solange wir noch kein Versteck gefunden haben. Hier auf freiem Feld in unmittelbarer Nähe der Stadt hast du keinen Furz getan, bis sie uns erwischen.«

»Ich meine ja nur wegen dir …«, antwortete Osman kleinlaut.

»Mach dir um mich keine Sorgen«, erwiderte Robert mit kräftiger Stimme, doch sein Versuch, dabei ein zuversichtliches Lächeln zu Stande zu bringen, misslang vollständig, es glich eher einer Grimasse, »ich werde so lange auf den Beinen bleiben, wie es nötig ist und du solltest es mir gleichtun!«

»Dann werde ich versuchen, dich ein wenig zu stützen!«

»Gern, wenn deine Kraft dafür langt. Komm an meine linke Seite, dort wär's am nötigsten.«

Osman tat, wie ihm geheißen, und schon bald konnte er deutlich spüren, wie seine Hilfe Robert das weitere Fortkommen erleichterte.

»Trotz deiner Schwäche meine ich zu erkennen, dass du zielgerichtet einen Plan verfolgst, wo uns der weitere Weg hinführen soll – sehe ich recht?«

»In der Tat verfolge ich ein Ziel«, antwortete Robert, deutlich besser bei Atem als noch kurz zuvor, »denn als wir zu dritt einträchtig und sorglos im Gasthof beieinander saßen und es uns gut gehen ließen, da habe ich, lass es aus Langeweile geschehen sein oder vielleicht einer Eingebung folgend, wie auch immer, jedenfalls habe ich eingehend die Stadtkarte studiert, die hinter euren Rücken an die Wand gespannt war. So bin ich ziemlich genau im Bilde, welcher Weg hinter uns liegt und wo wir uns derzeit befinden.«

Robert wies nach hinten in ein Waldgebiet hinein. »Von dort, dem Ostufer des Kanals, bis zum Godehardihügel habe ich dich getragen und bis dorthin verraten uns meine Fußabdrücke. Nun sorgsam darauf bedacht, keine Spuren mehr zu hinterlassen, haben wir die Richtung geändert, nach Osten an der Befestigungsmauer der Neustadt entlang. Inzwischen gehen wir seit geraumer Zeit in nördlicher Richtung auf eine Siedlung namens ›Altes Dorf‹ zu.« Unvermittelt wies Robert hundert Schritt voraus auf eine Straße, die ungewöhnlich breit und gut ausgebaut wirkte.

»Schau, dort vorn kreuzt schon der Hellweg, die Handelsstraße ins Rheinland und das eigentliche Ziel unserer Reise nach Hildesheim!«

»Dann lass uns diese Straße halt nehmen und nach Cölln weiterziehen!«

Robert glaubte zuerst, Osman wolle ihn zum Narren halten, sah jedoch an der Mimik seines Freundes, dass er es ganz offenbar ernst meinte.

»Ja, hat dir denn das Wasser den Verstand fortgeschwemmt? Oder hast du nur vollkommen die Übersicht verloren? Weißt du denn nicht, dass von hier aus der Weg nach Cölln durch die Stadt führen würde?«

»Ganz offensichtlich nicht«, erwiderte Osman verschnupft.

Eine Weile sprach keiner ein Wort.

Robert schüttelte immer noch den Kopf, innerlich frohlockend, seinem Freund hiermit die Schelte wegen der hinterlassenen Fußspuren heimgezahlt zu haben. Osman indes ärgerte sich zum einen über Robert, noch viel mehr allerdings über sich selbst und seinen Mangel an Orientierung.

»Und wohin gehen wir nun?«, brach er schließlich das Schweigen.

»Erst einmal zum Alten Dorf. Das ist die Siedlung, durch die wir geritten sind, kurz bevor wir das Nordtor der Stadt passierten – vorgestern erst«, sinnierte Robert, offenbar erstaunt, dass ihre Ankunft in Hildesheim gerade einmal zwei Tage zurücklag.

»Und was wollen wir in dieser trostlosen Siedlung? Liegt ja nicht gerade weit weg von der Stadt. Über kurz oder lang wird man uns ebenso dort suchen.«

»Natürlich, deshalb will ich da auch nicht lange bleiben. Doch meine Rippen schmerzen höllisch und der Kopf wird mir zunehmend schwerer, ich brauche eine Rast, und da ist es immer noch besser, versteckt in einer Siedlung zu ruhen als auf freiem Feld. Außerdem brauchen wir dringend etwas zu essen.«

Osman war noch immer nicht überzeugt von Roberts Plan.

»Aber wenn man uns dort zu Gesicht bekommt? Sie werden uns ohne Zögern an die Stadtwachen verraten.«

»Da sei dir mal nicht so sicher! Im Gasthof habe ich am Nebentisch eine Unterhaltung verfolgt. Ein Bauer aus dem

Alten Dorf war's, der sich sehr verbittert über die verhassten Städter ausgelassen hat, und so wie er denken sicher viele. Die wenigsten Siedler dort werden freie Bauern sein, so wie die Baracken aussahen, handelt es sich eher um Grundholde, vielleicht gar Leibeigene, geknechtet durch den Frondienst für ihre Grundherren. Glaub mir, der Groll sitzt tief bei den meisten und vielen wird's recht sein, wenn jemand den reichen Städtern Scherereien bereitet.«

Osman war immer noch unsicher, ob Robert richtiglag mit seinen Vermutungen, doch, so dachte er weiter, was blieb ihnen schon anderes übrig. Also schlich er gemeinsam mit seinem Freund im Schutz der Büsche und Bäume schnurstracks hinauf zum Alten Dorf. Und während zu ihrer Linken erneut die Mauern der Stadt auftauchten, wurde hinter ihnen die Befestigung der Neustadt ebenso rasch wieder von der üppig wuchernden Natur verschluckt, wie sie kurz zuvor urplötzlich direkt vor ihnen daraus hervortrat.

Weit aus der Ferne drangen die Glockenschläge unzähliger Kirchtürme zu ihnen herüber, sie läuteten zur Terz. Um diese Zeit sind wir in Alexandria gerade aus dem Bett gekrochen und die erste Mahlzeit des Tages stand für uns bereit, dachte Robert sehnsüchtig an seine Zeit als Sklave zurück – und das nicht zum ersten Mal seit ihrer Flucht.

Inzwischen waren Toepfer und seine Männer wieder alle beisammen, und während Hanns, Martin und Rudolph ihre Rüstungen anlegten, die ihnen von Karl und Gustav mitgebracht worden waren, wägte der Leutnant ab, ob er auf Verstärkung warten oder sofort mit der Verfolgung beginnen sollte.

Einerseits, so seine Überlegung, handelte es sich bei einem der beiden um einen wahrhaften Riesen, wie auch die Fußabdrücke eindeutig belegten, und seine Kräfte, so wurde gesagt, sollten nahezu unermesslich sein, andererseits wiederum hatte er acht ausgebildete Soldaten bei sich, und sie alle waren bis an die Zähne bewaffnet.

Er schloss schließlich, dass nun der lang ersehnte Moment gekommen sei, sich durch besondere Leistungen auszuzeichnen und es wahrlich eine Dummheit wäre, die Gelegenheit nicht beim Schopfe zu packen. So schickte er also Andreas, den jüngsten, magersten und somit auch entbehrlichsten seiner Männer, zum Hauptmann, um Bericht zu geben und Verstärkung anzufordern und machte sich mit den übrigen sieben daran, der Fährte zu folgen, die nur allzu deutlich in Richtung Godehardi wies. Auf den Hauptmann wollte er nicht warten, sollten doch er und seine Männer ihnen folgen, wenn sie es für nötig erachteten, die Spuren im morastigen Grund waren jedenfalls nicht zu übersehen.

»Was für eine erbärmliche Ansammlung windschiefer Baracken!« Robert schüttelte den Kopf über die trostlose Siedlung, die gut hundert Schritt voraus wie aus einer einzigen großen Schlammwüste gewachsen vor ihnen lag. Wo sollten sie sich hier bloß verstecken? So weit er sehen konnte, war keine Hütte größer als fünf Schritte im Quadrat – unmöglich, sich hier vor den Einwohnern zu verbergen, ganz zu schweigen von den Soldaten der Stadtwache.

Derweil suchte Osman die Siedlung nach einem größeren Gehöft ab, möglichst mit Tenne und Stallungen. Da er nichts Derartiges entdecken konnte, kroch er aus seinem Versteck heraus einige Schritte nach Osten, sorgsam darauf bedacht, weiterhin im Schutz der dichten Blätter verborgen zu bleiben. Ein leises Grunzen und Wiehern, weit aus der Ferne vom Wind herübergetragen, lenkte seine Aufmerksamkeit schließlich auf einen Hof am östlichen Rand der Siedlung, er war nahezu vollständig verdeckt von den Baracken davor.

Rasch hatte er Robert zu sich gerufen und schon krochen sie kurz darauf auf allen vieren innerhalb des Hagenwalls so dicht wie möglich an den großen Hof heran, eine mühselige und schmerzhafte Angelegenheit angesichts des wilden Wuchses ringsumher. Nach einer geraumen Weile schließlich hockten sie am äußersten Ostzipfel des Walls, dem innerhalb der natürlich gewachsenen Befestigung nächsten Punkt zum Hof, und beobachteten aufmerksam das freie Gelände dazwischen.

»Das mögen gut und gern noch zweihundert Schritte sein«, schätzte Osman missmutig.

»Mehr als dreihundert«, erwiderte Robert, und seine Miene wirkte wenig zuversichtlich.

»Und, was sollen wir nun tun? Die Sonne scheint, als wolle sie das Unwetter der vergangenen Nacht ungeschehen machen, kein Nebel und kein Regen verbirgt uns vor neugierigen Blicken. Wollen wir also die kommende Nacht abwarten?«, fragte Osman unsicher.

»Und uns den Magen vergrätzen mit den paar armseligen Beeren, die dieser Wall hergibt? Nein, mein Freund, bevor ich verhungere, lass ich mich lieber aufknüpfen. Wir sind hier ganz am Rande der Siedlung, wer soll uns schon beobachten? Und selbst wenn uns jemand sieht, was ist Verbotenes daran, am helllichten Tage dem Bauern seine Aufwartung zu machen? Außerdem glaube ich kaum, dass man bereits im Alten Dorf über unser angebliches Verbrechen Bescheid weiß. So lass uns also ganz gemütlich übers Feld gehen und nicht durch geducktes Gerenne unnötigen Verdacht erregen.« Robert stockte kurz, als sei ihm eben noch etwas in den Sinn gekommen. »Hast du eigentlich deine Börse dabei?«

»Sicher, ich habe ja auch die Zeche im Gasthof beglichen.«

»Natürlich, ich vergaß. Nun, nach wie vor denke ich, dass die Siedler hier nicht gut zu sprechen sind auf die Städter. Vielleicht können wir uns ihr Schweigen erkaufen, sollten wir entdeckt werden.«

»Und dann gleich noch ein halbes Lamm dazu!«

»Warum nicht?«, erwiderte Robert und rieb sich den grummelnden Bauch. »Ich könnte mir Übleres vorstellen!«

»Na los, lass es uns halt wagen!«

Vor ihnen lag eine Viertelmeile freies Feld.

»Ja, zum Teufel, was für eine Hexerei ist das nun wieder? Zuerst entwischen uns die Halunken durchs Wasser, und nun etwa durch die Luft?«

Toepfer rieb sich verwundert den Schädel und starrte auf die tiefen Fußspuren, die von einem Schritt zum anderen plötzlich und völlig unvermittelt endeten, gerade so, als haben sich die beiden vogelgleich in die Luft erhoben .

»Man hört ja bereits einiges über die beiden«, unterstützte Gustav seinen Leutnant, von dem jeder wusste, dass ihm kein Dämonenglaube fremd war, »so soll der Riese übermenschliche Kräfte haben und sein Gefährte ein Zauberer aus dem Orient sein. Auch trugen sie das Zeichen Luzifers, den Dreizack, offen mit sich herum.«

Während Toepfer jedes von Gustavs Worten mit einem

ernsten Nicken begleitete, unterzog Hanns das Gelände in Schrittweite des letzten Abdrucks einer eingehenden Untersuchung. Da kein Baum in der Nähe war, an dem sie sich hätten emporhangeln können, mussten sie ihren weiteren Weg fortgesetzt haben, wie sie ihn begannen: per pedes – nun aber, nachdem ihnen ihr Fehler aufgegangen war, bedeutend vorsichtiger und sorgsam darauf bedacht, keine Spuren mehr zu hinterlassen. Rings um den letzten Abdruck fand sich in jeder Himmelsrichtung reichlich Gestein am Boden, teils nur Kiesel, teils waren die Steine jedoch groß genug und ragten weit genug aus dem Matsch heraus, um einen Fuß darauf abzusetzen, ohne Spuren zu hinterlassen. Hanns schaute nun ganz genau hin, doch er konnte in unmittelbarer Nähe keinen Fußabdruck entdecken. So also weitete er das Terrain aus und arbeitete sich langsam spiralförmig um das Ende der Fährte herum nach außen vor.

»Schaut Euch nur den Hanns an, Herr Leutnant! Tanzt ganz allein Ringelreihen und drückt dabei seine sommersprossige Nase in den Matsch. Was für ein dämliches Bild der Depp doch abgibt!«, sagte Gustav unter schallendem Gelächter, und die anderen stimmten mit ein.

Lacht ruhig, ihr abergläubisches Pack, dachte Hanns und suchte unbeirrt weiter. Wenn ich eine neue Fährte entdecke, so wird euch euer Gelächter schon noch vergehen. Doch erzählen werde ich erst davon, wenn der Hauptmann kommt, nicht dass ihr noch meine Lorbeeren erntet.

Gustav und der Leutnant konnten indessen gar nicht mehr aufhören zu lachen. Mit Tränen in den Augen standen sie da und zeigten auf Hanns, als sich plötzlich eine schwere Hand auf Toepfers Schulter legte.

»Ihr seid mir ja ein schöner Wachsoldat, Herr Leutnant! Lasst während einer Verfolgung einen ausgewachsenen Mann unbemerkt in Schwertweite an Euch herankommen!«, schimpfte der Hauptmann mit dröhnender Stimme, bevor er völlig humorlos fortfuhr: »Doch worüber lacht Ihr denn eigentlich so herzlich? Ich möchte gern teilhaben an Eurer Freude, hab ja sonst nichts zu lachen.«

Sofort herrschte eine Grabesstille. Und während Toepfer fieberhaft nach einer passenden Antwort suchte, stockte Hanns plötzlich in der Bewegung. Einige Momente verharrte er noch nahezu bewegungslos und fixierte einen Punkt am Wegesrand, dann wedelte er aufgeregt mit den Armen.

»Herr Hauptmann, schaut nur, hier führt die Fährte weiter!«

Sofort kamen alle Männer gelaufen und Hanns musste ihnen energisch Einhalt gebieten, dass sie ihm nicht über seine frisch gemachte Entdeckung trampelten.

»Schaut, Herr!«, wandte sich Hanns direkt an den Hauptmann. »Seht hier neben diesem Stein. Das ist der Abdruck einer Ferse.«

Von Stenweden senkte seinen Kopf tief hinab zu der Stelle, die ihm Hanns' Zeigefinger wies, doch erst, als seine Nasenspitze beinah den Morast berührte, erkannte er den Umriss einer Ferse – nur ein kleines Stück davon, vielleicht gerade mal so groß wie eine Pflaume, aber zweifelsfrei der Teil eines menschlichen Fußabdrucks.

»Und wenn es sich um die Hufe von Wild handelt?« Der Leutnant schien nicht überzeugt.

»Nein, keinesfalls, die Form passt weder zu einem Huftier noch zu anderem Wild«, entgegnete der Hauptmann abwesend. Er schien bereits einen Schritt weiterzudenken. »Könnte die Spur von einem Eurer Männer stammen, Herr Leutnant?«

»Nein, wir folgten der Fährte vom Kanal aus bis zu ihrem Ende, weiter gingen wir nicht. Bis auf Hanns natürlich …«

»Und du, bist du sicher, dass der Abdruck nicht von dir stammt?«, sprach von Stenweden nun Hanns direkt an.

»Ganz sicher, Herr! Ich habe sorgsam darauf Acht gegeben, dass meine Augen den Füßen immer einen Schritt voraus waren.«

»Nun, meine Herren, dann haben wir also eine neue Spur!« Von Stenweden wirkte sichtlich zufrieden.

»Lasst mich auf den Punkt bringen, was wir wissen: Die Gesuchten entstiegen also nach ihrer abenteuerlichen Flucht durch die Stinekenpforte dem Kanal und stapften durch den tiefen Morast bis hierhin«, fasste der Hauptmann zusammen und wies zum Ende der Fährte, »wo sie schließlich ihren Fehler bemerkten. Von da an wechselten sie die Richtung und sprangen von Stein zu Stein, um keine Spuren zu hinterlassen, was ihnen immerhin bis hierhin«, von Stenweden wies auf den Fersenabdruck, »auch tatsächlich gelang. Und wenn nicht dieser umsichtige Wachmann auf den Gedanken gekommen wäre, die weitläufige Umgebung einer Untersuchung zu unterziehen, wäre ihr Plan vermutlich aufgegangen.«

Während der Leutnant betreten zu Boden blickte, grinste Hanns über beide Ohren, der Tag entwickelte sich wirklich prächtig für ihn und seinen weiteren Werdegang.

»Dass die Gesuchten ihre Flucht nun auf diese Weise fortführen, verrät uns zweierlei: Zum einen werden sie nur langsam vorankommen, zumindest solange sie darauf bedacht sind, keine Spuren zu hinterlassen, zum anderen sehe ich darin einen Beweis, dass sie nach einem Plan vorgehen, statt Hals über Kopf das Weite zu suchen. Ich denke, dass sie sich noch ganz in der Nähe der Stadt befinden. Ferner müssten sie ja, sollte etwas Wahres dran sein an dem, was man ihnen vorwirft, den Mönch bei sich haben, was ihre Flucht zudem erschweren würde. So also sollte es uns doch möglich sein, die Spitzbuben zu fassen zu kriegen«, sagte der Hauptmann zufrieden in die Runde.

»Nun, Hanns mit den Argusaugen«, fuhr von Stenweden fort, »geh voran, suche nach weiteren Spuren und sei besonders wachsam, wenn der Weg sich gabelt!«

Und so gingen die Männer längs der Südmauer der Neustadt entlang in östlicher Richtung, allen voran Hanns, dessen Augenlicht und auch sein tief gebeugtes Kreuz an diesem Tage Gewaltiges zu leisten hatten. Und während seine Nase den Boden vor ihm beinah aufriss wie ein Pflug den Acker, überlegte von Stenweden bereits, wie es denn weitergehen sollte, wenn der Weg vor ihnen sich teilte, nach Norden auf das Alte Dorf zu und in östlicher Richtung zum weit entfernten Goslar hin.

Doch nicht nur der Hauptmann machte sich Gedanken, auch Toepfer hatte seine Theorie mit den fliegenden Dämonen noch nicht gänzlich begraben. Verstohlen suchte er den Himmel nach riesenhaften Gestalten ab. Und wehe Hanns und dem vermaledeiten Hauptmann, wenn er denn fündig würde. Lauthals ins Gesicht lachen würde er ihnen.

»Bei Allah, das Dach wird über uns einstürzen!«

Osman lag neben Robert im Stroh und ertrug nur mit großem Unbehagen das Geschnarche seines Freundes. Sie versteckten sich hoch oben auf dem Heuboden der Tenne, unter ihnen veranstaltete das Vieh ein Höllenspektakel, und dennoch meinte Osman, das Schnarchen seines Freundes könne unmöglich ungehört bleiben. Es kam dennoch niemand zum

Nachschauen, und so beruhigte er sich wieder – wer sollte auch schon zwischen dem Geschnatter und Gegrunze, dem Muhen und dem Mähen das Schnarchen eines Bären ausmachen können.

Allmählich wurden auch seine Augen schwer. Der Magen, gut gefüllt mit Eiern und Ziegenmilch, zudem das warme, trockene Stroh ringsumher sorgten bei ihm für eine wohlige Gänsehaut, die mit einer unwiderstehlichen Müdigkeit einher ging. Kein Wunder, hatte er doch in der zurückliegenden Nacht kaum ein Auge zugetan.

So schlossen sich schließlich auch Osmans Lider, obwohl er sich bis zuletzt energisch dagegen sträubte. Als die Glocken der Stadt aus der Ferne dann schließlich zur Sext schlugen, lagen sie einträchtig wie selten beieinander und holten das nach, was sie in der letzten Nacht versäumt hatten.

Und während Osman mit dem beruhigenden Gedanken einschlief, dass zumindest die Flucht zu ihrem derzeitigen Versteck problemlos verlaufen war, entdeckte ein äußerst scharfsichtiger Rotschopf ein weiteres verräterisches Fragment eines Fußabdrucks, das den Männern der Stadtwache den Weg zum Alten Dorf wies.

Laute Stimmen rissen Osman unsanft aus einem traumlosen Schlaf. Rasch rüttelte er Robert neben sich aus seinem tiefen Schlummer, nicht ohne ihm dabei den Mund zuzuhalten.

»Still, wir sind nicht mehr allein!«

Aus schlaftrunkenen Augen blinzelte Robert seinen Freund an. Es dauerte eine Weile, bis er die Orientierung wiederfand, dann jedoch war er hellwach und lauschte gemeinsam mit Osman den beiden Stimmen unter ihnen in der Tenne.

Ein Mann und eine Frau sprachen dort, der Bauern und seine Bäuerin wohl. Ganz offensichtlich trugen sie einen heftigen Streit miteinander aus und obwohl außerhalb ihres Blickfeldes, hatten Robert und Osman rasch sehr lebhaft ein Bild von dem armen Tropf vor Augen, wie er mit herabhängenden Schultern klaglos die Lästereien seiner keifenden Frau über sich ergehen ließ.

»Wie zum Teufel konntest du eine Sau schlachten nur des Magens wegen?«, schimpfte sie erregt.

»Aber wenn ich doch fürstlich dafür bezahlt wurde!«, antwortete der Mann beleidigt.

Saumagen – die beiden stritten über Alberts im hiesigen niederdeutschen Land doch gänzlich unbekannte Leibspeise. Robert und Osman schauten sich an – sollte es sich hierbei tatsächlich nur um einen dummen Zufall handeln?

»Schau doch, Liesl, sie zahlten uns beinah so viel, wie das ganze Schwein wert ist und wollten dafür nur den Magen und einige Innereien. Den Rest konnten wir behalten und Pökelfleisch draus machen, auch ein guter Braten wird noch dabei rausspringen. So kann ich also wirklich nichts Übles an dem Handel finden!«

»An dem Geschäft gibt's auch nichts auszusetzen, doch ist's eine riesige Dummheit, dafür 'ne Sau zu schlachten. Hätte es denn nicht genauso gut ein Eber sein können? Ein Eber kann schließlich nicht trächtig werden!«

»Aber wenn doch ausdrücklich nach einem Saumagen verlangt wurde. Weiß ich, ob nicht allerlei Zauberei dahinter steckt? Freilich wäre es dann schon wichtig, ob der Magen von einer Sau oder einem Eber stammt!«, verteidigte sich der Mann.

Die Frau begann schallend zu lachen, aber ihr Lachen wirkte bitter und ohne jede Fröhlichkeit.

»Was für einen elendigen, abergläubischen Tölpel ich doch

zum Mann habe«, keifte sie, während der so übel Gescholtene nur unablässig nickte und einzig der Gedanke, der nächste Magen möge von seiner Frau selbst stammen, ihn davon abhielt, ihr sofort eins mit dem Flegel überzuziehen.

»Du wirst uns noch ruinieren mit deinem einfältigen Hexenglauben«, giftete die Furie unablässig weiter, »und überhaupt, glaubst du denn tatsächlich, ein Mann der Kirche gibt sich mit schwarzer Magie ab? Ja, nun schau mich nicht so dümmlich an, war's denn nicht der Prior der Dominikaner, der nach dem Saumagen verlangte?«

Robert und Osman klappte zugleich die Kinnlade herunter. Könnte es tatsächlich möglich sein …?

»Gewiss, es war der Prior«, erwiderte der Mann, auf Versöhnung bedacht, »doch bedenke die eigenartigen Umstände. Höchstpersönlich ist er gekommen, gerade erst letzte Nacht. Aus dem Bett hat er mich geholt, und das mit einer Eile und Ungeduld, die für einen Mann seines Amtes höchst ungewöhnlich ist. Du weißt ja selbst, welchem Orden er zugehört. Nun sag selbst, findest du es nicht auch verwunderlich, dass ein Bettelmönch fürstlich für Innereien bezahlt und den Rest vom Fleisch verschmäht? Wann hat ein Dominikaner schon viel Geld in seiner Börse, wenn er überhaupt eine besitzt. Sag schon, Weib, findest du solch ein Verhalten nicht auch merkwürdig?«

Während die Eheleute unten in der Tenne weiterhin lebhaft ihren Zank austrugen, starrten sich Robert und Osman fassungslos an. In der Tat, das Verhalten des Priors war durchaus eigenartig. Doch konnte dieser so gradlinig wirkende Mann, immerhin ein Diener Gottes, wirklich ein derart übles Verbrechen begehen, noch dazu an einem Ordensbruder?

BRUDER GEORG

»Aber Georg, wie konntet Ihr nur?« Albert war entsetzt, mehr als das, für ihn brach eine Welt zusammen. Da stand ihm sein Prior gegenüber, einer der wenigen Menschen, denen er aufrichtigen Respekt entgegenbrachte, ein Mann mit Geist und klaren Prinzipien, glaubensfest und gottesfürchtig, belesen und gebildet, und eben dieser sollte ein gemeiner Lump, ein Entführer sein? Er konnte es immer noch nicht glauben, obwohl die Anwesenheit der beiden grobschlächtigen, finsteren Gestalten an Georgs Seite genau dies eindeutig belegte. Noch immer sagte der Prior kein Wort, er starrte Albert nur mit seinen eisblauen Augen an. Keine Spur von Reue lag in seinem Blick.

»Nun sagt doch etwas, Prior, erklärt Euch und Euer Verhalten, ich bitte Euch!«

Schweigen.

»Zum Teufel«, wurde Albert laut, »sagt endlich, was all das hier zu bedeuten hat!«

»Nicht Ihr seid es, der hier zu fordern hat, Albert von Laugingen«, brach der Prior endlich sein Schweigen, »doch wenn es für Euch von so großer Bedeutung ist, so will ich versuchen, meine Motive zu erläutern, auch wenn Ihr sie freilich nicht verstehen werdet. Setzt Euch ruhig«, Georg deutete auf die einfache Pritsche hinter Albert, »der Tag wird noch hart genug für Euch werden!«

Albert erstarrte bei den letzten Worten. Was hatte man mit ihm vor? Wollten sie ihn etwa foltern?

»Nun setz dich schon, Bruder! Tu einfach einmal das, was man dir sagt«, setzte Georg in versöhnlicherem Ton nach. Albert folgte der Aufforderung und Georg setzte sich zu ihm aufs Bett, die beiden Handlanger blieben an der Tür stehen.

»Ihr verlangt also Antworten von mir – so will ich versuchen, Euch welche zu geben. Seid zuvor versichert, dass es nicht gegen Euch geht, denn der Herr ist mein Zeuge, ich mag Euch wirklich gern, Eure offene Art, Euren freien Geist – weiß Gott keine Eigenschaften, die für Kirchenleute mit ihrer verbohrten, orthodoxen Art üblich sind.«

Albert wollte seinen Ohren nicht trauen. »Ihr sprecht von Geistlichen voller Abscheu, obwohl Ihr selbst einer seid. Ich werde einfach nicht schlau aus Euch!«

»Ich bin ein Mann der Kirche, da habt Ihr durchaus recht, doch bin ich es nicht aus freien Stücken geworden«, erwiderte Georg ohne Zaudern. »Mein Vater, ein Landadeliger aus dem Naumburger Raum, hat mich ins Kloster geschickt. Dem Ältesten seiner Söhne vererbte er die Ländereien und meinen zweitältesten Bruder sandte er zur Waffenlehre an den Hof seines Herzogs zum Erlernen des Ritterhandwerks. Da ich mit dem Geist bei Weitem geschickter war als mit den Händen, wurde für mich ein Studium der Wissenschaften angedacht, was mir sehr gelegen kam.« Versonnen schaute der Prior ins Leere, offensichtlich hatte er damals eine gute Zeit gehabt. Albert überlegte indessen, ob er an den beiden Halsabschneidern vorbei aus der Kammer flüchten könnte, verwarf den Gedanken nach einem Blick auf deren vernarbte Gesichter jedoch rasch wieder. Sie würden ihn in der Luft zerfetzen, noch ehe er nur den Kopf durch die Tür gesteckt hätte.

Es dauerte einige Augenblicke, dann war Georg ins Jetzt zurückgekehrt, mit einem Seufzer fuhr er wehmütig fort. »Sicher wäre ich inzwischen Ratgeber am Hofe eines Fürsten und würde ein Leben führen in verschwenderischer

Opulenz, wenn nicht die kleinen Mägde und Zofen gewesen wären, die mir im Hause meines Vaters den Kopf verdrehten. Sie alle wollten nur das eine von mir und ich gab es ihnen nur allzu bereitwillig. Weiß Gott, es war eine schöne Zeit und ich genoss jeden Augenblick, doch alles Gute im Leben findet irgendwann einmal ein Ende.

Elsa, die Küchenmagd, war es, die mit ihrem unbedachten Handeln im Grunde gleich drei Leben ruinierte. Eines Tages stand sie zur Unterredung bei meinem Vater im Saal und wackelte mit ihrem kleinen, runden Arsch, einen Ausgleich verlangend für das Dilemma, das ich ihr beschert hatte. Doch da kam sie bei ihm gerade an den Richtigen: Zum Teufel jagte er sie und mit ihr mein ungeborenes Kind. Und damit nicht genug – Ihr müsst wissen, Bruder Albert, mein Herr Vater, er war ein frommer und gottesfürchtiger Mensch …«

Völlig unvermittelt stockte Georg, sein Gesicht verzerrte sich zu einer Fratze und mit einem wilden Fluch spuckte er auf den Boden.

»In der Hölle soll er schmoren bis zum Tage des jüngsten Gerichts!«

Seine Stimme, schrill und wie von Sinnen, ließ selbst die beiden Galgenvögel neben ihm erschrocken zusammenzucken. Jetzt zeigte Georg sein wahres Gesicht, und es gefiel Albert ganz und gar nicht.

Zitternd wischte sich der Prior über den geifernden Mund, dann fuhr er fort, als sei nichts geschehen. »Wohlgemerkt, damit nicht genug der Grausamkeiten. Im gleichen Atemzug, da mein Vater das Küchenmädchen mit unserem Kind im Leib ihrem Schicksal überließ, wies er auch mir die Türe und nur dem guten Zureden meiner lieben Mutter war es zu verdanken, dass er mich auf eine Klosterschule schickte, um meine Studien als Novize zu beginnen. Ein Studium an einer freien Universität indes verweigerte er mir. Herrgott, was hatte ich mir gewünscht, in Montpellier die ehrenwerte Kunst der Medizin zu erlernen, und nun dies. So fand ich mich also ungewollt im Schoß der Kirche wieder, und einer weiteren Gemeinheit meines Vaters habe ich es letztlich zu verdanken, in einem Bettelorden gelandet zu sein.«

»Aber warum seid Ihr geblieben? Schließlich konnte Euch niemand gegen Euren Willen im Kloster halten!«

»Wo sollte ich denn schon hin, Albert. Mein Lebtag lang hatte ich nie einen Finger gerührt, um mir den Magen zu füllen, und plötzlich stand ich ganz allein da, völlig mittellos, ohne Bleibe und ohne Ziel. Keine Woche hätte ich überlebt. So hatte ich zumindest ein Dach über dem Kopf und bekam genug zu essen, um nicht zu verhungern, wenn auch nicht viel mehr.

Die Jahre gingen ins Land und ich hatte mich schon fast mit meinem Schicksal abgefunden, da kamt Ihr in unser Kloster und mit Euch die Hoffnung auf bessere Zeiten. Gold solltet Ihr herstellen können, so hieß es hinter vorgehaltener Hand. Nun, was dem Papst recht ist, das sollte mir nur billig sein, und so ließ ich Euch frei gewähren im Sankt Pauls in der Hoffnung, Ihr werdet Eurem Ruf gerecht. Leider kam noch nichts dabei heraus, doch nicht am Wissen scheint es Euch zu mangeln, sondern eher am echten Antrieb.«

Hier liegt also der Hase im Pfeffer, meinte Albert das Gaunerstück durchschaut zu haben. »Sagt nicht, der Papst hat mich um meiner Motivation willen entführen lassen!«

Georg starrte Albert mit großen Augen an, dann begann er herzhaft zu lachen. »Um Himmels willen, mein lieber

Freund, lasst den armen Gregor außen vor, hier hat er mal nicht seine Finger im Spiel. Nein, ich bin's, der die Früchte Eurer Arbeit begehrt, ich und kein anderer!«

Im ersten Moment wollte Albert dem Prior lauthals ins Gesicht lachen, ihn verspotten wegen seines irrwitzigen Wunschglaubens und geradeheraus verkünden, dass er es unzählige Male vergeblich versucht und die Hoffnung inzwischen endgültig aufgegeben habe, doch rasch besann er sich eines Besseren. Da sich ihm Georg offenbarte, war er dem Halunken nunmehr nur solange von Wert, wie er die Hoffnung aufrecht erhielt, Gold herstellen zu können. Zwar hatte Albert keine Angst vor dem Tod, dennoch wollte er nicht so rasch seinem Schöpfer gegenüberstehen, schließlich gab es noch viele Geheimnisse zu ergründen. So also hielt er seine Zunge im Zaum, auch wenn es ihm schwerfiel, und ließ Georg weiterreden.

»Schaut mir ins Gesicht und sagt, wie alt ich bin!«

»Ihr mögt ungefähr mein Alter haben, also gute vierzig Lebensjahre«, schätzte Albert leicht irritiert.

»Wenn es denn so wäre, lieber Albert. Nein, ich bin gerade mal neunundzwanzig und sehe aus wie mein Vater – das karge Leben hinter Klostermauern hat mir so zugesetzt!« Georg stockte und man sah förmlich, wie er sich im Selbstmitleid suhlte. »Und was mache ich auch schon anderes als der Papst, wenn ich dich bitte, für mich Gold herzustellen. Denn gegen Gregor, der den Mammon braucht, um seine eitlen Machtkämpfe gegen Friedrich zu bezahlen, nehmen sich meine Ambitionen äußerst bescheiden aus, nur mir und meinen Helfershelfern soll der Lebensabend vergoldet werden.«

»Doch wieso dieser Umstand?«, fragte Albert verständnislos. »Da ich in Eurem Kloster meinen Studien nachging, wäret Ihr doch eh der Erste gewesen, der vom Gelingen meiner Versuche erfahren hätte.«

»Das mag schon sein, doch hätte ich noch lange nicht davon profitiert. Schnell wie der Wind wärst du fortgebracht worden nach Rom, Gregor persönlich unterstellt. Nein, mein Freund«, sagte Georg und schüttelte heftig den Kopf, »diese Gelegenheit wollte ich nicht aus der Hand geben. Und als die beiden Fremden das Kloster betraten und sich mit ihrem seltsamen Gehabe verdächtig machten, sah ich endlich meine Zeit gekommen. So ließ ich dich verschwinden und schusterte ihnen die Schuld zu, inzwischen werden sie sicherlich bereits im Kerker schmoren.«

Albert musste schlucken – der Prior jagte einem Hirngespinst nach und die Zeche dafür zahlten er und seine beiden neuen Freunde. Doch wie nur konnte er das Unheil abwenden und ihrer aller Hälse retten?

»Ich habe Euch durchschaut, Bruder Albert«, verkündete Georg und sein Blick fixierte sein Gegenüber wie die Schlange das Kaninchen, »Ihr zögert den Erfolg nur hinaus, um weiter mit päpstlichem Segen Euren Studien nachgehen zu können, doch lasst Euch eines zur Mahnung gesagt sein: Ich habe weder die Geduld noch die Zeit des Pontifex. Ebenso wenig wie diese beiden Gesellen.«

Den letzten Satz Georgs nahmen die zwei finsteren Gestalten zum Anlass, aus dem Halbdunkel nach vorn ans Tageslicht zu treten, ganz dicht vor Alberts Gesicht.

»Sie waren mir schon häufig von Nutzen bei allerlei peinlichen Befragungen in Ausübung meines Amtes als Inquisitor, und seid gewiss, nie wurde ich enttäuscht, denn bislang haben sie jede Zunge gelöst. Sie ist im Übrigen aus naheliegenden Gründen bei jedem Angeklagten verschont geblieben, nicht immer jedoch waren die armen Schweine am Tage ihrer Hinrichtung noch im Besitz all ihrer anderen Gliedmaßen.«

Georg lachte kurz auf, ein gemeines, widerwärtiges Lachen, dann legte er beiden Folterknechten die Hände auf die Schulter und drückte sie fest an sich. »Ach, wie ich ihren Einfallsreichtum doch bewundere. Heute Abend werde ich Euch in ihre Obhut geben, solltet Ihr nach wie vor kein Ergebnis vorweisen. Beeilt Euch also, Eure Versuche erfolgreich abzuschließen und wagt keinen weiteren Fluchtversuch, sonst wird es Euch schlecht ergehen!«, schloss er und sein Blick ließ keinen Zweifel an der Aufrichtigkeit seiner Worte.

Die Tür flog mit einem lauten Knall ins Schloss, und Albert war wieder allein mit sich und seinen trüben Gedanken. Seine Tage waren gezählt, so viel war sicher. Gedankenverloren schaute er aus dem winzigen Fenster. Nun, aus der Höhe betrachtet, erkannte er sofort, wo er gefangen gehalten wurde, wenn er auch noch nie in dieser Kammer war, da sie abseits im nicht genutzten Ostflügel des Gebäudes lag. Immerhin, er befand sich immer noch in unmittelbarer Nähe der Stadt, gottlob hatten sie ihn nicht fortgeschafft. So war seine Wegbeschreibung, die er dem Hund umgebunden hatte, nach wie vor zutreffend. Nur ein vager Hoffnungsschimmer zwar, musste sein Hilferuf doch erst einen Empfänger finden, aber immerhin.

Und auch Gedanken an Robert und Osman nährten seine Zuversicht.

Denn irgendwie fühlte er, dass sie frei waren – und zumindest einer von ihnen Himmel und Hölle in Bewegung setzen würde, um ihn zu retten.

PFLICHTEN, AUS FREUNDSCHAFT GEBOREN

»Geh mir zum Teufel mit deinen verrückten Ideen!«

»Dann trennen sich unsere Wege!«

»Dann soll's halt so sein«, entgegnete Osman ohne eine Spur des Bedauerns in seiner Stimme, »wenn du unbedingt sterben willst, so werd ich dich nicht aufhalten!«

»Aber Osman, so sei doch vernünftig«, erwiderte Robert beschwichtigend, »was glaubst du denn, wie weit wir kommen würden, ob nun einzeln oder gemeinsam, solange man uns für Banditen hält. Beide fallen wir auf wie ein Knochen im Pferdeschiss, du mit deinem exotischen Äußeren und ich mit meiner riesenhaften Gestalt. Nur wenn wir uns von den Verdächtigungen reinwaschen können, werden wir wieder unseres Lebens froh. Und erinnere dich auch daran, dass uns Albert beide vor dem Scheiterhaufen bewahrt hat.«

Osman wollte gerade etwas erwidern, als das Tor zur Tenne aufgestoßen wurde. Diesmal jedoch betraten nicht der Bauer und sein zänkisches Weib die Scheune, sondern Soldaten in Rüstzeug – deutlich war das Klappern und Scheppern von aufeinanderschlagendem Metall zu hören. Die beiden Freunde schauten sich unschlüssig an, dann wagte Robert einen vorsichtigen Blick nach unten.

»Sie sind nur zu zweit, kein großer Aufwand für mich, selbst mit der lädierten Rippe«, berichtete er leise.

»Doch wo zwei von ihnen sind, werden noch mehr sein … lass uns lieber schauen, ob wir ihnen entwischen können!«, flüsterte Osman zurück.

»Bist du närrisch?«, erwiderte Robert eine Spur zu laut, sodass Osman unwillkürlich zusammenzuckte.

»Wie sollen wir ihnen denn entwischen? Kannst du dich

etwa fortzaubern oder unsichtbar machen? Denn andere Möglichkeiten sehe ich nicht. Es gibt hier oben keinen Ausstieg, weder Fenster noch Luken, nur eine Leiter, die hinabführt!«

»Dann müssen wir uns halt einen Durchschlupf schaffen! Schau nur, wie morsch und modrig die Holzwände hier oben sind. Es sollte dir keine Mühe bereiten, einige Bretter zu lösen.«

»Ich könnte dir auch im Nu die ganze Scheune zerlegen, doch freilich nicht, ohne einen Heidenlärm zu veranstalten.«

»Dann müssen wir halt für etwas Unruhe sorgen – und ich habe auch bereits eine Idee. Such du dir schon einmal eine Stelle aus, die sich für unsere Zwecke eignet!«, raunte Osman Robert zu und nahm sich einen festen Erdklumpen zur Hand, der zuvor noch tief im Stroh gesteckt hatte.

Unten lag nur noch eine Sau, das restliche Vieh war inzwischen auf der Weide. Der Bauch des Tieres war kugelrund und die Zitzen zeichneten sich überdeutlich ab, sodass selbst ein Stadtmensch wie Osman leicht erkennen konnte, dass die Sau kurz vor ihrer Niederkunft stand. In diesem Zustand waren die Tiere besonders reizbar, obgleich er es als Moslem bei Schweinen natürlich nur vermuten konnten. Doch, so sagte er sich, warum sollte es um das Gemüt von Sauen anders bestellt sein als um das von Pferden, Schafen oder Frauenzimmern?

Nun musste er genau zielen, einen zweiten Versuch würde er nicht bekommen, außerdem war Geduld gefragt, denn es musste der richtige Zeitpunkt abgewartet werden.

Endlich war es so weit und er warf genau in dem Moment, da die beiden Wachsoldaten sowohl ihm als auch der Sau den Rücken zukehrten, das lehmige Geschoss mit aller Kraft und von einem stillen Gebet begleitet auf das arme, bislang reglos liegende Tier. Er traf es mitten auf seinen aufgedunsenen Bauch.

Die Hölle brach los.

Mit einem markerschütternden Quieken sprang das gar nicht mehr träge Tier auf, und während es laut grunzend und rasend vor Wut auf die verdutzten Soldaten zupreschte, riss Robert in Windeseile ein Holzbrett nach dem anderen aus der Scheunenwand.

Dies ging zwar alles andere als lautlos vonstatten, dennoch bemerkten die Wachleute nichts davon, denn sie hatten ganz andere Sorgen. Während die trächtige Elsa nun, für gewöhnlich eine Seele von einem Schwein, wutschäumend den einfachen Wachsoldaten Gustav und seinen Leutnant kreuz und quer durch die Scheune hetzte und die Gejagten wiederum weder das klemmende Tor öffnen noch ihre bei dem Tohuwabohu irgendwie unter einem Berg von Stroh geratenen Lanzen finden konnten, flohen Robert und Osman aus zehn Fuß Höhe durch ein Loch in der Ostwand der Tenne, nicht ohne, kurz bevor sie sprangen, einen Heuhaufen vor besagtes Loch zu schieben, auf dass die Öffnung zumindest von innen nicht sofort entdeckt würde. Als schließlich Hauptmann von Stenweden, aufgeschreckt durch den Lärm, in Begleitung des Bauern und eines Großteils seiner Männer, die Scheune betrat und sah, wie Toepfer und einer seiner erfahrensten Soldaten von einer Sau durchs Heu gejagt wurden, wusste er nicht recht, ob er lachen oder weinen sollte. Doch da waren Robert und Osman bereits im Blätterwald des Hagenwalls verschwunden.

Und da der Bauer die Soldaten händeringend anflehte, seine arme Elsa zu verschonen, sich eben jene arme Elsa allerdings nicht so rasch beruhigen ließ, sollte noch eine Weile vergehen, bis schließlich, natürlich wieder einmal Hanns das Loch in der Scheunenwand entdeckte.

»Du siehst, wir werden keine Ruhe vor den Soldaten finden, bis wir Albert aufgespürt haben!«

»Dann sei's drum, lass uns den Mönch im Sankt Pauls suchen gehen. Doch nur unter einer Bedingung!«

»Himmeldonnerwetter, was denn nun noch?«, fragte Robert ungehalten.

»Wenn wir schon ins Kloster gehen, lass uns unsere Kleider holen, ich möchte endlich raus aus dieser albernen Kutte!«

»Wenn's weiter nichts ist«, grinste Robert zurück, gerade, als sie zum zweiten Mal am heutigen Tage auf den Hellweg trafen. Nun allerdings überquerten sie ihn nicht, sondern gingen ein Stück ihres Weges auf ihm, westwärts in Richtung Stadt.

Und während sie weitermarschierten, stumm und innerlich Kräfte sammelnd für das, was unweigerlich folgen musste, entsann sich Robert nochmals der Ereignisse der letzten Tage. Viel war geschehen, seit sie vor gerade einmal zwei Tagen durchs Almstor geritten waren. Wegen eines simplen Essbestecks hatte man sie der Teufelsanbetung bezichtigt, sie wurden brutal niedergeschlagen und mussten sich darüber hinaus mit den Männern der Stadtwache prügeln, er selbst wäre von wild gewordenen Rindviechern beinahe zu Tode getrampelt worden und im Kloakengraben hätten sie überdies beide um ein Haar ein äußerst unrühmliches Ende gefunden. Und nun, anstatt ihr Heil in der Flucht zu suchen, begaben sie sich geradewegs in die

Höhle des Löwen – wenn sich ihr vager Verdacht überhaupt bewahrheiten sollte.

Dennoch, es gab für Robert keine andere Wahl als eben diesen Weg zu gehen: Zum einen fühlte er sich Albert gegenüber verpflichtet wegen der guten Worte, die er für ihn und seinen Freund Osman eingelegt hatte, als man sie der Teufelei bezichtigte, zum anderen mochte er den Mönch vom ersten Moment an, da er sich ihrer so gutherzig annahm. Und irgendwie fühlte Robert, dass dieser Mann, den man bereits Albertus Magnus, also Albert den Großen nannte, der Welt noch viel zu geben und diese Welt noch viel von ihm zu erwarten hatte. Er konnte ihn unmöglich seinem Schicksal überlassen.

»Was macht deine Rippe? Quält sie dich immer noch?«

»Was meinst du?« Robert brauchte einen Moment, um wieder in die Wirklichkeit zu gelangen. »Ach, die Rippe – nun, es scheint mir fast, als ob der Schmerz ein wenig nachließe. Vielleicht ist sie doch nicht gebrochen«, log er seinen Freund an und betastete behutsam die bewusste Stelle.

»Das wäre nicht übel, denn ich will dir zwar gern helfen, wenn es zu einer Rauferei kommen sollte, doch du weißt, mir liegt eher die Kopfarbeit, wohingegen deine Stärken …«

»Ich weiß, ich weiß, du brauchst nichts weiter zu sagen, du wirst doch eh nicht müde, es mir ständig unter die Nase zu reiben«, unterbrach ihn Robert grinsend.

»Gut, dass du es ebenso siehst!«, erwiderte Osman, Roberts ironischen Ton ignorierend, »doch lass dir noch eines gesagt sein, bevor wir den Halunken im Kampf gegenüberstehen. Du weißt, ich habe ihre gemeinen Visagen gesehen in der Nacht, als sie uns überfielen. Diese Halsabschneider würden keinen Moment zögern, uns zu massakrieren, wenn es ihnen in den Kram passt. So schere dich also nicht um ihre Unversehrtheit, wenn du sie schlägst – wie du es so zaghaft bei den Stadtwachen getan hast –, sondern lange kräftig zu, denn eines ist gewiss: Schlägst du nicht zuerst ihnen die Schädel ein, so werden sie es ganz sicher mit den unseren tun!«

Robert nickte grimmig. Er war bereit, wenn nötig das erste Mal in seinem Leben einen Menschen zu töten, um ihrer beider und Alberts willen.

So gingen sie weiter, jeder mit sich selbst beschäftigt, und kümmerten sich nicht um die tiefen Fußspuren, die sie auf dem immer noch aufgeweichten Weg hinterließen. Sollten die Soldaten ihnen doch folgen, vielleicht wäre es sogar von Vorteil. Wenn sie den Verrat des Priors erst einmal aufgedeckt hätten, sollte es jemals so weit kommen, konnten sie jede Unterstützung gebrauchen.

Die Sonne stand senkrecht am Himmel, als sie schließlich die Neustadt hinter sich ließen und vor ihnen zwischen den Baumwipfeln die Mauern des Klosters auftauchten. Und während Osman kurz den Pfad verließ und im Wald verschwand, um gleich darauf freudestrahlend mit zwei wuchtigen Holzknüppeln wieder aufzutauchen, versuchte Robert, das Ziehen in seiner Brust zu ignorieren. Um nichts in der Welt durfte Osman erfahren, wie schlecht es um ihn bestellt war, sonst würde seinen Freund womöglich noch der frisch gewonnene und so gänzlich wesensfremde Mut verlassen.

»Zum Wohle, Herr Mönch!«

Bertram, Alberts kahlköpfiger Bewacher, hielt seinen Becher genüsslich zum Prosit erhoben, dann leerte er ihn in einem Zug. In Fäden lief ihm dabei der Wein aus den Mundwinkeln und tropfte auf sein verschwitztes Hemd. Albert indessen, dem jeglicher Trank verwehrt wurde, klebte die Zunge am Gaumen. Bereits seit den frühen Morgenstunden schmorte er in der engen Dachkammer, in der die Luft von der sengenden Mittagssonne inzwischen derart aufgeheizt war, dass seine völlig durchgeschwitzte Kutte an ihm klebte wie eine bleischwere Rüstung. Er fühlte sich wie ein Stück Dörrobst, ausgetrocknet und ohne jeden Saft. Hitze und Durst waren schon Folter genug, was zum Abend hin noch bevorstehen sollte, konnte ihn nun nicht mehr schrecken – möge es nur schnell vorübergehen.

Kraftlos nahm er einen Krug Wasser zur Hand und sofort verfinsterte sich der Blick seines Bewachers, erst als Albert das Wasser in den Kessel goss, entspannte sich Bertrams Miene wieder.

Dann tue ich halt so, als ob ich versuchen würde, Gold herzustellen, was bleibt mir schon anderes übrig, dachte sich Albert und kippte Schwefel und allerlei andere Substanzen hinterher. Gedankenverloren rührte er die goldgelbe Brühe im Kessel und schaute dabei aus dem kleinen Fenster.

»Ja, hol mich doch der …!«

Im ersten Moment meinte Albert, zwischen den Büschen und Sträuchern im Gemüsegarten zwei Gespenster gesehen zu haben – ein sehr großes und ein ziemlich dunkelhäutiges Gespenst.

»Was gibt's denn, Albert? Habt Ihr was erreicht?«, fragte Bertram und schaute hoffnungsfroh in den Kessel.

Zuerst bekreuzigte sich Albert, denn was ihm eben über die Lippen geschlüpft war, auch wenn er es nicht zu Ende gesprochen hatte, gehörte sich wirklich nicht für einen Mönch, dann wandte er sich Bertram zu.

»Ja, aber schaut doch selbst, diese Farbe im Kessel, gleicht sie nicht Gold wie ein Ei dem anderen?«

»Verflucht soll ich sein, Ihr habt recht!«, antwortete Bertram und zeigte dabei ein breites, nahezu zahnloses Grinsen.

»Nun geht halt und berichtet dem Prior rasch die frohe Kunde!«, drängte Albert seinen Bewacher zu gehen, woraufhin dieser schlagartig wieder misstrauisch wurde.

»Ich werde den Raum nicht verlassen, der Prior hat's so befohlen, wie Ihr wisst!«

»Aber hat Bruder Georg nicht auch angeordnet, sofort unterrichtet zu werden, sobald ich meine Aufgabe gelöst habe?«, hakte Albert nach.

Man konnte förmlich sehen, wie es in Bertrams drögem Geist rumorte und Albert machte sich bereits Hoffnungen, ihn doch noch loszuwerden, aber dann erwiderte sein Bewacher mit einer Stimme, die keine weiteren Erörterungen mehr duldete: »Ich bleibe hier! Zum nächsten Glockenschlag wird mich Peter ablösen, bis dahin muss der Prior eben warten. Und jetzt Schluss!«

Albert war verzweifelt. Wie sollte er Robert und Osman auf sich aufmerksam machen? Er konnte schließlich nicht am Fenster winken, geschweige denn rufen, solange Bertram im Zimmer war. Da brachte ihn das kürzlich gelesene ›Liber Ignium‹ des Marcus Graecus auf eine verrückte und noch dazu überaus gefährliche Idee.

»Nun gut, dann lass uns gleich beginnen, etwas Gold anzufertigen! Reich mir den Mörser und die Schale mit dem Schwefel, ich hole mir derweil das Salpetersalz und die Holzkohle herbei.«

Bertram nahm den Mörser in die eine Hand, dann starrte er den Mönch fragend an.

»Aber sicher, wie konnte ich nur!«, sagte Albert und zeigte auf das Regal neben der Tür, »ich meine die gelbe Substanz in der Schale dort hinten!«

Bertram tat wie ihm geheißen und schon mixte Albert das Pulver an. Nun hieß es, sich der Anteile zu entsinnen, dachte er insgeheim, sonst wäre alles vergebens. Und viel musste er anrühren, damit Graecus' Mixtur die erwünschte Wirkung entfalten könne, denn für eine starke Verdichtung, die den Stoff auch in geringeren Mengen ähnlich verheerend reagieren ließe, fehlte ihm schlichtweg die Zeit.

Es war so weit.

Jetzt musste das Gemisch nur noch entzündet werden.

Skeptisch schaute Bertram auf das schwarzgraue Pulver, das so gar nicht an Gold erinnerte, als Albert, nachdem er ein kurzes Stoßgebet abgegeben hatte, einen hell lodernden Buchenspan in die große Schale warf.

Mit einem ohrenbetäubenden Donnern und blendenden Blitzen brach die Hölle über sie herein und führte Albert nur zu deutlich vor Augen, warum das ›Liber Ignium‹ des Marcus Graecus übersetzt ›Das Buch des Feuers‹ hieß.

Ein Reißen und Ziehen überall am Körper, Feuer schlug ihm entgegen und eine abgetrennte Hand flog in sein Gesicht. Himmelherrgott, flehte Albert, lass es die von Bertram sein, dann wurde ihm schwarz vor Augen.

Auch im Alten Dorf, dort also, wo die Männer der Stadtwache nach wie vor die längst entwichenen Flüchtigen suchten, war das ferne Donnern deutlich zu hören, allerdings konnte sich niemand, weder die Bauern noch die Soldaten, einen Reim auf das Getöse machen. So schauten sie alle irritiert nach oben und vermuteten dort ein Gewitter nahen, obwohl die Sonne schien und der tiefblaue Himmel keinerlei Wolken zeigte.

Robert und Osman schauten ebenfalls nach oben, jedoch nicht geradewegs in den Himmel, sondern hinauf zum mannsgroßen, qualmenden Loch im Ostflügel des St. Pauls, wo einen Atemzug zuvor noch die grobe Klostermauer ins Dach überging.

»Himmel, Arsch – was zum Teufel war das?«, fragte Robert verstört.

»Ich denke, Albert wollte uns ein Zeichen geben!«

Robert starrte Osman fragend an, wortlos eine Erklärung einfordernd.

»Ich meine, dass Albert in seiner Verzweiflung mit einem Blitz aus Schwarzpulver auf sich aufmerksam machen wollte, immerhin ist er Alchemist!«

»Was redest du da für einen Unfug von einem schwarzen Pulver, aus dem man Blitze macht?« Genauso gut hätte Osman mit seinem Freund in einer fremden Sprache sprechen können, denn nach wie vor war Robert meilenweit davon entfernt, auch nur zu erahnen, was soeben direkt vor seinen Augen geschehen war.

»Griechisches Feuer«, wagte Osman einen weiteren Versuch, »das ist dir sicher ein Begriff, nicht wahr?«

Langsam klarte Roberts Miene auf. »Das war Griechisches Feuer?«

»Etwas in der Art«, antwortete Osman geduldig. »Doch nun verberge dich gut, es kommt Leben in Mattias' Gemüsegarten.«

Von allen Seiten kamen sie angerannt, die Mönche und Novizen, um nachzuschauen, was sich in ihrem Kloster zugetragen hatte. Und die meisten von ihnen bekreuzigten sich angesichts des schwarzen Lochs im Dachgeschoss, glaubten sie doch, der Teufel höchstpersönlich habe hier seine Finger im Spiel.

Zum Glück ist es Sommer und die Blätter sind dicht beieinander, dachte sich Osman, tief hinabgebückt und gut verborgen von einem Busch mit Früchten, die ihm gänzlich unbekannt waren, als sich Robert völlig unvermittelt zu seiner vollen, imposanten Körpergröße aufrichtete.

»Beim Propheten, hast du denn vollends den Verstand verloren, so werden sie dich sehen können!«, zischte ihm Osman zu, doch es war bereits zu spät, immer mehr Augenpaare richteten sich auf seinen Freund.

»Wenn Albert dort oben ist und das Feuer überlebt hat«, erwiderte Robert ruhig und gelassen, »so wird er dringend unsere Hilfe benötigen, also gehe ich jetzt hoch und sehe nach ihm!«

»Aber wie willst du denn nach oben kommen? Sie denken doch alle, wir hätten Albert entführt, und zu allem Überfluss wird man uns nun auch noch der Brandlegung bezichtigen!«

»Dann will ich ihnen allen halt Albert zeigen!«

»Ja aber denkst du denn, sie werden auf dich hören?«

»Wenn sie mich haben wollen, so werden sie mir schließlich folgen müssen. Jetzt hab dich nicht so und halt mir den Rücken frei, es sind doch ein paar zu viel für mich ganz allein!«

Eine schamlose Untertreibung, fand Osman angesichts der unzähligen Männer, die zwischen ihnen und dem Eingang zum Klostergebäude standen. Noch verharrten sie nahezu reglos und keiner wagte es, sich Robert in den Weg zu stellen, letztlich waren sie Mönche und keine Krieger. Als jedoch der Prior im Hof erschien und lautstark Order gab, Bruder Albert zu willen den Entführer zur Strecke zu bringen, setzten sie sich schließlich doch in Bewegung, ohne zu murren, wenn auch etwas zögerlich.

»Du verdammter, sturer Bock!«, rief Osman seinem Freund hinterher und erhob sich ebenfalls aus dem Gebüsch. »Dann lass uns halt gemeinsam unseren letzten Atemzug tun!«

»Nicht, wenn ich es verhindern kann«, raunte ihm Robert zu, als Osman schließlich nahe an seiner linken, also der verletzten Seite stand.

»Nicht mal bis zur Tür werden wir es schaffen«, keuchte Osman, während er sich wie wild mit seinem Knüppel fuchtelnd die Mönche vom Leib hielt.

Noch hatten sie keinen Schlag ausgeteilt und bereits die Hälfte des Weges bis zum Klostertor hinter sich gebracht, sodass sich Robert langsam aber sicher Hoffnung machte, nur mit Drohgebärden allein ihr Ziel erreichen zu können, da trieb der Prior, rasend vor Wut seine eingeschüchterten Brüder letztlich doch noch in den offenen Kampf.

Immer wieder rannten die Mönche jetzt auf Robert und Osman ein und immer wieder bekamen sie deren Knüppel zu spüren. Anfangs lief es noch gut für die beiden und sie mussten nach wie vor keine nennenswerte Schläge einstecken, doch selbst einem Goliath wie Robert gingen einmal die Kräfte aus, zumal dieser bereits arg lädiert in die Schlacht zog. Seine Arme wurden von Schlag zu Schlag schwerer und immer häufiger drangen die Hiebe der Mönche bis zu ihm durch.

Noch waren es zwanzig Schritte bis zur Tür.

»Lass uns unsere ganze Kraft sammeln, wir müssen ins

Haus gelangen. Dort sind die Gänge schmal und die Männer können nicht mehr von überall her auf uns einschlagen«, sagte Robert zur Seite gewandt, doch dort war niemand mehr. Suchend schaute er sich um und entdeckte schließlich im Gedränge zehn Fuß zurück seinen Freund reglos am Boden liegend mit einer klaffenden Wunde am Schädel.

Zwanzig Schritte oder zwanzig Meilen bis zur Tür, Robert erschien die eine wie die andere Distanz unerreichbar, nun, da er ganz allein kämpfte gegen diese Übermacht, und beinah hätte er aufgegeben, wäre sein Blick nicht in diesem Moment auf die boshaft grinsende Fratze des Priors gefallen, dessen hoch gewachsene Gestalt sich deutlich hinter der wimmelnden Masse seiner Ordensbrüder abzeichnete. Dieses Grinsen, höhnisch und überheblich, es brannte sich in Roberts Seele ein, es verspottete ihn angesichts seiner von vorn herein aussichtslosen Bemühungen, dem Geschehen eine Wende aufzuzwingen und es zeigte nur zu deutlich: Schau her, ich bin es, der den Sieg vom Schlachtfeld trägt, all deine Anstrengungen waren von Anfang an zum Scheitern verurteilt – die Miene des Priors offenbarte, dass er sich seines Triumphes gewiss war.

»Noch hast du mich lange nicht, du falscher Heiliger!«, brüllte Robert aus voller Brust in Richtung des Priors und allein dieser Aufschrei brachte ihn wieder ein paar Schritte näher an die Klostertür heran, denn die Dominikaner wichen für einige Augenblicke erschrocken zurück angesichts der gotteslästerlichen Worte und erst recht wegen der brutalen, lauten Stimme, mit der Robert den Fluch an diesem frommen Ort ausstieß.

Die Tür war nun zum Greifen nahe, gerade mal zehn Fuß entfernt. Das Ziel dicht vor Augen, schöpfte Robert neue Kraft, genug, um die restlichen Schritte auch noch zu bewältigen. Er öffnete die Klostertür nur einen kleinen Spalt und schob behände seinen wuchtigen Körper hindurch, dann schlug er sie laut krachend zurück in den Rahmen und legte von innen den Riegel davor.

Zwar war Robert immer noch nicht allein, denn auch hier gab es einige Dominikaner und es wurden immer mehr, schließlich verfügte das Haus über mehrere Eingänge und die Mönche von draußen strömten unablässig nach, doch hatte er es angesichts der engen Gänge nur mit zwei, höchstens drei Widersachern zu tun, was ihn, obwohl angeschlagen, todmüde und hungrig, vor keine größeren Probleme stellte.

So wich er nicht ab von seinem Plan und setzte den Weg nach oben unbeirrt fort, dorthin, wo Albert sein musste, und ignorierte die Schläge, die nach wie vor auf ihn einprasselten. Er tat es für sich, seinen Freund Osman und natürlich auch für Albert, wenn er denn noch leben sollte. Und er wusste, dass es nur eine Möglichkeit gab, sich von den üblen Verleumdungen reinzuwaschen: Albert musste wieder in Erscheinung treten, und das freilich vor Zeugen.

Plötzlich schoss ihm ein beunruhigender Gedanke durch den Kopf, doch je länger er darüber nachdachte, desto abwegiger erschien ihm schließlich seine Sorge. Die Vorstellung, dass alle Mönche in den Plan des Priors eingeweiht wären, war einfach zu absurd – nein, unmöglich, dass all diese frommen Männer Georgs verbrecherische Taten unterstützen sollten. So erklomm Robert guten Mutes Stufe um Stufe in der Hoffnung einer Lösung all seiner Probleme und die Aussicht beflügelte ihn, bald wieder als unbescholtener Bürger zu gelten.

Im Dachgeschoss angekommen, war es für ihn ein Leichtes, den richtigen Weg zu finden, denn nicht nur die Außenwand war übel zugerichtet worden, auch zum Korridor hin hatte die Explosion deutliche Spuren hinterlassen. So hatte auch die Tür zur Kammer ihren Teil abbekommen und hing schief und rußgeschwärzt in der Angel.

Nur noch wenige Schritte, dann würden sie endlich alle miteinander Albert zu Gesicht bekommen und jedem von ihnen müsste aufgehen, dass er und Osman unbeteiligt waren an der Entführung des Mönches. Je näher Robert jedoch der Kammer kam, desto offensichtlicher trat die verheerende Gewalt des Schwarzpulvers zutage und nährte seine Zweifel, Albert jemals lebendig wiederzusehen.

Und wenn gar nichts mehr von ihm übriggeblieben wäre, was eine eindeutige Identifizierung zuließe?

Alle Mühen wären vergebens gewesen.

Brandgeruch vermengte sich mit dem Muff und Staub vieler Jahre, ganz offensichtlich wurde dieser Gebäudeteil sonst nicht genutzt, auch ein Indiz dafür, dass sich hier, verborgen vor den Klosterbrüdern, Schändliches zugetragen hatte. Nur noch wenige Schritte verblieben, machte sich Robert Mut, und es wäre vollbracht, was zu vollbringen er imstande war, alles andere läge dann allein in Gottes Hand.

Derweil siegte bei so manchem Dominikaner die Neugier über den Kampfeswillen, denn einige von ihnen stürmten an Robert vorbei und warfen einen Blick hinein in den verwüsteten Raum, um sich prompt kreidebleich wieder abzuwenden. Angesichts dessen rechnete nun auch Robert mit dem Schlimmsten und als er schließlich die zerborstene Tür aus ihrer Angel riss und die Kammer betrat, sah er sogar seine ärgsten Befürchtungen übertroffen.

Es bot sich ihm ein Bild des Grauens und der ungezügelten Zerstörungswut, allzu deutlich zeigte sich wieder einmal, zu wie viel Erfindungsgabe der Mensch doch in der Lage war, wenn es darum ging, Tod und Zerstörung zu verbreiten.

Scharfer Brandgeruch von verkohltem Holz, Stein und

Fleisch raubte ihm fast den Atem und noch immer hingen Rauchfetzen in der Luft. Zu seinen Füßen lag eine abgerissene Hand und einige Schritte weiter der traurige Rest davon, ein Bild, aus dem Albträume gemacht wurden. Überdies auch Roberts ganz persönlicher Albtraum, denn in dem gesichtslosen Klumpen Fleisch könnte unmöglich noch jemand Albert wiedererkennen.

»Aus und vorbei, alles war umsonst«, seufzte Robert, dann traf ihn ein Schlag in die Rippen und er sank auf die Knie, und ein weiterer, harter Knüppelhieb auf seinen Nacken ließ ihn schließlich vollends zu Boden gehen.

Da lag er nun, unfähig und unwillens, sich weiterhin der Schläge zu erwehren und ohne jene Kraft, die ihn kurz zuvor noch Unmögliches vollbringen ließ. Gleichgültig und teilnahmslos schweifte sein Blick durch die Kammer und blieb hängen am blutigen Bündel, das einst Albertus Magnus gewesen sein sollte.

Ach Albert, was für ein trauriges Ende du doch nehmen musstest.

Schwermütig stieß Robert einen Seufzer aus, unendlich müde eine Ohnmacht herbeisehnend, die ihn erlösen sollte von dem Elend an Körper und Seele, doch das Hinübergleiten wollte ihm einfach nicht gelingen, irgendetwas beschäftigte weiterhin beharrlich seinen Geist.

Und urplötzlich ging ihm ein Licht auf.

»Ja ist es denn möglich …?«

Schlagartig erfasste Robert, was ihn nicht zur Ruhe kommen ließ. Der Leichnam selbst war es, der seine Lebensgeister regte, denn wenn auch vom Kopf nicht viel übrig geblieben war, so wies doch der verstümmelte Körper auf einen dereinst stattlichen, wenn nicht gar beleibten Menschen hin und hatte mit dem hageren Albert rein gar nichts gemein.

Und während Roberts Blick hierhin und dorthin wanderte, ebenso rastlos wie vergeblich die Kammer nach einer weiteren Leiche absuchend, da schenkte ihm ein weiterer Hieb auf seinen Schädel schließlich doch die herbeiersehnte Ruhe.

Wenn auch nur für kurze Zeit.

»Robert, sperrt endlich Eure Augen auf!«

Eine Stimme, ferner als die Sterne am Nachthimmel.

»Nun macht schon, die Zeit drängt!«

Nur ganz allmählich drangen die Worte wie durch dichten Nebel zu ihm durch. Die Stimme, sie kam ihm bekannt vor, doch sein Geist sträubte sich, ins Hier und Jetzt zurückzukehren. Er wollte von all dem nichts mehr wissen und nur noch schlafen, bis ans Ende seiner Tage, und sollte das Ende nahe sein, so war's ihm inzwischen auch recht.

»So, so, schlafend will er also hinüber ins Totenreich – doch dazu werden wir es nicht kommen lassen, nicht wahr, Johann? Robert schaut durstig aus, gib ihm zu trinken!«

Eiskalt peitschte Robert Wasser ins Gesicht, rann den Nacken hinab und durchnässte sein Hemd. Erschrocken öffnete er die Augen – die grausame Wirklichkeit hatte ihn wieder.

»Seid willkommen, Robert aus Dormagen, in unserer illustren Gesellschaft! Erinnerungen an Homers sagenhafte Gestalten wurden in mir wach, als ich sah, was Ihr zu vollbringen im Stande seid. Ganz allein gegen ein Gros Männer, das ist eines Ajax oder Achilles, ja gar eines Herkules aller Ehren wert. Doch sagt mir, was nur bezwecktet Ihr mit Eurer waghalsigen Tat?«

Robert wollte sich aufrichten, um nicht am Boden liegend auf die Frage des Priors antworten zu mussen, doch ein unerträgliches Gewimmel an Schmerzen von überall her nahm ihm jegliche Kraft, sein Vorhaben in die Tat umzusetzen. Keuchend blieb er liegen und meinte jeden Schlag, den er kurz zuvor noch ignorierte, nun um ein Vielfaches zu spüren.

»Es beruhigt, dass Euer Körper offenbar doch aus Fleisch und Blut besteht«, kommentierte Georg Roberts vergeblichen Versuch, sich zumindest aufzusetzen, »doch nach wie vor seid Ihr mir eine Antwort schuldig!«

»Einen feuchten Kehricht bin ich Euch schuldig, verdammter Lump!«, erwiderte Robert und ließ seinen Worten einen blutverschmierten Klumpen Spucke vor des Priors Füßen folgen.

Georg nickte nur unmerklich, woraufhin Johann, ein knorriger, finster dreinblickender Kerl, aus dem Halbdunkel hervortrat und Robert einen kräftigen Tritt versetzte.

»Wie töricht Ihr doch seid und wie überflüssig Euer Widerstand ist! Sterben werdet Ihr ohnehin, doch habt Ihr die Wahl, ob Euch der Tod langsam und qualvoll oder rasch und ohne Leid ereilen wird.«

Bei diesen Worten sank Georg auf die Knie. Nun, ganz dicht von Angesicht zu Angesicht, konnte Robert seinen heißen Atem spüren.

»Woher wusstest Ihr, dass Albert oben in der Kammer war und weiß noch jemand anderes davon? Antwortet, und Eure Qualen werden rasch ein Ende haben!«

Und um seinen Worten Nachdruck zu verleihen, bohrte Georg sein Knie in Roberts linke Seite, die grün und blau angelaufen durch die zerrissene Kutte durchschimmerte. Robert stöhnte, doch kein Wort kam über seine zusammengepressten Lippen.

»Nun, nichts anderes habe ich von Euch erwartet, verdammter Sturkopf. Doch als Inquisitor habe ich bislang noch jede Zunge gelöst. Ich bin nur neugierig, wer von Euch beiden zuerst reden wird, Ihr oder Euer ebenso verstockter Freund!«

Der Prior richtete sich auf und sein finsteres Grinsen ließ nichts Gutes erahnen, als er sich an seine drei Helfershelfer wandte.

»Bringt die beiden zum Brunnen, sie sollen im Wasser liegen bleiben, bis sich ihre Haut von den Knochen löst!«

»Schaut, Herr Hauptmann, hierdurch sind sie verschwunden!«

Zuversichtlich kam von Stenweden zur rückseitigen Außenwand der Tenne angerannt. Den halben Tag lang hatten sie die verdammte Siedlung nun schon durchsucht, ohne auch nur den Hauch einer Spur entdeckt zu haben. Sollte wieder einmal Hanns fündig geworden sein?

»Seht Ihr das Loch in der Wand, Herr?«

Von Stenweden Augen folgten Hanns' ausgestreckter Hand.

»Freilich, so etwas kommt vor, kaum eine Hütte in dieser Siedlung ist in einem guten Zustand«, erwiderte der Hauptmann ungeduldig und noch etwas außer Atem.

»Der Bauer meint, seine Scheune wäre gestern noch unversehrt gewesen!«

Von Stenweden war nach wie vor nicht überzeugt. Vielen Bauern blieb in der Erntezeit kaum Zeit, sich um ihre Besitztümer zu kümmern, geschweige denn wussten sie, in welchem Zustand sie sich gerade befanden. Die Frondienste raubten ihnen die Kraft, sich darum zu kümmern.

»Aber seht doch, dort oben weht ein abgerissenes Stückchen Leinen an der Bruchstelle, Leinen wie aus einer Mönchskutte!«

Von Stenweden schaute, kniff die Augen zusammen und schaute erneut hinauf, konnte aber beim besten Willen kein Leinen entdecken.

»Und hier, die tiefen Abdrücke eines Riesen und dort, die eines kleinen Mannes dicht daneben!«, sagte Hanns und zeigte auf Fußspuren direkt unter dem Loch.

»Ja Herrgott noch mal, warum denn nicht gleich so?«, beschwerte sich der Hauptmann über die Umständlichkeit seines Untergebenen und schüttelte den Kopf. »Nun ruf schon alle Männer zusammen, von hier aus soll die Suche weitergehen!«

»Aber ich kann nicht schwimmen!«

»Was erzählt Ihr da für einen Unsinn, Osman? Erst im Morgengrauen seid Ihr durch einen reißenden Strom geschwommen, also lügt nicht so dreist!«

»Robert hat mich durchs Wasser gezogen, aus eigener Kraft habe ich keinen Zug getan!«

Georg überlegte kurz, bevor er fortfuhr: »Umso mehr solltet Ihr bereitwillig alles erzählen, was ich hören möchte. Bedenkt nur, wie grausam es ist zu ertrinken, wenn einem langsam die Luft ausbleibt und sich die Lunge mit Wasser füllt …«

»Ihr braucht nicht weiterreden, ich habe es selbst noch allzu deutlich in Erinnerung. Doch ich kann Euch nicht mehr sagen als das bereits Erzählte. Nur unsere Kleider wollten wir holen, um dann das Weite zu suchen!«

»Sture Böcke, einer wie der andere, pfui Deibel!«, fluchte Prior Georg ganz unstandesgemäß. »Dann werft sie schon hinein in den Brunnen, wollen doch mal sehen, was zuerst die Zunge löst: die Angst ums eigene Leben oder doch die Sorge um das Wohl des Freundes!«

Johann und die anderen beiden Halsabschneider führten Robert zum Brunnen, um ihn hineinzustoßen, seine Hände nach wie vor auf den Rücken gebunden.

»Halt, ihr Narren! Wenn er sofort ersäuft, werden wir nie etwas erfahren. So löst ihm gefälligst vorab die Fesseln!«

Die drei schauten sich an, doch keiner von ihnen machte Anstalten, den Befehl auszuführen.

»Aber Herr, Ihr habt doch mit eigenen Augen gesehen, was für eine Kraft in diesem Kerl steckt. Ohne Fesseln ist er uns über«, erwiderte Johann, als Georg sie ungeduldig anfuhr, endlich seine Anordnungen in die Tat umzusetzen.

»So senkt den Kerl halt kopfüber in den Brunnen hinab und haltet ihn lediglich an den Füßen, doch nur solange, bis der Dritte seine Fesseln durchtrennt hat. Aus dieser Lage wird selbst er sich nicht befreien können. Derweil werde ich auf den Muselman aufpassen, und seid gewiss, Robert, ich werde es Euren Freund spüren lassen, solltet Ihr Lust darauf verspüren, ein weiteres Wunder vollbringen zu wollen.«

Und so geschah es dann auch.

Zuerst tauchten Georgs Handlanger Robert kopfüber ins eiskalte Brunnenwasser ein, dann durchtrennten sie seine Handfesseln, und gleich darauf warfen sie den sich nach Leibeskräften wehrenden Osman hinterher.

Der Prior entfernte sich mit zweien seiner Helfershelfer

und nur Johann blieb oben zurück, um zu lauschen, wenn die Fremden bereit wären zu sprechen.

»Und lasst Euch gar nicht erst einfallen, laut Hilfe herbeirufen zu wollen. In diesen Gewölben hat schon manch ein Teufelsanbeter geschrien wie am Spieß, bevor er sein Leben ausgehaucht hat, und nichts anderes als Ketzer seid auch Ihr für die arglosen Dominikaner hier in diesem Kloster. Glaubt mir, keiner wird herbeieilen, um Euch beizustehen«, rief er in den Brunnen hinunter, dann ließ er sich nieder und schwieg.

Indessen war Robert damit beschäftigt, den Kopf seines Freundes über Wasser zu halten.

»Allzu lange kann das nicht gut gehen!«, sagte er heftig wassertretend zu Osman und hielt rücklings unterfassend dessen Kopf über dem eisigen Nass. Ich bin mit meinen Kräften am Ende, wir müssen eine andere Lösung finden.«

Robert schaute sich den Brunnen genauer an: Die von Algen übersäten Wände waren nahezu fugenlos und äußerst glitschig, unmöglich also, sich daran festzukrallen. Der Brunnen, wenn es sich denn überhaupt um einen Brunnen und nicht um ein grausam ersonnenes Folterinstrument handelte, war rund und hatte einen Durchmesser von ungefähr zehn Fuß, sodass man sich auch nicht zwischen den Wänden festklemmen konnte. Die Distanz nach oben bis zum Rand schätzte Robert auf ungefähr acht bis neun Fuß, nach unten war das Wasser tiefer als er stehen konnte, mehr musste und mehr wollte Robert gar nicht wissen.

»Hör zu, mein Freund«, erklärte er schließlich, und seiner Stimme war die Anstrengung deutlich anzuhören, »ich denke, du bist inzwischen alt genug, um endlich das Schwimmen zu erlernen!«

»Bist du närrisch? Wie soll das gehen von jetzt auf gleich?«

»Wirf einen Hund ins Wasser, und er schwimmt ebenso wie jedes andere Tier. Lernen brauchst du nichts, nur deiner Angst vor dem Wasser unter deinen Füßen musst du begegnen.«

Osman nickte stumm, obwohl seine Miene alles andere als überzeugt oder gar zuversichtlich wirkte.

»Schau, es ist ganz simpel«, fuhr Robert fort, »allein schon die Luft in deiner Brust hält dich über Wasser. So musst du eigentlich nichts anderes tun, als deinen Kopf oben zu halten und kein Wasser zu schlucken!«

»Aha, nicht untergehen ist also des Rätsels Lösung!«, erwiderte Osman mit spitzer Zunge, »damit freilich verrätst du selbst mir als Laien nichts Neues.«

Robert schaute entnervt, obwohl er bereits vorab gewusst hatte, dass es nicht leicht werden würde. Da ihn jedoch allmählich die Kraft verließ, wagte er rasch noch einen zweiten Versuch.

»Hast du schon mal Trauben getreten, um daraus Wein zu gewinnen?«

»Du weißt noch, dass du mit einem Moslem sprichst?«

»Sicher, wie dumm von mir«, seufzte Robert. »Nun, wenn man Trauben stampft, so macht man das ganz ruhig und langsam, um aus ihnen auch den letzten Rest Saft herauszupressen. Man tritt auf und nieder, ganz sanft und ohne Eile. Und ebenso musst du im Wasser treten, gern auch die Arme bewegen wie ein Vogel im Flug, nur eben ein gutes Stück langsamer und frei von Hast. Dann wirst du deinen Kopf, ohne viel Kraft aufzuwenden, mühelos über dem Wasser halten können. Vertrau auch immer deiner mit Luft gefüllten Lunge, sie wird dich ebenso oben halten!«

»Das hört sich wirklich einfach an, wäre da nur nicht die Angst vor dem Nichts unter meinen Füßen. Nun, ich werde es versuchen! Einen besseren Zeitpunkt zum Schwimmen lernen kann es schließlich gar nicht geben!«

Und so begann Osman zu treten und mit den Armen zu rudern, anfangs ängstlich und viel zu schnell, doch nach einer Weile und einigen mahnenden Worten seines Freundes ließ er es dann schließlich ruhiger angehen.

»Herr im Himmel, du kannst schwimmen!«, rief Robert erfreut.

»Ich komme zwar keinen Zoll voran, doch wenigstens gehe ich nicht unter«, antwortete Osman außer Atem.

»Meinst du, es so eine Weile durchzuhalten?«

»Ich denke schon. Doch wie soll es nun weitergehen? Unser Leben haben wir noch lange nicht …«

Robert gab Osman Zeichen, still zu sein, dann lauschten beide. Deutlich war von oben ein Schnarchen zu hören.

»Auch Johann scheint diese Nacht nicht geschlafen zu haben, vermutlich suchten er und seine Spießgesellen uns ebenso wie die Stadtwächter. Das soll dir und mir nur recht sein!«, sagte Robert, während seine Augen bereits nach einer Möglichkeit Ausschau hielten, der Falle zu entkommen. Ein Rundholz, quer über den Brunnenrand gelegt und vermutlich als Spindel für die Leine eines Schöpfeimers gedacht, erregte Roberts Aufmerksamkeit. Kurz hielt er inne, um Kraft zu schöpfen, dann schnellte er so weit es ihm möglich war aus dem Wasser heraus, doch fehlten seinen Fingerspitzen immer noch mehrere Fuß bis zum Holz.

»Spar dir deine Mühe, bis dort obenhin kommst du nie und nimmer!«

»Muss ich aber, es gibt keinen anderen Ausweg«, erwiderte Robert mit einer Spur Verzweiflung in seiner Stimme. Sein

Blick suchte rastlos in der Brunnenwand nach einer Fuge, die ihm den Aufstieg ermöglichen würde, doch die Mauer war, wohin er auch schaute, glatt und glitschig wie eine Qualle.

»Nun, zumindest stinken wir nicht mehr zum Himmel«, sah sich Osman genötigt, einige tröstende Worte zu finden, »das Wasser hat sie abgewaschen, diese …«

»Heilige Scheiße!«, rief Robert völlig unvermittelt, und seine Augen leuchteten auf.

»Ja genau!« Osman wirkte irritiert wegen der rüden Worte, dann merkte er, dass ihm Robert offensichtlich gar nicht zugehört hatte, vielmehr schien er eine Idee auszubrüten.

»Aber natürlich, so könnte es gelingen! Osman, gib mir deine Kutte!«

»Bist du närrisch? Einen Teufel werd ich tun!«

»Quatsch nicht, tu's einfach! Glaub mir, ich habe meine Gründe«, erwiderte Robert gleichmütig, während er seine auszog. Er hatte Osmans Reaktion nicht nur vorhergesehen, alles andere hätte ihn sogar irritiert.

Grummelnd und mit missmutiger Miene, jedoch ohne weitere Widerworte, entledigte sich Osman seiner Mönchskleidung, was selbst ihm als leidlichen Schwimmer keine Mühe bereitete, da er sie nur über den Kopf ziehen musste. Als Robert schließlich beide Kutten in der Hand hatte, verknotete er sie sorgfältig und prüfte anschließend mit aller Kraft, ob sie fest miteinander verknüpft waren. Osman schaute dem ganzen Treiben ebenso aufmerksam wie ratlos zu. Er wusste nicht, ob er an seinem oder an Roberts Verstand zweifeln sollte.

Hanns zweifelte auch, und zwar an seiner Sehkraft.

Waren die Fußabdrücke eben noch derart deutlich sichtbar, dass selbst der nahezu blinde Joseph aus den Stallungen des Bischofs ihnen mühelos hatte folgen können, so verloren sie sich nun ins Nichts. Er stand auf dem Hellweg und schaute in beide Richtungen. Diesmal hatten sie die Straße nicht gekreuzt, denn südlich davon waren keine Spuren zu erkennen, nördlich jedoch zeichneten sie sich umso deutlicher ab, nein, diesmal waren sie vom Alten Dorfe kommend auf den Hellweg eingebogen.

Die beiden schienen nun sämtliche Vorsicht außer Acht zu lassen, wenn sie am helllichten Tage auf diesem viel bereisten Handelsweg ihren Weg fortsetzten. Vielleicht handelten sie jedoch durchaus bewusst, denn auf der befestigten Straße waren fürs Erste keine Spuren mehr zu erkennen, nun, da der Regen schon seit vielen Stunden von einer sengenden Sonne abgelöst wurde, die den festen Boden des Hellweges noch härter werden ließ. Hanns schritt die Straße weiter nach Osten ab, weg von der Stadt, in der Hoffnung, wieder auf einen verräterischen Abdruck zu stoßen, doch er konnte nur einige Huf- und Wagenspuren entdecken, die stadteinwärts führten. Dennoch, kaum vorstellbar, dass sie wieder nach Hildesheim zurück wollten.

»Herr, schaut hier, die Abdrücke eines Riesen neben denen eines Zwerges! Die müssen von ihnen stammen!«

Hanns machte auf dem Absatz kehrt und lief zu Martin, der einige hundert Fuß entfernt auf dem Hellweg stand und den Boden anstarrte, neben ihm eine große Pfütze und aufgeweichter Boden ringsumher.

»Ganz sicher, ich erkenne die Abdrücke wieder, Herr Hauptmann«, sagte Hanns schließlich nach eingehender Begutachtung zu von Stenweden. »Doch warum gehen sie zurück zur Stadt, anstatt zu fliehen? Das will mir nicht einleuchten – Euch vielleicht, Herr Hauptmann?«

Von Stenweden schüttelte wortlos seinen Kopf, dann betrachtete er die Spur etwas genauer. Wie auch zuvor, befanden sich die kleineren Abdrücke ganz dicht links neben denen des Riesen. Außerdem fiel ihm auf, dass dessen rechter Fuß deutlich tiefer eingesunken war als sein linker, ganz so, als habe er Schmerzen im linken Bein.

»Hört zu, Männer«, rief er in die Runde, »der Riese scheint angeschlagen zu sein, vermutlich an seinem linken Bein, zumindest stützt ihn der andere beim Marschieren. Ihr alle wisst von den enormen Kräfte des Hünen, also nutzt das Wissen von seiner Verletzung, wenn es zu einem Kampf kommen sollte.«

Die Nachricht von der Verwundung des Riesen wurde von den Wachsoldaten mit großer Erleichterung aufgenommen, wer sollte es ihnen auch verdenken: Angesichts der Geschichten, die über ihn kursierten, grauste es allen vor einer Begegnung mit ihm.

Und so gingen siebzehn bis an die Zähne bewaffnete Männer nun bedeutend zuversichtlicher als noch kurz zuvor auf dem Hellweg in westlicher Richtung auf die Stadt zu.

Johann schlummerte süß, und wie auch schon in so vielen Nächten zuvor war es wieder die windschiefe Hütte der Roten Marie, in die er in seinem Traum einkehrte. Wenn sein Geldbeutelchen prall gefüllt war, was selten genug vorkam, suchte er sie auch schon einmal leibhaftig auf, doch Teufel noch eins, manchmal, wenn er nachts aus dem Schlaf aufschreckte und die Erinnerung ans Geträumte noch frisch war, da fragte er sich das eine oder andere Mal, ob ihm die wahrhaftige Marie tatsächlich lieber war als jene, die ihn nachts in seinen Träumen so inniglich liebte.

Gerade umschlang sie seine Lenden mit einer Inbrunst, wie nur sie es vermochte, als ein lauten Platschen ihn fast aus seinem Schlummer riss, doch sofort verlegte Johann den Ort des sündigen Geschehens von Maries Lager ins örtliche Badehaus, und schon passte das fremde Geräusch wieder in seinen Traum, und so schlief er weiter und träumte von roten Haaren, festen Brüsten und einem breiten Hintern.

Robert blieb das Herz stehen.

Oben grummelte Johann vor sich hin – unmöglich, dass er weiterschlief nach diesem Lärm, und doch, nach einigen bangen Momenten setzte wieder sein lautes Geschnarche ein, stockend zunächst, dann jedoch im alten Rhythmus.

»Lass mich diesmal den Knoten binden, schließlich bin ich im Hause eines Seefahrers aufgewachsen«, flüsterte Osman, nahm die beiden Kutten an sich und verknüpfte sie sorgsam miteinander.

»So, jetzt ist's solide genug für eine Herde Kamele und wird sogar dein Gewicht halten«, sagte er. Erst jetzt fiel ihm auf, wie schwer die Erschöpfung seinen Freund inzwischen gezeichnet hatte.

»Oder soll ich's lieber versuchen?«

»Und wie willst du mich hochziehen, du Hänfling? Nein, diese Aufgabe erfordert einen ganzen Mann, so gern ich dir auch den Vortritt ließe!«, sprach's und warf ein zweites Mal die zusammengebundenen Kutten über das Rundholz. Mit einem lauten Klatschen schlang sich das vollgesogene Leinen um den gehobelten Stamm. Wieder meinte Robert, der

Lärm müsse Johann aus dem Schlaf gerissen haben, und ein weiteres Mal wurde er nach einigen Momenten der bangen Sorge von dessen monotonem Geschnarche beruhigt.

Robert versuchte seine wenigen ihm noch verbliebenen Kräfte zu sammeln. Diesmal würde der Knoten halten, nur noch ein einziges Mal müsse er den Schmerzen trotzen, sprach er sich selbst Mut zu und zog sodann so lange an den herunterbaumelnden Enden des Kuttengeflechts, bis sie auf gleicher Länge herabhingen.

»Auf ein Neues!«, flüsterte er Osman zu.

»Auf ein Neues, mein Freund!«, erwiderte dieser.

Knapp über Roberts Kopf baumelten die Enden, immer noch unentwegt tropfend. Ein letztes Mal tief Atem geholt, dann zog er sich nach oben, nur ein kleines Stück weit, aber immerhin, der Anfang war getan. Schwer atmend schaute er hinauf zum Rundholz. Es lag noch gute fünf Fuß über seinem Kopf und schon jetzt meinte er, sich keinen Zoll weiter nach oben ziehen zu können. Und doch musste das Unmögliche geschehen, also rief er sich ins Gedächtnis, dass nicht nur sein Leben, sondern ebenso das von Osman und, sollte es ihn nicht entzweigerissen haben, auch das von Albert vom Gelingen seines Planes abhing. Er biss die Zähne zusammen und ignorierte den Schmerz, den ihm die lädierte Rippe bereitete, achtete nicht auf seine Arme, die vor Anstrengung zitterten, und schob unablässig eine Hand über die andere. So näherte er sich zwar nur langsam, aber dennoch stetig dem Brunnenrand.

Nur noch wenige Zoll fehlten ihm bis zum Stamm, als plötzlich ein Ruck durchs Leinen ging. Löste sich etwa abermals der Knoten?

Robert schaute mit bangem Blick nach oben, doch der Knoten ruhte still und fest auf dem Holz.

Wieder ein Ruck, begleitet von einem Geräusch, das eindeutiger nicht sein konnte.

»Verdammt, der Stoff reißt!«, hörte er von unten Osman rufen.

Nun aber rasch, jetzt oder nie, dachte sich Robert, nahm seine ganze Kraft zusammen, zog sich in Windeseile noch zwei Mal nach oben und erreichte schließlich mit seinen Fingerspitzen das Rundholz. Verteufelt glatt war es, sodass Roberts Hände abzurutschen drohten, doch schließlich umklammerte er den Stamm inbrünstiger als ein Freier seine Braut, dann zog er rasch seine Beine nach und schlang sie ebenfalls um das Holz.

Geschafft, Halleluja!

Von hier aus über den Rand nach draußen zu gelangen, war für ihn nun ein Leichtes, trotz der Rippe, die wie wild in seiner Seite pochte.

Schwer atmend hockte er neben dem Brunnen und betrachtete Johann, der nach wie vor selig vor sich hinschlummerte. Einige Augenblicke wog Robert ab, ob ihr Bewacher in diesem Zustand eine Gefahr darstellte, ehe er sich schwerfällig erhob, sich vor Johann aufstellte und mit einem kräftigen Hieb dafür sorgte, dass der Lump so rasch nicht mehr aufwachen würde.

Bebend vor Erschöpfung wankte Robert zurück zum Brunnen, nahm die zusammengebundenen Kutten vom Rundholz und warf ein Ende seinem Freund hinunter, das andere wickelte er sich um die Hände. Rasch kletterte Osman daran hinauf, ohne dass Robert ihm behilflich sein musste. Auch riss der Stoff nicht weiter ein, was Robert nicht erstaunte angesichts der spindeldürren Statur seines Freundes.

Nun standen sie beide oben, splitternackt wie Gott sie schuf, und Osman kam nicht umhin, Roberts Verletzung zu begutachten, die in allen ihm bekannten Farben schillerte und leuchtete. Allein der Anblick schmerzte schon und Osman wollte sich gar nicht erst ausmalen, welche Qualen die Rippe seinem armen Freund wohl bereitete.

»Kannst du den Knoten wieder lösen? Ich möchte den Feinden nicht nackt gegenüberstehen«, sagte Robert, an sich herunterschauend.

»Ich kann da nichts Schlechtes dran entdecken. So hättest du zumindest die Überraschung auf deiner Seite.«

Robert lächelte müde zurück, während Osman geschickt den Knoten entwirrte, dann warfen sie sich die wassertriefenden Kutten über.

»Und was nun?«, fragte Osman.

»Fort, so schnell wie möglich, denn auf einen Kampf können wir es nicht mehr ankommen lassen. Ich kriege ja noch nicht mal mehr die Arme nach oben!«, erwiderte Robert und schwankte bedenklich.

»So sei es«, antwortete Osman, »möge Allah mit uns sein!«

Von Stenweden runzelte verwundert die Stirn.

Die Spuren der beiden führten tatsächlich direkt ins Kloster der Dominikaner. Was zum Teufel hatten sie hier verloren? Sie würden doch nicht solch ein Wagnis auf sich nehmen, nur um ihre Kleider zurückzubekommen? Inzwischen mussten sie doch wissen, dass ihnen sämtliche Waffenträger Hildesheims auf den Fersen waren. Was nur bezweckten sie hiermit, und wo befand sich Albert, sollten sie ihn doch entführt haben?

Fragen über Fragen, und jede einzelne von ihnen nährte von Stenwedens Zweifel an der Schuld der beiden Flüchtigen.

Die Sonne stand bereits im Westen, als die Glocken zur Non schlugen und, allen voran der Hauptmann, siebzehn geharnischte und bewaffnete Soldaten durch das tagsüber geöffnete Klostertor den Gemüsegarten des Dominikanerstifts betraten.

Erst einmal raus aus dieser Falle, dachte sich Robert, während er geduckt hinter Osman durch die sorgsam vom Botanicus gepflegten Bohnensträucher schlich. Draußen könne man sich immer noch Gedanken machen, ob sie denn ihr Wissen über den Prior weitergeben oder einfach nur das Weite suchen sollten. Das Tor in die Freiheit war jedenfalls bereits zum Greifen nah und noch hatte sie niemand entdeckt, da schlugen die Glocken zur Non an.

Osman blieb unvermittelt stehen, als im gleichen Augenblick ein waffenstarrender Soldat nach dem anderen den Klostergarten betrat. Robert, ihm direkt folgend und nicht im Bilde, was vorn geschah, stieß ihn beinahe zu Boden.

»Was stockst du denn so plötzlich? Fast hätte ich dich umgerannt!«

Hastig gab Osman ihm ein Zeichen, umgehend Ruhe zu geben, dann wies er nach vorn zum Tor.

Robert nickte nur, wollte der Ärger denn gar nicht mehr enden?

Unschlüssig, was nun zu tun sei, verharrte er regungslos, als plötzlich einige Schritte hinter ihm ein lautes Rascheln zu hören war, kurz darauf gleich wieder. Wohl ein Tier im Gemüsebeet, dachte sich Robert und wandte vorsichtig seinen Kopf. Doch es war kein Hase, der gerade einige Möhren stibitzte, sondern Mattias beim Bewässern seiner Lieblinge. Er hatte nur Augen für die Soldaten, die in einem scheinbar endlosen Strom in sein Reich strömten. Wie gebannt verfolgte er die Szene, die sich vor ihm am Klostertor abspielte, ob aus purer Neugier oder Sorge um seine sprießenden Zöglinge, doch wie lange noch? Sobald sein Blick auch nur ein Stück nach rechts fiele, müsste er die beiden Flüchtigen sehen, denn sie befanden sich gerade einmal fünf Schritte von ihm entfernt.

Robert überlegte fieberhaft. Sich von Mattias zu entfernen hieße, den Soldaten näherzurücken, keine gute Idee also. Doch könnte er in seinem Zustand unbemerkt dicht genug an Mattias herankommen, um ihn fürs Erste mundtot zu machen? Er, der inzwischen nicht einmal mehr ein Bein vor das andere setzen konnte, ohne vor Schmerz laut aufschreien zu wollen. Und während Robert noch grübelte, ob er das Wagnis auf sich nehmen solle, nahm ihm Mattias die Entscheidung bereits ab.

»Hierher, ihr Wachleute«, schrie er lauthals, »hier stecken die Halunken!«

Osman schaute in Roberts Gesicht. Sollten sie es ein weiteres Mal auf einen Kampf ankommen lassen?

»Es ist aus, mein Freund!«, erwiderte Robert müde. »Dieses Gefecht können wir nicht gewinnen. Machen wir das Beste draus! Lass uns die Wahrheit sagen und hoffen, dass wir nicht nur auf taube Ohren stoßen werden!«

Und so erhoben sie zum Zeichen ihrer Unterwerfung die Hände und gingen ruhigen Schrittes aus dem Bohnenfeld hinaus auf die Soldaten zu. Sofort wurden sie gefesselt, doch erst als um Roberts Hals darüber hinaus noch eine stramme Schlinge lag, legte sich endlich die Anspannung der Wachmänner und sie lachten gelöst angesichts ihres Fanges.

Inzwischen hatte sich jede zum Kloster gehörende Seele im Gemüsegarten eingefunden und stellte sich neugierig zu den siebzehn Wachsoldaten und ihren zwei Gefangenen. Mattias stiegen Tränen in die Augen, denn in der Enge drohten die Früchte seiner Arbeit zertrampelt zu werden. Beinahe hätte er gar geflucht, besann sich allerdings in Anwesenheit seiner Brüder doch noch eines Besseren.

Von Stenweden war der Erste, der das Wort ergriff.

»Weiß Gott, ihr habt es uns wirklich schwer gemacht!«, sagte er, an Robert und Osman gewandt. »Sprecht, wo haltet ihr Bruder Albert verborgen?«

»Das muss nicht Eure Sorge sein, Herr Hauptmann!«, fuhr der Prior dazwischen, bevor einer der Gefangenen auch nur einen Laut von sich geben konnte. »Die Angelegenheit obliegt nun nicht mehr der irdischen Gerichtsbarkeit.«

»Ich denke, Ihr irrt, verehrter Herr Prior, Entführung ist durchaus ein Vergehen, das einer weltlichen Rechtsprechung unterliegt. Dem Vogt wurde bereits Bescheid gegeben.«

»Dann will ich doch hoffen, dass er sich nicht schon auf den Weg gemacht hat, denn er käme vergebens.« Georg machte eine gebieterische Geste, dann zeigte er nach oben zum Klostergebäude. »Seht Ihr die ausgebrannte Kammer dort in der Höhe? Feurige Blitze schleuderten die beiden Höllenkreaturen von hier unten herauf, dass die Luft brannte mit Donnergrollen. Der Teufel selbst hat sie geschickt, um unseren Orden auszumerzen, da er sich ihm zum Kampf stellt. Die peinliche Befragung wird ihnen ihre weiteren bösen Pläne entlocken!«

»Blitze aus Feuer?« Von Stenweden schaute skeptisch. »Habt Ihr denn Zeugen für Eure Behauptungen?«

Peter und Michael, Georgs Handlanger, hoben sofort ihre Arme und auch einige Mönche meinten etwas Derartiges gesehen zu haben, denn sie taten es ihnen gleich, doch das schien den Prior gar nicht zu interessieren.

»Was untersteht Ihr Euch, die Worte eines Inquisitors infrage zu stellen?«, fuhr er den Hauptmann mit zornesrotem Kopf an. »Eure Gottlosigkeit ist allgemein bekannt, so also haltet lieber Eure Zunge im Zaum, damit nicht noch der harte und gerechte Arm Gottes über *Euch* richten möge!«

Von Stenweden wusste nur zu gut, wann es ratsam war, einzulenken – und diesmal war es allerhöchste Zeit. Die Hunde des Herrn aufzubringen war ein narrensicherer Weg, überaus qualvoll seinem Leben ein Ende zu setzen. Dennoch, obwohl sich des Ernstes der Lage durchaus bewusst, war von Stenweden nicht bereit, ohne Weiteres klein bei zu geben, denn Georgs Unnachgiebigkeit nährte seinen Argwohn, hatte er den Prior doch bislang trotz seiner Härte als Mann des Ausgleichs und klugen Abwägens kennengelernt.

»Glaubt ihm kein Wort, Herr Hauptmann«, zischte Robert dazwischen, »wir sind aus Fleisch und Blut wie alle anderen hier. Der Lump ist der Prior selbst! Er hat Albert entführt, um aus dessen Künsten als Goldmacher allein Profit zu schlagen!«

Ein einziger Schrei aus hundert Kehlen gleichzeitig machte der Entrüstung über diese unglaubliche Anschuldigung Luft. Wie konnte dieser dahergelaufene Lump nur ihren ehrwürdigen Prior derart beschuldigen?

Immer noch zögerte der Hauptmann, freiwillig das Feld zu räumen, so unglaublich die Anklage des Riesen auch klang. Eine wahrhaft verzwickte Situation in Anbetracht der Tatsache, dass er bislang keineswegs überzeugt war von der Schuld der beiden, ganz zu Schweigen von Georgs grotesker Anklage, die Fremden hätten feurige Blitze zum Dachstuhl geschleudert. Durfte er sie einfach ihrem Schicksal überlassen? Was ihnen unter Georgs Fittichen blühte, konnte sich von Stenweden jedenfalls unschwer ausmalen.

Die Stimmung im Klostergarten war gefährlich aufgeheizt, irgendetwas musste geschehen, doch auf welche Weise nur sollte er sich gegen eine Hundertschaft wehrloser Klosterbrüder durchsetzen, er konnte schließlich unmöglich mit siebzehn bis an die Zähne bewaffneten Soldaten einen Kampf gegen eine Schar Bettelmönche anzetteln. Von Stenweden wagte noch einen letzten Versuch, Schlimmeres zu verhindern.

»Ich will Euch die beiden Halunken gern überantworten, Herr Prior, doch gewährt mir vorab, einige Fragen an sie zu richten.«

»Dann fragt geschwind, Soldat!«, antwortete Georg dem Hauptmann kurz angebunden.

»Nicht hier im Kloster, in der Wachstube.«

»Nun, daraus wird nichts werden, Hauptmann – stellt Eure Fragen hier oder überlasst die beiden gleich der Kirche, und entscheidet Euch rasch, die nächste Messe will alsbald gelesen werden!«

Georgs Halsstarrigkeit überraschte selbst von Stenweden, und je heftiger der Prior sich ihm widersetzte, desto mehr musste er an Roberts letzte Worte denken. Mochte tatsächlich etwas Wahres dran sein?

»Dann lest halt Eure Messe, während wir die beiden zum Verhör führen!«, sagte von Stenweden, dann gab er seinen Männern Zeichen, kehrtzumachen und wandte sich zum Gehen.

»Seid Ihr von Sinnen, Ihr aufgeblasener Wichtigtuer?«, stellte sich ihm Georg, bebend vor Zorn, in den Weg. »Wie könnt Ihr Euch meinen eindeutigen Anordnungen widersetzen? Muss denn erst Konrad ein Machtwort sprechen, um Euch in die Schranken zu verweisen?«

»Aber ich bitte Euch, hoch geschätzter Herr Prior, lasst doch den Bischof außen vor, ihn plagen weiß Gott andere Sorgen! Ich will die beiden doch nur rasch verhören über ihr wohlgemerkt weltliches Vergehen, danach werde ich sie gern wieder Eurer Obhut unterstellen!«, erwiderte der Hauptmann betont ruhig.

»Nichts da!«, fuhr ihm Georg dazwischen und ergriff die Fesseln der Gefangenen. Sofort nahm ihm von Stenweden ruhig, aber bestimmt die Stricke wieder aus der Hand.

»Wir gehen jetzt!«, wies er seine Leute an, als im gleichen Atemzug die persönliche Leibwache des Bischof in den Klostergarten stürmte. War es Zufall oder hatte der Prior nach ihnen rufen lassen? Einerlei, dachte sich von Stenweden und schätzte, dass es ungefähr ein Dutzend Männer waren, alle gut bewaffnet. Die Situation wurde in der Tat immer brenzliger.

Wenn es zu einem Kampf käme, so würde er zweifelsfrei in einem Gemetzel enden, doch ebenso fraglos wäre es um die beiden Fremden geschehen, beließe er sie in Georgs Händen – durfte er das als Hauptmann der Stadtwache zulassen?

Doch hatte er eine andere Wahl?

Zwei Leben gegen zwanzig oder gar mehr.

Das Wohlergehen zweier Fremder, die er nie zuvor gesehen hatte, gegen das seiner Männer, mit denen ihn in den meisten Fällen seit vielen Jahren ein freundschaftliches Verhältnis verband, dessen Frauen und Kinder er kannte und an deren Tafel er ein ums andere Mal gesessen und gespeist hatte. Und doch, konnte er gegen sein Gewissen handeln?

Inzwischen war er von der Unschuld der beiden überzeugt. Schon von Anfang an hatte er seine Zweifel, Georgs Verhalten tat sein Übriges.

Zwei unschuldige Leben gegen zwanzig …

Pest oder Cholera …

Schande oder Tod …

»Nun macht endlich, dass Ihr Land gewinnt!«, riss Georgs geifernde Stimme von Stenweden aus seinen Grübeleien. Und während der Prior auf die Männer der Stadtwache einschrie, zog und stieß er einige von ihnen in Richtung Klosterpforte, was diese nur widerwillig und mit zornig funkelnden Augen über sich ergehen ließen. Entschlossen schauten sie ihren Hauptmann an – sie waren zum Kampf bereit, und ebenso entschlossen waren der Blick und die Haltung der Leibgarde des Bischofs und der Dominikaner.

»Ja, wollt Ihr es denn tatsächlich auf einen Kampf ankommen lassen, Hauptmann von Stenweden? Soll denn Blut den Acker des Herrn besudeln? Und wollt Ihr, dass noch mehr Diener Gottes durch diese Höllenhunde ihr Leben verlieren, nachdem bereits Bruder Albert, unser großer Lehrmeister, durch ihre Hände zu Grunde ging?«

»Glaubt dem Aas kein Wort!«, kam eine dünne Stimme als Antwort auf Georgs Fragen. Sofort reckten sich alle Hälse zu einer zerlumpten Gestalt, die auf wackligen Beinen in der Tür zu den Quartieren stand. Einige Augenblicke noch konnte sie sich aufrecht halten, lange genug, um von jedem gesehen zu werden, dann sackte sie in sich zusammen. Und mit ihr das Lügengebilde des Priors.

Kurz zuvor …

Schmerzen am ganzen Körper ließen den Mann aus seinem tiefen Schlaf aufschrecken. Er schaute sich seine Hände an – sie waren mit Ruß bedeckt und übersät von tiefen Rissen und verkrustetem Blut. Er stöhnte laut auf, zumindest meinte er, laut aufzustöhnen, denn tatsächlich hörte er nur ein permanentes, eindringliches Pfeifen, das alle anderen Geräusche übertönte.

Was war nur geschehen?

Er brauchte eine Weile, bis die Erinnerungen zurückkamen.

Wie bitter sie waren, riefen sie ihm doch ins Gedächtnis zurück, wie schändlich er von einer ihm nahestehenden und hoch geschätzten Person hintergangen wurde.

»Georg, du verdammter Lump, wie konntest du nur!«

Schau an, dachte er sich, als er durch das nach wie vor dominante Pfeifen hindurch seine eigene Stimme hören konnte.

Die Taubheit ist also nicht von Dauer, dem Herrn sei Dank!

Doch wieso war niemand bei ihm in der Kammer? Nach allem, was vorgefallen war, konnten sie ihn unmöglich unbewacht lassen.

Er schaute an sich hinunter und revidierte seine Meinung – so zerlumpt und zerrissen, wie er derzeit aussah, konnte man nicht davon ausgehen, dass noch viel Leben in ihm war. Vermutlich dachten seine Bewacher, er würde nie mehr die Augen öffnen.

Draußen hörte er erregte Stimmen aufeinander einreden, unter anderem auch die von Georg. Mit zitternden Beinen schlich er Schritt um Schritt ins Licht, hinaus in den Klostergarten. Er spürte, dass sein Erscheinen dort nicht allein für *sein* Überleben von Wichtigkeit wäre, also kämpfte er gegen die verführerische Ohnmacht an, die ihn von seinen Schmerzen erlösen würde. Mit letzter Kraft stieß er die Pforte zum Garten auf. Vor ihm, unter der sengenden Nachmittagssonne, schien sich ganz Hildesheim in Mattias' Reich versammelt zu haben. Noch hatte ihn niemand bemerkt, alle Augen starrten auf Georg, der ihn soeben lauthals für tot erklärt hatte.

Zuerst wollte ihm seine Stimme nicht gehorchen, doch schließlich verließen seine Kehle doch noch einige Worte, die laut genug waren, die Aufmerksamkeit der anderen zu erregen. Nun, alle Augen auf sich gerichtet, war seine Mission erfüllt. Und so gab Albert von Lauingen dem verlockenden Drängen seines Körpers nach und brach auf der Stelle zusammen.

»Mein Gott, Albert! Ist es denn möglich?«

Gustav, der älteste Ordensbruder des Klosters, hatte als Erster seine Sprache wiedergefunden, vielleicht auch, weil er in seinem langen Leben schon reichlich Ungeheuerliches erlebt hatte. Die meisten anderen sperrten nur ungläubig ihre Münder auf und hielten Maulaffen feil. Ganz anders Georg und seine zwei Helfershelfer, diese legten plötzlich eine enorme Lebhaftigkeit an den Tag. Rasch lösten sie sich aus dem Pulk und hatten schon beinahe die große Klosterpforte erreicht, als von Stenweden gerade noch rechtzeitig ein Zeichen gab, die drei festzuhalten.

Die Dominikaner indessen waren unschlüssig, was sie von alldem zu halten hatten. Manch einer von ihnen meinte immer noch, sich verhört zu haben, als der ehrwürdige und über alle Zweifel erhabene Bruder Albert den ebenso ehrwürdigen und ebenso über alle Zweifel erhabenen Bruder Georg einen Lügner schimpfte. Jedem jedoch war klar, dass der Prior zumindest in einem Punkt ganz gewaltig irrte: Wenn auch dem Tode näher als dem Leben, so war Albert doch ganz gewiss nicht von den beiden Fremden gemeuchelt worden.

Nun, da alles und jeder infrage stand, löste sich die feindselige Stimmung, die die Gesellschaft im Klostergarten kurz zuvor noch in zwei klar definierte Lager gespalten hatte. Nach kurzer Rücksprache mit von Stenweden rückte zuerst die Leibgarde des Bischofs ab, danach verließen die Männer der Stadtwache mit ihren drei Gefangenen und den beiden Fremden unbehelligt von den Dominikanern das Kloster.

FREITAG, DER ACHTUNDZWANZIGSTE JULI

vormittags

ABSCHIED

VIEL WASSER WAR inzwischen die Innerste hinabgeflossen, als es gute zwei Wochen später hieß, Lebewohl zu sagen.

Mittlerweile waren der Prior und zwei seiner Handlanger einem Kirchentribunal überantwortet worden, was den dreien keineswegs zum Vorteil gereichen sollte, denn die Geistlichen pflegten über ihre eigenen Diener, wenn sie denn fehlten, seit jeher besonders unbarmherzig zu richten.

Johann, jener Halunke, der am Brunnen Wache halten sollte, entging dem Schicksal der drei anderen, da Roberts unabsichtlich überhart ausgefallener Schlag den Gauner nicht nur einen Großteil seines ohnehin begrenzten Verstandes kostete, sondern überdies auch sämtliche Bösartigkeit aus seinem Wesen trieb. So wurde aus Johann, dem Unbeherrschten, wie er weit und breit nur genannt wurde, schlagartig Johann, der Einfältige. Seit jenen Tagen gab es in der ganzen Stadt niemanden mehr, der unter seinem bisher so bösartigen Wesen leiden musste. Das restliche Leben verbrachte er in Hildesheim, und nachdem die anfangs noch misstrauischen Bürger der Stadt sich vom Wandel seines Gemütes überzeugt hatten, nahmen sie ihn gern auf in ihrer Mitte, denn seine stets gut gelaunte, freundliche Art erfreute selbst den trübseligsten Geist. Ob seine Wandlung für ihn das Beste war, mag dahingestellt sein, für seine Mitbürger jedenfalls war sie eindeutig ein Segen.

Über das Schicksal von Georgs viertem Handlanger Bertram, der im letzten Moment den lodernden Feuerspan aus dem Schwarzpulverkessel hatte ziehen wollen und damit vermutlich Albert das Leben rettete, da sein bedauernswerter Körper der Feuersbrunst die ärgste Wucht nahm, sei der

Mantel des Schweigens gehüllt, nur so viel: Er ging ohne Schmerz, da ihn der Tod umgehend ereilte.

Nun jedenfalls, am achtundzwanzigsten Juli des Jahres 1234, einem sonnigen Freitag im Übrigen, standen Robert, Osman und Albert ein letztes Mal beieinander. Drei Freunde, deren Schicksale noch wenige Tage zuvor eng miteinander verknüpft und die nur um Haaresbreite dem Tod entronnen waren. Ein jeder von ihnen verdankte sein Leben den Taten der anderen.

Der Medicus hatte bei allen dreien gute Arbeit geleistet, sodass nur einige kleinere Narben zurückblieben, die sie zeitlebens an ihre Abenteuer in Hildesheim erinnern sollten. Alle anderen, mitunter üblen Wunden waren inzwischen verheilt und nahezu vergessen.

»Und Ihr wollt wirklich weiterziehen, ohne dass ein Heim, Mensch oder Auftrag auf Euch wartet im fernen Cölln?«, fragte Albert zum wiederholten Mal.

»Nun, ganz so ist es freilich nicht, lieber Albert«, erwiderte Robert, »zumindest habe ich noch Hoffnung, die geliebte Augusta wiederzufinden, auch wenn sie inzwischen sicher Mutter zahlreicher Kinder ist und sich an mich vermutlich gar nicht mehr erinnern kann. Außerdem gelobte ich, dem Vater der unglücklichen Luise über ihr tragisches Schicksal zu berichten.«

»Und Ihr, was treibt Euch aus dieser gastlichen Stadt?«, sprach Albert nun Osman an. »Ein kluger Kopf, noch dazu des Schreibens und fremder Sprachen mächtig, wird überall gebraucht, auch und im Besonderen hier in Hildesheim.«

»Ich will nicht verhehlen, dass mir bereits der Gedanke kam, hier fürs Erste zu bleiben, doch sagt selbst, lieber Herr Mönch, brächtet Ihr denn die Kälte auf, diesen linkischen Tropf zu meiner Rechten hilflos seinem Schicksal zu überlassen? Er käme kaum unbeschadet über die Stadtgrenzen hinaus. Ich zumindest bringe es nicht übers Herz. So also muss ich wohl oder übel mit ihm ziehen!«

»Deine Selbstlosigkeit und Fürsorge wärmen mir das Herz!«, lautete kurz und knapp Roberts lakonischer Kommentar.

Albert schüttelte sanft den Kopf, faltete die Hände und richtete schließlich seinen Blick zum Himmel. »Dann hat es der Herr halt so vorherbestimmt! Robert, Osman, lasst mich Euch ein letztes Mal umarmen und alles Gute auf Euren weiteren Wegen wünschen, Gottes Segen bewahre Euch vor allem Bösen!«

Zum Schluss noch ein herzlicher Händedruck, dann bestiegen die beiden Freunde ihre Gäule und trabten gemächlich vom Kloster in Richtung Brühltor. Und nicht wenige standen am Straßenrand und winkten ihnen freundlich zu, denn die Abenteuer der Fremden und das Unrecht, das ihnen hier in Hildesheim widerfahren war, war überall in der Stadt und darüber hinaus bekannt geworden.

Ein letztes Mal ging es vorbei an der Stinekenpforte, die, nun gerade mal einen Schritt breit, bis auf jenen penetranten Gestank all ihren Schrecken verloren hatte. Unglaublich, dachte sich Osman bei ihrem Anblick, dass sie beide beinahe in dem jetzt so harmlos dahinplätschernden Rinnsal ertrunken wären.

Hinter dem Brühltor bogen sie nach links auf den Hellweg ein, der auf Höhe der heiligen Kreuzkirche ihren Pfad kreuzte. Weiter führte sie ihr Weg durch das Peterstor in die Domburg hinein, und vorbei an der imposanten Kathedrale durch das Paulstor wieder hinaus. Am Pantaleonstor im Westen der Mauer hieß es schließlich endgültig Abschied zu nehmen von der Stadt. Ächzend öffneten sich die schweren

Holzflügel vor ihnen und gaben den Blick frei auf nahezu alle Männer der Stadtwache, die außerhalb der Stadtmauer links und rechts am Wegesrand den Hellweg säumten. Zum Gruß erhoben sie stumm ihre Lanzen, während von Stenweden stramm, aber mit einem Lächeln auf seinem Gesicht, salutierte. Wie gern hätte er Robert in seinen Reihen gehabt, dachte er sich noch, als ihm dieser freundlich zunickte, doch er war leider nicht von seinem Plan abzubringen, ins ferne Cölln zu reisen.

Wie zum Abschied schlugen die Glocken Hildesheims zur Terz an, als Robert und Osman auf die Dammstadt zuritten mit ihren aus Flandern zugereisten Tuchhändlern und Färbern.

Weit war ihr Weg nach Cölln, und viele Abenteuer hatten sie noch zu bestehen – doch das ist eine andere Geschichte.

ENDE

ANMERKUNGEN DES AUTORS

Viele der im Roman geschilderten Charaktere haben tatsächlich gelebt.

Albertus Magnus, einer der größten Gelehrten seiner Zeit, verbrachte einige Jahre in Hildesheim, und Gerüchte besagen, dass er sich in seiner Klause am Brühl tatsächlich an der Herstellung von Gold versuchte. Wie viel Wahrheit letztlich in besagtem Gerücht steckt, ob er das Unmögliche wirklich versuchte, und wenn, aus welcher Motivation heraus, lässt sich heute allerdings nicht mehr eindeutig sagen.

Er verstarb 1280 in Köln im biblischen Alter von siebenundachtzig Jahren.

Auch Nikolaus von Köln ist eine historische Persönlichkeit. So legendär die Überzeugungskraft seiner Worte war, so rätselhaft und ungewiss sind die Umstände, die zu seinem Tode führten.

Weitere in dem Buch nur am Rande erwähnte Personen, die tatsächlich gelebt haben, sind neben dem norwegischen Sklavenhändler Friso, Kalif Umar ibn al-Chattab, Papst Gregor und einigen Bischöfen ein junger Franzose namens Stephan. Dieser Stephan begeisterte ebenso wie Nikolaus tausende Kinder für seine Idee und zog mit ihnen vom nordfranzösischen Vendome aus zur Mittelmeerküste, während zeitgleich Nikolaus' Armee von Köln ausrückte.

Alle weiteren Figuren und Geschehnisse aus dem vorliegenden Roman sind frei erfunden, so haben weder Robert und Osman noch der Hauptmann von Stenweden und seine Soldaten, geschweige denn der Prior Georg jemals das Licht der realen Welt erblickt, Ähnlichkeiten mit lebenden oder verstorbenen Personen wären rein zufällig und von mir nicht beabsichtigt.

Ich bemühte mich redlich, bei der Darstellung Hildesheims Anno 1234 möglichst genau zu beschreiben, wie die Stadt seinerzeit wohl ausgesehen haben mag. Einiges wie beispielsweise der exakte Verlauf der Stadtmauer lässt sich allerdings nach fast achthundert Jahren nicht mehr eindeutig rekonstruieren, es fehlt an entsprechenden Unterlagen bzw. Baufunden. Sollten sich also einige Unstimmigkeiten eingeschlichen haben oder Mutmaßungen von heute sich morgen als falsch erweisen, so bitte ich dieses zu entschuldigen.

Einige *vermeintliche* Fehler möchte ich noch abschließend an dieser Stelle aufklären. So wird der ortskundige Leser bemerkt haben, dass die Andreaskirche alles andere als eine kleine Kapelle ist – schließlich ragt an ihrer Flanke Niedersachsens höchster Kirchturm in den Himmel. Doch entstand dieser imposante Bau erst viele Jahre später, seinerzeit befand sich an jenem Ort eine bedeutend kleinere Kirche. Auch das Dominikanerkloster ist nicht identisch mit der heutigen St. Pauls Kirche, es lag aber ganz in der Nähe am Brühl.

Mit dem Bau des Kölner Doms, so wie wir ihn heute kennen, wurde erst im Jahre 1248 begonnen. An seiner statt befand sich dort zuvor eine erheblich kleinere Kathedrale.

Abschließend sei noch angemerkt, dass auch das Vaterunser, so wie wir es heute kennen, im Laufe der Zeit durchaus Veränderungen durchlief. Bei dem in Fragmenten im Text verwandten Gebet handelt es sich selbstredend um eine ältere Fassung.

DANKSAGUNG:

HERZLICH BEDANKEN MÖCHTE ich mich bei Dr. Eberhard Salzmann für die eine oder andere lebhafte Diskussion während der Entstehung dieses Buches. Einige Anregungen habe ich gerne mit aufgenommen und im Text verarbeitet.

Mein ganz besonderer Dank gilt zudem meiner Lektorin Claudia Senghaas nicht nur für ihre wertvolle Arbeit an diesem Buch, sondern auch für ihre Unterstützung und ihren Glauben an das Projekt. Sie hat mir bei meinem, bisweilen überbordenden altertümlichen Sprachstil, ein wenig Zurückhaltung empfohlen, was dem Buch gutgetan hat.

Peter Hereld, Dezember 2009

Weitere Krimis finden Sie auf den folgenden Seiten und im Internet: www.gmeiner-verlag.de

UWE GARDEIN

Das Mysterium d. Himmels

278 Seiten, Paperback.
ISBN 978-3-8392-1075-8.

HIMMELSBILDER Das Land zwischen dem Rhein, der Donau und den Alpen ist altes Keltenland. Vor 2.300 Jahren kommt Ekuos, der Hirte mit der Herde seiner Sippen aus den Bergen ins Tal. Ein Auserwählter, der das zweite Gesicht besitzt. Er hat Himmelsbilder gesehen, die er nicht deuten kann. Er will den Weisen von den Erscheinungen am Firmament berichten, doch in der Ebene hörte er, dass sein Bruder Atles mit Freunden verschleppt worden ist. Sofort macht sich Ekuos auf die Suche nach seinem verschwundenen Bruder. Es beginnt eine lange Reise in den dunklen Norden. Mit dabei sein Gefährte Matu, der Treiber, und die Wölfin Kida, die von Ekuos gefunden und aufgezogen wurde.

SUSANNE BONN

Die Schule der Spielleute

320 Seiten, Paperback.
ISBN 978-3-8392-1073-4.

SPIELMANNSTOD Worms, im Jahre 1339. In einer Spielmannsschule treffen Fahrende aus allen Teilen Europas zusammen, um Wissen und Erfahrungen auszutauschen, aber auch, um sich für die großen Fürstenhöfe zu empfehlen. Ein begehrtes Ziel ist die Residenz des Grafen von Geldern. Auch die jungen Musiker Elbelin und Gottfrid sind dorthin unterwegs. Was sie nicht ahnen: Das spielerische Kräftemessen soll sich schon bald zu einer tödlichen Tragödie auswachsen …

GMEINER

Wir machen's spannend

UWE KLAUSNER
Die Bräute des Satans

315 Seiten, Paperback.
ISBN 978-3-8392-1072-7.

MEIN IST DIE RACHE Das Kloster Maulbronn, im Jahre 1417. Die Hennen legen nicht, die Kühe geben kaum Milch, der Wein schmeckt wie Essig. Und als das Bauernmädchen Mechthild der Zauberei verdächtigt wird, ist die Krise perfekt. Bruder Hilpert, der erst vor ein paar Wochen ins Kloster heimgekehrte Bibliothekar, tut alles, um die Gemüter zu besänftigen. Doch das Unheil nimmt seinen Lauf. Kaum hat er mit seinen Ermittlungen begonnen, wird der verkohlte Leichnam eines Mitbruders gefunden. Vom Täter, der auf einem Pergamentröllchen die Buchstaben EST hinterlassen hat, fehlt dagegen jede Spur …

GÜNTHER THÖMMES
Der Fluch des Bierzauberers

373 Seiten, Paperback.
ISBN 978-3-8392-1074-1.

EIN NEUER ANFANG Der Dreißigjährige Krieg stürzt Deutschland in die Katastrophe. Der Magdeburger Brauherr Cord Heinrich Knoll verliert bei der Vernichtung seiner Heimatstadt alles, was ihm lieb und teuer ist: Frau, Kinder, die Brauerei. Als endlich Frieden herrscht, bekommt er die Chance, unter der Herrschaft des Prinzen Friedrich von Homburg dessen neue Brauerei zu Ehre und Ansehen zu führen. Doch dann droht neues Ungemach von höchster Stelle. Ausgerechnet der Große Kurfürst von Brandenburg zwingt den Bierbrauer zu einem Kampf ums nackte Überleben …

GMEINER

Wir machen's spannend

DAGMAR FOHL

Die Insel der Witwen

271 Seiten, Paperback.
ISBN 978-3-8392-1070-3.

INSELLIEBE Taldsum, eine Insel im friesischen Wattenmeer, Mitte des 19. Jahrhunderts. Das Leben der Bewohner ist geprägt von der Seefahrt, dem Tod und bitterer Armut. Als ein Leuchtturm auf dem Eiland errichtet werden soll, schlagen die Wogen der Empörung hoch. Auch die junge Seemannswitwe Keike Tedsen, die wie viele Frauen von der Strandräuberei lebt, fürchtet um ihr karges Auskommen. Dann aber verliebt sie sich in den Hamburger Ingenieur Andreas Hartmann, der mit dem Leuchtturmbau beauftragt ist. Es ist eine schicksalhafte Liebe, die das Leben der beiden für immer verändern soll …

GERHARD LOIBELSBERGER

Reigen des Todes

324 Seiten, Paperback.
ISBN 978-3-8392-1068-0.

DIE SPUR DES TODESENGELS Wien 1908. Als am Ufer des Donaukanals ein abgetrennter Unterarm entdeckt wird, wittert Gerichtsredakteur Leo Goldblatt die große Story. Doch nicht nur diese mysteriöse Angelegenheit schlägt dem Inspector und ausgewiesenen Gourmet Joseph Maria Nechyba gewaltig auf den Magen, sondern auch die Suche nach dem seit Tagen vermissten Oberstleutnant Vestenbrugg. Bewegung kommt erst in den Fall, als Vestenbruggs abgeschnittener Kopf auftaucht und sich herausstellt, dass er eine junge Geliebte hatte: Steffi Moravec, deren amouröse Fähigkeiten auch andere Herren der Wiener Gesellschaft sehr zu schätzen scheinen …

GMEINER

Wir machen's spannend

Das neue KrimiJournal ist da!

2 x jährlich das Neueste aus der Gmeiner-Krimi-Bibliothek

KRIMIJournal

Gestohlene Kindheit

Bloody Cover

Pharaonenkinder

Krimi-Spiele

In jeder Ausgabe:

- Vorstellung der Neuerscheinungen
- Hintergrundinfos zu den Themen der Krimis
- Interviews mit den Autoren und Porträts
- Allgemeine Krimi-Infos
- Großes Gewinnspiel mit ›spannenden‹ Buchpreisen

ISBN 978-3-89977-950-9
kostenlos erhältlich in jeder Buchhandlung

KrimiNewsletter

Neues aus der Welt des Krimis

Haben Sie schon unseren KrimiNewsletter abonniert?
Alle zwei Monate erhalten Sie per E-Mail aktuelle Informationen aus der Welt des Krimis: Buchtipps, Berichte über Krimiautoren und ihre Arbeit, Veranstaltungshinweise, neue Krimiseiten im Internet, interessante Neuigkeiten zum Krimi im Allgemeinen.
Die Anmeldung zum KrimiNewsletter ist ganz einfach. Direkt auf der Homepage des Gmeiner-Verlags (www.gmeiner-verlag.de) finden Sie das entsprechende Anmeldeformular.

Ihre Meinung ist gefragt!

Mitmachen und gewinnen

Wir möchten Ihnen mit unseren Romanen immer beste Unterhaltung bieten. Sie können uns dabei unterstützen, indem Sie uns Ihre Meinung zu den Gmeiner-Romanen sagen! Senden Sie eine E-Mail an gewinnspiel@gmeiner-verlag.de und teilen Sie uns mit, welches Buch Sie gelesen haben und wie es Ihnen gefallen hat. Alle Einsendungen nehmen automatisch am großen Jahresgewinnspiel mit ›spannenden‹ Buchpreisen teil.

GMEINER

Wir machen's spannend

Alle Gmeiner-Autoren und ihre Romane auf einen Blick

ANTHOLOGIEN: Tatort Starnberger See • Mords-Sachsen 4 • Sterbenslust • Tödliche Wasser • Gefährliche Nachbarn • Mords-Sachsen 3 • Tatort Ammersee • Campusmord • Mords-Sachsen 2 • Tod am Bodensee • Mords-Sachsen 1 • Grenzfälle • Spekulatius **ARTMEIER, HILDEGUNDE**: Feuerross • Drachenfrau **BAUER, HERMANN**: Verschwörungsmelange • Karambolage • Fernwehträume **BAUM, BEATE**: Weltverloren • Ruchlos • Häuserkampf **BAUMANN, MANFRED**: Jedermanntod **BECK, SINJE**: Totenklang • Duftspur • Einzelkämpfer **BECKER, OLIVER**: Das Geheimnis der Krähentochter **BECKMANN, HERBERT**: Mark Twain unter den Linden • Die indiskreten Briefe des Giacomo Casanova **BEINSSEN, JAN**: Goldfrauen • Feuerfrauen **BLATTER, ULRIKE**: Vogelfrau **BODE-HOFFMANN, GRIT / HOFFMANN, MATTHIAS**: Infantizid **BOMM, MANFRED**: Kurzschluss • Glasklar • Notbremse • Schattennetz • Beweislast • Schusslinie • Mordloch • Trugschluss • Irrflug • Himmelsfelsen **BONN, SUSANNE**: Die Schule der Spielleute • Der Jahrmarkt zu Jakobi **BODENMANN, MONA**: Mondmilchgubel **BOSETZKY, HORST (-KY)**: Promijagd • Unterm Kirschbaum **BOENKE, MICHAEL**: Gott'sacker **BÖCKER, BÄRBEL**: Henkersmahl **BUEHRIG, DIETER**: Schattengold **BUTTLER, MONIKA**: Dunkelzeit • Abendfrieden • Herzraub **BÜRKL, ANNI**: Ausgetanzt • Schwarztee **CLAUSEN, ANKE**: Dinnerparty • Ostseegrab **DANZ, ELLA**: Schatz, schmeckt's dir nicht? • Rosenwahn • Kochwut • Nebelschleier • Steilufer • Osterfeuer **DETERING, MONIKA**: Puppenmann • Herzfrauen **DIECHLER, GABRIELE**: Glaub mir, es muss Liebe sein • Engpass **DÜNSCHEDE, SANDRA**: Todeswatt • Friesenrache • Solomord • Nordmord • Deichgrab **EMME, PIERRE**: Diamantenschmaus • Pizza Letale • Pasta Mortale • Schneenockerleklat • Florentinerpakt • Ballsaison • Tortenkomplott • Killerspiele • Würstelmassaker • Heurigenpassion • Schnitzelfarce • Pastetenlust **ENDERLE, MANFRED**: Nachtwanderer **ERFMEYER, KLAUS**: Endstadium • Tribunal • Geldmarie • Todeserklärung • Karrieresprung **ERWIN, BIRGIT / BUCHHORN, ULRICH**: Die Gauklerin von Buchhorn • Die Herren von Buchhorn **FOHL, DAGMAR**: Die Insel der Witwen • Das Mädchen und sein Henker **FRANZINGER, BERND**: Zehnkampf • Leidenstour • Kindspech • Jammerhalde • Bombenstimmung • Wolfsfalle • Dinotod • Ohnmacht • Goldrausch • Pilzsaison **GARDEIN, UWE**: Das Mysterium des Himmels • Die Stunde des Königs • Die letzte Hexe – Maria Anna Schwegelin **GARDENER, EVA B.**: Lebenshunger **GEISLER, KURT**: Bädersterben **GIBERT, MATTHIAS P.**: Schmuddelkinder • Bullenhitze • Eiszeit • Zirkusluft • Kammerflimmern • Nervenflattern **GRAF, EDI**: Bombenspiel • Leopardenjagd • Elefantengold • Löwenriss • Nashornfieber **GUDE, CHRISTIAN**: Kontrollverlust • Homunculus • Binärcode • Mosquito **HAENNI, STEFAN**: Brahmsrösi • Narrentod **HAUG, GUNTER**: Gössenjagd • Hüttenzauber • Tauberschwarz • Höllenfahrt • Sturmwarnung • Riffhaie • Tiefenrausch **HEIM, UTA-MARIA**: Totenkuss • Wespennest • Das Rattenprinzip • Totschweigen • Dreckskind **HERELD, PETER**: Das Geheimnis des Goldmachers **HUNOLD-REIME, SIGRID**: Schattenmorellen • Frühstückspension **IMBSWEILER, MARCUS**: Butenschön • Altstadtfest • Schlussakt • Bergfriedhof **KARNANI, FRITJOF**: Notlandung • Turnaround • Takeover **KAST-RIEDLINGER, ANNETTE**: Liebling, ich kann auch anders **KEISER, GABRIELE**: Gartenschläfer • Apollofalter